读客悬疑文库

认准读客读悬疑,本本都是大师级。

黑色大丽花

[美]詹姆斯·艾尔罗伊 著　　姚向辉 译

江苏凤凰文艺出版社
JIANGSU PHOENIX LITERATURE AND
ART PUBLISHING

图书在版编目（CIP）数据

黑色大丽花 / (美)詹姆斯·艾尔罗伊
(James Ellroy) 著；姚向辉译 . —— 南京：江苏凤凰文
艺出版社, 2022.6
书名原文：Black Dahlia
ISBN 978-7-5594-6052-3

Ⅰ.①黑… Ⅱ.①詹… ②姚… Ⅲ.①长篇小说 – 美
国 – 现代 Ⅳ.① I712.45

中国版本图书馆 CIP 数据核字 (2021) 第 124149 号

THE BLACK DAHLIA

Copyright © 1987 by James Ellroy

Simplified Chinese translation copyright © 2022 by Dook Media Group Limited.

All rights reserved

中文版权 © 2022 读客文化股份有限公司

经授权，读客文化股份有限公司拥有本书的中文（简体）版权

图字：10-2021-175 号

黑色大丽花

[美]詹姆斯·艾尔罗伊 著　　姚向辉 译

责任编辑	丁小卉
特邀编辑	顾珍奇　　王　品　　李玉洁
装帧设计	李子琪
责任印制	刘　巍
出版发行	江苏凤凰文艺出版社
	南京市中央路 165 号，邮编：210009
网　址	http://www.jswenyi.com
印　刷	河北中科印刷科技发展有限公司
开　本	890 毫米 ×1270 毫米　1/32
印　张	14.5
字　数	307 千字
版　次	2022 年 6 月第 1 版
印　次	2022 年 6 月第 1 次印刷
标准书号	ISBN 978-7-5594-6052-3
定　价	56.00 元

江苏凤凰文艺版图书凡印刷、装订错误，可向出版社调换，联系电话：010-87681002。

The Black Dahlia

James Ellroy

献给杰尼瓦·希莱克·艾尔罗伊

1915—1958

母亲：二十九年后，以血写就的告别辞

现在我折起了你，我的醉汉，我的领航员，

我第一个失去的保护者，日后去爱或凝视的人。

——安妮·塞克斯顿

目 录

序　幕

　　她在世时我不认识她。对我来说，她通过其他人存在，存在于她的死亡影响他们的迹象之中。回顾往日，只看事实，经我重建的她是个可悲而渺小的女孩，是个娼妓，顶多算是有点儿潜力——这个标签贴在我身上也挺适合。真希望我能给她一个无名无姓的结局，把她变成凶杀组结案报告里简明扼要的几个字，抄送验尸官办公室，稍微加点儿文书工作，就可以送她进义冢下葬了。这个愿望只有一处错误，那就是她不可能希望这么收场。事实固然残酷，但她无疑希望完全公之于众。我对她亏欠良多，也只有我知道整个前因后果，写下这段记忆的任务就只能交给我了。

　　说大丽花之前，我先说说我们怎么会成为搭档；在此之前，我还得提几句战争、军事管制和中央分局的演习，这些事情提醒我们记住警察也是士兵，尽管远不如正在跟德国人和日本人作战的士兵受欢迎。每天下班后，巡警必须参加空袭演习、灯火管制演习和火灾疏散演习，这要求我们立正站在洛杉矶的街道上，巴望梅塞施密特飞机[1]赶紧来袭，好让我们显得不那么像傻瓜。值白班的警员要按字母顺序列队点名，1942年8月我从警校毕业后不久，就在列队时遇见了李。

我早就听说过他的名声，对两个人的胜负记录更是记得一清二楚：李·布兰查德，重量级，43胜4平2负，曾是好莱坞退伍军人协会体育馆的招牌；至于我，"板牙"布雷切特，轻重量级，36胜0平0负，曾在《拳击台》杂志的榜单上排名第十，不过或许只是因为纳特·弗莱舍被我露出大板牙奚落对手的举动逗乐了而已。然而，统计数字说明不了问题。布兰查德出拳重，接六拳只还一拳，属于典型的一击必杀型拳手；而我偏好不停躲闪和迎击，喜欢用勾拳打对手肝部，格外注重防守，害怕头部中拳过多，进一步毁坏我已经被板牙毁得差不多了的容貌。就风格而言，我和李就像油和水，列队点名时，我跟他肩并肩站着，我总忍不住想：谁能赢呢？

我们相互打量了差不多一年。我和他从不议论拳击和警务工作，谈话仅限于聊天气的几个字。从外貌上说，两个大块头男人的区别能有多大，我和他的区别就有多大：布兰查德满头金发，面色红润，身高六英尺，胸膛和双肩都很厚实，天生罗圈腿，腹部已经开始硬邦邦地往外挺了；而我肤色苍白，黑发，六英尺三，一身精瘦的腱子肉。谁能赢呢？

后来我放弃了猜测胜负。但其他警察也有同样的疑问，在中

---

1 梅塞施密特飞机（Messerschmitt）："二战"中德国空军所使用的Bf 109战斗机和Me 262战斗机均由梅塞施密特公司生产。——译者注（本书中注释如无特别说明，均为译者注）

央警局的第一年，我听到了几十种不同的观点：布兰查德击倒对手获胜；布雷切特以点数获胜；布兰查德因为本人或对手受伤而中止比赛——各种看法都有，但就是没有布雷切特击倒对手。

他们看不见我的时候，我会听见大家嘀咕我俩在拳台外的经历：李如何加入洛城警局，上头如何许以快速晋升的机会，派他去打击高层警官及其政治伙伴的秘密同盟，1939年他如何破获大道–国民银行劫案，但同时与一名劫匪的女友坠入爱河；那个姑娘后来搬去和他同居，他因此违反了警队关于配偶的规定，晋升警探局[1]的机会因此告吹，他还在姑娘的请求下退出了拳坛。这些传闻在我看来就像佯攻，恐怕没多少值得相信的。与我相关的故事片段则仿佛落到实处的重拳，因为全都是不折不扣的内幕真相：德怀特·布雷切特加入警局是为了逃避更难缠的麻烦，他父亲的德美同盟[2]会员身份曝光后，他面临被警校驱逐的危险，为了保住洛城警局的工作，他向侨民管理处告发了与他一起长大的日本伙伴。没人请他去打击秘密同盟，是因为他拳路不够正大光明。

布兰查德和布雷切特：一个英雄，一个告密者。

想到山姆·村上和芦田秀夫戴着手铐被送进曼赞纳[3]，你当然很容易脸谱化地看待我和布兰查德，但那只是刚开始。后来我和他并肩执行任务，我对李的早期印象一下子全变了，同时改变的

---

1 警探局（Detective Bureau）：洛杉矶警察局的分支之一，直接向总警长汇报，主要负责调查犯罪案件。

2 德美同盟（German American Bund）：于20世纪30年代在美国成立的纳粹组织，主要是为纳粹德国作宣传。

3 曼赞纳（Manzanar）：第二次世界大战期间，超过十一万名日裔美国人被集中关押于加州曼赞纳的营地里。

还有我对自己的看法。

那是1943年6月初。前一周，海员和穿祖特装[1]的墨西哥佬在威尼斯的里克码头打群架。传闻有个水兵瞎了只眼睛。内陆地区旋即爆发遭遇战：一方是查维斯谷海军基地的官兵；另一方是阿尔卑斯和帕洛斯弗迪斯的花衣混混[2]。报纸说祖特装流氓随身携带纳粹万字符和弹簧刀，几百名穿制服的士兵、水手和海军陆战队队员涌入洛城闹市区，以木棍和球棒为武器。数量相近的花衣混混据说要在波伊尔高地的102精制酿酒厂集合，使用的武器也差不多。中央分局召集所有巡警去警局报到，然后配发"一战"时期的铁皮头盔和超大号警棍。

黄昏时分，从陆军借调的运兵车送我们上战场，命令只有一条：恢复秩序。我们的警用左轮在局里被收了上去，高层不希望点三八落在浑身打褶、袖口勒紧、衣如窗帘、梳阿根廷式鸭尾头的墨西哥暴徒手里。我在常青大道和瓦伯什路路口跳下运兵车，手里只有把手缠着绝缘胶布的三磅重木棍，比我站在拳台上的时候害怕十倍，吓住我的并不是从四面八方涌来的骚乱。

我之所以害怕，是因为好人其实是坏人。

水手沿着常青大道一路砸窗户；穿蓝色制服的陆战队有组织地敲碎路灯，让环境越来越暗，方便他们下手。为了避免内部竞争，陆军士兵和锅盖头联手掀翻一家酒铺子门前的所有轿车，穿圆领衫

1　祖特装（zoot suit）：特色为高腰、宽腿、紧袖口、长上衣、大翻领和宽垫肩的装束，在20世纪30到40年代间流行于美国部分地区的墨西哥裔、非裔和意大利裔美国人中。

2　花衣混混（pachuco）：指20世纪30到40年代间穿奇装异服（特别是祖特装）、使用墨西哥西班牙语特定方言且往往属于帮派的墨西哥青少年。

和白色喇叭裤的年轻海军士兵则在门口的人行道上用棍棒把数量远不及他们的几个祖特装打得屁滚尿流。我在这一幕的边缘看见了我的同僚，他们三三两两地与海岸警卫队队员和宪兵闲聊。

我不知道我在那儿站了多久，我愣住了，不知所措。最后，我顺着瓦伯什路望向第一街，见到了几幢小屋子和树木，那里没有花衣混混、警察和嗜血的大兵。还没等我明白过来，我就已经全速奔跑起来了。我本来会一直跑到力竭跌倒，但一幢房屋的前门廊上响起了尖细的笑声，我骤然停下。

我走向那个声音。尖细的声音叫道："你是第二个撒丫子逃离骚乱的年轻条子。不是你的错。很难决定应该抓谁，对吧？"

我站上门廊，望着说话的老人。他说："收音机说出租车都去了好莱坞的劳军联合会，载上水兵往这儿送。KFI电台说这叫海军攻势，每逢半点就放一遍《起锚歌》[1]。我看见街上还有几个陆战队队员。这个是不是就叫两栖协同攻击？"

"我不知道这叫什么，我打算回去了。"

"逃兵不是只有你一个，明白吗？刚才还有个大块头也往这个方向跑了。"

老头子变得像我父亲，但更加油嘴滑舌。

"需要教一些花衣混混懂点儿规矩。"

"小伙子，你觉得就这么简单？"

"我会让事情变得就这么简单。"

老头子快活地吃吃笑。我走下门廊，掉头走向分局，边走边

---

1 《起锚歌》（*Anchors Aweigh*）：美国海军学院的战歌。

用警棍敲大腿。路灯全都灭了，你几乎不可能分清谁是祖特暴徒谁是美国大兵。我意识到这是个脱身而去的好借口，于是就准备溜了。就在这时，我听见背后有人大喊"布雷切特！"立刻知道了另一个逃兵是谁。

我跑回去。李·布兰查德，"毕竟不是白人大救星的南加州好手"[1]出现在眼前，他面对三个蓝制服的海军陆战队队员，还有一个祖特装长得拖到地上的花衣混混。他把他们逼进一幢破旧平房的中庭，挥舞警棍隔开双方。锅盖头抡圆木棍砸向布兰查德，他时而侧向移动，时而踮着脚尖前后摇摆，躲开对方的攻击。花衣混混抓着脖子上的圣牌，一脸困惑。

"布雷切特，三号[2]！"

我加入战局，用警棍乱刺，击中亮闪闪的铜纽扣和军功绶带。他们笨拙地挥动木板，我的胳膊和肩膀挨了几下，我贴上去，不给陆战队队员挥舞武器的空间。感觉就像和章鱼近身缠斗，但既没有裁判也没有三分钟一次的场间铃声。我出于本能扔掉警棍，低头挥拳击打对方的身体，隔着华达呢军服打中柔软的上腹部。然后我听见一声大喊："布雷切特，后退！"

我后退，李·布兰查德冲上去，警棍高举过头顶。陆战队队员站在原地，茫然不知所措。警棍落下：一、二、三，干净利落地击中他们的肩头。三个人倒地变成蓝色制服下的一个瓦砾堆，

---

1 20世纪初，黑人杰克·约翰逊赢得重量级拳王，白人社群对他的成绩以及他与白种女性的关系极为不满，此后有许多白人拳手向他发起挑战，也就是所谓的"白人大救星"。
2 三号（code three）：警用呼号代码，表示紧急状况。

布兰查德说："滚去的黎波里殿堂吧[1]，屎蛋。"然后转向花衣混混："好啊，托马斯。"

我摇摇头，伸展身体。我胳膊和后背都很疼，右手指关节在抽痛。布兰查德给祖特装戴上手铐，我想来想去只挤出了一句话："这到底是在干什么？"

布兰查德微笑道："请原谅我的无礼。'板牙'布雷切特警官，允许我向您介绍一下，这位是托马斯·多斯·桑托斯先生，全境通缉的逃犯，在一次B级重罪的犯案过程中过失杀人。托马斯在第六街和阿尔瓦拉多路路口抢了个老太婆的手袋，她心脏病发作，当场嗝屁，托马斯扔下手袋，跑了个无影无踪。他在手袋上留下一整套清清楚楚的指纹，外加一群亲眼目击的证人。"布兰查德推推那人："托马斯，habla inglés？[2]"

多斯·桑托斯摇头表示不会，布兰查德悲哀地摇摇头："他死定了。西崽二级过失杀人非得进毒气室不可。老哥还有六个星期就要跟世界说再见了。"

常青大道和瓦伯什路的方向传来枪声。我踮起脚尖，看见几扇破窗向外喷吐火焰，火苗烧到电车供电线和电话线，半空中绽放出蓝色和白色的火花。我低头看着地上的陆战队队员，其中之一对我竖起中指。我说："希望他们没看见你的警徽号码。"

"管他妈有没有看见。"

我指着一丛烧成火球的棕榈树说："今晚肯定没法押他归案

---

1 典出美国海军陆战队的军歌，其中的开篇两句为"从蒙提祖马殿堂，到的黎波里海岸"，分别指美墨战争和第一次伯伯里战争。

2 西班牙语：会说英语吗？

了。你跑到这儿来就为了驱散他们？你觉得——"

布兰查德开玩笑似的打出一记刺拳，贴着我的警徽停下，意思是叫我闭嘴。"我跑到这儿来是因为我知道他他妈不可能恢复秩序，站在那儿发呆说不定会送命。耳熟吧？"

我哈哈一笑："是啊，然后呢——"

"然后我看见那几个屎蛋在追这位老哥，而他怎么看怎么像重罪通缉令411-43的犯人。他们把我逼到这儿，我看见你往回走，像是存心要去找罪受，我想我至少能给你找个受罪的理由。不觉得合情合理？"

"相当合情合理。"

两个陆战队队员已经挣扎着爬起来了，正在搀扶最后一个起身。他们并排走向人行道，托马斯·多斯·桑托斯冲上去，重重一脚踢中三个屁股里最大的那个。屁股的主人是个肥胖的一等兵，他转身面对袭击者，我上前一步。三个人在洛城东部战线败下阵去，蹒跚着走向街道、枪声和燃烧的棕榈树。布兰查德揉乱多斯·桑托斯的头发："可爱的小杂碎，你死定了。来吧，布雷切特，咱们找个地方坐着等事情过去。"

我们在几个街区外发现一幢屋子的门廊上堆着一摞日报，于是破门而入。厨房的食橱里有一瓶顺风威士忌还剩下五分之二，布兰查德把手铐从多斯·桑托斯的手腕换到了脚腕上，放开他的双手，让他畅饮美酒。等我做完火腿三明治，调好高球鸡尾酒，花衣混混已经喝掉了一半威士忌，正在高唱《美丽的天空》和墨西哥版本的《查塔努加的呜呜汽笛》。一小时后，酒瓶空了，托马斯不省人事。我把他搬上沙发，找了条被子扔在他身上。布兰查德说："他是1943年我逮住的第九个重罪犯。六周内他就要去吸毒气，我三年内就能去东北分局或者中央令状组。"

他这么言之凿凿让我生气："没门。你太年轻，没当上警司，你乱睡女人，退出打击秘密同盟的行动后，高层也不再给你撑腰，更何况你还没经过便衣轮值。你——"

布兰查德咧嘴笑笑，我停下了。他走到客厅窗口，向外张望："密歇根大道和索托街着火了。漂亮。"

"漂亮？"

"是啊，漂亮。布雷切特，你很清楚我的底细。"

"大家喜欢谈论你。"

"他们也谈论你。"

"他们怎么说？"

"说你老爸是个什么信纳粹的傻子。说你为了进警队向调查局告发了最好的朋友。说你假造记录，打增重的中量级拳手。"

这些话悬在半空中，像是针对我的三重指控。"就这些？"

布兰查德转身面对我："不止。还说你从不追娘们，说你觉得你能拿下我。"

我接受挑战："全都是真的。"

"是吗？关于我的传言也一样。除了我已经上了警司的晋升名单，8月就要调任高地公园风化组，还有个犹太小子副地检官喜欢拳击手喜欢得要死。他答应我说令状组一有空缺就帮我搞到手。"

"好厉害。"

"是吗，还想听点儿更厉害的吗？"

"尽管来吧。"

"我击倒的前二十个对手都是经纪人挑的二流货。我的女朋友看过你在奥林匹克拳场的比赛，说你要是肯把牙修好其实挺帅，还说你也许真能拿下我。"

我看不出这家伙是想当场打一架还是想交个朋友，不知道他在试探我、嘲笑我还是想套我的话。我指着喝醉酒正在睡梦中抽搐的托马斯·多斯·桑托斯说："老墨怎么处理？"

"咱们明早带他归案。"

"你带他归案。"

"有你一半功劳。"

"谢谢，但还是算了吧。"

"行啊搭档。"

"我不是你的搭档。"

"也许有一天会是。"

"也许永远也不会，布兰查德。也许你能进令状组，抓逃犯归案，在城里为讼棍送公文，也许我会熬个二十年，拿到退休金再去别处找个轻松工作。"

"不妨试试联邦调查局。你在外侨管理处有朋友，这我知道。"

"别逼我。"

布兰查德再次望向窗外："真漂亮。能做成最好的风景明信片。'亲爱的妈妈，真希望你也在，目睹五光十色的洛城东部种族骚乱。'"

托马斯·多斯·桑托斯翻个身，嘟囔道："Inez? Inez? Qué? Inez?"[1]布兰查德到走廊的壁橱里翻出一件旧羊毛外套，拿过来扔在桑托斯身上。加倍的温暖似乎让他安静了下来；嘟囔声戛然而止。布兰查德说："Cherchez la femme[2]。板牙，对吧？"

　　"什么？"

　　"找他的女人。就算喝醉了，托马斯老兄也惦记着伊内兹。我肯跟你十赌一，他进毒气室的时候，那女人肯定送他到门口。"

　　"也许他可以认罪求轻判。十五年到终身，蹲二十年出来。"

　　"不可能。他死定了。Cherchez la femme，板牙。记住这个。"

　　我在屋子里兜了一圈，找地方睡觉，最后在楼下的卧室安顿下来，床凹凸不平，对我的腿来说短得过分。我躺下，听着远处的警笛和枪声。我渐渐坠入睡乡，梦见我交往过的女人，她们数量很少，彼此之间相隔更远。

　　早晨，骚乱已经平息，黑烟挂在半空中，街上遍地狼藉，满是碎酒瓶和没人要的木棍与球棒。布兰查德打电话到霍林贝克分局要了辆黑白警车，把他1943年抓住的第九名重罪犯人送往法院监狱。托马斯·多斯·桑托斯被巡警带走时哭了。布兰查德和我在人行道上握手告别，走不同的路线去市区，他要到地检署提交抓获抢包罪犯的报告，我要回中央分局继续执勤。

　　洛杉矶市议会宣布穿祖特装是非法行为，布兰查德和我在列

---

1 西班牙语：伊内兹（女性名）？伊内兹？怎么了？伊内兹？
2 法语：找（他的）女人。

队点名时继续礼貌寒暄。那天晚上的无主空屋里，他说的那些话确凿得让人生气，结果却一一成真。

布兰查德晋升为警司，8月初调任高地公园风化组，一周过后，托马斯·多斯·桑托斯走进毒气室。三年后，我还在中央分局开警车巡逻，听候无线电的调遣。一天早晨，我看着调动和升迁公示牌，名单最顶上赫然写着：布兰查德，李兰德·C，警司；高地公园风化组，调至中央令状组，1946年9月15日生效。

当然，我们成了搭档。回头再看，我知道他并没有预言的天赋，他只是努力实现自己想要的未来，我却随波逐流地飘向我的。他用平板语气说出的那句"Cherchez la femme"一直纠缠着我。因为我们的搭档关系不是别的，只是驶向大丽花的颠簸道路。到最后，她彻底地占有了我们两个人。

第一部

火与冰

第一章

通往搭档关系的那条路刚开始时我一无所知，布兰查德对战布雷切特的说法再次闹得沸沸扬扬，风声这才传进我的耳朵。

那天轮到我在邦克尔山守超速陷阱，狩猎违反交通法规的车辆，漫长的执勤时间就快结束了。我的罚单簿填满了记录，眼睛盯着第二街和博德里大街路口连看八个钟头，我大脑都麻木了。我穿过中央分局的集合大厅，一群蓝制服正等着听下午的待办犯罪清单，我险些没听见约翰尼·沃格尔在说什么。"他们好几年没打拳了，豪洛尔[1]已经宣布秘密联盟非法，所以我不认为事情就能这么结束。我爸和犹太佬关系不错，他说可惜乔·路易斯不是白人，否则肯定要收了他。"

这时汤姆·乔斯林拿胳膊肘捅了捅我："布雷切特，他们在谈论你呢。"

---

1 豪洛尔（Clemence B. Horrall，1895—1960），印第安裔，1941—1949年任洛杉矶警察局总警长。

我扭头望向沃格尔，他站在几码开外，正在和另一个警察聊天："跟我说说，汤姆。"

乔斯林微笑："认识李·布兰查德吗？"

"废话。"

"哈！他在给中央令状组办事。"

"说点儿我不知道的。"

"这个如何？布兰查德的搭档做满二十年了。没人想到他会甩手不干，但他确实要走。令状组老大是埃利斯·洛韦，重罪法庭的地检官。他帮布兰查德搞到这份任命，现在想找个伶俐小子接替布兰查德的搭档。据说他对打拳的情有独钟，想拉你过去。沃格尔的老爸在警探局。他和洛韦关系不错，希望他的儿子得到那份工作。实话实说，我觉得你俩都不符合资格。至于我，就不一样了……"

我心里发痒，但还是挤出一句俏皮话，让乔斯林明白我不在乎："你牙齿太小，近身缠斗咬不过对手。到令状组成天都要缠斗。"

事实上，我很在乎。

那天夜里，我坐在公寓外的台阶上呆望车库，车库里有我的力量沙袋和速度沙袋，有报纸剪贴簿、节目单和宣传照。我想到我挺厉害，但不算真的厉害；想到我保持较轻体重，其实可以再长10磅，去打重量级；想到我在鹰岩退伍军人协会体育场，打一肚子玉米饼的墨西哥中量级拳手，而那里也是我老爸参加德美同盟集会的地方。轻重量级是块无主之地，我从一开始就觉得这是为我量身定做的。我重175磅[1]，可以彻夜踮着脚尖闪躲，用勾拳从外围远角准确打击对方的躯体，只有蛮牛型拳手才能扛住我的左刺拳。

然而轻重量级的蛮牛型拳手并不存在，因为一个拳手只要有点儿野心就会狼吞虎咽马铃薯，把175磅体重推过重量级标准，哪怕必须牺牲一半速度和大部分冲击力也在所不惜。但轻重量级很保险。轻重量级能保证既不受伤又每场进账50美元。轻重量级是《洛杉矶时报》布莱文·戴尔所谓的"蹩脚货"，是我老爸和他的激进伙伴乐于捧场的东西，只要不离开格拉塞尔公园和林肯高地，我就还算是个人物。这个领域任我驰骋，前提是没有其他人来开荒，也就是说不需要试炼我的胆量。

然后，龙尼·科德罗出现了。

他来自埃尔蒙特，墨西哥裔，中量级体重，速度飞快，双手力量都足以击倒对手，防守姿势宛如螃蟹，高抬双臂，手肘抵着两边身侧，挡住对躯干的攻击。他年仅十九岁，相对体重而言，骨架大得出奇。他潜力很足，能越过两个级别，去重量级挣大钱。他对洛城所有的中量级拳手发起闪电战，在奥林匹克体育馆连赢14场，都在前几局将对手击倒获胜。他还处于成长期，渴望提升对手的档次，因此在《先驱报》运动版对我下了战书。

我知道他能生吃我。我知道要是输给一个啃玉米饼的，我在附近的好名声就全完了。我知道逃避会伤害我，但出战就死路一条。我开始寻找逃避的路子。陆军、海军和海军陆战队看上去都

---

1 约合79公斤。

不赖，当时珍珠港刚遭受轰炸，军队的形象相当好。但是我老爸突然中风，丢掉了工作和养老金，只能用麦管吸食婴儿食品。我因家庭问题推迟入伍，于是加入洛杉矶警察局。

我知道思绪在往哪个方向走。联邦调查局的打手问我觉得自己是德国人还是美国人，愿不愿意帮助他们，证明我的爱国心。我集中注意力看房东太太的猫，不让自己继续想下去，猫蹑手蹑脚走过车库屋顶，准备袭击一只蓝松鸦。猫一跃而起，我在心里承认我多么希望约翰尼·沃格尔的小道消息确有其事。

令状组是警察队伍里的名流。令状组是便衣警察，但不需要穿外套打领带，有传奇色彩，开你自己的车，但按里程发放车贴。令状组追捕真正的坏蛋，而不是驱赶醉汉和午夜收容所[1]门口的露体狂。令状组在地检署办案，与警探局联系紧密。鲍伦市长情绪来了，想听战争故事，还会拉他们深夜聚餐。

想着想着我的心都开始痛了。我下台阶，走进车库，打速度沙袋直到胳膊抽筋。

接下来几个星期，我开着无线电调度的警车在辖区北部边缘巡逻。我带着一个叫席德维尔的大嘴巴新丁，小伙子刚结束运河区[2]的三年宪兵生涯。他以哈巴狗的谄媚和坚韧紧咬我说的每一个字不放，针对平民的警察工作让他倾心不已，巡逻结束后总是留

---

1 午夜收容所（Midnight Mission）：成立于1922年的人道主义救援组织，位于洛杉矶的贫民窟，向无家可归者和各种弱势人群提供种类繁多的帮助。
2 运河区（Canal Zone）：1979年以前，巴拿马运河的营运由美国管辖。

在警察局里，跟狱卒瞎聊，拿毛巾抽打更衣室里的通缉海报。总之就是惹得大家心烦意乱，直到有人赶他回家才罢。

他对礼数没有任何概念，敢和任何人谈论任何话题。我是他最喜欢的谈话对象，他把警局里的流言蜚语一股脑全塞给我。

我对大部分传闻置之不理：豪洛尔局长打算组建跨级别的拳击队，想调我进令状组，确保我和布兰查德一起加入队伍；埃利斯·洛韦，重罪法庭正在冉冉升起的新星，据说战前下注在我身上，赢了一大笔钱，现在有意给我迟来的奖赏；豪洛尔收回他对秘密同盟的禁令，影响力很大的某位高层警官想逗我开心，方便他下注在我身上挣大钱。这些说法听起来都过于牵强附会，不过我知道拳击大致就是我在竞争中领先的原因。我只能确定一点：将要填补令状组空缺的不是约翰尼·沃格尔就是我。

沃格尔的父亲是中央警局的警探；我五年前在无主之地投机取巧，得到36胜0平0负的佳绩。我知道想和裙带关系竞争，唯一的手段就是增加自己的分量，因此我打沙袋、节食和跳绳，直到自己又变成一名健康而安稳的轻重量级拳手。然后我耐心等待。

第二章

我保持175磅的极限体重已经一周，厌倦了训练与每晚梦见牛排、辣酱汉堡和椰奶馅饼。我对令状组工作的渴望与日递减，落到愿意拿去贱卖的地步，换几块太平洋餐车的猪排就行。另外，每月领20美元替我照看老爸的邻居打来电话，说老头子又犯病了，不但用BB枪打附近的狗，还浪费社保局的汇款买色情杂志和模型飞机。事情正在走向我不得不对他做点儿什么的地步，巡逻时撞进我眼中的每个没牙老汉都是疯子多尔夫·布雷切特的怪诞化身。我望着这么一位老先生蹒跚走过第三街和希尔街路口，就在这时接到了永远改变我的人生的那通呼叫。

"11-A-23，打电话给局里。重复：11-A-23，打电话给局里。"

席德维尔拿胳膊肘推推我："板牙，有呼叫。"

"听见了。"

"调度员叫我们打电话给局里。"

我左转停车，指了指路口的紧急电话匣："用那个加梅韦尔[1]。小钥匙就在你的手铐旁边。"

席德维尔按我说的做，几秒钟后小跑回到车上，脸色凝重。"叫你马上向局长报告。"他说。

我首先想到的是老头子。我猛踩油门，驶过六个街区，来到市政厅，把警车交给席德维尔照看，搭电梯去四楼萨德·格林局长的办公室。秘书把我带进内书房，坐在成套皮革座椅上的是李·布兰查德和一群高级警官——我从没见过这么多高级警官同时出现——和一个穿三件套粗花呢正装的干瘦男人。

秘书为我通报："布雷切特警员。"然后扔下我一个人站在那儿，我知道制服挂在我瘦了几圈的身体上肯定像一顶帐篷。布兰查德穿灯芯绒便裤和栗色运动夹克，他站起身，临时充当司仪。

"诸位先生，'板牙'布雷切特。板牙，允许我荣幸地为你介绍，从左到右穿制服的分别是马洛伊警监、斯坦斯兰德警监和格林局长。穿便衣的是埃利斯·洛韦副地检官。"

我依次点头，萨德·格林指了指面对大家的空椅子，我过去坐下。斯坦斯兰德递给我几张纸："警员，读一下。这是布莱文·戴尔为本周六《时报》写的社论。"

最顶上一页标着1946年10月14日，日期正下方是印刷的黑体标题：《洛城警队的火与冰》。再往下是机打的正文：

---

1 加梅韦尔（Gamewell）：提供火灾报警系统的公司，模块一般配有带锁的紧急电话匣。

战前有两位本地拳手给"天使之城"带来了光荣，他们出生与长大的地方相距不过五英里，拳路却迥然不同，恰似烈火与寒冰。李·布兰查德，罗圈腿，臂长如风车，重拳仿佛出自投石器，挥拳击中对手的时候，火花都能溅上拳台边的座位。"板牙"布雷切特上台的时候永远那么冷静和镇定，你很容易相信他根本不会出汗，他的跃动步伐比"快活汉"罗宾逊[1]更胜一筹，刺拳犹如短剑，不断击打对手的面门，直到他们的脸部看似迈克·菜曼烧烤屋的鞑靼牛肉。他们都是诗人：布兰查德是野性力量的诗人，布雷切特与他相反，是速度和技巧的诗人。他们加起来一共取得了七十九场胜利，只有四场败绩。拳台和元素表一样，火与冰都是难以匹敌的力量。

　　火先生和冰先生从未有过交手的记录。不同的体重级别分开了他们。然而，责任感却让他们心有灵犀，两个人都加入洛杉矶警察局，继续在拳场上作战，但对手换成了犯罪。布兰查德在1939年破获了错综复杂的大道－国民银行劫案，捉拿凶残的杀人犯托马斯·多斯·桑托斯归案；布雷切特在1943年祖特装骚乱中表现优异。他们现在都是中央分局的警官：火先生，三十二岁，警司，任职于声名显赫的令状组；冰先生，二十九岁，巡警，在洛城市区的危险地带巡逻。最近我分别询问火与冰，他们为何放弃拳场上的黄金年华，反而跑去当了警

1　"快活汉"罗宾逊（Bill Bojangles Robinson，1878—1949），美国著名踢踏舞表演者和演员。

察。两人的回答揭示出他们究竟有多么优秀：

布兰查德警司："拳手的运动生涯不是永久性的，服务社会带来的满足感却是。"

布雷切特警官："我想和更危险的对手作战，换言之就是罪犯。"

李·布兰查德和"板牙"布雷切特作出如此巨大的牺牲，只是为了服务他们所属的这座城市。11月5日，选举日，我们请求洛城选民作出同样的壮举——投票表决是否通过发行500万美元债券，用于更新洛城警局的装备，并为全体警员提高百分之八的薪水。请记住火先生和冰先生这两位榜样。在选举日向B议案投下赞成票吧！

读完，我把几页纸还给斯坦斯兰德警监。他正想说什么，但萨德·格林按住他的肩膀，让他停了下来："警员，说说你的看法。心里话。"

我吞了口唾沫，尽量保持嗓音平稳："拐弯抹角骗钱。"

斯坦斯兰德涨红了脸，格林和马洛伊咧嘴坏笑，布兰查德放声大笑。埃利斯·洛韦说："B议案肯定没戏，但明年春天小选¹时有机会重新推出。我们计划——"

格林说："不好意思，埃利斯。"然后转过脸来对着我："债券议案必定会失败的首要原因是公众对我们提供的服务不太满意。战争期间我们人手不足，临时招募补充的警察里有些人后来

---

1 小选（Off-year election）：非大选年的选举，一般放在奇数年举行。

被发现心术不正，害得警局很丢脸。另一方面，战争结束后，警队里新手过多，不少能干的人正巧退休。两个分局的建筑需要整修，再说想吸引更优秀的人才，我们必须提高起薪。这一切都需要钱，选民在11月却不会拨给我们。"

我开始理解整件事情了。马洛伊说："检察官，你的主意，你告诉他吧。"

洛韦说："我敢用甜甜圈赌我们能让法案在1947年特别选举中通过。但是，为了实现目标，我们必须提升公众对警局的热情。我们要鼓舞警局内部的士气，要让警员素质给选民留下深刻印象。健康的白人拳手是个大卖点，布雷切特，你应该明白。"

我看着布兰查德："你和我，是这个意思吗？"

布兰查德使个眼色："火与冰。埃利斯，你继续。"

听见布兰查德对他直呼其名，洛韦皱皱眉头，然后说了下去："三周以后，我们将在警校体育馆举办一场十回合的拳赛。布莱文·戴尔是我的好朋友，他会在专栏里替我们鼓吹。门票每张2美元，一半门票卖给警察及其家人，剩下一半卖给市民。收入捐给警察慈善基金。以此为起点，我们要组建一支跨级别的拳击队。全都是健康的白人好小伙儿。队伍成员每周抽一个上班日教贫困儿童学习自卫术。从现在开始宣传，一直到1947年的特别选举。"

所有人都盯着我。我屏住呼吸，等待有人邀请我加入令状组。然而没人开口，我望向侧面的布兰查德。他上半身壮如猛兽，但腹部已开始松软，我年纪比较轻，个头比较高，很可能快得多。没等我给自己找到理由退缩，我已经开了口："我加入。"

高级警官们用一轮掌声欢迎我的决定。埃利斯·洛韦微笑，露出的满嘴利齿似乎属于一条幼鲨。"日期是10月29日，选举日前一周，"他说，"你们可以无限制地使用警校健身房训练。你们好几年不登台了，十个回合也许有点儿过分，但再少就显得娘娘腔了。没错吧？"

布兰查德哼了一声。洛韦对他咧咧嘴，鲨鱼牙齿一闪。我说："没错，长官。"马洛伊警监举起照相机，快活地说："小伙子，笑一个。"

我起身，抿着嘴唇微笑。闪光灯"噗"的一响，我眼前直冒金星，背上挨了一巴掌。展示同志友爱的时刻过去，等我又能看见东西了，埃利斯·洛韦就站在我面前，他说："我在你身上押了很重的赌注。只要我不输掉，我猜咱们很快就能当同事了。"

我心想，你这个转弯抹角的狗杂种，嘴里却说："明白，长官。"洛韦软绵绵地握了一下我的手，离开房间。我揉掉眼睛里最后的几颗金星，发现房间已经空了。

我搭电梯回到底层，考虑该吃什么好东西填补我失去的体重。布兰查德大概重200磅[1]，假如我还用稳妥的175磅和他打，他只要一贴身就能耗死我。我走进停车场，在考虑是去膳堂餐厅还是小乔饭馆，一抬头就看见了我那位对手的真身，他正在和一个女人交谈，那女人冲着仿佛风景明信片的天空吐烟圈。

我走过去。布兰查德靠着一辆无标记的巡逻车，对着那女人指天画地，女人依然专心致志地吐烟圈，每口吐出三四个。我走

1　约91公斤。

近时，她侧对我，头部微仰，拱起脊背，一只手扶住巡逻车的车门，借此支撑身体。赤褐色的头发剪成童花头，发梢刷过两肩和修长的脖子，艾森豪威尔短夹克和羊毛裙的曲线告诉我，她全身上下都很瘦。

布兰查德看见我，用胳膊肘推推她。她吐出满满一肺的烟，转过身。近处仔细看，我见到一张坚毅的漂亮面孔，五官不怎么搭配：不太适合发型的高额头、鹰钩鼻、丰满的嘴唇和黑棕色的大眼睛。

布兰查德为我们介绍："凯伊，这位是'板牙'布雷切特。板牙，凯伊·雷克。"

女人踩灭烟头。我说："你好。"琢磨这是不是布兰查德在大道－国民银行劫案审判时认识的姑娘。她不像劫匪的情妇，睡了几年警察也还是不像。

她说话略带大草原[1]口音："看过几次你打拳。都是你赢。"

"我总是赢。你是拳迷？"

凯伊·雷克摇摇头："李以前经常拽我去看。战前我正在上美术课，就带了速写本去画拳手。"

布兰查德单臂搂住她肩膀："她说服我退出打击秘密同盟，说不希望我做那些没滋没味的龌龊活儿。"他假装被乱拳打昏了头，凯伊·雷克连忙缩到一旁。布兰查德飞快地瞪她一眼，然后对空打出一连串左刺拳和右直拳。这几下破绽百出，我在脑子里

---

1 大草原（prairie）：指北美中部诸州。

给他下巴和上腹部还了一套"一加二"[1]。

我说："我会尽量不伤到你的。"

这话让凯伊脸色难看，布兰查德咧嘴一笑："我花了好几个星期才说服她允许我上台。我答应买辆新车送她，只要她嘴巴别噘太高就行。"

"别打你还不上的赌。"

布兰查德大笑，过去懒洋洋地搭着凯伊的肩膀。我说："这主意是谁想出来的？"

"埃利斯·洛韦。他拉我进了令状组，然后我搭档辞职了，洛韦开始考虑找你代替他。他请布莱文·戴尔写了那篇'火与冰'狗屁，然后就找豪洛尔掏心窝子去了。豪洛尔本来肯定不会点这个头，但所有民调都显示债券那事要黄，于是他就答应了。"

"他在我身上押了钱？我赢了就能进令状组？"

"差不多吧。地检官本人并不喜欢这个想法，觉得咱俩搭档不合适。但豪洛尔和萨德·格林说服了他，他也无可奈何。要问我，我都希望你能赢了。否则我就要和约翰尼·沃格尔搭档。他很胖，爱放屁，有口臭，老爸是中央警局最无能的探员，只能替犹太小子跑腿办事。另外嘛——"

我勾起食指，轻轻敲打布兰查德的胸口："你能捞到什么好处？"

"我女朋友对赌博有瘾，我可不能让她失望。对吧，宝贝？"

凯伊说："继续用第三人称谈论我，我听见就兴奋。"

---

1 一加二（one-two）：拳击术语，指一记刺拳加一记直拳的组合拳，名字来自刺拳和直拳的编号。

布兰查德举手表示投降，凯伊的黑眼睛燃烧着火焰。我对她很好奇，于是问："雷克小姐，你对整件事情怎么看？"

她的眼神一下子活了："美学上说，我希望你们脱掉衬衫都别太难看；道德上说，我希望洛杉矶警察局因为策划这场闹剧而颜面扫地；财务上说，我希望李能赢。"

布兰查德大笑，猛拍巡逻车的引擎盖。我抛开虚荣心，咧嘴微笑。凯伊·雷克直勾勾地瞪着我的眼睛，我第一次——很奇怪，但我很确定——感觉到火先生和我将会交上朋友。我伸出手："祝你走运，除了别赢我。"李握住我的手，答道："彼此彼此。"

凯伊投来的视线仿佛在看两个傻乎乎的小男孩。我对他抬抬帽子，转身离去。凯伊叫道："德怀特。"天晓得她怎么会知道我的本名。我转过身，她说："你要是把牙修好，其实很英俊。"

第三章

　　这场拳赛成了大事件，先是轰动警局，继而传遍洛杉矶全城，布莱文·戴尔在《时报》运动版宣布消息，警校体育馆的门票不到二十四小时就卖完了。整个洛杉矶警局都在打赌谁会靠击倒获胜。戴尔和《镜报》的莫里斯·莱斯金德通过各自专栏添油加醋，KMPC电台的DJ作了一首名叫《火与冰探戈》的小曲。在爵士小乐队的伴奏下，女高音用色眯眯的调门带着颤音唱道："烈火和寒冰，不是蜜糖和香料；400磅肌肉你来我往，场面肯定不好看。但是啊，火先生燃起了我的火把，冰先生冻住了我的表情。要我说，这是彻夜的享受，我要用大写字母拼出一个哇噢！"

　　我又成了当地的名人。

　　列队点名时，筹码就在我眼前易手，总有素不相识的警察说我是好样儿的；胖子约翰尼·沃格尔每次和我在更衣室擦肩而过时都要投来怨毒的视线。一贯喜欢传播流言蜚语的席德维尔说值夜班的两个家伙连车子都押上了，还说分局老大哈韦尔警监打算把粉单[1]全都压到比赛后再下发。风化组的警探不再外出扫荡赌博簿记，因为米基·科恩[2]每天吃进1万美元赌注，把百分之五当回扣返还给市政府雇用的宣传公司，以此酬谢他们在推进债券议案上的功劳。哥伦比亚制片公司的老板哈里·柯恩押我靠点数获胜，假如我让他如愿以偿，他就允许我跟丽达·海华丝共度一个热烈的周末。

这些都是胡说八道，但都让人心情愉快，我以前所未有的强度训练，否则保不准也会发疯。

每天执勤完毕，我就直奔健身房训练。我不理睬布兰查德和他身边的马屁精，也不理会围在我四周的下班警察，我拼命打沙袋，左刺拳——右直拳——左勾拳，一口气练五分钟，从头至尾只用脚尖着地。我和老伙伴皮特·卢金斯对练，冲着速度沙袋打旋风拳，直到汗水淌进眼睛，胳膊绵软无力。我在脚腕绑上2磅沙袋，跳绳，跑过伊利西安公园的丘陵地，对着树枝和灌木丛练刺拳，和盘踞在公园里的野狗赛跑。进了家门，我猛吃动物肝脏、丁骨牛排和菠菜，每天衣服还没脱光就沉沉睡去。

离比赛还有九天，我去探望老头子，决定非得搞到一笔钱不可。

这是我每月一次的探望日，我开车去林肯高地，心里充满负罪感，因为自从听说他再次发疯，这还是我第一次露面。为了减

---

1 粉单（pink slip）：在美国指解雇通知书。

2 米基·科恩（Mickey Cohen）：即迈耶·哈里斯·科恩（1913—1976），米基是他的昵称。美国黑帮首领，他的犹太黑手党从20世纪30到60年代间横行于洛杉矶。

轻愧疚，我带了些礼物：巡逻时在超市拿的罐装甜食和没收来的色情杂志。我在家门口停车，发现这些东西恐怕远远不够。

老头子坐在门廊上，大口痛饮止咳糖浆，一只手拿着BB枪，心不在焉地射击草坪上的软木飞机模型编队。我停好车，下车走向他。他衣服上遍布呕吐污渍，衣服底下是突起的嶙峋骨节，骨节杵在那儿，就好像是从错误角度另接上去的。他呼吸恶臭，眼白发黄，眼神蒙眬，硬邦邦的白胡子底下，我看见毛细血管破碎使得皮肤泛红。我伸手想拉他起身，他拍开我的手，喃喃地说，

"Scheisskopf! Kleine Scheisskopf!" [1]

我硬把他拉起来。他扔下BB枪和止咳糖浆药瓶，说："Guten Tag, Dwight." [2] 就好像昨天才见过我。

我擦掉眼泪："爸爸，说英语。"

老头子抓住右臂的肘弯，对我挥舞拳头，做出粗鲁的手势："Englisch Scheisser! Churchill Scheisser! Amerikanisch Juden Scheisser!" [3]

我把他留在门廊上，进去检查屋里。客厅堆满模型飞机的零件和打开的豆子罐头，苍蝇绕着罐头嗡嗡飞舞。卧室墙上贴满半裸女人的照片，大部分上下颠倒。卫生间一股陈尿的臭味，厨房里有三只猫围着半满的吞拿鱼罐头聚餐，见到我，它们对我龇龇威胁。我抓起椅子扔过去，转身出去找父亲。

他趴在门廊栏杆上，用手指梳理胡须。我害怕他会翻出去，

---

1 德语：浑蛋！小浑蛋！

2 德语：日安，德怀特。

3 德语。

上前抓住他的胳膊；我害怕自己真的哭出来，于是抢先开口："说些什么吧，爸爸。让我生气也好。告诉我，才一个月，你怎么就把屋子祸害成这样了？"

父亲想挣脱我的手。我抓得更紧了些，但担心他的骨头会像小树枝似的折断，连忙松开手掌。他说："Du, Dwight? Du?[1]"我意识到他又发过一次中风，再次忘记了英语。我搜肠刮肚寻找德语字词，却一无所获。小时候我太憎恶他，甚至强迫自己忘记了他教我学会的语言。

"Wo ist Greta? Wo, mutti?[2]"

我伸手搂住老头子："妈妈已经死了。你太小气，不肯买私酿酒给她，她就去平原区找黑人买自酿白兰地[3]。买到的其实是外用酒精，爸爸，她喝瞎了眼睛。你送她进医院，结果她跳下了屋顶。"

"Greta！"

我把父亲抱得更紧了："嘘——爸爸，那是十四年前了。事情已经过去很久了。"

老头子想推开我，我把他推进门廊夹角按住。他扭曲嘴唇想骂我，但面色随即变得茫然，我知道他连骂人的字眼都想不到了。我紧闭双眼，说出我的心里话："你这个浑蛋，知道你害得我付出了什么代价吗？我可以清清白白地加入警队，但他们发现

---

1 德语：是你，德怀特？是你吗？

2 德语：格蕾塔去哪儿了？老妈子，你在哪儿？

3 自酿白兰地（raisinjack）：用葡萄干发酵制作的劣酒，在禁酒时代颇为流行。

我老爸是个该死的颠覆分子。他们逼我告发萨米[1]和秀夫，萨米死在了曼赞纳。我知道你参加联盟只是为了有地方胡说八道和搞女人，但你应该更明智些的，因为我啥也不懂。"

我睁开眼睛，发现泪水已经干了；父亲的双眼毫无表情。我松开他的肩膀，说："但你不可能知道得那么清楚，告密的事情全怪我。你是个吝啬的浑蛋。你害死了妈妈，这是你的罪过。"

我有了收拾这个烂摊子的主意："爸爸，现在你去休息吧。我会照看你的。"

那天下午，我看着李·布兰查德训练。布兰查德在主大道健身房找了几位又瘦又高的轻重量级拳手，请他们和他对练，四分钟一个回合，这就是他的训练手段。他是纯粹的进攻型拳手。他蜷起身体向前移动，总是利用上半身佯攻；他的刺拳好得出奇。与我的预料不同，他既不一击必杀，也不被动挨打，勾拳击中对手腹部时，我在二十码开外都能感觉到拳头的力量。他的目标未必是金钱，金钱却是我想争取的东西。

为了金钱，我必须故意输掉。

我开车回家，打电话给照看我父亲的退休邮递员，说只要他把屋子收拾干净，并且在拳赛之前像胶水似的贴在老头子身边，我就给他100美元。他同意了。我又打电话给我在好莱坞风化组任职的警校同学，问他要了几个赌博簿记的名字。他以为我打算给自己下注，就给了我几个号码，其中两个是独立簿记，一个为

---

1 萨米（Sammy）：山姆（Sam）的昵称。

米基·科恩办事，还有一个属于杰克·德拉尼亚黑帮。布雷切特和布兰查德机会均等，新赔率来自内线报告，说我看起来又快又强壮。我押1美元就有可能收回2美元。

第二天早晨我打电话告病假，白班班头同意了，因为我算是当地名人，而且哈韦尔警监也不会希望他跟我过不去。既然不用上班，我就清空了自己的储蓄账户，将国库券兑换成现金，又把我几乎全新的46款雪佛兰敞篷车抵押给银行，贷了2千美元。从银行开车去林肯高地没多远，我找皮特·卢金斯聊了聊。他答应按照我的意愿办事，两小时后他打电话来，把结果告诉我。

我请他去见德拉尼亚的簿记，对方接受了他的赌注，他押的是布兰查德在后几局以击倒获胜。假如我在第八到第十局倒下，我能净赚8千6百40美元，足够让老头子在高档养老院里住个至少两三年了。我贱卖令状组的职位，偿还一笔古老的呆账，后几局倒下这个约定虽有风险，但只够让我不觉得自己太像懦夫。这是一场交易，有人要帮我还债，而这个人就是李·布兰查德。

比赛前七天，我把体重吃到了192磅[1]，不断增加跑步距离，力量沙袋的击打时间延长到六分钟。杜安·菲斯克警官，上头指派给我的教练和副手，他提醒我别过度训练，我置若罔闻，一路给自己增加运动量，直到开赛前四十八小时才停下。随后我降低强度，做轻度的柔软体操，用心琢磨对手。

我待在健身房最里面，看中央拳台上布兰查德和助手对练。我借着助手打出的漂亮攻击，在布兰查德的基本进攻套路里寻找

---

1 约合87公斤。

漏洞，研究他的反应方式。我发现每逢近身缠斗，他都会收拢手肘，抵挡瞄准腹部的攻击，同时给自己留出空间，然后以连续短距上勾拳还击。但这样一来，他的防御位置就会上移，侧肋部位很容易遭受勾拳反击。他最致命的攻击是右直拳，我发现他在出拳前总要先左向侧滑两个半步，继而佯攻一次对手的头部。只要能把对手逼得背靠围绳，他就会变成死神的化身，他可以用两肘拦挡攻击，双拳交替轰击对方的腹部，把体重较轻的对手钉死在那个位置上。走到近处，我看见他眉头上的疤痕组织，我必须避开那里，以免比赛因为眼部受伤而中止。有点儿麻烦，不过他右边侧肋部位还有一条长长的伤疤，像是个不错的目标，能让他疼得厉害。

"至少他脱了衬衫看起来很不赖。"

我转身去看说话的人。盯着我看的是凯伊·雷克，我用眼角余光瞄到布兰查德，他坐在凳子上休息，直勾勾地盯着我俩。"你的速写本呢？"我问。

凯伊对布兰查德挥挥手，他举起戴手套的双手，还个飞吻。铃声响起，他和搭档向前挪动，用刺拳互相攻击。"放弃了，"凯伊说，"我不擅长，所以换了专业。"

"换成什么了？"

"医学预科，然后心理学，然后英语文学，然后历史。"

"我喜欢知道自己要什么的女人。"

凯伊微微一笑："我也是，但我一个也不认识。你呢，想要什么？"

我扫视健身房。中央拳台周围有三四十个人坐在折叠椅上观看，大多数都是记者和下了班的警察，大多数都在抽烟。拳台上方悬着飘散的烟雾，天花板上的聚光灯照出硫黄火焰般的效果。所有人都在看布兰查德和他的练习对手，所有的喝彩和嘘声都是送给他的——然而，若不是我要偿还旧债，这一切都毫无意义可言。"我是这儿的一部分。这就是我想要的。"

凯伊摇摇头："你五年前就放弃拳击了。这已经不是你的生活了。"

这个女人咄咄逼人，害得我心神不宁。我脱口而出："你男朋友和我有什么区别，不也一样没前途吗？他搭上你之前，你好像还是歹徒的情妇呢。你——"

凯伊·雷克哈哈大笑，截断了我的话："你读过我的报纸剪贴本？"

"没有。你读过我的不成？"

"读过。"

这话让我一时语塞："李为什么退出拳坛，为什么加入警队？"

"捉拿罪犯能给他某种秩序感。你有女朋友吗？"

"我把自己留给了丽达·海华丝。你和很多警察打情骂俏，还是说我是特例？"

人群欢声雷动。我扭头望去，看见布兰查德的练习对手倒在场上。约翰尼·沃格尔爬进拳台，取出那人的牙套；练习对手喷出一口鲜血。我转回去面对凯伊，发现她面色苍白，在短外套里缩起身子。我说："明晚的场面更难看。你还是待在家里吧。"

凯伊打个哆嗦："不行。那是李的重要时刻。"

"他非要你来不可？"

"不。他从不强迫我。"

"还挺感性的？"

凯伊从衣袋里翻出香烟和火柴，叼出一根点燃："是啊。和你一样，除了态度没你这么差。"

我感觉到自己的脸红了："你们总这么互相照应，福祸与共什么的？"

"我们尽量。"

"那为什么不结婚？同居违反警局规定，高层要是动了坏心眼，凭这一条就能让李倒霉。"

凯伊对着地板吐了几个烟圈，然后抬头看着我："我们不能。"

"为什么不能？你们同居好几年了。他为了你放弃打击秘密同盟。他允许你和其他男人调情。要我说，这笔交易再划算不过了。"

场内再次回荡起叫好声。斜眼望去，我看见布兰查德正在痛揍另一名练习对手。我在憋闷的健身房里对空反击和闪躲，过了几秒钟意识到自己在干什么才停下。凯伊把烟头弹向拳台，说："我得走了。德怀特，祝你好运。"

只有老头子才叫我德怀特。"你还没回答我的问题。"

凯伊答道："李和我不睡一张床。"她说完转身离去，我只能呆呆地目送她走远。

我在健身房又逗留了差不多一个钟头。临近黄昏，记者和照相师陆续到场，他们径直走向中央拳台，围观布兰查德和一碰就倒的几个陪练，一遍遍的击倒看得人倒胃口。凯伊·雷克最后扔下的那句话犹在耳边，她大笑、微笑和刹那间变得忧伤的画面闪过眼前。我听见记者大叫："喂！布雷切特在那儿！"于是逃出健身房，跑进停车场，坐进抵押了两次的雪佛兰。开出停车场，我意识到我既没地方可去，也没事情想做，只想满足我对那个女人的好奇心，她的气势比得上反黑组，却装着一肚子的忧伤。

于是我开车进城，去读她的新闻简报。

警徽唬住了《先驱报》存档室的职员，他领着我走到阅读台前。我说我对大道-国民银行劫案和落网劫匪的审判很感兴趣，案件应该发生在1939年年初，同年秋天前后进入法律程序。他请我坐下，十分钟后回来，拿给我两大本皮革装订的剪贴簿。一张张报纸按日期贴在黑色厚纸板上，我从2月1日翻到2月12日，终于找到我想了解的内容。

1939年2月11日，好莱坞的一条僻静小巷，一个四人团伙劫持了一辆装甲运钞车。他们把摩托车横在路上，吸引警卫下车查看，然后扑上去制服警卫。劫匪用刀抵住他的喉咙，强迫车上的两名警卫开门放他们进去。他们上车后用氯仿迷倒并捆绑三名警卫，用六袋撕碎的电话号码簿和金属代币调换了六袋现金。

接下来，一名劫匪驾驶装甲运钞车去好莱坞商业区；另外三人换上与警卫完全相同的制服。穿制服的三个人拎着那几袋碎纸和代币，走进艾瓦大道和丝兰街路口的大道—国民储贷银行，经理为他们打开保险库。一名劫匪打晕了银行经理；另外两人抓起几袋真钞奔向大门。这时司机也已经走进银行，他把出纳员驱赶到一起，逼着他们走进保险库，逐个打晕后关门上锁。四名劫匪走上人行道，好莱坞分局的巡逻车刚好赶到，银行与警局的直通警报系统叫来了他们。警察命令劫匪站住，劫匪开火，警察还击。两名劫匪被当场击毙，另外两名逃之夭夭，还带走了四袋没有标记的50美元和100美元。

我没找到布兰查德和凯伊·雷克的名字，跳着阅读接下来一周的头版和二版报道，里面讲了不少洛城警局的办案经过。

　　被击毙的劫匪确认了身份：奇克·盖耶和麦克斯·奥腾斯，都是旧金山的流氓，在洛城没有已知同伙。银行的目击证人无法从存档照片中指认出逃跑的两个人，也无法提供足够详细的描述，因为他们把警卫制服的帽子拉得很低，而且戴着反光的太阳镜。劫车现场根本没有目击证人，被氯仿迷倒的警卫还没看清袭击者就被制服了。

劫案从二版挪到三版，最后掉进丑闻栏。"贝沃"明斯[1]连写

---

1 "贝沃"明斯（Bevo Means）：本名贝弗利·拉法耶·明斯（Beverly Lafayette Means），洛杉矶《先驱快报》的记者。"贝沃"是他的绰号，来自当时的一种饮料。

三天专栏，号称内线情报说"虫佬"西格尔[1]的黑帮在追杀逃脱的劫匪，因为武装运钞车的暂停地点之一是虫子老大充当幌子的男子服装店。西格尔发誓非得找到他们不可，尽管劫匪带走的钱不属于他，而是银行的。

明斯的专栏越说越离奇，我一页一页往后翻，直到看见2月28日的头版标题：《前拳手现警官提供线索，血腥银行劫案终于告破》。

报道充满了对火先生的溢美之词，却没多少靠得住的事实。李兰德·C.布兰查德警官，现年二十五岁，隶属于洛杉矶中央分局，曾经是好莱坞退伍军人协会体育馆的"金字招牌"，询问了他的"拳场熟人"和"线人"，最终得到线索称大道-国民银行劫案的幕后首脑是罗伯特·"波比"德威特。布兰查德把线索上报给好莱坞分局的探员，探员突袭德威特位于威尼斯海滩的住所，截获了警卫制服和大道-国民储贷银行的装钱口袋。德威特声称无辜，但依然被捕，控以两项一级武装抢劫罪、五项严重人身伤害罪、一项劫持车辆罪和一项私藏毒品罪，在押期间不得保释——还是没提到凯伊·雷克。

我看腻了警察和劫匪，继续往后翻。德威特是土生土长的圣贝纳迪诺人，有三项拉皮条的前科，嚷嚷什么是西格尔黑帮和警察联手陷害他：说黑帮是因为他偶尔在西格尔的地盘揽客，说警察是因为他们要给大道-国民银行的案子找个替罪羊。他没有劫案

---

1 "虫佬"西格尔（Bugsy Siegel，1906—1947），犹太裔美国黑帮分子，意大利黑帮组织成员，因行为疯癫而得到绰号"虫佬"（Bugsy），绰号源自俚语中的"虫子"（bugs），有疯狂的意思。

那天的不在场证明，他声称自己不认识奇克·盖耶、麦克斯·奥腾斯和依然在逃的第四者。他上了法庭，陪审团不相信他的辩解，所有指控都裁定他有罪，送他进圣昆丁监狱服刑，刑期最短十年，最长终身监禁。

6月21日，凯伊终于在一篇赚人眼泪的报道中现身了，文章名为《匪帮女孩坠入爱河——对方是警察！改邪归正？比翼双飞？》，配有她和李·布兰查德的照片，附送波比·德威特的罪犯大头照，那是个瘦长脸汉子，梳着油光锃亮的大背头。文章从回顾大道–国民银行劫案开始，讲述布兰查德在破案中扮演的角色，随即笔锋一转，调门变得甜腻：

……劫案发生时，德威特正收留着一个年少无知的姑娘。1936年，十九岁的凯瑟琳·雷克从南达科他州的苏福尔斯城来到西海岸，她寻求的不是好莱坞星途，而是大学教育，却一脚踏进犯罪这所大学，得到了一个狠狠的教训。

"跟波比走到一块儿，是因为我无处可去，"凯伊·雷克这样告诉《先驱快报》的记者艾吉·安德伍德，"大萧条还没过去，工作机会少得可怜。我在一家劣等寄宿公寓有个床位，经常到附近散步，然后遇见了波比。他在他的住处给我一个单独的房间，说可以资助我去山谷学院念书，只要我给屋子打扫卫生就行。他说话不算数，我不小心进了贼窝。"

凯伊以为波比·德威特是音乐家，但他其实是毒品贩子加皮条客。"刚开始他对我很好，"凯伊说，"后来他强迫我喝鸦片酊，逼我从早到晚待在家里接电话。接下来事情就更可怕了。"

凯伊·雷克不愿描述具体如何可怕，警察为德威特参与2月11日的血腥劫案前来逮捕他时，凯伊丝毫不觉得惊讶。她在卡尔弗城的一处未婚职业女性宿舍找到住所，检方打电话请她在审判德威特时出庭作证，尽管那位曾经的"资助人"让凯伊心怀恐惧，但她还是去了。

"那是我的责任，"她说，"当然，我和李就是审判时认识的。"

李·布兰查德和凯伊·雷克坠入爱河。"第一眼我就知道她正是老天为我准备的姑娘，"布兰查德警官告诉犯罪记者"贝沃"明斯，"她有那种流浪儿的美感，我对此难以自拔。她的人生坎坷不平，但从今往后我将帮她导入正轨。"

李·布兰查德本人对悲剧也毫不陌生。十四岁那年，他九岁的妹妹离奇失踪，从此下落不明。"我想这就是我退出拳坛、加入警队的原因，"他说，"捉拿罪犯给我一种秩序感。"

就这样，一个爱情故事从悲剧中诞生了，但这个故事会走向何方呢？凯伊·雷克说："现在最重要的事情是念书和李。往后都是快乐的日子了。"

有大块头李·布兰查德为凯伊挡风遮雨，看起来他们将会梦想成真。

我合上剪贴簿。除了妹妹的事情，报道里的内容都没有让我吃惊，却让我不禁想起那些大错特错的举措：布兰查德拒绝继续参与打击秘密同盟，大好前程因此尽付东流；一个小女孩无疑轻易遭到杀害，像垃圾似的被弃置某处；凯伊·雷克跟法律两边的人同居。再次打开剪贴簿，我看着七年前的凯伊。尽管只有十九岁，但对于"贝沃"明斯挂在她嘴上的那些话而言，她的模样也已经显得过于精明了。看见文章把她描述得那么天真无邪，我不禁心头火起。

我把剪贴簿还给办事员，走出赫斯特大厦时，我忍不住琢磨自己到底想找什么，我心里知道肯定不只是证明凯伊的诱惑是否守礼的依据。我驱车漫无目标地闲逛，消磨时间，企图耗尽自己的精力，这样就可以一觉睡到下午去了。路上，我忽然想到：老头子的事情有了着落，令状组的职位没了希望，我人生中有意思的东西岂不只剩下了凯伊·雷克和李·布兰查德？我必须更加深入地了解他们，不能仅限于俏皮话、含沙射影和拳击。

我在洛斯费利兹大街的一家牛排馆停车，狼吞虎咽吃掉一客特大号的丁骨牛排，配菠菜和煎土豆饼，然后慢慢驶过好莱坞大道和日落大街。电影招牌没一个吸引我的，日落大街的俱乐部对我这种昙花一现的所谓名人又太贵。排成长串的霓虹灯到杜汉尼大道戛然而止，我开车进了山区。穆赫兰道沿途有很多摩托骑警在守超速陷阱，我按捺住了猛踩油门冲向海滩的冲动。

我厌倦了像个守法好市民似的开车闲逛，于是贴着围栏停车。西木村的影院探照灯扫过头顶上的天空，我望着旋转的灯光点亮低空云层。让眼睛跟着探照灯走很催眠，我任由自己逐渐恍惚。穆赫兰道的疾驰车流也打破不了我的麻木状态，等灯光熄灭，我看手表才发现已经过了12点。

我伸懒腰，俯视还亮着灯的少数住宅，想起了凯伊·雷克。从报道的字里行间，我能瞥见她如何侍奉波比·德威特及其狐朋狗友，也许还在他手下卖笑：鸦片酊上瘾的劫匪情妇。感觉很真实，但非常丑恶，我似乎正在背叛我和她之间擦出的火花。凯伊离开时抛下的那句话越来越真实，不知道布兰查德怎么能和她同住但不完全占有她。

住宅的灯光一一熄灭，我变得孤独一人。冷风顺着山坡吹来，我打个寒战，想到了答案。

你打赢了一场比赛下场。大汗淋漓，嘴里有血味，飘飘然直上云霄，还想接着往上飘。靠你挣钱的赌博经纪人带给你姑娘。或许是职业妓女，或许是半职业的，或许是刚挨过揍的新手。在更衣室里，在你伸不开腿的汽车后座，有时候你一脚踢碎了车窗。事后你走到外面，人们蜂拥而至，就想摸一摸你，你再次飘上云霄。这成了比赛的另一个部分，是十回合拳赛的第十一局。等你回归正常生活，你只会感觉到虚弱和失落。尽管离开拳坛已经好几年，但布兰查德肯定知道这一点，肯定想把他对凯伊的爱与那个世界分隔开。

我上车回家，心想我可不可能告诉凯伊，我没有女人是因为性爱对我来说就是鲜血、松香[1]和伤口缝合消毒液的味道。

---

1 拳击比赛时，拳手在鞋底擦松香防滑。

第四章

预备铃响，我们同时走出各自的更衣室。推开门，肾上腺素让我精神抖擞。两小时前我嚼了一大块牛排，咽下汁液，吐掉肉渣，我能在我的汗里闻到动物的血腥味。我踮着脚轻快地穿过我这辈子见过的最难以想象的满场拳迷，走向拳台上我的角落。

体育馆里拥挤得超过了容纳能力，观众紧挨着坐在狭条凳和看台上。每个人似乎都在喊叫，座位靠近过道的人拉扯我的袍子，催促我去干掉对手。旁边的拳台都拆掉了，中央拳台沐浴在正方形的黄色炽热灯光下。我抓住最底下一根围绳，借力跳上拳台。

裁判是中央分局值夜班的老巡警，他正在和吉米·列侬交谈，吉米是奥林匹克体育馆的主持人，特地请假一晚前来捧场。我看见斯坦·肯顿[1]在拳台边搂着《雾气朦胧》的演唱者

---

1 斯坦·肯顿（Stan Kenton, 1911—1979），美国爵士钢琴家、作曲家和编曲家，下文中的"节奏的艺术性"来自他的专辑名《节奏的艺术性的新概念》（*New Concepts of Artistry in Rhythm*）。

琼恩·克里斯蒂[1]，看见米基·科恩、鲍伦市长、雷·米兰和一大群换上便衣的高级警官。肯顿对我挥手，我对他高喊"节奏的艺术性！"他哈哈大笑，我对人群露出板牙，他们用欢呼表示喜爱。欢呼声变得越来越响，我转过身，发现布兰查德也上了拳台。

火先生朝我的方向鞠了一躬，我对空挥出一组连珠炮似的短拳还礼。杜安·菲斯克领着我坐下，我脱掉袍子，靠在角柱上，双臂搭着最顶上一根围绳。布兰查德坐下，摆出类似的姿势，我们四目相对。吉米·列侬挥手招呼裁判去拳台的中立角，连着顶灯的柱子放下来，上面固定着主持人用的麦克风，列侬抓过麦克风，压过观众的喧哗声吼道："女士们，先生们，警察们，洛城公仆的支持者们，火与冰的探戈这就要开跳了！"

全场观众沸腾，又是号叫又是跺脚。列侬等他们安静得差不多了，然后深情地说了下去："我们今晚将要目睹十个回合的重量级比赛。在白色角落里，穿白色短裤的洛杉矶警察，他的职业记录是43胜2平4负，体重231磅半，女士们，先生们，大块头李·布兰查德！"

布兰查德甩掉袍子，亲吻拳套，朝四个方向各鞠一躬。列侬放任观众疯了一会儿，然后用喇叭放大的声音压住吵闹："在黑色角落里，体重191磅的洛杉矶警察，职业生涯36战全胜——诡计多端的'板牙'布雷切特！"

我听着最后一轮献给我的欢呼，默默记住拳台边的每一张脸，假装忘记我打算故意输掉。嘈杂声渐渐平息，我走到拳台中

---

1 琼恩·克里斯蒂（June Christy，1925—1990），美国爵士歌手，1954年之前是斯坦·肯顿乐队的歌手，《雾气朦胧》（*Misty*）是她的名曲之一。

央。布兰查德迎上来。裁判嘟囔了些什么，我连听都没听；火先生和我碰拳。我吓得几乎失禁，退回自己的角落。菲斯克帮我塞好牙套。铃声响起，一切全都结束，但也才刚刚开始。

布兰查德向前猛冲。我在拳台中央迎上他，接连两记刺拳，他一个曲蹲，站在我面前左右摆头。刺拳落空，我不停向左挪动，没有摆出反击的姿势，希望能引得他右手出拳。

他的第一下是左勾拳，从侧面飞过来，瞄准我的躯干。我看得很清楚，迈步近身，对准他头部挥出一记短距左直拳。布兰查德的勾拳擦过我的脊背，这恐怕是我这辈子躲掉的力量最强的一拳。他的右手放得很低，于是我又是一记短距上勾拳。这一拳正中目标，布兰查德忙着回撤防守时，我瞄准他侧肋又来了一套"一加二"。我连忙后退，以免他跟我近身缠斗或攻击我的躯干，这时候我的脖子挨了他一记左拳，打得我摇晃了一下。我踮起脚尖，开始迂回。

布兰查德紧追不舍。我尽量离开他的打击范围，用刺拳打他不停晃动的头部，超过半数的拳头落到实处，我提醒自己别打得太高，以免撕开他眉头的伤疤。布兰查德从曲蹲位置挥出一记又一记瞄准我躯干的勾拳，我抽身后退，用精准的组合拳还以颜色。过了一分钟左右，他的躲闪和我的刺拳越来越合拍，我抓住他头部后仰的机会，接连用短距右勾拳轰击他的侧肋。

我滑步移动，迂回闪避，噼里啪啦打了一通。布兰查德撵着我打，寻找空当想给我来一记重拳。这个回合行将结束，顶灯太刺眼，观众吞云吐雾，我的方位感有点儿失灵——我找不到圈绳了。我下意识地扭头去看。转回来时，我头部侧面吃了一记重拳。

我跌跌撞撞地退到白色角落，布兰查德扑上来。我的脑袋嗡嗡直响，耳朵里像是有日本零式战机俯冲投弹。我抬起双臂护住面门，布兰查德对准我的胳膊施以勾拳，打得我放下了双手。我的意识开始清醒，跳出去熊抱缠住火先生，拿出吃奶的劲头抱紧他，踉踉跄跄地推着两个人走过拳台，我的力气一点点恢复。裁判终于插手，他高喊："分开！"我仍旧不放手，他不得不强行把我从布兰查德身上剥下来。

　　我向后躲闪，眩晕和耳鸣总算过去。布兰查德径直冲过来，门户大开。我用左拳佯攻，右拳打出一记漂亮的摆拳，正在突进的大块头李吃个正着。他一屁股坐在拳台上。

　　很难说谁更震惊。布兰查德半张着嘴，傻乎乎地坐在地上听裁判计数；我走到中立角站好。裁判数到七，布兰查德站起来，这次轮到我扑上去了。火先生一弓腰，双脚分开站稳，准备拼个你死我活。我们都已经进入了彼此的挥拳范围，裁判却忽然站到我们之间，大喊："时间到！时间到！"

　　我走回自己的角落。杜安·菲斯克取下我的牙套，用湿毛巾帮我擦脸。我望着观众，他们起立鼓掌。每张脸告诉我的都是我已经知道的事实：我能轻而易举地战胜布兰查德。有那么一瞬间，我以为所有人都嚷嚷着叫我别故意放水。

　　菲斯克转过我的脑袋，把牙套塞回原处，咬着牙低声对我说："别跟他缠斗！不要近身！多用刺拳！"

　　铃声响起。菲斯克爬下拳台，布兰查德立刻冲过来。这次他挺直腰杆，对我打出一连串刺拳，不过都差之毫厘地落空，他步步逼近，想给我一记够分量的右直拳。我继续踮着脚尖滑行，弓着腰对他连续挥出刺拳，可惜距离太远，打不疼他，但我只是想勾引他跟随我的节奏，最终露出可供攻击的破绽。

我的大多数拳头都击中了目标，布兰查德还在逼近。我一记右直拳击中他肋部，他蹿上来也是一个右直拳。进入近战，我们都用双拳攻击对方的躯干，这几拳缺少挥拳的空间，只是胳膊的动作而已，布兰查德的下巴抵着锁骨，显然对我的上勾拳早有防备。

我们贴得太近，拳头只能从侧面击打胳膊和肩膀。布兰查德的每一拳都让我感觉到他的可怕力量，然而我并不打算抽身后撤，我想先给他造成一些伤害，然后继续滑行绕圈。冰先生拼尽全力，火先生也打得漂亮，我们就要陷入正儿八经的阵地战了。

互殴躯干正起劲，布兰查德突然后撤一步，左拳狠狠击中我的下腹。这拳打得我很疼，我后退几步，准备闪避。我碰到了绳圈，立刻警觉起来，但没等我跳向侧面逃开，左右两拳又击中了腰部。我的防御重心下移，布兰查德的左勾拳击中我的下巴。

围绳把我弹起来，我跪在了拳台上。冲击波从下颚传向大脑，一浪高过一浪，眼前的画面开始摇晃：裁判拦住布兰查德，指着中立角命令他过去。我抬起一条腿，抓住底层圈绳，随即失去平衡，一跟头栽倒在地。布兰查德已经到了中立角，趴在地上让画面不再摇晃。我做了几次深呼吸，新鲜空气缓和了脑袋正在炸裂的感觉。裁判走回来，开始计数，数到六，我尝试着起身。我的膝盖有点儿打晃，但最后还是站住了。布兰查德用带着拳套的双手向观众送上飞吻，我喘息时过于使劲，险些把牙套喷出来。数到八，裁判用衬衫擦净我的手套，示意布兰查德继续比赛。

我感觉愤怒让我失去了理智，像个受辱的小孩。布兰查德向我走来，四肢放松，双拳拉开，仿佛我都不值得他把拳头凑在一块儿。我迎上去，他进入我的火力范围，我假装虚弱，挥出一记绵软的刺拳。布兰查德轻松避开，我早就料到他会这么应对。他打算用势大力沉的右直拳干掉我。我抓住他后退蓄势的瞬间，使出所有力气挥出直拳，拳头正中他的鼻梁。他的脑袋猛地后仰；我跟着一记左勾拳击中他的躯干。火先生丧失了防御的力量，我贴上去又是一记短距上勾拳。他摔倒在围绳上，但铃声同时响起。

我晃晃悠悠走回角落，人群齐声高呼："板——牙！板——牙！板——牙！"我吐掉牙套，大口喘息。我望着观众，知道赌注已经作废，我要把布兰查德打成肉酱，进入令状组，尽量把案子抢到手里，尽可能多挣赏金，用赏金把老头子送进养老院，名利双收。

杜安·菲斯克大喊："干掉他！干掉他！"场边的高官裁判对我微笑，我露出板牙，用"板牙"布雷切特的招牌动作回礼。菲斯克往我嘴里塞了一瓶水，我猛喝几口，往桶里吐了口唾沫。他掰了个阿摩尼亚胶囊塞在我的鼻子底下，替我换好牙套——铃声再次响起。

这会儿比拼的纯粹是谁更谨慎，这可是我的强项。

接下来四个回合，我不停佯攻和从外围用刺拳攻击，充分利用我的臂长优势，不让布兰查德近身缠斗或把我逼上绳圈。我瞄准了一个目标，那就是他结疤的眉头，我的左拳没完没了地冲着那儿去。假如刺拳落在实处，布兰查德就会条件反射地举起双臂，这时候我就逼近他，用右勾拳击打他胃部。布兰查德的反击有一半能打中我的躯干，他每打中一拳，我的腿就软一分，活力就少一分。第六回合结束时，布兰查德的眉头已经血肉模糊，我的两侧从腰际到胸腔伤痕累累。我俩都快没力气了。

第七局是两个疲惫勇士的阵地战。我尽量待在外侧，用刺拳攻击；布兰查德把手套举得很高，以免鲜血流进眼睛，不让伤口继续崩裂。每次我进入内侧，对他的手套和腹部施以"一加二"攻击，他就猛轰我的太阳神经丛。

拳赛成了能挨一秒就是一秒的战争。等待第八回合开始的时候，我注意到身上的伤痕渗出了血点，"板——牙！板——牙！"的叫声震得我耳朵发疼。拳台的另一头，布兰查德的教练用止血笔给他刷眉头，拿小块胶布贴住伤口翻起的皮肤。我瘫坐在凳子上，任由杜安·菲斯克喂我喝水，给我揉肩膀。整整六十秒，我盯着火先生看个不停，给他戴上老头子的脸，好积聚起足够恨意，帮助我熬过接下来的九十秒钟。

铃声响起。我摇摇晃晃地走到拳台中央。布兰查德走向我，他恢复了曲蹲姿势，两条腿同样在颤抖，我注意到他的伤口被贴住了。

我打出一记无力的刺拳。布兰查德咬牙吃进，继续向前走，挡开我的拳头，而我硬邦邦的双腿不听使唤，拒绝后退。我发现他眉头的胶布崩开了，看着鲜血顺着布兰查德的面颊汩汩而下，就在这时，凶狠的一拳击中我的腹部。我膝盖一弯，吐出牙套，身体向后翻出去，撞在圈绳上。一记右手重拳正在飞向我，就像从许多英里外发射的炮弹，我知道我有机会还击。我把所有恨意塞进右拳，对准面前那个血淋淋的目标挥出去。我感觉到鼻骨咔嚓一下断裂，这是不可能听错的声音，整个世界随即变成了漆黑和炽热的黄色。我仰望着炫目的灯光，感觉到身体被抬了起来，杜安·菲斯克和吉米·列侬忽然在左右两边出现，他们挽着我的胳膊。我啐了一口血，吐出三个字："我赢了。"列侬答道："今晚没有，小伙子。你输了——第八回合被击倒。"

我回过神来，哈哈大笑，挣脱双臂。昏过去之前，我的最后一个念头是我终于摆脱了老头子，而且做得光明正大。

医生在赛后为我检查身体，警局在他的坚持下给我十天假期。我的肋部瘀伤累累，下巴肿得有平时两个大，最后那一拳打得六颗牙齿松动。医生后来告诉我，布兰查德的鼻梁断了，伤口缝了二十六针。就损伤程度而言，这场比赛是平局。

皮特·卢金斯替我取回我赢到的钱，陪我物色养老院，直到找到一家适合人类居住的，这地方叫"大卫王公馆"，与奇迹哩[1]只隔一个街区。一年2千美元，加上每月的50美元社保金，老头子可以独住一个房间，三平方米，还能享受相当数量的"集体活动"。这儿的大部分老人是犹太裔，想到这个疯狂的德国佬将在敌营中度过余生，我不禁有些好笑。皮特和我把他安置好，我离开的时候，他正在对护士长做粗鲁的手势，同时色眯眯地盯着铺床的黑人女孩。

随后，我躲进自己的公寓，读书，听收音机里的爵士乐，舔冰激凌，喝汤，我只能吃流质食物。知道我已经尽力拼斗，我觉得心满意足，更何况在过程中我还完成了一半心愿。

---

1 奇迹哩（Miracle Mile）：洛杉矶的博物馆和剧院区。

电话铃响个没完，我知道不是记者就是想表达惋惜的警察，所以我从不接。我不听运动节目，也不看报纸。我想和当地名人的生涯一刀两断，蛰居是唯一能实现目标的手段。

我的伤处逐渐愈合，一星期后我就急不可待地想回去执勤。我把下午时间都虚耗在后门台阶上，看房东太太的猫抓鸟。有一天，我正望着奇克琢磨高处的蓝松鸦，听见一个又高又尖的声音大声说："难道还没歇够？"

我低头望去。是李·布兰查德站在台阶底下。他的眉头密密麻麻地都是针脚，鼻梁塌陷，鼻头青肿。我哈哈大笑："快上来。"

布兰查德把两根大拇指搭在腰带上："想来令状组跟我混吗？"

"什么？"

"你听见我说的了。哈韦尔警监一直打电话想告诉你，可你他妈的冬眠了。"

我兴奋得头皮发麻："但我输了。埃利斯·洛韦说——"

"管他妈埃利斯·洛韦说什么。你不读报吗？债券提案昨天通过了，很可能因为咱们让投票人看了场带劲的比赛。豪洛尔告诉洛韦，约翰尼·沃格尔出局，你是他的手下了。你不想要这个职位？"

我走下台阶，伸出手。布兰查德紧紧握住，挤了挤眼睛。

搭档关系于是开始。

第五章

中央分局令状组位于市政厅的六楼，夹在洛城警局凶杀组和地检署犯罪科之间，是一块隔出来的办公空间，面对面摆着两张办公桌，有两个文件夹塞得满出来了的档案柜，整幅的洛杉矶县地图遮住窗户。空间一边是一扇毛玻璃门，上面标着"副地区检察官埃利斯·洛韦"，门隔开了我们和令状组的老大以及他的老大：地检官布隆·菲茨；空间另一边直通凶杀组探员的牛栏大间，那儿摆着好几排办公桌，软木板墙面上挂满罪案报告、通缉海报和各色备忘纸条。令状组的两张办公桌里有一张比较破旧，摆在桌上的名牌标着"L.C.布兰查德警司"。对面一张无疑属于我，我一屁股坐进椅子，想象蚀刻着"D.W.布雷切特警员"的木牌放在电话旁。

我孤零零的，六楼只有我一个人。时间刚过早晨7点，上任头一天，我特地提前来上班，想好好品尝一下便衣生涯的处女秀。哈韦尔警监打电话通知我11月17日星期一上午8点来新岗位报到，先从听取上周重罪案件概要开始，洛城警局和地检署犯罪科的全体人员必须参加这个会议。李·布兰查德和埃利斯·洛韦随后会向我讲解工作内容，接下来就是捉拿在逃通缉犯了。

六楼集中了警局的精英部门：凶杀组、风化组、抢劫与诈骗组，还有中央分局的令状组和刑侦分队。这片领地属于有专业特长、政治前途远大和仕途光明的警察，现在也是我的家园了。我身穿我最好的运动夹克和轻便长裤，警用左轮插在崭新的肩套里。五号提案得以通过，警队每个人都要为百分之八的加薪感谢我。我在警局前途大好。我准备好了应付一切难题。

除了再打一场那样的拳赛。7点40分，牛栏渐渐满起来，每个警察都在嘟囔宿醉、星期一早晨和"板牙"布雷切特：转行打拳的舞蹈大师，队伍里的新面孔。我躲在隔间里，不让他们看见，直到听见他们挨个走进走廊。等牛栏安静下来，我沿着走廊来到一扇标着"警探集合室"的门前。推开门，一屋子的人起立喝彩。

这是军队式的欢迎，四十来个便衣警察站在各自的座位前，一齐鼓掌。往他们的前面望去，我看见黑板上用粉笔写着"百分之八！！！"李·布兰查德站在黑板旁，身边的白脸胖子散发着高级警官的味道。我与火先生对视，他咧嘴一笑，胖子走上讲台，用指节敲敲台面。掌声渐渐平息，众人随即落座。我在房间最后面找了把椅子坐下，胖子最后一次敲敲台面。

"布雷切特警员，这些是中央刑侦分队、凶杀组、风化组、诈骗组和其他单位的兄弟，"他说，"你已经认识了布兰查德警司和洛韦先生，我是杰克·蒂尔尼警监。你和李是当下白人的骄傲，希望二位喜欢刚才的欢迎仪式，因为在退休前享受不到第二次了。"

众人哄堂大笑。蒂尔尼敲敲台面,对着固定麦克风说道:"闲聊到此为止。接下来是到1946年11月14日为止的重罪案件概要。给我仔细听好了,别打瞌睡。

"首先,三起售酒商店的持械抢劫案,分别发生在11月10日、12日和13日夜间,地点都在大学分局负责的杰弗逊大街上,前后不过十个街区。罪犯是两名白人青年,手持短筒霰弹枪,神态焦躁不安,似乎是两只毒虫。大学分局的警探毫无头绪,他们分队的头儿希望抢劫组能派支队伍全天办这个案子。鲁利警司,9点整来跟我商量一下,让你手下给线人放出风去——毒虫加劫匪是非常不好的犯罪模式。

"东边有无组织的流莺在唐人街的餐馆酒吧出没。她们在停下的车辆里服务嫖客,价钱比米基·科恩控制的姑娘要低。到目前为止还只是轻罪,但米基老大不喜欢这样,中国人也不喜欢这样,因为米基的姑娘都用阿尔梅达街的廉价炮房——全都是中国人开的。这事情早晚要闹出人命,所以请去劝慰一下那些餐馆老板;另外,尽量在唐人街多抓妓女,抓来了关足四十八小时。哈韦尔警监本周晚些时候会调12名夜班制服警员前去扫荡,因此请把风化组的妓女档案过一遍,只要流莺在中央分局有案底,就把大头照和犯罪记录调出来。中央刑侦分队派两个人跟这个案子,风化组监督。普林格尔警司,9点15分来见我。"

蒂尔尼停下来,伸个懒腰。环视房间,我发现大部分警官都在记笔记。我暗骂自己居然没想到要带记事簿。警监忽然用双掌狠拍台面:"有个案子要是能逮到犯人,老杰克我肯定会喜不自胜。我说的是沃格尔和凯尼格警司最近在办的邦克尔山住宅劫案。弗里茨，比尔，你们读过SID[1]给出的备忘录吗？"

肩并肩坐在我前面几排的两个男人大声回答，一个说："没有，警监。"另一个说："没，长官。"两个人里年长的那位正巧侧对着我，他和肥佬约翰尼·沃格尔活像一个模子里铸出来的，只是还要胖一圈。

蒂尔尼说："我建议简报会结束后你们立刻读一读报告。我给没有直接参与此案的兄弟们通报一下，分析指纹的小伙子在最近那次破门劫案的现场找到一套潜指纹，位置是放银器的餐具柜旁边。指纹的主人是个白种男人，名叫科尔曼·沃尔特·梅纳德，三十一岁，两次性犯罪前科，绝对是堕落胚子。

"县假释办和他失去了联系。他住在14街和邦尼贝路路口的短居旅馆里，但系列劫案刚开始就匆忙离开了。高地公园有四起伤害案没有告破，受害者都是八岁左右的小男孩。也许是梅纳德，也许不是，但有了这些，再加上闯空门的案件，咱们足可以给他弄张去圣昆丁的单程票了。弗里茨，比尔，你们在查什么？"

比尔·凯尼格弓着背在记笔记，弗里茨·沃格尔清清喉咙，答道："我们最近在查闹市区的旅馆，逮捕了几个撬锁的，还抓了几个扒手。"

蒂尔尼用指节重重地敲打讲台："弗里茨，所谓撬锁的不会是杰瑞·卡森巴赫和迈克·珀迪吧？"

沃格尔在座位里蠕动着答道："是的，长官。"

---

1 SID（Scientific Investigation Division）：科学调查司的缩写。

"弗里茨，他们不会是互相举报的吧？"

"呃……是的，长官。"

蒂尔尼对着天花板一翻白眼："允许我给不熟悉杰瑞和迈克的各位补补课。这是一对"密友"，住在杰瑞他妈家里，舒适的小小爱巢就在鹰岩区。上帝还年轻那会儿这两位就是室友了，但每隔一段时间他们就要吵个架，心急火燎地想进监狱，于是其中一个告发另外一个。然后被告发那个反咬一口，两个人于是一起进县监狱。他们在大牢里诱骗帮派分子的口供，对娘娘腔下手，再靠告密减刑。梅·蕙丝[1]还是雏儿的时候他们就开始玩这套了。弗里茨，你们还查到了别的什么吗？"

房间里的笑声像打雷。比尔·凯尼格直起腰，扭着脑袋找谁在笑。弗里茨·沃格尔拉拉他的袖子，叫他转过来，然后说道："长官，我们还给洛韦先生做了些事情。替他带证人回来问话。"

蒂尔尼苍白的脸色逐渐涨红，到最后比甜菜根还红。"弗里茨，洛韦先生不是中央警探局的指挥官，我才是。为洛韦先生做事的是布兰查德警司和布雷切特警官，不是你和凯尼格。因此请放下你们为洛韦先生办的事情，也别管什么小扒手了，抓住科尔曼·沃尔特·梅纳德，免得他继续犯罪，可以吗二位？办公室的公告栏有张备忘录，列出了他所有的已知关系人，我建议每一位警官都去仔细看看。梅纳德已经是逃犯了，他很可能就躲在其中某个人家里。"

我发现李·布兰查德从边门溜出了集合室，蒂尔尼翻着讲台

---

1 梅·蕙丝（May West，1893—1980），美国演员、剧作家及编剧，著名性感偶像。

上的几页纸，说道："有件事情格林局长希望各位知道。过去这三周，有人往圣莫尼卡大街和高尔街路口附近的公墓[1]扔剁去脑袋的死猫。好莱坞分局接到了半打报案。77街分局的戴维斯警司认为这是年轻黑人帮派的名片。大部分死猫都是周四夜间扔进去的，好莱坞硬地溜冰场也是周四向黑人开放，因此两者之间或许存在联系。到附近问问，找线人聊聊，听到风声就告诉好莱坞刑警队的霍兰德警司。现在轮到凶杀组。罗斯？"

一位高个子灰发男人走上讲台，他身穿极为精致的双排扣正装；杰克警监坐进离他最近的空椅子。高个子男人的权威气度不像警察，更像法官或者炙手可热的律师，他让我想起一位沉稳和蔼的路德宗教士，他当初跟老头子关系很好，直到德美联盟上了颠覆分子黑名单为止。坐在我旁边的警员悄声说："米勒德警司。凶杀组的二号人物，也是真正说了算的。绝对是天鹅绒一块。"

我点点头，听着警司用天鹅绒一般柔滑的声音说话：

"……验尸官将罗素和尼克尔森案件裁定为先谋杀后自杀。本局正在处理11月10日在皮科大道和菲格洛亚街路口的撞人逃逸案件，肇事车辆已找到，是辆39款的拉塞尔轿车，找到时已被丢弃。注册车主是一名墨西哥男性，名叫路易斯·克鲁兹，四十二岁，家住南帕萨迪纳的阿尔塔洛马维斯塔街1349号。克鲁兹犯过两次重罪，进过福尔松监狱[2]，两次都是一级抢劫。他早就不知去

1　此处是著名的好莱坞永久墓园（Hollywood Forever Cemetery），葬有许多好莱坞明星和从业名人。

2　福尔松监狱（Folsom）：加利福尼亚的州立监狱之一，属于最高警卫级别的监狱。

向，妻子声称那辆拉塞尔在9月份就已失窃。她说车是克鲁兹的表弟阿曼多·维拉里尔偷走的，此人今年三十九岁，同告失踪。这个案件做初期询问的是哈里·西尔斯和我，目击证人说车里坐着两名墨西哥人。哈里，你有什么要补充的吗？"

一个衣冠不整的矮壮男人站起来，转身面对众人。他咽了几口唾沫，结结巴巴地说："克……克……克……克鲁兹的老婆在跟表……表……表……表弟偷……偷情。那辆轿……轿……轿……轿车从没报案遭……遭窃，邻居说……说克鲁兹的老婆希望表……表弟违反假释条款，这样克……克……克鲁兹就不会发现他们的事情了。"

哈里·西尔斯一屁股坐下。米勒德对他笑笑："谢了，搭档。诸位先生，克鲁兹和维拉里尔违反本州的假释条例，现已潜逃，是需要优先缉拿的逃犯。全境通告和逃犯拘捕令已经发出。接下来这句是重点：两个家伙都是酒鬼，加起来有上百次醉酒记录了。肇事逃逸的酒鬼是个大威胁，所以咱们务必要逮住他们。警监？"

蒂尔尼起身吼道："解散！"警察向我拥过来，不是和我握手就是猛拍我后背，也有人轻击我的下巴。我一一接受，等集合室终于空了，埃利斯·洛韦走过来，边走边拨弄挂在马甲上的斐贝卡[1]钥匙。

"你不该跟他硬碰硬，"他旋转着钥匙说，"三个裁判的记分牌上你都领先。"

---

1 斐贝卡（Phi Beta Kappa）：美国最负盛名的荣誉学会，创立于1776年。

我迎上地检官的视线："但五号议案通过了，洛韦先生。"

"没错，是通过了。但你让几个支持者输了钱。警员，来了这里就放聪明点儿。别把这个好机会也和拳赛一样搞砸了。"

"手下败将，准备好了吗？"

布兰查德的叫声救了我。我跟着他离开，没在当时当地就把事情搞砸。

我们坐着布兰查德的私车往南走，这是辆40款的福特轿车，仪表盘底下违规安装了双向无线电设备。李唠唠叨叨地介绍工作内容，我望着洛城闹市区的街景。

"……大部分时候，我们追捕高优先级的通缉犯，但也会帮洛韦寻找关键证人。不太频繁——他通常叫弗里茨·沃格尔给他跑腿，比尔·凯尼格充当打手。一对傻鸟。总而言之，咱们偶尔会有无所事事的一段时间，按理说应该依次走访其他警局，看他们的分队办公室里有什么高优先级的案子，也就是各个地区法院发出的令状。洛城警局每个分局都有两个人的令状组，但他们把大部分时间花在听风声上，因此按理说咱们要帮他们的忙。有时候，就像今天，你会在重案罪行概要会上听到些消息，或者在公示牌上看见热门案件。假如实在闲得没事干，你可以替警局的九十二条讼棍递送公文。每趟3美元，挣点儿零花钱。真正挣钱的是追讨欠账。卖道奇的H. J.卡鲁索和卖奥兹莫比尔的耶克尔兄弟都给了我期款逾期的名单，全都是黑人，信用卡公司的追账员太娘娘腔，不敢跟这种案子。搭档，你有什么问题吗？"

我按捺住了冲动，没有问"你为什么不睡凯伊·雷克"或者

"既然说到这个，她到底是怎么一回事"。

"有。你为什么退出拳坛，加入警队？别跟我扯什么妹妹失踪和抓罪犯给你秩序感。我听过两次了，实在没法相信。"

李的眼睛盯着车流："你有姐妹吗，亲戚家的孩子有你特别关心的吗？"

我摇摇头："我的家人都死了。"

"劳丽也是。我十五岁那年想通的。妈妈和爸爸还在花钱发传单和请侦探，但我知道她已经走了。我总在脑子里设想她长大的样子。舞会皇后，全优生，嫁人成家。越想越他妈心痛，于是我就想象她长大后学坏了。你也知道，变成荡妇什么的。挺能安慰人，但感觉糟透了。"

我说："唉，对不起。"

李用胳膊肘捅了捅我："没什么抱歉的，因为你说得对。我退出拳坛，加入警队，其实是因为本尼·西格尔在对我施压。他买断我的合同，吓走我的经理，答应让我跟乔·路易斯[1]对战，只要我肯替他打两场假拳就行。我说没门，转身加入警队，因为犹太辛迪加伙计有不杀警察的规矩。但想到他或许会不顾一切地干掉我，我还是被吓得屁滚尿流，因此当我听说大道–国民银行的劫匪不但抢了银行的钱，还顺手牵羊拿了本尼的钱，就冲出去拼命追问线人，直到把波比·德威特的脑袋装上盘子为止。我让本尼先逼问德威特。本尼的副手说服他打消干掉德威特的念头，然后我才给好莱坞分局通风报信。本尼现在是我的好朋友了，经常给我

---

1 乔·路易斯（Joe Louis，1914—1981），美国职业重量级拳击手，公认是历史上最伟大的重量级拳击手之一。

赛马的内幕消息。下一个问题。"

我决定不再追问凯伊的事情。望向街道，我发现闹市区已经变成了满眼破落小宅院的街区。李和"虫佬"西格尔的往事落进我心中；我正忙着琢磨，李忽然放慢车速，靠边停了下来。

我脱口而出："这是干什么？"李答道："满足我个人的好奇心。还记得重案报告里的案件吗？"

"当然。"

"蒂尔尼说高地公园有四起犯罪没有告破，对吧？"

"是的。"

"他还提到有份强奸犯的熟人名单，对不对？"

"没错。到底——"

"板牙，我读过那份备忘录，认出了一个销赃人的名字——布鲁诺·阿尔巴内塞。他在高地公园的一家墨西哥餐厅门外活动。我打电话给高地公园分局，问到那几起案件的发生地点，其中有两处与这个销赃人的活动地点还不到半英里。这儿是他家，档案科说他有一大堆没付清的交通罚单，法院也签发过拘捕令。剩下的不需要我画图说明了吧？"

我们下车，走过遍地狗屎、杂草丛生的前院。李在前门廊赶上我，按响门铃，屋里响起狂躁的犬吠声。

门打开了，门框上的链子没解开。狗叫声越来越响，我隔着门缝瞥见了一个邋遢妇人。我大喊："警察！"李把脚卡在门框和长条地毯之间；我伸手进去，解下门链。李推开房门，女人跑上前门廊。我走进室内，琢磨狗在哪儿。我正在打量破旧的客厅，一只硕大的棕色獒犬忽然张着嘴巴扑了上来。我赶忙掏枪，大狗却开始舔我的脸。

我们就这么站在那儿，狗的前爪搭在我肩膀上，仿佛我俩正在跳林迪舞[1]。狗啪嗒啪嗒地舔我，女人大喊："乖点儿，弓锯！乖点儿！"

我抓住狗的前腿，把它放回地面，它的注意力随即转向我的腹股沟。李已经开始和邋遢妇人谈话了，正在向她展示疑犯的大头照。她摇头表示否定，两只手扶着臀部，怎么看都是一位被惹怒了的好市民。我走过去，弓锯跟在背后。

李说："阿尔巴内塞夫人，这位警官的等级比较高。您能把刚才告诉我的再对他说一遍吗？"

邋遢妇人挥舞拳头表示愤懑，弓锯跑上去闻李的腹股沟。我说："女士，您的丈夫在哪儿？我们不能在您这儿耗一整天。"

"我告诉过他了，再对你说一遍也一样！布鲁诺已经改过自新了！他不和罪犯来往，我也不认识什么科尔曼谁谁谁的！我丈夫是生意人！假释官两周前叫他别去那家墨西哥餐厅附近打转，我不知道他去了哪儿！弓锯，乖点儿！"

我扭头去看真正等级比较高的警官，他忙着和200磅的大狗跳摇摆舞。"女士，你丈夫是著名的销赃人，还积累了数量惊人的交通罚单。我车里有张最近失窃物品的清单，如果你不说出他的下落，我就把你家翻个底朝天，直到找出一两样赃物为止。然后，我会因为收贼赃而逮捕你。你说怎么样？"

---

1 林迪舞（Lindy Hop）：摇摆舞的分支之一，出现于20世纪20—30年代。

邋遢妇人拿拳头使劲擂腿，李用蛮力好不容易让弓锯四肢落地，他说："有些人就是敬酒不吃吃罚酒。阿尔巴内塞夫人，听说过俄罗斯轮盘赌吗？"

那妇人一脸不高兴："我又不傻。告诉你，布鲁诺真的已经改过自新了！"李从后腰抽出一把点三八短管左轮，打开弹仓看了一眼，然后啪地关上："枪里有一粒子弹。弓锯，你觉得你运气好不好？"

弓锯回答："汪！"女人说："你敢？"李用点三八抵住大狗的太阳穴，扣动扳机。撞锤咔嗒一声落在一个空弹膛上，女人倒吸一口凉气，脸色开始发白。李说："还有五次机会。弓锯，准备去狗天堂吧。"

李第二次扣动扳机。撞锤再次咔嗒轻响，我忍住没有捧腹大笑，弓锯百无聊赖地舔起了卵蛋。阿尔巴内塞太太紧闭双眼，虔诚地祈祷。李说："狗狗啊，该去见你的造物主了。"女人终于憋不住了："别开枪千万别开枪！布鲁诺在银湖[1]看酒吧！凡杜街的美景餐厅！请别伤害我的宝贝！"

我们走回车上，李把点三八的空弹仓亮给我看，弓锯快活的吠叫声在身后回荡。去银湖的路上我笑个不停。

美景是一家带酒吧的烤肉店，外形像是西班牙式的牧场大屋——砖墙刷过石灰水，尽管离圣诞节还有六周，但角塔已经装上了彩灯。室内很清凉，放眼望去全是暗色的木制品。长条橡木

---

1 银湖（Silver Lake）：洛杉矶的区域之一，位于好莱坞以东，闹市区西北。

吧台紧邻门厅，吧台里面的男人在擦酒杯。李亮出警徽："布鲁诺·阿尔巴内塞？"那男人指指餐馆后部，垂下了视线。

烤肉店的后部很狭窄，灯光昏暗，摆放着蒙人造革的卡座。狼吞虎咽的声音带领我们走向最后一个也是唯一有人的卡座。一个肤色黝黑的瘦子趴在堆满豆子、辣酱和乡村蛋饼的盘子上，把食物往嘴里塞的劲头像是在吃这辈子最后一顿饭。

李敲敲桌子："警察。你是布鲁诺·阿尔巴内塞？"

男人抬起头："谁，我？"

李坐进卡座，指着墙上的圣像织锦说："不，马槽里的小孩儿。少跟我磨蹭，省得让我看你吃东西。你的罚单堆积如山，但我和我搭档都很喜欢你的狗，所以不打算抓你回局里。我们对你不错吧？"

布鲁诺·阿尔巴内塞先打个嗝，然后说："言下之意是要我说点儿什么，是吧？"

李说："聪明人。"他把梅纳德的大头照摆在桌上："我们知道他向你卖贼赃，我们不关心这个。他在哪儿？"

阿尔巴内塞看着照片，打着嗝说："从没见过这家伙。有人给你们瞎指路。"

李看着我，叹了口气。他说："有人就是敬酒不吃吃罚酒。"然后一伸手抓住布鲁诺·阿尔巴内塞的后脖颈，把他的脑袋狠狠地按进黏糊糊的食物里。油脂浸进布鲁诺的嘴巴、鼻子和眼睛，他挥舞胳膊，两条腿从下方猛敲台面。李把他按在那里，朗诵似的说："布鲁诺·阿尔巴内塞是个好人。他是好丈夫，是儿子弓锯的好父亲。他不怎么配合警方的工作，但说到底人无完人嘛。搭档，能给我一个理由，让我饶了这人渣的狗命吗？"

阿尔巴内塞发出咕噜咕噜的溺水声，鲜血淌进他的乡村蛋饼。

"怜悯，"我说，"就连销赃人也配得上更好的最后一顿晚餐。"

李说："这话不假。"然后松开了阿尔巴内塞的脑袋。阿尔巴内塞淌着血抬起脑袋，拼命喘息，擦掉脸上的全套墨西哥食谱。他好不容易透过气来，气喘吁吁地说："第六街和圣安德鲁斯大道路口的凡尔赛公寓，803房间，千万别让别人知道是我说的！"

李答道："Bon appetit[1]，布鲁诺。"我说："没问题。"我们跑出餐馆，一路三号状况赶往第六街和圣安德鲁斯大道路口。

走进凡尔赛公寓的大堂，信箱标签说803房间的住客叫梅纳德·科尔曼。我们搭电梯到八楼，按门铃。我把耳朵贴在门上，什么也没听见。李掏出一串万能钥匙，挨个插进锁眼，试出合适的一枚，随着清脆的咔嗒一声，锁簧弹开了。

我们走进黑暗而闷热的狭小房间。李打开顶灯，照亮了一张墨菲床[2]，床上摆满毛绒玩具，有泰迪熊，有熊猫，有老虎。小房间很简陋，弥漫着汗臭和药品的气味，我说不清具体都有什么药物。我抽抽鼻子，李替我说出名字："凡士林和可的松。我本来想亲自把梅纳德交给杰克警监，但现在我要让沃格尔和凯尼格先收拾他。"

我走到床边，仔细查看动物玩具，它们两腿之间都用胶带贴

---

1 法语：祝你胃口好。
2 墨菲床（Murphy bed）：指不用时可折叠收进墙上的床，得名于发明者。

了一圈柔软的毛发。我打个寒战，扭头看李。他脸色苍白，面部肌肉的抽搐扭曲了五官。我和他对视片刻，默默离开房间，搭电梯下楼。回到人行道上，我问他："现在怎么办？"

李的声音在颤抖："找个电话亭，给车管所打电话。把梅纳德的化名和这个地址报给他们，看过去一个月左右有没有给他开过粉单。如果有，问他们要车辆描述和车牌号码。我在车上等你。"

我跑到路口，找到投币电话，拨通车管所的警用查询专线。一名工作人员接起电话："请说明身份。"

"布雷切特警员，洛城警局，徽章编号1611。请帮我查车辆购买记录，梅纳德·科尔曼或科尔曼·梅纳德，洛杉矶市，圣安德鲁斯大道南643号。很可能是最近的事情。"

"记下了——请稍等。"

我拿着记事簿和钢笔等待，脑海里都是那些毛绒玩具的画面。过了足足五分钟："警员，有记录。"这句话让我为之一震。

"请说。"

"迪索托轿车，38款，深绿色，车牌号码BV1432，重复一遍，B——"

我记下号码，挂断电话，跑回车上。李正在细查洛城街道地图，边看边记笔记。我说："找到了。"

李合上地图："他很可能喜欢在学校附近转悠。高地公园那几桩案子的发生地点附近都有小学，这一片也有六家。我刚才用无线电通知过好莱坞和威尔夏的警察，把已知情况告诉了他们。会有警车巡查各家学校，顺便把梅纳德的消息放出去。车管所有什么线索？"

我指指记事簿。李抓起无线电的麦克风，拧到外发档。静电噪声轰然而起，双向无线电随即陷入沉默。李说："去他妈的，咱们行动。"

我们在好莱坞和威尔夏两个地区的小学巡逻。李开车，我在路边和学校的停车场寻找绿色迪索托轿车和游荡的人。我们停了一次车，李用加梅韦尔电话匣给威尔夏和好莱坞分局打电话，把车管所给的资料告诉他们，两边都保证会通知每个班次的每一辆配备无线电的警车。

这几个钟头我们几乎没交谈过。李紧抓方向盘，指节都发白了，在慢车道上缓缓行进。他只在停车询问几个正在嬉闹孩童时换过表情。随后他的眼神变得蒙眬，双手不停颤抖，我觉得他不是想哭就是要爆发了。

然而他只是呆视前方，把车开回路上这个动作虽说简单，却似乎让他冷静了下来。他像是很清楚他能放任自己流露出多少情感，发泄完就重新开始履行警察职责。

刚过下午3点，我们沿着凡尼斯大道往南走，凡尼斯大道小学就在路边。到了离学校还有一个街区的地方，经过极地宫殿时，我们看见挂BV1432车牌的绿色迪索托从反方向驶来，它和我们擦肩而过，开进冰场门前的停车场。

我说："逮住他了。极地宫殿。"

李来了个180度转弯，隔着马路在停车场对面的路边停下。梅纳德在锁车，眼睛直瞄一群肩挂冰鞋的孩子，孩子们蹦蹦跳跳地走向冰场入口。"咱们上。"我说。

李说："你去抓他，我怕我会控制不住脾气。首先确保孩子安全，但他敢轻举妄动就毙了他。"

便衣警察单独出动严重违反警局规定。"你疯了吗？这是——"

李把我推出车门："去抓住他，该死的！咱们是令状组，不是他妈的小学生！快去抓住他！"

我躲过来往车辆，横穿凡尼斯大道，走进停车场，瞅见梅纳德在一大群孩子中间进了极地宫殿。我冲向前门，一把推开，告诉自己要沉着冷静。

寒气扑面而来，冰面反射的强光照得我眼睛发疼。我护住眼睛，四处张望，看见了混凝纸搭的峡湾和爱斯基摩小圆屋形状的快餐摊。几个孩子在冰上绕圈，还有几个孩子对着侧门旁边用后腿站立的北极熊标本噢噢啊啊叫个不停。没有成年人的踪影。我立刻反应过来：男厕所。

路标指引我走向地下室。楼梯走到一半，梅纳德出现在底下的楼梯口，双手抱着一只小小的毛绒兔子。803房间的恶臭又回来了。他正要从我身旁走过，我说："警察，你被捕了。"同时拔出点三八。

犯人举起双手，毛绒兔子飞上半空。我把他按在墙上，先搜身，然后从他背后铐住他的双手。我推着他上楼梯，脉搏在我脑袋里嘭嘭作响，我感觉到有东西在捶打我的两腿。"放开我爸爸！你放开我爸爸！"

袭击者是个穿短裤和海魂衫的小男孩。我只花了半秒钟就认出他无疑是犯人的孩子，两人简直是从一个模子里铸出来的。男孩揪住我的腰带，没完没了地号叫"放开我爸爸"；他父亲嚷嚷着叫我给他一点儿时间道别和找保姆。我没停下，一路爬上楼梯，穿过极地宫殿，一只手拿枪指着犯人的脑袋，另一只手推着他往前走，男孩在背后拽我，又是哭闹又是使出浑身力气打我。人群开始聚集，我大喊："警察办案！"他们纷纷散开，给我让出一条出门的路。有个老家伙替我开门，见到我的脸不由大喊："嘿！你不是'板牙'布雷切特吗？"

我喘了口气，说："拉开这孩子，打电话叫个女看管来。"抢王八拳打我的孩子被拉走了。我看见李的福特车在停车场里，于是推着梅纳德过去，把他塞进后座。李猛按喇叭，飞速离开。强奸犯在嘟囔耶稣基督啥啥啥，我却在琢磨，为什么连震天的喇叭声也盖不住小男孩尖叫要爸爸的嘶喊。

我们把梅纳德送进法院拘留所，李打电话到中央警局的办公室，告诉弗兰兹·沃格尔说那名犯人已经收押，准备因为邦克尔山的劫案接受审讯。回到市政厅，我们打电话通知高地公园分局的警察，说梅纳德已被逮捕，然后又打电话到好莱坞少管所，询问孩子的情况，借此安慰一下良知。接电话的女看管说比利·梅纳德在他们那儿，正在等母亲来接，科尔曼·梅纳德的前妻是汽车餐馆的服务员，有六次卖淫前科。男孩还在闹着要爸爸，挂断的时候我真希望自己没有打过这个电话。

接下来的三个钟头花在了写报告上。我手写了执行逮捕的警员要提交的概要报告；李用的是打字机，他没提起我们私闯科尔曼·梅纳德的住处。写报告的时候，埃利斯·洛韦来我们的隔间兜了一圈，嘟囔着说"抓得漂亮"，还有"上了法庭，我能从孩子的角度弄死他们"。

7点钟,我们做完了文书工作。李在空中打个对勾:"又为劳丽·布兰查德挣了一分。搭档,饿不饿?"

我起身伸懒腰,忽然觉得食物诱人之至。这时,我看见弗里茨·沃格尔和比尔·凯尼格走向我们的隔间。李悄声说:"友好点儿,他们跟洛韦走得很近。"

从近处仔细看,他们很像两个洛城公羊队[1]的前队员,多年前从中线上退了下来。沃格尔又高又胖,硕大的扁脑袋仿佛直接从衣领上长出来的,蓝眼睛的颜色之淡,是我从来没看见过的;凯尼格则是真正的庞然巨物,比我的六英尺三还高几英寸,犹如中后卫的身体刚开始松弛。他的鼻子又宽又平,招风耳,弯下巴,满嘴豁口小牙。凯尼格一脸蠢相,沃格尔一脸奸诈,两人都一副凶相。

凯尼格咯咯一笑:"他招供了。猥亵幼童,入室盗窃,全招了。弗里茨说我们会获得嘉奖。"他伸出手:"你把金发小子打得够呛。"

我握握他的巨手,注意到凯尼格的右手袖口有新鲜血迹。我说:"谢了,警司。"然后向弗里茨·沃格尔伸出手。他愣了半秒钟才握住,用怒气冲冲的冰冷眼神瞪着我,随即扔下我的手。

李拍拍我的后背:"板牙是号人物。有胆有识。跟埃利斯说过他招供了?"

沃格尔说:"警司以下的没资格叫他埃利斯。"

李哈哈一笑:"我有特权。再说了,你们在背后管他叫犹太佬

---

1 公羊队(Rams):美国美式足球球队名,1946—1994年的主场是洛杉矶。

和犹太崽，这也不太对吧？"

沃格尔的脸涨得通红。凯尼格张着嘴巴左右看，他转过去的时候，我注意到他的衬衫前襟也溅上了血点。沃格尔说："比利，走吧。"凯尼格听话地跟着他走回大间办公室。

"你不是说友好点儿吗？"

李耸耸肩："一对烂人。他们如果不当警察，肯定得进阿塔斯卡德罗[1]。照我说的做，搭档，别学我的样子。他们害怕我，但你只是新人。"

我正在搜肠刮肚地寻找能刺人的回答，看起来比早晨还要邋遢一倍的哈里·西尔斯把脑袋探进房门："李，听说一个消息，我想应该告诉你。"他说话时毫无口吃迹象，我闻到他的呼吸中有酒味。

李答道："请讲。"西尔斯说："我今天去过县假释办，他们的头儿说波比·德威特的假释申请得了个'准'字。1月中旬获释，地点就在洛杉矶。我想应该提醒你一声。"

西尔斯对我点点头，走开了。我看着李，他的面部肌肉又开始抽搐，像极了他在凡尔赛公寓803房间时的样子。我说："搭档——"

李挤出一个笑容："咱们去填饱肚子。凯伊今天做罐焖牛肉，她说我该请你回家吃一顿。"

我跟他回家只是想见这个女人，他们的住处让我大吃一惊：那

---

1 阿塔斯卡德罗（Atascadero）：著名的加州州立精神病院所在地。

是一幢米黄色房屋，糅合了装饰艺术和流线型风格，位于日落大街以北四分之一英里。进门时，李说："别提德威特，会破坏凯伊的心情。"我点点头，望着眼前整个从电影布景里搬出来的客厅。

护墙板是抛光的桃花心木，家具走的是丹麦现代主义：闪闪发亮的金黄色木材，用了六七种不同的色调。墙上挂着20世纪大师画作的复制品，地毯绣着现代主义的图案：浓雾笼罩的摩天大楼，森林中的高大树木，德国表现主义工厂里的尖塔。客厅连着餐厅，桌上摆着鲜花，保温盘漏出美食的气味。我说："警察的薪水住得起这种地方？搭档啊，你没少收贿赂吧？"

李大笑："打拳挣的。宝贝，你在哪儿？"

凯伊·雷克走出厨房，衣服的花朵图案很配桌上的郁金香。她握住我的手："你好，德怀特。"我觉得自己像个闯进高中生舞会的小流氓。

"你好，凯伊。"

她捏了一下我的手，随后放开，有史以来时间最长的握手终于结束。"你和李成了搭档。简直想让人相信童话故事，对吧？"

我扭头找李，却发现他已经不见了。"不，我这人比较现实。"

"我就不一样。"

"我看得出。"

"我经历过的现实够我消受一辈子了。"

"我知道。"

"谁告诉你的？"

"洛杉矶《先驱快报》。"

凯伊哈哈一笑："看来你还是读了我的剪报集。得出什么结论吗？"

"当然，童话故事没有好结局。"

凯伊使眼色的样子和李很像，我觉得李大概就是从她这儿学的。"所以才必须把童话故事变成现实。李！开饭了！"

李重新现身，我们坐下吃饭；凯伊开香槟，为我们斟酒。等三个杯子都满了，她说："敬童话故事。"我们一饮而尽，凯伊再次斟满，李说："敬公债提案B。"第二杯泡沫十足的香槟刺得我鼻子发痒，我忍不住笑了。我的祝酒词是："敬布雷切特和布兰查德在波罗球场重赛，门票收入超过路易斯对施梅林[1]。"

李说："敬布兰查德两连胜。"凯伊说："敬平局和不见血。"一瓶见底，凯伊从厨房又拿出一瓶，开酒瓶时，软木塞打中李的胸口。我看着高脚杯倒满，一时心血来潮，不假思索地说："敬我们。"李和凯伊像慢动作似的扭头看我，我注意到三个人不拿酒杯的手都摆在桌上，彼此相隔不过几英寸。凯伊见到我发现了这个细节，朝我挤挤眼睛。李说："我就是跟她学的。"我们的手凑在一起，交错握成三角形，我们齐声祝酒："敬我们。"

对手成了搭档，搭档成了朋友。友情又带出了凯伊，她从不挡在我和布兰查德之间，但总在工作外用格调和高雅充实我们的生活。

---

1 乔·路易斯和德国的世界拳王施梅林在20世纪30年代末打过两场，均是轰动世界的拳坛事件。

1946年秋天，我们不管去哪儿都是三个人。看电影时，凯伊坐在中间，碰到吓人的场面就握住我们俩的手；周五晚上去"马里布之约"在大乐队伴奏下跳舞时，她轮流当我们俩的舞伴，靠投硬币决定跟谁跳最后一支慢舞。李从没流露出半分嫉妒，凯伊赤裸裸的勾引也逐渐变成了文火细煨。每当我和凯伊的肩膀相触，每当收音机里的押韵宣传词或者好玩儿的广告牌或者李的哪句话让我和凯伊起了相同的反应，我和她同时望向对方，总能感觉到那种情绪。越是安静，我就越是知道凯伊就在那儿等我，而我也越是想要她。但我没有迈出那一步，不只因为这样会毁掉我和李的搭档关系，更是因为会扰乱我们三个人的完美组合。

　　执勤结束以后，李和我总是去那幢屋子，总会发现凯伊正在读书，边读边用黄色蜡笔标出一些段落。她总给我们三个人做饭，李有时候骑上摩托车去穆赫兰道兜风。碰到这种时候，我就和凯伊聊天。

　　我们的话题总是绕开李，这个蛮力第一的家伙是我们三个人的中心，在背后议论他就像是在偷情。凯伊喜欢谈她的六年大学生涯，李如何用打拳的积蓄资助她拿了两个硕士学位，而作为一名"教育过度的业余爱好者"，代课老师这份工作又是如何适合她；我喜欢谈我这个德国佬在林肯高地的成长历程。我们从不提起我对外侨管理处告密的事情，也不提起她和波比·德威特同居的生活。我们都大致知道对方的经历，但谁也不想知道具体细节。这方面我有优势：秀夫兄弟和山姆·村上要么没了音讯，要么已经过世，但波比·德威特还有一个月就要获得假释回洛城了——我看得出凯伊很害怕他的归来。

李即便心里害怕，但从哈里·西尔斯报信那一刻以后就没再显露出来，也没有影响他享受我们最美好的那段时光，就是在令状组工作的这段时间。那年秋天，经过李的教导，我搞明白了警务工作究竟是怎么一回事。

从11月中旬到新年，我们统共逮了十一名重罪逃犯、十八名交通违规者和三名在假释期或缓刑期潜逃的罪犯。我们还拦下了一些形迹可疑的游荡者，这又给我们添上了六七条逮捕记录，全都是因为违反麻醉品处罚条例。我们的任务有些来自埃利斯·洛韦的直接委派，有些来自重罪清单，也有些来自大间办公室里的闲言碎语，但经过了李的敏锐直觉的过滤。他的破案技巧有时审慎迂回，有时蛮不讲理，然而他对孩子总是非常温柔；也有非得动用暴力获得情报的时候，不过全是因为其他法子都问不出结果了。

我们就这么成了红脸加黑脸的审讯组合；火先生自然是黑脸，冰先生是红脸。我们在拳击界的名声让我们在街道上格外受到尊敬。李猛拍线人的后脖颈要情报，而我替被打的家伙求情，我们总能如愿以偿。

搭档关系并不处处完美。碰到二十四小时出任务，为了保持清醒，李会逼着毒虫给他安非他命药片，然后一把一把往嘴里塞；每个被他问话的墨西哥人都是"潘乔"[1]。粗蛮劲头一涌而出，翩翩风度荡然无存，他演黑脸有两次过于入戏，我不得不动真格的才拉住他。

---

1 原文系Pancho，是常见的墨西哥人（西班牙裔）的名字。

但对于我的学习来说，这只是微不足道的小小代价而已。有李教导，我成长得很快，注意到这一点的并不只有我自己。埃利斯·洛韦尽管在拳赛中输了500美元，但随着李和我一个接一个地抓来他垂涎三尺想起诉的重罪犯，他对我还是变得越来越热络了；弗里茨·沃格尔，他憎恨我无非是因为我抢走了他儿子的令状组职位，也心不甘情不愿地承认我这个警察确实出色。

另外，令人惊讶的是，我的本地名人身份维持了很长时间，足够让我得到一些额外好处。H.J.卡鲁索，也就是那位因电台广告而出名的汽车经销商，很喜欢找李帮他讨账。正职工作比较清闲的时候，我们就在沃茨和康普顿地区寻找拖欠款项的车辆。每次找到这种车子，李就踢碎驾驶员座位的车窗，爬进去热发动引擎，我则从旁把风。然后我和他各开一辆车，返回卡鲁索在菲格洛亚街的停车场，H.J每次都塞给我俩一人一张10美元的票子。我们跟他扯些警察、劫匪和拳击的话题，事后他会送我们一瓶上等波本威士忌当回礼。李总是把酒送给哈里·西尔斯，好让他继续从凶杀组把有价值的线索透给我们。

周三晚上我们有时和H.J一起去奥林匹克体育馆看拳赛。他在拳台边有个特别搭建的包间，能挡住顶层的墨西哥人抛向拳台的硬币和装了尿的啤酒罐，吉米·列侬在赛前仪式中经常宣布我们也在场。本尼·西格尔时不时来包间坐坐，然后和李出去谈话。李每次回来都面露惧色。他一度开罪过的这位先生是西海岸势力最大的黑帮头目，报复心之强众所周知，脾气更是坏得一点就炸。但李却总能得到赛马的内幕消息，西格尔让他押的马匹总能赢。

秋天匆匆而过。圣诞节那天，养老院允许我把老头子带走，我带他去那幢屋子共进晚餐。他的中风恢复得不错，但仍旧不记得怎么说英语，一直在用德语唠唠叨叨。凯伊喂他吃火鸡和鹅肉，李听了他一晚上的德语独白，每当老头子停下来喘息，他就插上一句"老爷子，有道理啊"，或者"简直疯了"。我把老头子送回养老院，他竖起胳膊对我使个粗鲁手势，随后居然不靠别人搀扶就走了进去。

元旦前一天，我们开车去巴尔博亚岛赶斯坦·肯顿乐队的场子。我们畅饮香槟，跳舞迎接1947年，凯伊投硬币决定跟谁跳今年最后一支曲子，又在午夜到来时把新年初吻给谁。李赢了那支舞。望着两人在舞池里随着《不忠》[1]旋转，想到他们对我人生作出的改变，我不禁倍感惊异。12点到了，乐队奏响欢腾的曲调，我不知道该怎么渡过难关。

凯伊替我解决了问题，她轻轻地吻上我的嘴唇，悄声说："我爱你，德怀特。"还没等我回答，一个胖女人就抓住我，在我脸上响亮地亲了一记。

我们开车走太平洋海岸公路回家，挤满了不停按喇叭的狂欢车辆的街道还不止这一条。到了那幢屋子，我的车子发动不起来了，于是我给自己在沙发上铺了张床，酒劲发作，我没两分钟就酣然睡去。天快亮时，隔墙传来的发闷声音吵醒了我。我竖起耳朵分辨，听到的先是啜泣，然后是凯伊的说话声，我从没听见过她用这么柔和、这么低沉的音调说话。啜泣越来越响，渐渐变成呜咽。我用枕头压住脑袋，强迫自己返回梦乡。

---

1 《不忠》（*Perfidia*）：著名情歌，由墨西哥作曲家阿尔贝托·多明戈斯（Alberto Domínguez）所作。

第六章

1月10日的重罪概要稀松平常，我基本上从头到尾都在打瞌睡，最后被杰克警监的一声怒喝叫醒："就这样。米勒德警督、西尔斯警司、布兰查德警司、布雷切特警员，立刻去洛韦先生的办公室报到。解散！"

我穿过走廊，走进埃利斯·洛韦办公室的内间。李、罗斯·米勒德和哈里·西尔斯比我早到，他们围拢在洛韦的办公桌旁，正在看《先驱报》的晨间版。

李对我使个眼色，递给我一份翻到本地新闻的报纸。出现在眼前的标题是《1948年共和党初选，犯罪科地检官是否参与角逐宝座？》。我读了三段，都是说埃利斯·洛韦和他如何关怀洛杉矶市民的溢美之词，赶在呕吐前把报纸丢回桌上。李说："大人物驾到。埃利斯，你莫非打算从政？说'我们唯一必须畏惧的就是畏惧本身'，让大家听听你的发音。"

李对罗斯福的模仿逗得大家哈哈大笑，连洛韦也嘿嘿地笑了几声，同时拿出了一叠附有全套大头照的犯罪记录表："这儿有位我们都必须畏惧的先生。读一下就知道为什么了。"

我读着记录表。文件逐条列出了雷蒙德·道格拉斯·"小弟"纳什的犯罪生涯，白种男性，1908年出生于俄克拉荷马州的塔尔萨市。纳什的定罪记录早在1926年就开始了，因法定强奸、武装抢劫、一级伤害和重罪攻击而多次出入得克萨斯州立监狱。加州向他发出了五项指控：三项武装抢劫逮捕令由奥克兰县签发；1944年的另外两项重罪来自洛城，分别是一级法定强奸和唆使未成年人犯罪。犯罪记录表的结尾处有旧金山警局情报科的注释，说怀疑纳什与湾区的十二起持械抢劫案件有关，有消息称他是1946年5月恶魔岛未遂越狱案的外部接应者之一。读完报告，我仔细端详那组大头照。"小弟"纳什一副俄农[1]近亲交配生出来的典型烂仔样：长脑袋，骨节嶙峋，薄嘴唇，小眼睛，耳朵像是从小飞象头上摘下来的。

我瞥了一眼另外几个人。洛韦在读《先驱报》，米勒德和西尔斯还在看记录表，各自板着一张扑克脸。李说："给我们说点儿好消息吧，埃利斯，他在洛城，而且做事很不当心，是不是？"

洛韦抚弄着他的斐贝卡钥匙："目击证人指认他上周末在雷莫特公园地区两次持械抢劫，所以他没出现在重罪概要里。他在第二起劫案中用枪身殴打一名老妇人，她一小时前在好心撒马利亚人医院过世了。"

哈里·西尔斯结结巴巴地说："有已知联系人吗？"

---

1 原文为okie，美国对20世纪30年代来自俄克拉荷马州的流动农业工人的蔑称，后用于泛指流动农业工人。

洛韦摇摇头："蒂尔尼警监今天早晨跟旧金山警局谈过。他们说纳什是独狼型的，受雇参与恶魔岛越狱案只是个例外。我——"

罗斯·米勒德举起手："纳什的性袭击对象有共同特征吗？"

"正要说到这个，"洛韦说，"纳什显然喜欢黑人姑娘，年轻女孩，特别是还在青春期的。他的性袭击受害人全都是有色人种。"

李示意我走向门口："咱们去趟大学分局，看看他们刑侦组的报告，从那附近开始查。我敢打赌，纳什肯定躲在雷莫特公园的什么地方。那儿是白人区，但也有从南边曼彻斯特来的黑人。想搞女人的话有不少地方供他短摸。"

米勒德和西尔斯起身准备离开。洛韦走到李的面前："警司，尽量留他一命。他死有余辜，但请尽量忍住。"

李亮出招牌式的恶魔狞笑："我尽量，长官。但上了法庭你必须弄死他。投票人希望'小弟'这种货色上电椅，让他们到了晚上感觉安全些。"

我们的第一站是大学分局。刑侦组老大把抢劫记录拿给我们看，劝我们别浪费时间详查那两家超市的附近地区，因为米勒德和西尔斯已经着手去做了，他们的问话焦点是纳什所驾车辆的精确描述，就目前所知，那是辆战后生产的白色轿车。杰克警监给分局打过电话，提到纳什在女人方面的偏好，风化组调遣三名便衣探员去南边搜查黑人姑娘唱头牌的妓院。牛顿街和77街这两个辖区的住户基本上全是有色人种，分局打算晚上调遣带无线电的警车去黑种年轻人喜欢聚集的下等酒吧和游乐场，既为了防备纳什出现，也为了告诉那些孩子要当心。

我们无事可做，只能驾车巡逻，寄希望于纳什还没走远，顺便把消息散给李的线人。我们商量了一下，决定在雷莫特公园兜个大圈。

雷莫特公园地区最繁华的地方是克兰肖大街。这条马路很宽，向北延伸到威尔夏，向南到鲍德温山，透出的"战后繁荣"味道像霓虹灯一般显眼。从杰弗逊大街到雷莫特街，每个街区都有瓦砾堆，曾经富丽堂皇的房屋被夷为平地，巨大的广告牌占据了昔日的外立面，宣传着未来的百货商店、大型购物中心、儿童乐园和电影院。这些设施的完工日期从1947年圣诞节到1949年年初不一而足，我忽然想到，到1950年我大概就认不出洛城的这片区域了。向东走，我们经过一片又一片建筑空地，用不了多久，它们就会被丛生的房屋取代。继续向前，接连几个街区都是战前的砖木平房，不同之处只有颜色和门前草坪的保养水准。再往南，砖木平房变成古老的木板房屋，破旧程度每况愈下。

街上找不到长得像"小弟"纳什的人，见到的每辆新款白色轿车不是由女人驾驶，就是在模样奉公守法的好市民手上。

快到圣巴巴拉街和佛蒙特大道路口的时候，李打破了长久的沉默："这个大圈子兜得狗屁不如。我要打电话请人帮忙了。"

他开进加油站停车，下车后走向投币电话；我留在车上听双向无线电的通话。听了十分钟左右，李回到车上，脸色苍白，满头大汗："有线索了。线人说纳什在斯劳森大道和胡佛街路口的妓院搞女人。"

我关掉无线电："那附近是黑人的地盘。你觉得——"

"我觉得咱们该快走。"

我们先走佛蒙特大道，拐上斯劳森大道后往东开，驶过临街的教堂和拉直头发的美容院，驶过建筑空地和无名酒铺子——下午1点，只有这种场所的霓虹灯在闪烁"烈酒"二字。李右转弯开上胡佛街，放慢车速，扫视公寓楼前的门廊。一幢格外破烂的房屋门前，三个黑人和一个年长白人歇在台阶上，车经过的时候，我注意到那四个人认出了我们是警察。李说："毒虫。纳什按说跟黑人比较亲近，咱们去问问那几个家伙。他们要是不干净的话，咱们准能诈出纳什的地址。"

我点点头，李在马路中间急刹车。下了车，我们走过去，四个人都把双手揣在口袋里，脚在地上蹭来蹭去，被逮住问话的瘪三不管在哪儿都喜欢跳这套舞步。我说："警察。给我好好趴在墙上，动作慢点儿。"他们趴成接受搜身的姿势，双手举过头顶，扶住大楼的墙壁，脚往后放，两腿分开。

李去对付右边那两个人，白人嘟囔着说："搞什么——布兰查德？"

李说："鸟人，闭嘴。"然后开始搜他的身。我先搜中间的黑人，双手沿着长外套的袖管一路摸到底，接着探进他的衣袋。我的左手掏出好彩香烟和Zippo打火机，右手捞出一把那玩意儿。我说："有草。"然后把烟卷丢在人行道上，横着瞥了李一眼。李身边穿祖特装的黑人伸手摸向后腰，手拿出来时寒光一闪。我大叫："搭档！"立刻抽出点三八。

白人立刻转身，李近距离给他面门两枪。等我端平手枪，祖特装也打开了弹簧刀。我扣动扳机，他丢下弹簧刀，抓着脖子摔在墙上。一转身，我见到最旁边的黑人正在掏裤袋，我对他连开三枪。他朝后飞出去，听见一声"板牙卧倒！"我连忙趴倒在地，上下颠倒地看见李和最后一个黑人隔着几英尺冲向对方。没等黑人的大口径短枪瞄准好，李就连开三枪，打得他弯下腰去，倒地而亡。

我站起身，盯着四具尸体和洒满鲜血的人行道看了一会儿，跌跌撞撞地走到路边，对着阴沟大吐特吐，直到胸口发疼为止。听见警笛声越来越近，我把警徽拿出来挂在胸口，然后回过身去。李正在翻那几具尸体的口袋，掏出几把弹簧刀扔到人行道上，远离地上的血泊。他走近我，我希望他能说句俏皮话，好让我平静下来。但他没有，而是像孩子似的号啕大哭。

把这十秒钟发生的事情写成报告，花掉了那天下午剩下的所有时间。

我们在77街警署写报告，一组专门调查涉警枪击的凶杀组探员为我们录口供。他们说那三个黑人叫威利·沃克·布朗、卡斯韦尔·普里奇福特和凯托·厄尔利，都有案底，白人叫巴克斯特·菲奇，20世纪20年代后期因为抢劫蹲过两次大牢。四个家伙身上都有武器，所以他们向我和李保证，这个案子肯定不会走到大陪审团聆讯那一步。

我接受问话时很平静；李却很痛苦，他不时颤抖，嘟囔着说他在高地公园分局那会儿，曾经因为游荡抓过几次巴克斯特·菲奇，他还挺喜欢那家伙的。我在警局里寸步不离他的身边，问话结束，我领着他穿过一群疯狂发问的记者，回到车上。

回到那幢屋子，凯伊站在前门廊上，看一眼她憔悴的面容，就明白她已经知道了。她跑过来抱住李，轻声安慰道："噢，亲爱的，噢，亲爱的。"我望着他们，视线随后落向栏杆上的报纸。

我捡起报纸。这是一份《镜报》的抢早版[1]，通栏标题是《拳手警察街头枪战！四名歹徒当场毙命！》。底下不但有火与冰两位先生穿拳击短裤戴拳击手套的宣传照，还有四名死者的大头照。文章添油加醋地描述枪战，顺带回顾了10月的那场拳赛。正在读的时候，我听见李大喊道："你永远也不会明白，妈的让我清净一下吧！"

李跑出大门，绕过门前车道，冲进车库，凯伊紧追不舍。我站在门廊上，惊讶于我认识的头号硬汉内心竟如此柔弱。我听见李的摩托车发动起来，几秒钟过后，他骑着摩托驶出车库，轮胎吱吱嘎嘎地刮着路面，右转弯冲上马路，无疑是去穆赫兰道飙车了。

凯伊走回来，摩托车的隆隆噪声逐渐消失。我握住她的双手："他能挺过去的。他认识他们里的一个，所以特别难过。但他能挺过去。"

凯伊奇怪地看着我："你非常平静。"

"死的不是他们就是我们。你明天好好照看李。明天不当班，但等我们回去，非要抓住那个正牌禽兽不可。"

"你也要照看好他。波比·德威特再过一周左右就出狱了，他受审时发誓要杀死李和逮捕他的其他人。李很害怕，我熟悉波比。他能有多坏就有多坏。"

---

1 抢早版（bulldog edition）：美国的一些报纸经常在部分特定日子提前一天出版第二天的报纸。

我搂住凯伊抱紧："嘘——交给火与冰处理吧，你别担心。"

凯伊挣脱出来："你不了解波比。你不知道他都强迫我干了什么。"

我撩开她眼前的一缕发丝："我知道，但我不在乎。不对，我的确在乎，但是——"

凯伊说："我不明白你的意思。"然后一把推开我。我放她走远，心里知道要是追上去，她肯定会告诉我一大堆我不想知道的事情。前门"砰"的一声关上，我在台阶上坐下，很高兴能独自理理头绪。

四个月前，我开着无线电调度的警车巡逻，前途暗淡。现在我是令状组的探员，帮助政府发行了100万美元的债券，有杀死两个黑人的一笔职务记录。下个月我三十岁，已有五年工龄，符合参加警司考试的资格。要是能通过考试，做事再有点儿眼色，不到三十五岁我就能当上警监，而这还仅仅是起步阶段。

我心痒难耐，进屋在客厅里踱来踱去，随手乱翻杂志，在书架上找想读的书。这时我听见屋子后部传来响亮的哗哗水声。向后走，我发现浴室的门敞开着，蒸汽袅袅飘来，我知道这都是为我准备的。

凯伊赤身露体地站在淋浴龙头底下。即便我们四目相对，她的脸上还是没有任何表情。我审视她的躯体，从胸口的雀斑，到宽大的臀部、平坦的小腹，我都看得清清楚楚。接着，她为我做了个原地旋转。旧日刀疤纵横交错，从大腿一直延伸到脊梁，我抑制住颤抖，转身走开，希望她没有在我杀了两个人的当天给我看这些伤疤。

第二部

39街和诺顿大道路口

第七章

星期三一大早，电话铃吵醒了我，戛然而止的梦境里除了《每日新闻》周四的头版标题——《冰火警察击倒恶棍》，还有一个美丽的金发女郎，但她长着凯伊的身躯。我以为又是自从枪战后就纠缠不休的嗜血记者，于是摸索着拿起话筒搁在床头柜上，自顾自地钻回睡乡。然而随后我却听见"搭档，起来放光彩了！"只好重新捡起话筒。

"干什么啊，李？"

"知道今天什么日子吗？"

"15日，发薪日。早晨6点钟打电话就是为了——"我说着说着停下，因为我在李的声音中觉察出了一丝紧张，"你没事吧？"

"我挺好。一百一的时速飚过穆赫兰道，昨天跟凯伊玩了一天过家家。现在我很无聊，有兴趣做点儿警察工作吗？"

"接着说。"

"我刚和一个线人聊过，他欠我一个很大的人情。他说'小弟'纳什有个搞女人的窝点，是竞技场街和诺顿大道路口的一间车库，在一幢绿色公寓楼背后。咱们比比谁先到，输家今晚看拳赛的时候买啤酒，怎么样？"

新闻标题在眼前飞舞。我说："赌了。"挂断电话，我以破纪录的速度穿好衣服，出门跑上车，火速赶往八九英里外的雷莫特公园。结果李还是比我早到，这个街区很长，全都是建筑空地，李靠在福特车的车身上，车停在整个街区唯一的完好房屋门前，这幢平房带有院子，涂成呕吐物般的绿色，后端有个两层的简易棚屋。

我贴着他的车尾停车，钻出车门。李使个眼色："你输了。"

我说："你作弊。"

他哈哈大笑："说对了，我用投币电话打的。记者一直在骚扰你？"

我慢慢地打量搭档。他看似放松，底下却有情绪在隐然骚动，又戴上了平时插科打诨的面具。"我躲起来了，你没有？"

"'贝沃'明斯来过，问我有什么感想。我说我可不想成天靠这个吃饭。"

我指着院子说："和租客谈过吗？找过有没有纳什的车子了？"

李说："没有车，但我跟公寓管理员谈过。纳什一直在租用后面的棚屋，来搞过几次女人，但管理员说他有个把星期没见纳什了。"

"搜过棚子了？"

"没，等你呢。"

082

我拔出点三八，压在大腿侧面；李挤挤眼睛，学着我的样子拔出枪，我们穿过庭院走到棚屋前。摇摇欲坠的楼梯通向二楼，楼上楼下各有一扇看上去很单薄的木门。李推了推楼下的木门，门吱吱呀呀地开了。我们紧贴在门两边的墙壁上，我一旋身冲进室内，拿枪的胳膊伸在前面。

无声无息，没有动静，所见唯有蛛网和扔着泛黄报纸与秃轮胎的木板地面。我退出房间；李踮起脚尖，带头爬上楼梯。站上二楼平台，他转了一下门把手，摇摇头表示不行，然后飞起一脚，干净利落地从铰链上踢飞了房门。

我跑上楼梯，李把枪口先伸进房间。到了楼梯顶上，我看着他收起手枪。他说："俄农垃圾。"对整个房间打个手势。我走到门口，点头表示同意。

破败的房间里一股劣酒味道。两张展开的轿车座椅拼成床铺，占据了大部分地面，上头扔着坐垫填充物和用过的安全套。四面屋角堆着廉价麝香葡萄酒的空瓶，唯一的窗户上盖着一道一道的蛛网和灰尘。恶臭扑鼻，我走过去打开窗户。往外看，我见到一群制服警察和便衣警察站在诺顿大道的人行道上，距离39街路口往南差不多半个街区。他们都盯着一片杂草丛生的建筑空地，两辆黑白警车和一辆无标记的巡逻车停在路边。我说："李，快来看。"

李把脑袋探出窗户，眯起眼睛细看："我觉得那里有米勒德和西尔斯。今天按说轮到他们在警局听电话，所以有可能——"

我跑出房间，下楼梯，绕过屋角上了诺顿大道，李紧跟着我。看见验尸官的货车和照相师的座驾吱吱嘎嘎地急刹车，我飞奔起来。哈里·西尔斯当着六七个警察的面往嘴里灌酒，我在他眼中瞥见了恐惧。几名照相师已经走进空地，呈扇形散开，各自把相机对准地面。我挤开两名制服警察，看清了这到底是怎么一回事。

地上躺着一具裸体女尸，遭受了损毁，被拦腰截成两半。下半身与上半身有几英尺的距离，扔在草丛中，双腿大张。里面的器官不见了。所有伤口都深可见骨，但最可怕的还是女孩的脸。这张脸完全被紫色的瘀伤覆盖，鼻子被打得深深内陷，嘴巴从左耳到右耳被割成了一个不怀好意的微笑，像是在嘲笑身体遭受的其他凌虐。我知道我会把这个笑容带进坟墓。

我抬起头，全身发冷，呼吸变得急促。其他人的肩膀和胳膊从我身旁擦过，我听见杂七杂八的说话声："连他妈一滴血都没有——""当了十六年警察，从没见过谁对女人下手这么狠——""他绑着她，你看，脚腕上有绳子勒的血痕——"这时忽然响起了一声尖细悠长的呼哨。

十来个男人停止乱哄哄的交谈，一起望向罗斯·米勒德。他看上去很冷静："在情况失控之前，咱们必须作点预防措施。这场血案要是曝光过多，肯定会有许多人来自首。这姑娘被取走了内脏。我们要用内幕情报排除各种各样的神经病，没错，就是这样。别告诉任何人，别告诉老婆，别告诉女朋友，连其他警员也别告诉。哈里？"

哈里·西尔斯说："好，罗斯。"他把扁酒壶藏进手心，免得被上司看见。米勒德看见他的举动，翻个白眼表示反感："禁止记者来看尸体。照相师，现在请尽快拍照。验尸官，等他们拍完照片就用单子罩住尸体。巡警，从街面一直到尸体后面六英尺，设立犯罪现场警戒区。记者企图闯入就立刻逮捕。要是实验室来人检验尸体，就把记者赶到马路对面去。哈里，给大学分局的哈斯金斯警督打电话，叫他调遣一切空闲警力进行仔细调查。"

米勒德环顾四周，注意到了我："布雷切特，你在这儿干什么？布兰查德也在？"

李蹲在尸体旁边，拿着袖珍记事簿记录。我指着北边说："'小弟'纳什租下了那幢公寓背后的车库。我们正在检查房间，看见这儿闹哄哄的就过来了。"

"车库里有血迹吗？"

"没有。警督，这不像是纳什干的。"

"还是让实验室的弟兄来决定吧。哈里！"

西尔斯坐在一辆黑白警车里，正在对无线电的麦克风说话。听见有人叫他，他喊道："这儿呢，罗斯！"

"哈里，等实验室的人来了，你叫他们去路口的绿色公寓楼检查车库，看有没有血迹和隐指纹。然后封锁这条街——"

米勒德看见好几辆车拐上诺顿大道，径直驶向骚动的中心，他停止发号施令，我低头打量尸体。技师还在从各个角度拍照，李还在往记事簿上写东西。聚在人行道上的警官时不时瞥一眼尸体，随即立刻转开视线。街道上，记者和摄影师涌出车辆，哈里·西尔斯和一群制服警察排成一列拦住他们。我按捺不住盯着尸体看的冲动，于是从头到脚仔细端详了它一遍。

她双腿分开，从膝盖弯折的角度看得出两条腿都断了；漆黑的头发没有缠上血块，干净得仿佛杀手在弃尸前用香波给她洗了头。可怖的死后冷笑把残忍推到了极点，逼着我不得不别开视线。

我在人行道上找到李，他正在帮助其他警察拉起犯罪现场警戒绳。李的视线越过了我，就好像他只能看见空气中的鬼魂。我说："'小弟'纳什，还记得吗？"

李的视线在我脸上聚焦："不是他干的。他是个下流胚，但做不出这种事。"

更多记者赶到现场，街道越来越吵闹，制服警察手挽手排成一列阻拦记者。我对李大喊，好让他听清楚我的话："他打死了一个老太太！他是咱们的首要逃犯！"

李抓住我的胳膊，掐得我发麻："这才是我们的首要任务，咱们留下！我大你一级，我说留下就留下！"这几句话轰然响彻现场，引得人们扭头来看。我抽出胳膊，对鬼魂附体的李吼道："好的，搭档。"

接下来的一小时，39街和诺顿大道停满了警用车辆，大批记者和围观群众逡巡不去。尸体被放上两副担架，用罩单盖住，抬进运尸车，实验室的一组弟兄在车厢里采集死去女孩的指纹，然后送她去市区的停尸房。哈里·西尔斯把罗斯·米勒德撰写的新闻稿发给记者，里面提到所有细节，唯独没说尸体缺少内脏。西尔斯随后驾车赶往市政厅，去失踪人口调查局查记录，米勒德留在指挥现场调查。

实验室的技术人员被派去仔细搜查这片空地，寻觅有可能成为凶器的物体和女性衣物；另一队法医去"小弟"纳什的爱巢找潜指纹和血迹。接下来，米勒德清点警员人数。留下四个人指挥交通，阻拦寻找刺激的市民，剩下还有十二名制服警察、五名便衣探员、李和我。米勒德从巡逻车里找出街道地图，把雷莫特公园地区划分成一块一块的勘查区域，给我们每人分配了一块，要我们请所有住宅、公寓楼和商铺里的全部人员回答几个问题：过去四十八小时内是否听到女性喊叫？是否见到任何人丢弃或焚烧女性衣物？是否注意到任何可疑车辆或人员在本地区游荡？过去二十四小时内是否经过诺顿大道从39街到竞技场街之间地段，如果有，是否注意到任何人在那片空地出没？

我分配到的地块是诺顿大道往东三个街区，奥姆斯特德大道从竞技场街向南到雷莫特大道。李得到的是克兰肖大街从39街向北到杰弗逊大街的商铺和建筑工地。我们约定8点整在奥林匹克体育馆见面，然后分头行事；我踏上人行道，开始问话。

我一路走，一路按门铃、提问题，得到的全是否定回答，我记下没人在家的门牌地址，让下一波地毯式排查的警员知道该找哪几家问话。我跟偷饮雪利酒的家庭主妇和被惯坏的孩子谈话，跟靠退休金过日子的人和正在休假的军人谈话，甚至还遇到一个不当班的警察，他在西好莱坞分局任职。我顺便问起"小弟"纳什和新款白色轿车，把他的大头照拿给众人看。我只得到了一个又大又圆的零蛋。7点钟，我走回自己的车上，不小心撞上的这个案件搞得我身心俱疲。

李的车子已经开走，法医在39街和诺顿大道路口架起了弧光灯。我驱车赶往奥林匹克体育馆，希望能看上几回合漂亮的拳赛，赶走这一天在嘴里留下的难闻味道。

H.J.卡鲁索在前门替我们留了票，附带一张字条说他有个火辣的约会，今天不来看比赛。李的票还在信封里；我拿着票走向H.J的包厢。雏量级系列赛的第一场预赛已经开始，我坐下来边看边等李。

两个小个子墨西哥斗士打了一场好拳，人群看得如痴如醉。顶层雨点般投下硬币，西班牙语和英语的喊叫声充斥拳场。四个回合过后，我知道李肯定不会来了。两个拳手都伤得不轻，我不由想起被野蛮杀害的女孩。我起身离开，很清楚李在什么地方。

我开车返回39街和诺顿大道的路口。弧光灯把整块空地照得亮如白昼。李贴着警戒绳圈站在犯罪现场内侧。夜晚变得很冷，他身穿运动夹克，弓背缩肩，望着实验室技师在草丛里四处翻找。

我走过去。看见我走近，李做个快速拔枪的动作，用手指比成枪形朝我射击，大拇指充当撞锤。他吃多了安非他命总是这个德行。

"你该到体育馆跟我碰头，不记得了？"

弧光灯给李写满紧张的脸镀上一层亮蓝色："我说过这是首要任务。不记得了？"

往远处望去，我看见其他建筑空地也亮起了灯："对局里也许是。对你我来说，'小弟'纳什才是首要任务。"

李摇摇头："搭档，这案子很大。豪洛尔和萨德·格林几小时前都来过。杰克·蒂尔尼亲自带领凶杀组调查，罗斯·米勒德从旁支援。想听听我的意见吗？"

"请讲。"

"这是个展示机会。白人好姑娘被凶残杀害，警局投入一切力量缉拿凶手，想告诉投票人通过债券议案让本市警力英勇异常。"

"她也许不是好姑娘。纳什杀死的老太太也许是谁家的慈爱祖母。你也许太感情用事了，也许该让局里处理案子，咱们回去做自己的事情，在'小弟'再杀人前逮住他。"

李握紧双拳："还有别的也许吗？"

我上前一步："也许你害怕波比·德威特快出狱了。也许你太骄傲，不肯找我帮忙吓走他，不让他接近咱们都关心的那个女人。也许局里该把受害者的名字写成劳丽·布兰查德。"

李松开拳头，转过身去。我看着他以脚跟为轴前后摇晃，衷心希望等他回头的时候，要么狂怒不已，要么嬉皮笑脸，千万别是一脸受到伤害的样子。我攥紧拳头，喊道："跟我说话啊，妈的！咱们是搭档！一起杀了四个人，你居然跟我玩这套！"

李转过来，亮出招牌式的恶魔狞笑，却显得紧张而哀伤，没精打采。他嗓音沙哑，有气无力。

"劳丽玩耍的时候，我总是扮演看门狗的角色。我喜欢打架，其他孩子都怕我。我有好些女朋友——你也知道，都是小孩子谈的恋爱。姑娘们经常拿劳丽取笑我，说我把所有时间都耗费在妹妹身上，好像她才是我真正的情人。

"明白吗？我非常疼爱妹妹。她长得漂亮，能说会唱。

"爸爸常说要让劳丽学芭蕾，学钢琴，学唱歌。说我日后跟他一样，要去凡士通轮胎厂卖苦力，而劳丽会进演艺圈。只是说说而已，但我当时年纪还小，觉得肯定是这么回事。

"总而言之，她失踪前那段时间，爸爸动不动就说学这个学那个，搞得我对劳丽很生气。她放学后去玩耍的时候，我开始不去管她。有个野姑娘刚好搬到我们家附近，很不检点，经常喝私酿烈酒喝得酩酊大醉，对男孩子来者不拒。劳丽被掠走那当口，我正在搞野姑娘，但我应该去保护我的妹妹啊！"

我伸手想抓住搭档的胳膊说我理解，李却推开我的手："别说你理解，因为我还没说到最糟糕的呢。劳丽被杀害了，某个下三烂勒死了她，或者割了她的喉咙。但是，她死的时候，我满脑子是对不起她的念头，在想我如何憎恨她，因为爸爸觉得她是公主，而我是小流氓。我想象妹妹被砍成两截，就像今天早晨的那具尸体；我和那个婊子在床上，一边搞她，一边喝我老爸的酒，当时还为此哈哈大笑。"

李深深吸气，抬手指着几码外的地面：警戒圈内为尸体另外钉了一圈木桩，用生石灰标出上下两截的轮廓。我望着大张双腿的线条，李说："我要逮住那家伙。不管你帮不帮忙，我都要逮住他。"

我挤出一抹淡若游魂的微笑："明天市政厅见。"

"不管你帮不帮忙。"

我说："听见了。"然后走回车上。发动引擎的时候，我看见向北的一个街区又有一块空地亮起灯光。

第八章

第二天早晨，我走进刑侦队的大间办公室，哈里·西尔斯正在读《先驱报》，头版标题映入我的眼帘：《搜寻狼人巢穴，正遇凶徒虐杀！！！》。第二眼，我看见五个人在长椅上被铐成一排，其中有两个流浪汉，有两个看似遵纪守法的好公民，还有一个身穿本县监狱的囚服。哈里放下报纸，磕磕巴巴地说："来……来……来自首的，说……说……说他们宰……宰了那姑娘。"我点点头，听见审讯室方向传来惨叫声。

隔了一会儿，比尔·凯尼格带着一个直不起腰的胖子走出审讯室，对牛栏里的众人大声宣布："不是他。"办公桌前有两个警察鼓掌表示讽刺，另有五六个反感地别过脸去。

凯尼格推着胖子走进走廊。我问哈里："李在哪儿？"

哈里指指埃利斯·洛韦的办公室："洛……洛韦那儿。还……还……还有记者。"

我走过去，扒着门缝偷看。埃利斯·洛韦站在办公桌前，对着一群记者指天画地。李坐在地检官旁边，身穿他唯一的正式西装。他看上去很疲惫，但昨晚的那种神经质已经无影无踪。

洛韦斩钉截铁地说道："……杀戮惨状令人发指，我们必须倾尽全力，尽快捉拿恶魔归案。多位受过特别训练的警官，其中包括火先生和搭档冰先生，已被抽调离开原有岗位，支援本案调查，有如此精兵强将参与，相信很快就能见到实效。另外……"

血流冲得我脑袋嗡嗡响，接下来他说了什么我没听见。我轻轻推开房门。李看见我，对洛韦点头告退，走出办公室，跟着我回到令状组的隔间，我猛然转身："是你主动请调的，对不对？"

李抬起双手，按住我的胸口："别上火，慢慢说行吗？从现场回来，我给埃利斯写了个备忘录，说我们有确凿的消息，能证明纳什已经逃出本局管辖区域。"

"你他妈的疯了吗？"

"嘘——听我说，我也只是顺水推舟。对纳什的全境通缉令还没撤销，他的炮房有人蹲点监视，城南所有警察都在街上搜捕那家伙。今天夜里我打算去窝棚守着。我有望远镜，而且到处都点着弧光灯，我能看清楚诺顿大道上往来车辆的车牌号码。凶手也许会驾车驶过现场，自我陶醉一下。我会记下所有车牌号码，然后找车管所和档案科查证。"

我叹息道："天哪，李。"

"搭档，我只求你给我一个星期查那姑娘的案子。有不少人在找纳什，一个星期后他要是还没落网，咱们就继续当他是头号逃犯。"

"他太危险，不能放他逃掉。这你也清楚。"

"搭档，有人在留意他了。别跟我说你不想从杀混混更上一层楼，别说你不认为这个案子比'小弟'纳什更有油水可捞。"

我看见更多"火与冰"的新闻标题："一个星期，李。最多一个星期。"

李挤挤眼睛："一言为定。"

内部通话系统的扬声器响起杰克警监的声音："各位，所有人请去集合室。别磨蹭。"

我抓起记事簿，走过牛栏大间，自首者的队伍还在膨胀，新来的被铐在暖气片和暖气管上。有个老头求见鲍伦市长，比尔·凯尼格在扇他耳光；弗里茨·沃格尔拿着写字板登记姓名。集合室今天挤满了中央分局和警探局的探员，大家只能站着，还有一帮面生的便衣警察。杰克警监和罗斯·米勒德面对落地麦克风站在最前面。蒂尔尼敲敲麦克风，清清喉咙，开始说话：

"诸位先生，这是雷莫特公园187案[1]的概要简报会。相信大家都读过报纸，知道作案手段非常凶残，同时也是个天杀的大案子。市长办公室接到无数电话，我们接到无数电话，市议会接到无数电话，还有一大堆咱们讨好还来不及的人亲自打电话给豪洛尔局长。报纸上的人狼屁话会让警方接到更多电话，所以咱们就赶紧动手吧。

"先从确定指挥链开始。我负责监管，米勒德警督负责执行，西尔斯警司负责协调各个部门。副地检官洛韦负责联络媒体

---

1 187案：指谋杀案，源自《加利福尼亚刑事法典》中的187条，也就是对于谋杀案的范围界定。

和民政部门，以下这些警员借调进入中央局凶杀组，从1947年1月16日开始生效：安德斯警司、雅克拉警探、布兰查德警司、布雷切特警员、卡瓦诺警司、艾利森警探、格里姆斯警探、凯尼格警司、利吉特警探、纳瓦列特警探、普拉特警司、J.史密斯警探、W.史密斯警探、沃格尔警司。各位请在会后向米勒德警督报到。罗斯，他们都听候你的差遣。"

我掏出钢笔，拿胳膊肘轻轻推开旁边的人，挤出空间写字。周围每个警察都在做同样的事情，你能感觉到他们的注意力聚焦在房间前部。

米勒德用他特有的律师出庭腔说："昨天上午7点，在诺顿大道39街和竞技场街之间，发现一具年轻女性的尸体，尸体惨不忍睹，被摆放在一处建筑空地上，位置紧贴人行道。受害者显然经受过残酷折磨，具体情况等我和法医谈过后才知道，纽巴尔医生今天下午在天使女王医院主持解剖。记者不得在场，因为有些细节我们还不想让记者知道。

"我们已在周边地区进行了一次拉网排查，尚未得到任何线索。发现尸体的地点没有找到血迹，女孩无疑在别处遇害后被弃此处。附近还有多片建筑空地，警方正在这些地方寻找武器和血迹。有个名叫雷蒙德·道格拉斯·纳什的抢劫及谋杀疑犯在这条街向南不远处租用了一间车库，我们已经在那里采过指纹和血迹。实验室的弟兄一无所获，纳什不是杀害这个女孩的疑犯。

"死者身份仍未确定，失踪人口档案中没有吻合者。我们已将指纹通过电传发向各处，或许会在最近得到结果。顺便说一下，事件始于大学分局接到的一个匿名电话。接电话的警员说来电者是个歇斯底里的夫人，当时正在送女儿上学。这个女人没留下姓名就挂断了电话，我认为可以排除她的杀人嫌疑。"

米勒德换上宽容的教授语气："验明死者身份之前，调查只能受限于39街和诺顿大道，下一步是重新拉网排查这个地区。"

众人怨声四起。米勒德怒目而视："行动指挥部设在大学分局，会安排工作人员打字和辑录外勤警员的报告。文职警员负责整理总结报告和证物索引。结果公布在大学分局的刑侦队办公室，复制后发往洛杉矶警察局诸分局及各地治安官办公室。其他警队的弟兄，请把你们在简报会上听到的消息转达各自分局，务必把本案加进待办罪案清单，让各个班次的警员都知道。如果有巡警报告任何线索，请立刻致电中央局凶杀组，分机411。我这里有二次拉网排查每个人负责的地址清单，布雷切特和布兰查德除外。板牙，李，你们的区域和昨天一样。其他分局的弟兄，请稍候；蒂尔尼警监借调来的其他人，立刻来见我。解散！"

我小跑出门，走工作人员楼梯下楼去停车场，不愿意和李碰面，想在我对那份纳什备忘录的首肯态度和他之间拉开距离。天空变成了深灰色，去雷莫特公园的路上，我一直在希望暴雨冲走空地上的残存证据，把女孩惨遭杀害的调查行动和李对妹妹的哀悼一起冲进阴沟，直到下水道满溢，"小弟"纳什探出头来，恳求我们还是逮捕他算了。停车的时候，云层开始散去。没多久，我就在阳光的沐浴下开始了逐户盘查，一连串否定的答案把幻想压得粉碎。

我提的问题和昨天一样，但更强调纳什。今天情况有所不同，警察正在地毯式搜索这个地区，记下每辆停泊车辆的车牌号码，在阴沟里打捞女性衣物，更何况附近的居民也听收音机和看报纸。

有个满嘴雪利酒味道的老太婆举起塑料十字架，问这东西能不能驱逐狼人。有个穿圆领衫的怪老头说女孩被杀是什么祭礼，因为雷莫特公园地区在1946年国会选举中投票给民主党。有个小男孩给我看小朗·钱尼[1]扮演狼人的电影海报，说39街和诺顿大道路口的建筑空地是他的火箭船的发射台。有个看过我对战布兰查德的拳击爱好者认出了我，要我给他签名，然后一本正经地说邻居家的短脚猎犬就是凶手，还问我能不能一枪毙了那狗东西。神志清醒的否定回答有多无聊，疯言疯语就有多稀奇，我开始觉得自己是误入怪异喜剧节目的普通人了。

下午1点30分，我问完话，走回车上，打算吃个午饭，去大学分局签到。雨刷器底下压了张纸，那是一张萨德·格林的私人信笺，正中央用打字机打着"警方见证人——凭此函可观摩1947年1月16日下午2点的无名女尸解剖"，最底下是格林的潦草签名，但有一点非常可疑：笔迹很像李兰德·C.布兰查德警司的。尽管不太情愿，但我还是哈哈一笑。我开车前往天使女王医院。

走廊里满是修女护士和轮床上的老人。我向一位年长修女亮出警徽，询问验尸地点。她在胸前画个十字，领着我穿过走廊，指给我看标有"法医"字样的双开门。我走到站岗的制服警察面前，出示介绍信。他立正敬礼，替我推开大门，里面是个寒冷的

---

1 小朗·钱尼（Lon Chaney, Jr., 1906—1973），美国著名演员，曾主演"狼人"系列电影。

狭小房间，漆成单调的白色，房间中央摆着一张金属长台。长台上是两块用单子罩住的物体。我坐在面对台子的长凳上，想到又要看见女孩的死亡微笑，不由打个寒战。

双开门隔了几秒钟再次被打开。一位高个子老人抽着雪茄进来，身后的护士拿着速记本。罗斯·米勒德、哈里·西尔斯和李紧随其后，凶杀组老大摇摇头："你和布兰查德，两个讨厌鬼真是阴魂不散。医生，能抽烟吗？"

老人从臀袋里抽出手术刀，在裤腿上擦了擦："没问题。反正姑娘也不会在意，她已经长眠不醒了。玛格丽特修女，帮我掀开单子好吗？"

李在我旁边坐下。米勒德和西尔斯点燃香烟，掏出钢笔和记事簿。李打个哈欠，然后问我："上午问到什么了吗？"

我看得出安非他命的劲头就快过去："有啊。火星来的狼人杀手干的。巴克·罗杰斯[1]驾着太空船正在追他，你应该回家睡觉。"

李又打个哈欠："等会儿再说。我问到的最像样的线索是纳粹。有个家伙说他看见希特勒在39街和克兰肖大街路口的酒吧现身。天哪，板牙。"

李垂下视线，我望向解剖台。女孩尸体上的罩单已经被掀开，她的头部歪向我们这边。我低头盯着鞋子，听医生唠叨医学术语：

"肉眼判断：白种女性。肌肉弹性说明年龄介于十六岁至

1　巴克·罗杰斯（Buck Rogers）：美国太空英雄角色，有相关的小说、漫画、电视、电影和游戏。

三十岁之间。尸体从肚脐处被分开。上半身：头部完整，颅骨大面积凹陷，大块瘀斑、血肿和水肿使面部特征难以辨认。鼻梁骨向下严重错位。一道贯穿裂伤从两侧嘴角开始，分别穿过左右咬肌，延伸过颚关节，向上到耳垂为止。颈部没有明显瘀伤。前胸有多处裂伤。胸口均有香烟烫痕。右胸部伤口很大。腹腔上半部没有可自由流淌的血液，体内器官缺失。"

医生大声吸气，我抬起头，望着他吞云吐雾。负责速记的修女忙着赶上口述进度，米勒德和西尔斯瞪着死者僵硬的面孔，李盯着地板，不时擦拭额头的汗珠。医生摸摸尸体的胸口，然后说："无胀大，说明死时无妊娠。"他抓起手术刀，解剖尸体下半身。我闭上眼睛，只用耳朵听他说话。

"经检查，发现尸体下半身有一条中线纵向切口，从肚脐开始，到耻骨联合结束。体内器官缺失，前后腔壁均有多处裂伤。左大腿有一处三角形大伤口。修女，帮忙给她翻个身。"

我听见门被推开，有个声音大喊："警督！"我睁开眼睛，看见米勒德正在起身，医生和修女忙着给尸体翻身。等尸体背朝上了，医生抓起两个脚腕，试着弯曲双腿："两条腿的膝盖都断过，处于愈合期，上背部和两肩有轻度鞭痕。两个脚腕均有捆绑痕迹。修女，给我扩张器和棉签。"

米勒德回来，递给西尔斯一张纸。西尔斯读完后拿胳膊肘推推李。医生和修女已经把下半截尸体也翻了过来，此刻正在分开双腿。我的胃里直翻腾。李说："有了。"医生絮絮叨叨地说着阴道没有擦伤，内有陈旧的精液残余。李盯着那份电传看个不停。医生冰冷的语调让我生气，我抓过那张纸，上面写着"罗斯——

她叫伊丽莎白·安·肖特，1924年7月29日出生于马萨诸塞州麦德福德。联调局验明指纹，1943年9月曾于圣巴巴拉被捕。背景调查正在进行。验尸结束后回市政厅报告。召集可调动的所有外勤警员——杰·蒂"。

医生说："以上是初步尸检结果。接下来我会作更详细的检查，还有毒理学试验。"他给伊丽莎白·安·肖特的尸体盖上罩单，扭头问道："有问题吗？"修女抱着速记本走向医生。

米勒德说："能帮我们重建犯罪过程吗？"

"当然可以，不过得等检验结果出来。先说一下可以否定的事情：她没有怀孕，没有被强奸，在过去大约一周间有过自愿性交，当时还接受了所谓的'温柔鞭打'，因为背上最新的伤痕也比胸前的裂伤旧。我是这样想的：她被绑起来后，凶手用刀至少折磨了她三十六到四十八小时。我认为在她还活着的时候，凶手用外表光滑而有弧度的钝器——比方说棒球棒——打断了她的双腿。我们取了肾脏的血样，几天内就能知道体内是否有毒品或酒精。"

李说："医生，凶手懂医学或者解剖学吗，为什么要跟内脏过不去？"

医生端详着雪茄的烟头："不好说。凶手或许受过医学训练，但也可能受过兽医训练，或者标本制作，或者生物学，或者在洛城随便哪家公立学校上过生理学104，或者在加大洛城分校听我讲过《病理学初阶》。实在不好说。不过有一点我拿得准：她被发现之前已经死了六到八小时，杀死她的地点很隐蔽，而且有流动水源。哈里，这姑娘有名字了吗？"

西尔斯想回答，但舌头一下子绊住了。米勒德伸手按住他的肩膀，答道："伊丽莎白·肖特。"

医生拿着雪茄对天致礼："上帝爱你，伊丽莎白。拉塞尔[1]，要是抓到了那个狗娘养的，记得替我踹他下体一脚，告诉他弗雷德里克·D.纽巴尔医学博士向他致意。现在，诸位请离开吧。十分钟后我约了一个跳楼自杀的。"

才走出电梯，我就听见了埃利斯·洛韦在说话，走廊里回荡的声音比平时洪亮，但音调更低沉。我听见"活体解剖了一位可爱的年轻女性"，听见"人狼精神变态"，还有"我的政治抱负在伸张正义的渴望面前不值一提"。我拉开通往凶杀组牛栏的房门，看见共和党的璀璨新星对着直播话筒说得唾沫横飞，他身边站着一组录音人员。他衣领上别着一枚美国退伍军人协会的罂粟花领针[2]——多半是睡在公共记录部停车场的那个退伍酒鬼卖给他的，洛韦曾拼命想指控那家伙犯了流浪罪。

小丑的滑稽表演占领了牛栏，我沿走廊去蒂尔尼的办公室。李、罗斯·米勒德、哈里·西尔斯和另外两位我不太熟的老资格警察——迪克·卡瓦诺和维恩·史密斯——围在杰克警监的办公桌四周，低头研究老大手上的一页纸。

我从哈里的肩头望过去。纸上用胶带贴了三张大头照，照片上的黑发姑娘美得惊人，旁边还有另外三张面部特写照片，属于

---

1 罗斯（Russ）是拉塞尔（Russell）的昵称。
2 美国退伍军人协会的义卖品之一。

39街和诺顿大道路口的那具尸体。嘴部的微笑触目惊心。杰克警监说:"大头照来自圣巴巴拉警察局。他们在1943年9月因为未成年饮酒逮过这个叫肖特的姑娘,送她回马萨诸塞州她母亲家。波士顿警察局一小时前联络上了她母亲。她明天飞过来认尸。波士顿警察在东边作背景调查,警探局休假全部取消。谁敢抱怨,我就给他看这些照片。罗斯,纽巴尔医生怎么说?"

米勒德答道:"遭受两天残酷折磨。死因是口部裂伤或头部撞击。未受强奸。腹部被切开。死后六到八小时弃尸空地。我们对她还知道什么?"

蒂尔尼翻看桌上的几张纸:"只有未成年饮酒那一次犯罪记录。有四个姐妹,父母离异,战争期间在库克军营的陆军福利社工作。父亲住在洛城。接下来有什么打算?"

听见老大问二号人物要建议,吃惊的人只有我一个。米勒德说:"我计划带着大头照拉网排查雷莫特公园地区。我、哈里和另外两个人。完事后,我去大学分局读报告和接电话。洛韦给媒体看大头照了吗?"

蒂尔尼点点头:"看过了,'贝沃'明斯告诉我,女孩的父亲把几张旧肖像照卖给了《时报》和《先驱报》。晚间版的头版肯定归她。"

米勒德骂道:"天杀的。"我还是第一次听见他说粗话。他恼怒地说:"不该来的全来齐了。她父亲接受过问话了吗?"

蒂尔尼摇摇头,看着几张备忘纸条说:"克利奥·肖特,威尔夏区南金斯利街1020号二分之一。我让警员打过电话给他,叫他别出去,我们要派人找他谈话。罗斯,你说那些怪人会不会缠上这个案子？"

"目前有多少人来自首？"

"十八个。"

"到明天早晨能翻倍，洛韦那些煽情的话要是把媒体撩动起来了，还会更多。"

"警督阁下，我更愿意说是激励起来了。另外，我认为我的措辞正合适这场罪案。"

埃利斯·洛韦站在门口，背后是弗里茨·沃格尔和比尔·凯尼格。米勒德瞪着这个在电台上夸夸其谈的家伙说："宣传过度会妨碍办案，埃利斯。当过警察的都该知道这一点。"

洛韦涨红了脸，伸手去摸斐贝卡钥匙："我是洛杉矶市政当局特别指派的高级官员，专门负责平民与警方的联络工作。"

米勒德笑眯眯地说："顾问先生，您是平民。"

洛韦气得怒发冲冠，扭头对蒂尔尼说："警监，你派人找受害者的父亲问过话了吗？"

杰克警监说："还没有，埃利斯。马上。"

"沃格尔和凯尼格如何？想知道什么，他们都能问出来。"

蒂尔尼抬头看米勒德。警督几不可查地摇摇头。杰克警监说："啊哈，埃利斯，碰到重大凶案调查，指挥官负责指派人手。嗯，罗斯，你认为该让谁去？"

米勒德望向卡瓦诺和史密斯，我努力扮出不起眼的样子，李没精打采地靠着墙打哈欠。他说："布雷切特，布兰查德，你们两个讨厌鬼去找肖特小姐的父亲问话。明早带着报告去大学分局。"

洛韦的手猛地一抖，拽掉了链子上的斐贝卡钥匙，钥匙落在地上。比尔·凯尼格挤进门，捡起钥匙，洛韦扭头走进走廊。沃格尔恶狠狠地瞪了米勒德一眼，跟着洛韦出去了。哈里·西尔斯喷着"老爷爷"威士忌的酒气说："送了几个人进毒气室，就以为自己是号人物了。"

维恩·史密斯说："几个都招供了。"

迪克·卡瓦诺说："有弗里茨和比尔，谁能不招供？"

罗斯·米勒德说："哗众取宠的玩意儿，一脑子糨糊。"

我和李各自开车前往威尔夏区，在南金斯利街1020号二分之一碰头时已近黄昏。这是一幢车库公寓，小如窝棚，位于庞大的维多利亚式宅邸背后。房间里灯火通明，李边打哈欠边说："黑脸红脸。"随后按响门铃。

一个瘦巴巴的五旬汉子打开门："是警察对吧？"他的深色头发和浅色眼睛与大头照上的姑娘如出一辙，但相似之处仅止于此。伊丽莎白·肖特美丽绝伦，这家伙丑冠群雄，他瘦得皮包骨头，穿松垮垮的棕色长裤和肮脏汗衫，肩头长满黑痣，满脸的皱纹褶子里藏着痘痕。他指指里面，让我们进屋，嘴里说："万一你们觉得凶手是我，我得告诉你们，我有不在场证明，比螃蟹屁股还紧，紧得滴水不漏。"

我把红脸演到了十成十，答道："肖特先生，我是布雷切特警探。这是我的搭档布兰查德警司。知道您失去了女儿，请接受我们的哀悼之情。"

克利奥·肖特摔上门："我读过报纸，知道你们是谁。碰到

103

'绅士'吉姆·杰弗里斯[1]，你俩谁也撑不过一个回合。你们愿意哀悼就哀悼吧，我只能说人生就是这样。贝蒂[2]自己选了这条路，就必须承担这个结果。人生这东西，有得必有失。不想听听我的不在场证明？"

我坐进磨出线头的沙发，扫视房间。四壁从天到地都是塞满廉价小说的书架，除此之外就只有我屁股底下的沙发和一把木椅了。李掏出记事簿："既然这么急不可待，那就请说吧。"

肖特一屁股坐进椅子，椅子腿磨着地板，活像动物在刨土："从14日星期二下午2点到15日星期三下午5点，我都在工作现场累死累活。一连二十七个钟头啊，后十七个钟头工钱多一半。我是修电冰箱的，西海岸就数我最厉害。霜王电器行是我的东家，地址是南贝伦多街4831号，老板名叫迈克·麦茨玛尼安。给他打个电话，他会证明我的清白，比连环屁还密实，这就叫滴水不漏。"

李打着哈欠记下他的话；克利奥·肖特把双臂抱在干瘦的胸口，等着我们鸡蛋里挑骨头。我说："肖特先生，你最后一次见到你女儿是什么时候？"

"1943年春天，贝蒂来西海岸那会儿。她眼睛只能看见大明星，满脑子邪门歪道。1930年3月1日，我把干瘪老婆扔在马萨诸塞州查尔斯顿，头也不回地走掉了，从此没再见过贝蒂。可贝蒂

---

1 吉姆·杰弗里斯（Jim J. Jeffries，1875—1953），1899年获得世界重量级拳王称号，1905年无败绩退休。然而，"绅士吉姆"（Gentleman Jim）实际上是詹姆斯·J. 考贝特（James J. Corbett，1866—1933）的绰号，他也是重量级拳王。

2 贝蒂（Betty）：伊丽莎白（Elizabeth）的昵称。

后来给我写信，说她需要地方落脚，于是我就——"

李打断他的发言："老爹，你就别长篇大论了。最后一次见到伊丽莎白是什么时候？"

我说："别着急，搭档。这位先生挺合作的。肖特先生，您请继续。"

克利奥·肖特沉进椅子里，恶狠狠地瞪着李："脑损伤小子插嘴前我正要告诉你，我从自己的储蓄里提了100美元寄给贝蒂当路费，说要是肯帮我打扫卫生，我就分她三平方英尺的地方睡觉，每个星期还付她5美元。要我说，够慷慨了吧？但贝蒂脑子里全是别的念头。她收拾屋子的水平实在太差劲，1943年6月2日，我把她一脚踢出门，从此就没再见过她。"

我记下这些话，然后问："知道她最近在洛城吗？"

克利奥·肖特收回瞪着李的视线，转而瞪着我："不知道。"

"就你所知，她有任何敌人吗？"

"只有她自己。"

李说："老爹，少给我油腔滑调。"

我轻声说："让他说下去。"然后提高嗓门："1943年6月离开这儿以后，伊丽莎白去了什么地方？"

肖特对李一戳手指："告诉你搭子，再叫我一声老爹，我就叫他蹩脚货！告诉他面子是别人给的，脸是自己丢的！告诉他C. B.豪洛尔局长的美泰克821冰箱是我亲手修好的，而且修得滴水不漏！"

李走进卫生间，我看见他就着自来水吞了一把药片。我换上最平静不过的红脸嗓音："肖特先生，1943年6月，伊丽莎白去了哪儿？"

肖特说："傻大个敢碰我一指头，我就修理得他滴水不漏。"

"相信你肯定行。您能回答——"

"贝蒂搬去圣巴巴拉了，在库克营地的陆军福利社找了份工作。7月她寄了张明信片给我，说有个大兵揍得她够呛。这是我最后一次收到她的消息。"

"明信片上提到那个大兵叫什么吗？"

"没。"

"提到她在库克营地的任何朋友的名字了吗？"

"没。"

"男朋友？"

"哈！"

我放下钢笔："'哈'是什么意思？"

老先生笑得前仰后合，我觉得他的鸡胸都要爆炸了。李走出卫生间；我打个手势，叫他别着急。他点点头，在我旁边坐下，和我一起等肖特先生笑完。等狂笑降到干笑，我说："跟我说说贝蒂和男人。"

肖特咯咯笑道："她喜欢男人，男人也喜欢她。贝蒂觉得数量比质量更重要，我觉得她不怎么擅长拒绝，和她老妈实在不一样。"

"具体点儿，"我说，"姓名、日期、长相。"

"小伙子，你在台上挨的拳头太多了吧，因为你的脑子好像进了水。爱因斯坦都记不全贝蒂那些男朋友的名字，而我也不叫阿尔伯特。"

"那就给我几个你记得起来的名字。"

肖特把大拇指往皮带里一插，在座椅上前后摇晃，像个盛气凌人的大人物的蹩脚翻版："贝蒂迷男人，尤其是大兵。她喜欢花花公子，喜欢任何穿制服的白种男人。应该帮我收拾屋子的时候，她却在好莱坞大道钓男人，从军人手上讨酒喝。住在这儿的那段日子，我家简直变成了USO分部。"

李说："你莫非想说自己的女儿是荡妇？"

肖特耸耸肩："我有五个女儿，走歪路的只有一个，还不算太糟糕。"

李的怒火喷涌而出。我伸手按住他的胳膊，几乎能感觉到他的血液在奔涌："名字呢？肖特先生，记得他们的名字吗？"

"汤姆、迪克、哈里。那些浑球一瞅见克利奥·肖特，就马上拽着贝蒂逃之夭夭。我只能描述到这个地步了。去找穿上制服不难看的男人，肯定没错的。"

我把记事簿翻到空白的下一页："职业方面呢？贝蒂住在这儿的时候有工作吗？"

老人吼了起来："贝蒂的工作就是替我做事！她说她在找电影方面的工作，但全都是扯谎！她只想穿上那身黑衣服去好莱坞大道钓男人！她在浴缸里染衣服，毁了我的浴缸，还没等我扣她薪水，她居然就溜掉了！在大街上晃来晃去，就像一只黑寡妇蜘蛛，难怪会出事！都怪她老妈，不是我的错！都怪爱尔兰邋遢老娘儿们！不是我的错！"

李用手指恶狠狠地一抹脖子。我们出去走到街上，克利奥·肖特还在对着四面墙壁喊叫。李说："妈的。"我叹息道：

"是啊。"心里在想老先生把美国武装力量的每一个人都列为了嫌疑犯。

我在口袋里找硬币:"抛硬币决定谁写报告。"

李说:"帮个忙,你写行吗?我打算去'小弟'纳什的窝棚蹲点抄车牌。"

"顺便抽空睡一觉吧。"

"好的。"

"不,你肯定不会。"

"扯不过你个扯淡大王。对了,你能不能回家里陪陪凯伊?她很担心我,我不希望她一个人待着。"

想到昨天夜里我在39街和诺顿大道路口说的话,那些事情我们三个人都心知肚明但从来没有讨论过,而除凯伊外谁也没有胆量采取行动。"交给我了,李。"

我见到凯伊摆着工作日夜晚的标准姿势,也就是坐在客厅沙发上读书。我走进房间,她没抬头,只是懒洋洋地吐个烟圈:"嗨,德怀特。"

我隔着咖啡桌坐进沙发对面的椅子:"你怎么知道是我?"

凯伊拿笔圈起书上的一段话:"李的脚步很重,你走起路来小心翼翼的。"

我哈哈大笑:"很有象征意义,千万别告诉其他人。"

凯伊按熄香烟,放下书:"你听上去有心事。"

我说:"女孩被杀的案件弄得李整个人都不对劲了。他想办法借调我俩加入专案组,但我们更该去追捕一个高优先级的逃犯。

他一直在吃安非他命，举止有点儿出格。他有没有跟你说起那个姑娘？”

凯伊点点头："说了些。"

"读过报纸了吗？"

"我能不读就不读。"

"唉，媒体把她炒成原子弹爆炸后的头号要闻。上百人在忙这件谋杀案，埃利斯·洛韦指望靠它一步登天，李对受害人像是发了狂——"

凯伊用一个微笑就止住了我的滔滔不绝："你上了周一的头版，但到今天已经过气。你想抓住那个坏透了的劫匪，这样就可以重新登上头条了。"

"说得好，但只是部分原因而已。"

"我知道。你一上头条就躲起来不看报纸。"

我叹了口气："天哪，真希望你没比我聪明那么多。"

"真希望你没这么谨慎，这么难懂。德怀特，咱们会怎么样？"

"你我他？"

"不，你我。"

我看了一圈客厅，全都是木板、皮革和装饰艺术风格的镀铬表面。房间里有个玻璃门的桃花心木壁柜，装满了凯伊的开司米套头衫，彩虹上有多少种颜色衣服就有多少种颜色，每件至少40美元。这个南达科他州的白种女人，在一名警官的挚爱下改头换面，她坐在我对面，我第一次说出了心里话："你永远不会离开他。你永远不会离开这个家。假如你离开，假如李和我散伙，那你我也许还有机会。但你永远不可能放弃这一切。"

凯伊慢悠悠地点烟，她深吸一口，然后开口："你知道他为我做了什么？"

我说："还有为我。"

凯伊仰起头，望着拉毛灰泥的天花板和桃花心木的护墙板。她吐着烟圈说："我对你一见钟情，简直像个女学生。波比·德威特和李都喜欢拽我去看拳赛。我总是带着速写本，不想当那种用假装喜欢拳击来讨好男人的人。我喜欢的正是你。你龇牙拿自己开玩笑的样子，你抵御对手进攻的防守架势，我都喜欢。后来，你加入了警队，李说他听说你出卖过自己的日裔朋友。我并没有因此厌恶你，只是觉得你更真实了。祖特装暴动的事情也一样。你是我童话故事里的英雄，唯一不同之处在于这些故事是真的，是这儿那儿一点一滴拼凑起来的。还有后来的拳赛，虽说我不喜欢这个主意，但还是让李放手'一战'，因为我觉得我们三个人就该是这种关系。"

我有十几句话想说，每句话都是真的，每句话都只和我与凯伊有关系。但我没有说，而是把李拉出来当挡箭牌："你别担心波比·德威特。他一出来我就找他谈谈。好好谈谈。他永远也不可能接近你或李。"

凯伊把视线从天花板移开，用奇异的眼神盯着我，虽然灼人，底下却藏着哀伤："我本来就不担心波比。李能应付他。"

"我觉得李害怕他。"

"他确实害怕。但我认为这是因为德威特了解我的底细，李害怕他会嚷嚷得人人皆知——尽管没人在乎。"

"我在乎。等我跟德威特谈过，他要是还能说话就算他走运了。"

凯伊站了起来："你这个男人，一颗心虽然还没被人抢走，但实在太难对付了。我上床睡觉了。德怀特，晚安。"

凯伊的卧室飘出舒伯特四重奏的乐声，我掏出钢笔，从文具柜里拿了几张纸，开始撰写伊丽莎白·肖特父亲的问话报告。我提到他"滴水不漏"的不在场证明，引述他所描述的女孩1943年与他同住期间的行为举止，提到库克军营的某个士兵搂过她，以及她拥有为数众多但姓名不详的男朋友。我把诸多不必要的细节填进报告，让脑子在大部分的时间内不去想凯伊。写完报告，我给自己做了两个火腿三明治，就着一杯牛奶吃掉，然后躺在沙发上睡着了。

各种人物的大头照在梦境中纷纷闪现，有近日那些坏蛋的，有代表正义的埃利斯·洛韦，他胸前印着重罪数目。贝蒂·肖特的黑白照片旋即在他身边出现，有正面照，有左侧面照。所有脸孔随即化作不断涌出的洛城警局报告表格，我拼命想把"小弟"纳什的行踪填进空格。醒来时我头痛欲裂，知道今天将会非常漫长。

天色大亮。我走上门廊，捡起《先驱报》的晨间版。头版头条是《女孩惨遭虐杀，男友受到通缉》，底下正中央是伊丽莎白·肖特的肖像照。照片标题是"黑色大丽花"，释义如下："官方正在调查伊丽莎白·肖特的爱情生活，她今年二十二岁，是'狼人谋杀案'的受害者，据其朋友所说，她天性纯良，但风流韵事接连不断，结果变成了背离正轨的黑衣女花痴，因此外号叫'黑色大丽花'。"

我感觉凯伊来到旁边。她抓过报纸，扫视头版，轻轻地打个寒战。她把报纸还给我，问："事情会很快过去吗？"

　　我浏览前几页报纸。伊丽莎白·肖特占据了整整六个版面，大部分文章都把她描述成穿紧身黑衣、凹凸有致的蛇蝎美女。

　　"不会。"我答道。

第九章

　　记者包围了大学分局。停车场塞得满满当当，路边停了一溜电台的播音车，我只好并排违停在路面上，把"警用车辆"的标记夹在雨刷底下，在记者的封锁线中挤出一条路，低着脑袋以免被认出来。可惜事与愿违。我听见"板——牙！"和"布雷——切特！"的叫声，一只只手伸过来抓我，扯坏了我的上衣口袋，最后几步路我只好用蛮力分开众人。门厅里全是正要去执勤的日班制服警察，凶杀组大间敞着门，里面熙熙攘攘。靠墙摆了一排行军床，我看见李在一张床上睡得人事不省，腿上盖着几张报纸。四周办公桌上的电话响个不停，我的脑袋又开始发疼，而且一跳一跳地变本加厉。埃利斯·洛韦正在往布告栏上钉纸条，我重重一拍他的肩膀。

　　他转过身。我说："我想退出这个马戏团。我是令状组的小警察，不是凶杀组的探员，更何况我还有优先级更高的逃犯要抓。我想调回去。马上！"

洛韦咬牙切齿地说:"没门。你为我工作,我要你继续盯肖特的案子。这是最终决定,不容置疑,不可撤销。另外,我不会容忍你拿这种趾高气扬的态度跟我说话,警员,听明白了吗?"

"埃利斯,该死的!"

"布雷切特,先给袖口添上几道杠再叫我埃利斯,在此之前,我是洛韦先生。现在请去读米勒德的概要报告。"

我气冲冲地走到大间最里面。罗斯·米勒德在座位上睡觉,两条腿搁在办公桌上。几英尺外的软木板上钉着四张机打的报告纸。我开始读:

先期概要报告

187 P. C.,

受害者:伊丽莎白·安·肖特,白种女性。

出生日期:1924年7月29日。

建档日期:1947年1月17日06:00

诸位先生:

以下是伊·肖特案件的先期概要报告,死亡日期:1947年1月15日,地点:雷莫特公园地区,39街和诺顿大道路口。

1. 目前有三十三人自首,均为冒认或疑似冒认。明显无罪的自首者已被释放,叙述不一致或状态严重不正常的羁押于市立监狱,等待核对不在场证明和精神状况的检查结果。有精神失常病史的人已由心理咨询师德雷瓦医生在刑侦队警探的陪同下问话。尚无确凿线索。

2. 初期尸检报告及后续试验：受害人因从面部贯穿裂伤而阻断呼吸致死。死时血液系统中没有酒精和麻醉品的痕迹。（详情可见14—187—47档案。）

3. 波士顿警察局正在调查伊·肖特及其家庭成员和以往男友的背景，并询问家庭成员和以往男友在案发时的下落。父亲（克·肖特）的不在场证明获得证实，已排除他的嫌疑。

4. 库克营地的刑事调查部正在验看士兵殴打伊·肖特的报告，受害人曾于1943年9月在营地的军人福利社工作。伊·肖特在1943年9月因未成年饮酒被捕，调查部称同期士兵现广布海外，作案嫌疑均可排除。

5. 在全市范围内的下水道打捞搜寻伊·肖特的服装。所找到的全部女性衣物都将送至中央警局的犯罪学实验室进行分析。（详情见犯罪学实验室的概要报告。）

6. 全城实地调查报告。1947年1月12日至15日的报告经核对阅读后，发现有一条线索值得跟进：家住好莱坞的女性曾来电抱怨，1月13日和14日夜间在好莱坞山听见了"怪异而语无伦次"的喊叫声。跟进结果：应该是派对参与者发出的噪声。实地调查警员：可忽视。

7. 查证属实的电话线报：1946年12月的大部分时间，伊·肖特住在圣迭戈市艾尔法拉·弗伦奇夫人的家中。受害人和弗伦奇夫人的女儿多萝西在多萝西工作的电影院结识，自称（未经证实）遭到丈夫遗弃，弗伦奇家收留了她，伊·肖特讲述的故事自相矛盾：时而称空军少校遗孀，时而称怀有海军领航员的孩子，时而称与陆军飞行员订婚。在弗伦奇家居住的那段时间内，受害人与不同男子有过多次约会。（详情请见14-187-47面谈报告。）

重要8. 伊·肖特于1947年1月9日在一名她称之为"红哥"的男子陪同下离开弗伦奇家。（外形描述：白种男子，二十五至三十岁，高个，据称"英俊"，体重一百七十至一百八十磅，红发，蓝眼睛。）"红哥"据称是推销员。驾驶战前生产的道奇轿车，亨廷顿公园牌照。车辆交叉查询已展开。对"红哥"发出全境通缉令。

9. 已核实情报：瓦尔·戈登（白种女性），居住于加州里弗赛德市，已故空军少校马特·戈登的妹妹。1946年秋天，戈登少校坠机身故后不久，伊·肖特写信给瓦尔·戈登和她的父母，撒谎说是戈登的未婚妻，向他们求取金钱。父母和戈登小姐都拒绝了她的请求。

10. 属于伊·肖特的行李箱于洛城市区的铁路快运公司办公室寻获（公司职员见到报纸上受害人的姓名和照片，回忆起她曾在1946年11月末存放了箱子）。行李箱经过清查，发现有过百份写给不同男子（大多数为现役军人）的情书的影印件，还有（为数极少）写给她的调情字条。还找到大量伊·肖特与军人的合影照片。信件正在阅读中，所涉男子的姓名和描述正在搜集中。

11. 已核实的照片情报：前空军少尉 J. G. 菲克林从亚拉巴马州的墨比尔市打来电话，他在墨比尔当地的报纸上见到伊·肖特的名字和照片。说他和受害人在1943年晚些时候于波士顿有过"短暂情史"，还说"她永远有十来个男朋友在排队等待"。菲克林在罪案发生时间的不在场证明已被核实，排除嫌疑。他同时否认曾与伊·肖特订婚。

12. 洛城警局诸分局及各地治安官办公室均接到大量电话线报。对显然不实者加以排除之后，其他电话由中央分局转至各相应分局的刑侦队办公室。所有线报均经交叉备档。

重要13. 已核实的地址情报：伊·肖特在1946年居住过以下地址。（地址后的姓名属于来电者或经核实居住于同一地址的房客。除了琳达·马丁，所有人均由车管所记录核实。）

好莱坞，北橘路1611号13A。（哈罗德·科斯塔，唐纳德·雷耶斯，玛乔丽·格拉汉姆）

好莱坞，卡洛斯大道6024号。

好莱坞，北切洛基路1842号。（琳达·马丁，雪莉尔·萨登）

长滩，林登大道53号。

14. 科学调查司在雷莫特公园各片建筑空地的搜寻结果：未寻获女性衣物，找到多柄刀具和刀刃，但锈蚀都过于严重，无法充当杀人凶器。未寻获血迹。

15. 雷莫特公园拉网排查（持伊·肖特的大头照）的结果：零（所有目击证词都明显不可信。）

结论：本人认为应集中刑侦力量询问伊·肖特的已知联系人，特别是她为数众多的男友。西尔斯警司和本人将前往圣迭戈询问她在当地的已知联系人。对"红哥"已发出全境通缉令，并在洛城展开已知联系人询问，应能获得重要线索。

拉塞尔·A.米勒德，警督

警号493，中央局凶杀组

转过身，我发现米勒德注视着我。他说："有什么看法？想到什么就说什么。"

我摸摸被撕坏的衣袋："警督，她值得吗？"

米勒德笑了笑，他的衣服尽管皱巴巴的，胡须楂也冒了头，高贵的气质却分毫不减："我认为值得。你的搭档也这么认为。"

"李在追鬼影子，警督。"

"说起来，你可以叫我罗斯。"

"好的，罗斯。"

"你和布兰查德从她父亲那儿问到了什么？"

我把报告递给米勒德："没什么特别的，也把那姑娘形容成荡妇。'黑色大丽花'又是怎么一回事？"

米勒德猛拍座椅扶手："都是'贝沃'明斯想出来的。他跑到长滩，找女孩去年夏天住过的旅馆的前台服务员聊天。服务员告诉他，贝蒂·肖特总穿紧身黑衣。'贝沃'想到艾伦·拉德的电影《蓝色大丽花》[1]，就琢磨出了这个名字。估计这点子每天能多招惹出一打来自首的。正如哈里灌了两杯黄汤以后经常说的：'要是谁也不肯搞你，别忘了还有好莱坞呢。'板牙，你这家伙挺聪明，而且还阴魂不散。跟我说说你的想法。"

"我想我宁可回令状组。你能跟洛韦打个招呼吗？"

米勒德摇摇头："不能。你能回答我的问题吗？"

我按捺住挥拳和恳求的冲动："她在错误的时间、错误的地点，接受或拒绝了错误的男人。她身上耗掉的橡胶比圣伯多公路都要多，而且满嘴跑火车，要我说，找到那个错误的男人无疑难比登天。"

米勒德站起来，伸个懒腰："聪明的讨厌鬼，你去好莱坞分局找比尔·凯尼格，然后去我那份报告书里提到的几个好莱坞地址询问房客。重点问男朋友。尽量盯着凯尼格，报告交给你写，因为比尔是个货真价实的文盲。问完就回来写报告。"

我俯首听命，普通头疼渐渐变成偏头痛。上街之前，我听见几个警察在拿贝蒂·肖特的情书寻开心。

我到好莱坞分局接上凯尼格，开车带他前往卡洛斯大道的地址。我在6024号门前停车，说："你职位比我高，警司。打算怎么个问法？"

凯尼格大声清清喉咙，把泛上来的浓痰咽下去。"平时是弗

---

1 《蓝色大丽花》（*The Blue Dahlia*）：1946年美国电影，黑色电影杰作，由雷蒙德·钱德勒编剧，乔治·马歇尔导演，艾伦·拉德和维罗妮卡·雷克分别担任男女主角。

里茨负责问话，但他今天请病假了。你问话，我负责支援，怎么样？"他掀开上衣，给我看塞在腰带里的皮棍子，"你觉得需要动手吗？"

我答道："动嘴就行。"然后下了车。6024号是幢三层楼的棕色板材房屋，草坪上插着"有房间供出租"的告示牌，前门廊上坐着一位老妇人。看见我走近，老妇人合上《圣经》，说道："对不起，年轻人，我的房间只租给姑娘，而且要有人推荐，有正经工作。"

我亮出警徽："女士，我们是警察，想找你谈谈贝蒂·肖特。"

老妇人说："我叫她贝丝[1]。"她恶狠狠地瞪着凯尼格，后者站在草坪上偷偷摸摸抠鼻子。

我说："他在找线索。"

老妇人嗤之以鼻："在他那个大鼻子里恐怕找不到吧。警官，是谁杀了贝丝·肖特？"

我掏出钢笔和记事簿："我们来正是想搞清楚这个。能问一下您的姓名吗？"

"洛蕾塔·詹韦小姐。我在收音机上听见贝丝的名字，给警察打了电话。"

"詹韦小姐，伊丽莎白·肖特什么时候住在您这儿？"

"听到新闻播报，我立刻查了记录。去年从9月14日到10月19日，贝丝住三楼右后侧的房间。"

---

1 贝丝（Beth）：亦是伊丽莎白的昵称。

"她有推荐人吗？"

"没有。我记得很清楚，因为贝丝真是个漂亮姑娘。她敲敲门，说走在高尔街上的时候看见了我的告示牌。她说她是女演员，还处在上升期，需要一个便宜房间，等待取得突破的那一天。我说我听过这套说辞，还说她必须改掉难听的波士顿口音。唉，贝丝只是笑着对我说：'现在所有的好人都该来帮助他们的党了。'[1]这次完全没有任何口音。她接着说：'看！我是不是从善如流？'见到她这么急于讨好我，尽管我原则上不把房间租给搞电影的那种人，可还是把房间租给了她。"

我记下与案情相关的内容，然后问她："贝丝是个好房客吗？"

詹韦小姐摇摇头："愿上帝让她的灵魂安息，但没有比她更糟糕的房客了，她让我很后悔自己打破原则，把房间租给了搞电影的那种人。她总是迟缴房租，要典当珠宝才有填饱肚子的钱，还企图让我允许她按日而不是按周付租金。她想付我一天1美元！要是我允许房客全都这么做，你能想象我的账本要占据多少空间吗？"

"贝丝跟其他房客有来往吗？"

"老天在上，还好没有。三楼后侧的房间有独立楼梯，贝丝不需要像其他姑娘那样走前门出入，周日我从教堂回来总给姑娘们举办茶话会，她从不参加。贝丝压根就不去教堂，她对我这么说：'姑娘们偶尔聊聊天就行了，小伙子倒是可以每天都有。'"

---

1 英文打字时的练习句。

"詹韦小姐，我有个最重要的问题要问您，贝丝住在这儿的时候有男朋友吗？"

老妇人拿起《圣经》抱在胸口："警官，假如他们和其他姑娘的情郎一样走前门，我肯定会注意到。我不想亵渎死者，所以就这么说吧，贝丝的楼梯上响起过很多脚步声，而且都是在一天里最不应该的时候。"

"贝丝有没有提到过任何对她有敌意的人，什么她很害怕的人？"

"没有。"

"你最后一次见到她是什么时候？"

"10月末，她搬走的那一天。她用最好听的加州女孩嗓门说：'我找到了更讨人喜欢的住处。'"

"她说了要搬到哪儿去吗？"

詹韦小姐说："没有。"随后像是要说悄悄话似的凑近我，指着懒洋洋地靠在车上挠裤裆的凯尼格说："你该跟那位先生谈谈他的卫生习惯。实话实说，太恶心了。"

我说："谢谢，詹韦小姐。"然后走过去坐进驾驶座。

凯尼格嘟囔道："老太婆说我什么？"

"她说你很可爱。"

"真的？"

"真的。"

"还说什么？"

"你这样的男人让她觉得青春又回来了。"

"真的？"

"真的。我叫她别动歪脑筋，你已经结婚了。"

"我没结婚。"

"我知道。"

"那你为什么对她说我结婚了？"

我把车开上马路："你难道想让她往局里给你寄情书？"

"噢，我明白了。那她怎么说弗里茨？"

"她认识弗里茨？"

凯尼格看我的眼神仿佛我是弱智："许多人在弗里茨背后谈论他。"

"说他什么？"

"全是谎话。"

"什么样的谎话？"

"不好的谎话。"

"举例来说？"

"比方说他在风化组做事那会儿乱搞得了梅毒；比方说他躲了一个月去接受水银疗法；比方说他因此被踢进中央分局刑侦组。都是不好的谎话，甚至还有更糟糕的。"

我的背脊阵阵发凉。我拐上切洛基路："比方说呢？"

凯尼格悄悄靠近我："布雷切特，你在套我的话，想去说弗里茨的坏话？"

"没有，只是好奇而已。"

"好奇杀死小猫咪。别忘记这个。"

"我会的。比尔，你警司升职考试得了几分？"

"不知道。"

"什么？"

"弗里茨替我考的。布雷切特，记住小猫咪。我不喜欢别人说我搭档的坏话。"

1842号进入视野，这是一幢巨大的灰泥外墙公寓楼。我开到门口停车，嘟囔道："我去动嘴。"然后径直走向门厅。

墙上的名录说604房间住着雪·萨登和另外九个人，其中没有琳达·马丁。我搭电梯上六楼，闻着微弱的怪味向前走，我敲敲604的房门。大乐团爵士乐戛然而止，房门打开，一个算是年轻的女人出现在眼前，她身穿闪闪发亮的埃及服饰，手持混凝纸质地的头饰。她说："雷电华[1]的司机？"

我答道："警察。"门在我面前"砰"的一声关上。我听见马桶冲水；年轻女人过了几分钟回来，我没得到邀请就走进公寓。客厅的拱形天花板很高，墙边摆着几张邋里邋遢的行军床。壁橱的门敞开着，手提箱、旅行包和行李箱满得都溢出来了，漆布桌面的台子斜抵着一张没床垫的行军床。桌上放满了化妆品和化妆镜，旁边裂纹横生的木地板上撒了厚厚一层胭脂和香粉。

年轻女人说："是不是那几张乱穿马路的罚单没付钱？听我说，雷电华的《木乃伊诅咒》剧组约了我三天时间，一拿到钱我就寄支票给你们。可以吗？"

我说："是因为伊丽莎白·肖特，您是——"

女孩演戏似的夸张呻吟："萨登。雪莉尔·萨登，结尾有个'尔'。听我说，我今天早晨在电话里和一位警官谈过了。什么

1　雷电华（RKO）：美国的电影制片和发行公司，20世纪30年代美国电影业的八家大公司之一。

什么警司，口吃得厉害。他问了足足九千个关于贝蒂还有她那九千个男朋友的问题，我回答了九千遍，许多女孩在这儿有个铺位，她们和很多男人约会，其中大多数都不值得信任。我告诉过他了，贝蒂从11月初到12月初住在这儿，房租和我们一样，也是一天1美元，我不记得和她约会的男人都姓什么叫什么。我能走了吗？接临时演员的车子随时会到，我很需要这份工作。"

雪莉尔·萨登说得气喘吁吁，金属戏服热得她香汗淋漓。我指着一张行军床说："坐下，回答我的问题，否则就因为你冲掉的东西逮捕你。"

三日埃及艳后听从了命令，投向我的目光能让恺撒大帝低头认错。我说："第一个问题，有个叫琳达·马丁的住这儿吗？"

雪莉尔·萨登抓起行军床上的流金岁月牌香烟，抽出一根点燃："我告诉过结巴警司了。贝蒂提过几次琳达·马丁。她是贝蒂在另一个地方的室友，那地方在德隆普雷大道和橘路的路口。需要证据才能逮捕人，你知道的，对吧？"

我掏出钢笔和记事簿："贝蒂有什么敌人吗？威胁过她，或者对她施过暴？"

"贝蒂的问题不是敌人，而是朋友太多，听得懂吧？懂吗？男朋友的'朋友'。"

"嘴巴挺利索嘛。他们里面有谁威胁过她吗？"

"据我所知，没有。听我说，咱们能快点儿吗？"

"别着急。贝蒂住这儿的时候做什么工作？"

雪莉尔·萨登嗤之以鼻："真会说笑话。贝蒂不工作。她找其他姑娘讨零钱，去好莱坞大道找老爷爷们要酒喝、混饭吃。好几次两三天夜不归宿，回来时带着钞票，吹牛说钱都是打哪儿哪儿来的。撒谎精，大家连她说的一个字也不相信。"

"说说她都是怎么吹牛的。还有贝蒂大致都撒什么谎。"

雪莉尔按熄香烟，立刻点燃另一根。她默默地抽了几口，我看得出来，模仿贝蒂·肖特正在点燃她当女演员的热情。最后她说："知道报纸上说的黑色大丽花是怎么一回事吧？"

"知道。"

"怎么说呢，贝蒂喜欢穿黑衣服，这个小伎俩是想给选角导演留下深刻印象，她有时候也跟其他姑娘一起去试镜，但这种时候并不多，因为她喜欢每天一觉睡到大中午。不过有时候她会对你说她穿黑是因为父亲过世了，或者她在为某个死在战争中的小伙子服丧。可等到第二天，她又会对你说她父亲活得好好的。有时候她离开几天，回来时手头阔绰，会对一个姑娘说有钱的叔伯过世留给她一笔遗产，又对另一个姑娘说钱是在加德纳¹打牌赢来的。她对每个人扯九千种不同的谎，说她就要嫁给九千个不同的战争英雄了。对她为人有概念了吧？"

我答道："栩栩如生。咱们换个话题吧。"

"很好。聊聊国际金融市场？"

"聊聊电影怎么样？你们这些姑娘都想有所突破，对吧？"

雪莉尔甩给我一个魅惑的眼神："我已经有了突破了。《豹女》《魅影滴水兽的袭击》和《金银花的甜蜜》里都找得到我。"

"恭喜恭喜。贝蒂得到过电影圈的工作机会吗？"

---

1 加德纳（Gardena）：南加州城市名，是洛杉矶的工业郊区。

"也许有。也许有一次，但也可能没有——因为贝蒂总是撒谎。"

"接着说。"

"好，感恩节那天，六楼的所有年轻人凑钱聚餐，贝蒂出手大方，买了两箱啤酒。她吹嘘说她在拍电影，还把她说是导演送她的取景器拿给大家看。很多姑娘都有电影圈里男人送的便宜取景器，但贝蒂这个挺值钱，挂在链子上，有个小小的天鹅绒匣子。我记得那天晚上贝蒂都快飘上天了，滔滔不绝，说个没完没了。"

"她提过电影的名字吗？"

雪莉尔摇摇头："没有。"

"提过和这部电影有关的任何人名吗？"

"就算说过我也不记得了。"

我环视房间，数出十二张行军床，每张床每晚1美元，这位房东倒是会做生意。我说："知道什么是选角沙发[1]吗？"

假埃及艳后的眼神灼灼燃烧："老兄，我不干，从来不干这种事。"

"贝蒂·肖特呢？"

"难说。"

我听见汽车喇叭声，走到窗前向外张望。一辆平板卡车载着十来个埃及艳后和法老停在路边我的车背后。我转身想告诉雪莉尔，但她已经冲了出去。

---

1 选角沙发（casting couch）：以性为交易的潜规则。

米勒德所列地址的最后一个是北橘路1611号，这幢粉红色的灰泥建筑专供游客投宿，位于高处好莱坞高中的阴影之中。我在屋前双线违停，凯尼格从抠鼻子的白日梦里猛然惊醒，指着两个坐在台阶上读一摞报纸的男人说："我对付他们，你对付穿裙子的。知道他们叫什么吗？"

我说："多半是哈罗德·科斯塔和唐纳德·雷耶斯。你看起来很累，警司。这次不想坐着等我问话了？"

"我觉得无聊。该问他们什么？"

"还是交给我吧，警司。"

"记住小猫咪，布雷切特。弗里茨不在，谁企图拦着我做事，下场就和小猫咪一个样儿。我该找这两个家伙问什么？"

"警司——"

凯尼格喷着唾沫吼道："新人，我比你职位高！大块头比尔叫你干什么你就干什么！"

我按捺住怒火，答道："问他们要不在场证明，还有贝蒂·肖特有没有卖过淫。"凯尼格把冷笑当作他的回答。我踩着草坪小跑上台阶，两个男人给我让路。打开前门，里面是简陋的客厅，几个年轻人坐在房间里，抽着烟读电影杂志。我说："警察。我找琳达·马丁、玛乔丽·格拉汉姆、哈罗德·科斯塔和唐纳德·雷耶斯。"

一个穿宽松套装的蜜色头发姑娘折起《剧本》杂志的一角："我是玛乔丽·格拉汉姆，哈尔和唐[1]在外面。"

---

1 分别是哈罗德和唐纳德的昵称。

另外几个人起身逃进走廊，仿佛我就是一大坨坏消息。我说："事情和伊丽莎白·肖特有关。你们有谁认识她吗？"

六七个人摇头表示否定，面露震惊和悲伤。我听见凯尼格在外面吼叫："给我说实话！肖特那女人是不是在卖淫？"

玛乔丽·格拉汉姆说："警官，是我给警方打电话的。我留下琳达的名字是因为我知道她也认识贝蒂。"

我指着房门说："他俩呢？"

"唐和哈罗德？他们都和贝蒂约会过。哈罗德打电话是因为知道警方在寻找线索。谁在朝他们吼叫？"

我没有理睬这个问题，在玛乔丽·格拉汉姆旁边坐下，掏出我的记事簿："关于贝蒂，你有没有什么我还不知道的事情可以告诉我？靠得住的事实？其他男朋友的姓名、相貌特征和具体日期？仇家？有可能让别人想杀死她的动机？"

女人畏缩；我意识到我提高了嗓门。我压低声音说："咱们从日期开始好了。贝蒂是什么时候住进来的？"

"11月初，"玛乔丽·格拉汉姆说，"我记得是因为她登记入住那天，我们一帮人就坐在这儿，听收音机里的珍珠港五周年纪念节目。"

"那是11月7日对吧？"

"对。"

"她在这儿住了多久？"

"顶多一个星期。"

"她是怎么知道这个地方的？"

"我猜是琳达·马丁告诉她的。"

米勒德的备忘录说贝蒂·肖特在圣迭戈度过了12月的大部分时间。我说："住进来没多久她就搬走了，对吗？"

"对。"

"为什么？据我们所知，去年秋天，贝蒂在三个不同的地方居住过，三个地方都位于好莱坞地区。她为何频繁搬家？"

玛乔丽·格拉汉姆从手袋里掏出纸巾，拿在手里捏来捏去："这个嘛，我也不是很清楚。"

"爱嫉妒的男朋友追着她跑？"

"我不这么认为。"

"格拉汉姆小姐，那你怎么认为？"

玛乔丽叹了口气："警官，贝蒂利用不了这些人了。她找别人借钱，对他们吹牛说大话，然后……唉，这儿住了不少精明的年轻人，我认为他们很快就看穿了贝蒂的本性。"

我说："跟我说说贝蒂吧。你喜欢她，对不对？"

"对。她很可爱，容易轻信，有点儿笨，但……有天分。她有一种奇异的天赋——假如这个也能叫作天赋。为了讨人喜欢，她什么都肯做，不管和谁在一起，她或多或少都会模仿对方的行为举止。这儿的每个人都抽烟，于是贝蒂也开始抽烟，想变成我们当中的一员，尽管抽烟对她的哮喘不好，她很讨厌香烟。有一点很好玩，她会努力学你走路和说话，但归根结底她依然是她自己。她永远是贝蒂、贝丝或当时她使用的伊丽莎白的随便什么昵称。"

我在脑海里回味这段可悲的评语："你和贝蒂都聊些什么？"

玛乔丽说："大部分时候我只是听贝蒂说话而已。我们经常坐在这儿听收音机，贝蒂一个接一个地讲故事，都是和战争英雄的爱情故事——乔上尉、马特少校，等等。我知道都不过是她的幻想。有时候她说什么要当电影明星，就好像只用穿上那身黑衣服走来走去，星探就迟早会发现她。这种念头让我挺生气的，因为我一直在帕萨迪纳剧场接受训练，知道表演要下苦工夫。"

我把笔记翻到询问雪莉尔·萨登的地方："格拉汉姆小姐，贝蒂有没有提过她11月末要参加电影拍摄？"

"提过。她来这儿的第一个晚上就开始吹嘘了。她说她有个联合主演的角色，还拿着取景器四处炫耀。有几个男孩子要她说出更多细节，她对一个人说在派拉蒙片场拍摄，又对另一个人说在福克斯片场。我认为她只是在撒谎吸引注意罢了。"

我翻到新的一页，写下"名字"二字，在底下画了三条横线："玛乔丽，有什么名字能告诉我吗？贝蒂的男朋友？你见过和她在一起的人？"

"呃，我知道她和唐·雷耶斯还有哈罗德·科斯塔都约会过，有一次我见过她和一个水手在一起，我……"

玛乔丽踟蹰片刻，我注意到她的眼神像是在犯难："怎么回事？你可以告诉我，没关系的。"

玛乔丽的声音变得很细弱："就在她搬出去前不久，我看见贝蒂和琳达·马丁在好莱坞大道上和一个大块头年长女人交谈。那个女人身穿男式正装，头发也短得像男人。我就见过一次，所以很可能没有任何意义——"

"你的意思是说那女人是个同性恋？"

玛乔丽点点头，伸手去拿纸巾。比尔·凯尼格走进房间，朝

131

我勾勾手指。我走过去，他压低声音说："两个家伙招了，说死妞儿穷疯了就去卖淫。我给洛韦先生打过电话。他说先别声张，因为说她是个好姑娘对案子更有利。"

我强自压下冲动，没说出女同性恋的线索；地检官及其走狗多半也不会让这个消息冒头。我说："我还有一个问题要问，马上就好。你给那两个家伙录口供，行吗？"

凯尼格咯咯笑着走了出去；我让玛乔丽坐着别动，自己走到大堂后侧。这儿有一张登记台，上面摊着一本打开的登记册。我站在台子前翻阅簿子，直到看见用幼稚笔迹涂写的"琳达·马丁"为止，签名旁边是戳子盖上的"14号房间"。

我转身沿一楼走廊来到14号门口，敲敲门，等待回应。过了五秒钟也没人开腔，我试着拧了一下门把手。把手能转动，我推开房门。

这个小房间异常狭窄，里面只有一张没收拾过的床。我打开壁橱看了看：空空如也。床头柜上有一摞昨天的报纸，翻到耸人听闻的"狼人谋杀案"版面；忽然间我想通了，这个姓马丁的姑娘是个离家出走的。我趴在地上，伸手在床底下捞，摸到一个扁平的物体，于是把它拽了出来。

这是个红色塑料零钱包，里面有两个一分钱和一个一毛钱的硬币，还有一张艾奥瓦州雪松急流镇的证件。证件的主人叫洛娜·马蒂科娃。证件上有个漂亮女孩的照片，我已经在脑海里制作离家女人的全境缉拿令了。

玛乔丽·格拉汉姆出现在门口。我把证件拿给她看，她说："那就是琳达。天哪，她这么年青。"

"对好莱坞来说已经是中年人了。你最后一次见到她是什么时候？"

"今天早晨。我告诉她，我给警察打了电话，他们要来和咱们谈谈贝蒂。我难道做错了什么？"

"你又不知道。另外，谢谢你。"

玛乔丽露出微笑，我不由希望她能尽快离开电影圈，一去不回头。想归想，我没有说出来，只是对她报以微笑，然后走出房门。比尔·凯尼格站在门廊上，摆出炫耀的姿势。唐纳德·雷耶斯和哈罗德·科斯塔瘫坐在躺椅上，脸色发青，说明后脖颈挨了几下重拳。

凯尼格说："不是他们干的。"

我答道："算你厉害，夏洛克。"

凯尼格说："我不叫夏洛克。"

我说："算你厉害。"

凯尼格说："什么？"

到了好莱坞分局，我动用令状组警察的特权，对洛娜·马蒂科娃（即琳达·马丁）签发了一份离家出走女孩的全境缉拿令和一份重要证人优先传票，把报告表格留给白班的班头，他保证一小时内就把全境缉拿令广播出去，也会派警员去北橘街1611号向房客盘问洛娜（琳达）有可能去了哪儿。安排妥当，我开始撰写这几场问话的总结报告，把贝蒂·肖特描写成撒谎成性的女人，着重提及她有可能在1946年11月内的某段时间参与某部电影的拍摄。搁笔之前，我考虑了一下要不要提到玛乔丽·格拉汉姆提供

133

的年长女人线索。假如埃利斯·洛韦得知此事，多半会连同贝蒂兼职卖淫的情况一起塞进冰柜，因此我决定不把这个细节放进报告，而是去亲口告诉罗斯·米勒德。

我在刑侦组办公室找了台电话，向演员工会和选角中心询问伊丽莎白·肖特。工作人员说他们没有收录这个名字，也没有任何人姓肖特而名字是"伊丽莎白"的任何昵称，因此她不太可能出演过任何一部合法制作的好莱坞电影。挂断电话，我琢磨拍电影会不会也是贝蒂编造的童话，取景器则是故事里的道具。

时间接近傍晚。摆脱凯尼格的感觉就好像侥幸逃脱癌症的魔爪，三场盘问让我受够了贝蒂或贝丝·肖特以及她在世时最后几个月的惨淡人生。我又累又饿，于是开车去那幢屋子，想吃个三明治顺便打打瞌睡，却径直走进了"黑色大丽花秀"的又一幕场景。

凯伊和李站在餐桌两旁，正在查看39街和诺顿大道路口的犯罪现场照片。凯伊紧张兮兮地抽烟，偶尔瞥一两眼照片；李瞪大眼睛盯着照片，面部肌肉朝五六个方向抽搐，整个就是来自外太空的安非他命星人。两人谁也不跟我打招呼，我傻站在门口，给洛城史上最著名的尸体当配角。

最后还是凯伊先开口："嗨，德怀特。"李伸出一根颤巍巍的手指，点着躯干毁伤的特写说："肯定不是随机犯罪，我就是知道。维恩·史密斯说凶手在街上随便选了个女人，带到某个地方残酷折磨，然后把尸体扔在那片空地上。狗屁！凶手这么做是因为出于某种原因憎恨这个女人，而且还想让全世界都知道。上帝啊，他花了整整两天折磨她。宝贝，你上过医学预科，你觉得凶手会不会受过医学训练？你明白的，会是疯狂医生式的罪犯吗？"

凯伊按熄香烟："李，德怀特来了。"李猛地转身。

我说："搭档——"李同时想对我使眼色、微笑和说话，却挤出了一张难看的鬼脸；他挣扎着发出声音："板牙，听听凯伊怎么说，我就知道花钱供她念大学对我有好处。"他的模样让我不得不转开视线。

凯伊的嗓音柔和、有耐心："看图推测只是捕风捉影，不过要是你肯吃点儿东西，冷静一下，我就帮你推测。"

"那就推测吧，老师。"

"好吧，只是我的猜测，但凶手也许是两个人，因为折磨她的刀伤很粗糙，躯体和腹部的刀口却整齐而干净。也许只有一个人，杀死姑娘后，他冷静下来，接着对尸体进行了残酷的解剖。我认为疯狂医生仅仅存在于电影中。亲爱的，你必须冷静一下。你不能继续吃药了，你必须吃饭。听德怀特的，他也会告诉你同样的话。"

我望向李。他说："我太兴奋了，吃不下。"他忽然伸出手，仿佛我这才走进房间："哎，搭档。有没有打听到什么有用的消息？"

我考虑着要不要告诉他，我打听到的消息证明她不值得上百个警察全职奔忙，女同性恋的线索就是证据，还有贝蒂·肖特是个可怜的荡妇加小撒谎精。然而，看着李被药物点亮的脸孔，我只好说："没什么值得让你这么折磨自己。你送进昆丁监狱的某个皮条客再过三天就要回洛城了，没什么值得让我看见你到时候连还手的力气都没有。想想看，你妹妹见到你这个德行会怎么说。

想想她——"

泪水涌出李那双外太空怪物般的眼睛，我见状立刻住口。他站在那儿，活像是在给自己的血亲当配角。凯伊走到我和李之间，双手分别按住我和李的肩膀。我在李放声大哭前走出房门。

大学分局是黑色大丽花狂潮的另一个据点。

更衣室里贴着一张供大家自行填写的赌彩单，表格画得很粗糙，就像掷花旗骰的桌面，供下注的空格上分别标着"破案——二赔一""随机犯罪——四赔一""无法破案——一赔一""男朋友（们）——一赔四"和"红哥——嫌犯落网后方有赔率"。"庄＄家"的名字是夏因纳警司，现在最热门的是"男朋友（们）"，已经有十多名警官在这个格子里签了名，大家都想投个10美元挣上250美元。

刑侦组的办公室更有喜剧色彩，让人心情放松。不知道是谁在门口挂了件截成两半的廉价黑礼服。哈里·西尔斯喝得半醉，正在和黑人清洁女工转着圈跳华尔兹，向众人介绍她才是真正的黑色大丽花，是自从比莉·哈乐黛之后最好的黑人女歌手。他们一边跳舞，一边就着哈里的扁酒瓶喝酒，清洁女工高唱福音歌曲，打电话的警员一个个都用手按住空闲的耳朵。

忙正经事的人也乱成一团。有人抱着车管所的登记单据和亨丁顿公园的街道名录，努力拼凑与贝蒂·肖特一起离开圣迭戈的"红哥"的线索；有人在读她的情书，有两名警员在给车管所的警方热线打电话，追查李昨天夜里躲在"小弟"纳什的爱巢里抄到的车牌。米勒德和洛韦不在，我把问话报告放进标有"外勤探

136

员总结报告"的大托盘，还就我发出的缉拿令留了张字条。然后我飞快地离开办公室，免得被高级警官逼着加入马戏团。

无所事事的状态让我想到李，想到李让我想回刑侦组的办公室去，那儿至少对死去的姑娘还有些幽默感。想到李我不禁怒不可遏，我开始想"小弟"纳什，这个职业持枪歹徒比五十个吃醋的男朋友杀手更加危险。我心痒难耐，想回去接着当令状组的警察，想在雷莫特公园地区搜捕这家伙。

但我无法逃离无处不在的黑色大丽花。

经过39街和诺顿大道路口时，我看见看客围着那片建筑空地呆望，冰激凌和热狗贩子在旁边卖吃的；39街和克兰肖大街路口的酒吧门前，有个老女人在卖贝蒂·肖特的照片复印件，不知道亲爱的克利奥·肖特有没有靠底片拿到分成。去他的，我把这些狗屁念头推出脑海，开始查案。

我一连花了五小时徒步排查南克兰肖大街和南西大道，向所有人出示纳什的大头照，强调他的犯罪模式是强奸黑人小姑娘。我得到的答案不是"没见过"就是"你为什么不去抓剁了好姑娘大丽花的歹徒？"傍晚过到一半，我只好投降，承认"小弟"纳什已经逃离洛城。我坐立不安，于是重新加入马戏团。

我狼吞虎咽吃了顿汉堡晚餐，然后拨通风化组的夜间值班号码，询问已知的女同性恋聚集场所。接电话的文员查阅风化组的情报档案，报给我三个鸡尾酒酒廊的名字，全都位于圣费尔南多谷文图拉大街的同一个街区上："女公爵""炫耀据点"和"拉文避难所"。我正要挂电话，他又说这三个地方所在的县区土地不属于本市，因此不在洛城警局的管辖区域内，而是由治安官部门负责巡逻，多半在治安官的包庇下经营——当然，少不了保护费。

开车去山谷的路上，我没去考虑什么管不管辖权的，而是琢磨女人和女人该怎么搞。不是男人婆那种类型，而是软绵绵的姑娘，但柔中带刚，就像是拳赛后挨个送上门的女人。经过卡温格山口时，我尝试把这种类型合二为一，但只得到了她们的躯体和擦剂还有汽车内饰的气味——没有脸。我换上贝蒂（贝丝）的大头照和琳达（洛娜）的证件，把两张脸安在我最后几场职业拳赛后的女人身上。画面越来越清晰；就在这时候，文图拉大街的11000号街区映入眼帘，我得以面对女人对女人的真实场景。

"炫耀据点"的小木屋门脸和双开转门像是出自西部电影里的酒吧。室内空间很狭小，光线昏暗，我的眼睛花了好一会儿去适应黑暗。等我终于能看清楚了，见到的是二十来个女人恶狠狠地瞪我，企图用气势压倒我。

她们有些是强壮的男人婆，穿卡其衬衫和军装裤；有些是软绵绵的姑娘，穿裙子和套头衫。有个肌肉婆娘用匕首般的眼神把我从头看到脚，她身边是个娇媚的红发小姐，姑娘把脑袋搁在她肩膀上，一条胳膊挽着她粗壮的水桶腰。我感觉到自己开始冒汗，扭头去找吧台和看着像老大的人。我望见房间最里面有一块休息区，几把竹椅围着一张摆满酒瓶的桌子，周围墙上镶着霓虹灯，这会儿闪着紫光，随即变成黄色，然后是橙色。我走过去，手挽手的两个女人分开一条去路，给我让出仅够通过的空间。

吧台背后的男人婆倒了满满一注杯威士忌摆在我面前，问："酒水管理处的？"她有一双锐利的浅色眼睛，霓虹灯的倒影衬得它们几乎透明。我有种古怪的感觉，她似乎知道我在来的路上都想了些什么。

我一口喝干，答道："洛城警局凶杀组。"男人婆说："这儿不归你管。谁死了？"我摸出贝蒂·肖特的大头照和洛娜／琳达的证件摆在吧台上。有威士忌润嗓子，我的声音没那么嘶哑了："见过这两位吗？"

那女人盯着照片仔细看了一会儿，然后盯着我看："你难道想说大丽花是我们的姐妹？"

"你说呢？"

"要我说，我从没在报纸之外见过她，至于那个女孩就更没见过了。结了？"

我指指桌上的注杯，男人婆给我倒满。我一饮而尽，我的汗水开始发热，继而变凉："要是你的姑娘们都这么说，而我也觉得可信，那时候就算是结了。"

她吹声口哨，休息区登时挤满了人。我抓起照片，递给一个软绵绵的姑娘，她缠着一个伐木工般的壮实女人。两人仔细查看照片，摇摇头，然后把照片传给一个穿休斯航空工作服的女人。她说："不认识，但确实是个好苗子。"接着把照片给了旁边的一对。她们喃喃道："黑色大丽花。"声音中的震惊不似作假。她们都说"不认识"；最后一个男人婆说："nyet，nein，[1]不认识，再说也不是我喜欢的类型。"她把照片还给我，朝地上啐口唾沫。我说："诸位女士，晚安。"起身走向房门，"大丽花"三个字在背后一遍又一遍地轻轻响起。

---

1 分别是俄语和德语的否定词。

我在"女公爵"得到的又是两杯免费烈酒、十来双充满敌意的眼睛和"不认识"的答案，还全都是旧式英国风格的。走进"拉文避难所"的时候，我已经喝得半醉，我无法染指的某些东西撩拨得我心痒难耐。

"拉文"里面很暗，固定在天花板上的小型聚光灯射出朦胧的光束，打在贴着廉价棕榈树壁纸的墙上。一对对在封闭式卡座里卿卿我我。我不禁瞠目片刻，然后连忙转开视线去寻找吧台。

吧台嵌进左边墙壁，长台上方的彩灯照着怀基基海滩的照片。没人看管吧台，也没有客人坐在高脚凳上。我走向店堂最里面，清清喉咙，把隔间里的情侣从云端请回地面。这个法子奏效了，搂抱和亲吻停止，愤怒和惊讶的眼睛抬起来，瞪着我这个带来坏消息的人。

我说："洛城警局凶杀组。"顺手把照片递给离我最近的一个女人："黑发姑娘是伊丽莎白·肖特。假如你们读报，就知道她是黑色大丽花。另外一个是她的伴儿。我想知道有没有人见过她们，假如见过，她们当时和谁在一起？"

照片在隔间里传了一遍，我意识到挥舞大头棒也只能敲出最简单的是或否，于是仔细观察她们的反应。谁也不说一个字；我见到的表情以好奇为主，少数几个表现出色欲。照片回到我的手里，最后是个卡车司机打扮的壮婆娘把照片还给我。我接过照片，打算回街上呼吸新鲜空气，却见到吧台里多了个女人正在擦拭酒杯，我又停下脚步。

我走到吧台前，把照片搁在台子上，朝她勾勾手指。她拿起大头照："我在报纸上见过她的照片，没别的了。"

"另外那个姑娘呢？她的化名是琳达·马丁。"

女酒保拿起洛娜／琳达的证件，眯着眼睛打量；我注意到认出照片的表情在她脸上一闪而过。"对不起，不认识。"

我半身探过吧台："别撒谎。要么你跟我说实话，要么接下来五年你只能在特克查皮[1]了。"

酒保吓得向后缩；我担心她会抄起酒瓶砸我脑袋。她垂下眼睛看吧台："那女人来过。大概是两三个月前。但我从来没见过大丽花，我认为那女人喜欢的是男人。我是说，她只是来找姐妹们讨酒喝的，没别的了。"

我从眼角余光看见一个女人，她正想在吧台前坐下，却忽然改变主意，抓起手袋走向店门，像是被我和女酒保的交谈吓住了。聚光灯照亮她的脸，那一瞬间我见到的面容酷似伊丽莎白·肖特。

我收起照片，数到十，追着女人出去；我坐进车里，正好看见她打开一辆雪白色帕卡德轿车的车门，我和她隔着几个车位。她的车开上马路，我数到五，跟上去。

我尾随她走文图拉大街上卡温格山口，然后下山来到好莱坞。深夜时分，车流稀少，我与帕卡德车保持几个车身的距离，帕卡德沿着高地街向南走，离开好莱坞，进入汉考克公园区。开到第四街，女人左转弯，没几秒钟，我们就身处汉考克公园的中心地带了——威尔夏分局的警察管这个地方叫"玻璃豪宅里的野鸡场"。

---

1 特克查皮（Tehachapi）：加州的州立监狱所在地之一。

帕卡德在缪尔菲尔德路拐弯，开到一幢庞大的都铎式宅邸前停下，这儿门口的草坪足有橄榄球球场那么大。我继续向前开，车头灯照亮帕卡德的车尾牌照：CAL RQ 765。我望向后视镜，看到女人在锁司机座的车门，尽管隔着一段距离，鲨皮绸裹着的苗条身影依然显眼。

我走第三街离开汉考克公园地区。上了西大道，我看见一台投币电话，下车拨通了车管所的夜间热线，询问车牌号CAL RQ 765的白色帕卡德的车辆详情和违法记录。值班员让我等了快五分钟，然后念档案给我听：

马德琳·卡思卡特·斯普拉格，白种女性，出生日期
1925年11月14日，居住地为洛城南缪尔菲尔德路482号；
名下无积欠罚款、无令状、无违法记录。

回家路上，那几杯酒的劲头逐渐过去。我思考马德琳·卡思卡特·斯普拉格会不会和贝蒂/贝丝或洛娜/琳达有什么瓜葛，还是说她仅仅是个有钱的女人，只是对下等生活情有独钟。我一只手操纵方向盘，另一只手掏出贝蒂·肖特的大头照，把斯普拉格家姑娘的脸叠上去，得到的相似程度并不出奇，普普通通而已。接着，我仿佛看见自己正在剥去她的鲨皮绸套装，知道我并不在乎她俩到底像不像。

第十章

第二天早晨去大学分局的路上，我一直在听收音机。德克斯特·戈登四重奏的波普爵士让我心情愉快，但《跳跃的比利》跳着跳着忽然不跳了，一个狂热的嗓音取而代之："现在插播一条快报。乌黑头发的派对女郎伊丽莎白·肖特，又称'黑色大丽花'，残忍杀害她的首要嫌犯已经落网！早些时候警方只知道他外号叫'红哥'，但现在已经查明他的身份，他叫罗伯特·'红哥'曼利，现年二十五岁，家住亨丁顿公园地区，是五金用品推销员。曼利今天上午在南门[1]的朋友家中被抓，现拘押于东洛杉矶的霍林贝克分局接受审讯。根据KGFJ获得的独家新闻稿，在此案中担任市政府与警方联络人的王牌法律卫士、副地检官埃利斯·洛韦说：'"红哥"曼利有重大嫌疑。我们已经查清，正是他在1月9日开车带贝蒂·肖特离开圣迭戈，六天后，肖特饱受折

---

1 南门（South Gate）：加州南部城市，是洛杉矶市的工业郊区。

磨的尸体在雷莫特公园的建筑空地被人发现。这看起来正是我们盼望得到并为之祈祷的关键突破。上帝对我们的祈祷作出了回应！’”

H制剂的广告打断了埃利斯·洛韦的煽情演说，信誓旦旦地保证能减轻痔疮肿痛，不见效就双倍退款。我关掉收音机，拐弯驶向霍林贝克分局去。

分局门前的街道竖起了拒马和改道标志，制服巡警忙着阻止记者靠近。我在警局背后的小巷里停车，走后门直接进了临时拘留所。狭窄过道的一边是轻罪区，关着几个还在胡言乱语的醉鬼，够格的罪犯在重罪区对我怒目而视。号子里人满为患，却不见狱卒的身影。我打开通往分局办公室的连接门，立刻就明白了原因。

整个分局的人马似乎都挤在几个小审讯室之间的走廊里，每个人都想瞅一眼左边中间房间的单向玻璃。墙上的扩音器传出罗斯·米勒德的声音：流畅而循循善诱。

我捅捅离我最近的警员："招供了吗？"

他摇摇头："米勒德和搭档正在唱红脸黑脸。"

"他承认认识那姑娘吗？"

"承认。我们交叉对比车管所的记录找到他，他乖乖地跟我们来了。打个小赌吗？有罪还是无罪，你先押。我觉得今天运气不错。"

我没搭理这家伙，用胳膊肘轻轻推开人群，挤到窗口朝里看。米勒德坐在破旧的木桌前，对面是个英俊的年轻人，胡萝卜色的头发梳成背头，手指在摆弄一包香烟，看模样已经吓得魂不附体。米勒德活像电影里的好人神父——见识过了人世间的各种罪孽，愿意宽恕天底下的所有生灵。

扬声器里传出红发男人的声音："求你了，我已经说过三遍了。"

米勒德说："罗伯特，我们这么做都是因为你没有主动投案。整整三天，贝蒂·肖特的照片登在洛杉矶所有报纸的头版上，你知道警方需要跟你谈话。你却躲了起来。你知道这给我们留下什么印象吗？"

罗伯特·"红哥"曼利点烟，吸一口，使劲咳嗽："我不想让老婆知道我在外面偷嘴。"

"可你又没偷到。贝蒂是不会给你的。她逗你玩玩而已，你占不到什么便宜。这可不是避开警方的好理由。"

"我在迭戈约过她，和她跳过贴面慢舞。这和偷嘴是一码事。"

米勒德伸手按住曼利的胳膊："咱们从头说。告诉我，你是怎么遇到贝蒂的，你做了什么，你们谈了什么。慢慢来，没人催你。"

曼利在满得溢出来了的烟灰缸里摁熄香烟，又点燃另外一根，抬手擦掉额头的汗水。我看了一圈走廊，发现埃利斯·洛韦靠在对面墙上，沃格尔和凯尼格分列左右，仿佛两条忠犬，正在等待主人下令进攻。扬声器里传出经静电噪声过滤的叹息；我转过身，望着疑犯在椅子里蠕动。"这是最后一遍了吧？"

米勒德笑着答道："没错。小伙子，请吧。"曼利起身伸个懒腰，在房间里边踱边说："我是圣诞节前那一周认识贝蒂的，就在迭戈市区的那家酒吧。一开始我们就是闲扯而已，贝蒂不经意间说到她最近手头紧，住在弗伦奇夫人和女儿家里，不过只是暂住。我在旧城区的一家意大利餐馆请她吃晚饭，然后去艾尔科泰兹饭店的天空舞厅跳舞。我们——"

米勒德打断他的话："你出城推销的时候总这么泡女人吗？"

曼利叫道："我没在泡女人！"

"那你在干什么？"

"我被她迷住了，就这样。我分不清贝蒂是财迷还是好姑娘，我想搞清楚。我想测验我对妻子的忠诚，我只是……"

曼利的声音小了下去。米勒德说："小伙子，看在上帝的份上，说实话吧。你想找个姑娘搞一搞，没错吧？"

曼利跌坐下去："没错。"

"你出差时总这样，没错吧？"

"不对！贝蒂不一样！"

"怎么个不一样？出城找乐子不就是出城找乐子嘛，你说呢？"

"不对！我出差时从不在外偷嘴！贝蒂只是……"

米勒德的声音变得缓慢，扬声器几乎都捕捉不到了："贝蒂撩起了你的欲火。对吧？"

"对。"

"让你想做些你从没做过的事情，让你发狂，让你——"

"不！不对！我只想睡她，没打算伤害他！"

"嘘——咱们还是先说圣诞节吧。你和贝蒂约会了第一次。说再见时吻别了吗？"

曼利用双手攥紧烟灰缸，他的手在颤抖，烟头撒在了桌上："面颊。"

"别骗我，'红哥'。没有更亲热的了？"

"没有。"

"圣诞节前两天你和贝蒂约会了第二次，对吧？"

"对。"

"还是去艾尔科泰兹饭店跳舞，对吧？"

"对。"

"柔和的灯光，美酒，柔和的音乐，然后你就下手了，对吧？"

"该死，别再对吧对吧的了！我尝试吻贝蒂，她和我扯什么她不能跟我睡觉，因为她必须和战争英雄结婚生子，而我不过是军乐队的成员。她对这件事情他妈的非常在意，说来说去话题永远离不开什么根本不存在的战争英雄。"

米勒德站起身："为什么这么说？"

"因为我很清楚她在撒谎。贝蒂说她嫁给了这个男人，又说和那个男人订过婚，我知道她只是想让我显得渺小，因为我没见过真正的战场。"

"她提到过任何名字吗？"

"没有，只提到了军衔。这个少校，那个上尉，好像我只有下士军衔就该羞愧似的。"

"你因此憎恨她吗？"

"没有！你别陷害我！"

米勒德伸个懒腰，坐下了："第二次约会后，接下来你见到贝蒂是什么时候？"

曼利叹口气，把前额抵在桌面上："我已经说过三遍了。"

"小子，你越早再说一遍，就可以越早回家。"

曼利打个冷战，用胳膊抱住身子："第二次约会过后，再有她的消息就是1月8日了，她打电报到我办公室，说下次我去迭戈推销时她想见我一面。我回电报说我第二天下午去迭戈，到时候去接她。等我接到她了，她求我开车送她去洛城。我说——"

米勒德举起一只手："贝蒂说过她为什么要来洛城吗？"

"没有。"

"她说过要来见什么人吗？"

"没有。"

"你答应是因为觉得她会对你献身？"

曼利叹了口气："是的。"

"接着说，小伙子。"

"那天我在办公事的路上接了贝蒂。我拜访客户时她留在车上。第二天早晨，我要去滨海市[1]拜访客户，因此我们在那儿的一家汽车旅馆过了夜，然后——"

"那个地方叫什么，再告诉我一遍。"

"叫丰饶角汽车旅社。"

"贝蒂那天夜里又拒绝了你？"

"她……她说她来月经了。"

"这么老套的借口你也能上当？"

---

1 滨海市（Oceanside）：加州南部圣迭戈西北偏北的城市，是海滨休养胜地和商业中心。

"是的。"

"没让你气得发狂吗？"

"该死的，我没有杀她！"

"嘘——你睡沙发，贝蒂在床上睡，没错吧？"

"没错。"

"到了早上呢？"

"第二天早上，我们开车回洛城。贝蒂陪我拜访客户，还想骗我给她5美元，但我拒绝了。随后她扯了个不着调的谎，说约了姐姐在比尔蒂摩饭店门口碰面。我想尽快摆脱她，就在那天傍晚送她到比尔蒂摩饭店门口，时间恰好是5点钟左右。我从此再也没见过她，除了报纸上的大丽花新闻。"

米勒德说："这么说，你最后一次见到她是1月10日星期五下午5点钟喽？"

曼利点点头。米勒德直勾勾地望着窗户，理了理领带，然后走出房间。他回到走廊里，警官们一拥而上，七嘴八舌地提问。哈里·西尔斯走进房间，一个熟悉的声音在我身边响起，压过了种种喧闹："你马上就会明白罗斯为什么把哈里留在身边了。"

说话的是李，他咧着嘴，笑得很得意，像是刚拿了100万不需要上税的外快。我用胳膊搂住他脖子："欢迎回到人间。"

李也用胳膊搂住我脖子："我看起来这么正常都怪你。你一走凯伊就逼我喝了一剂烈酒兑镇静剂，天晓得她在药店里搞到了什么鬼东西。我足足睡了十七个小时，醒来后猛吃一顿。"

"要怪也要怪你自己，为什么掏钱送她念化学课。你觉得'红哥'怎么样？"

"最了不起也就是个好色之徒，下周末就是个离了婚的好色之徒了。你觉得呢？"

"同感。"

"昨天你查到了什么有用的线索吗？"

见到最好的朋友重获新生，歪曲真相顿时变得容易："你没读我的外勤调查报告？"

"读了，在大学分局读的。离家女人缉拿令干得不错。还有别的吗？"

谎言干脆利落地滑出口，穿鲨皮绸套装的苗条身影在我脑海深处舞动："没有。你呢？"

李盯着单向玻璃："没有，但我说过要抓住那个狗杂种，这话依然算数。天哪，快看哈里。"

我扭头望去。好脾气的口吃侦探绕着审讯室的桌子慢慢转圈，手里把玩着金属头的警棍，每走一圈就用警棍砸一下桌面。轰然巨响震撼扬声器；"红哥"曼利用胳膊护住心口，警棍每次落下都吓得他一哆嗦。

李捅捅我："罗斯有条规矩，就是不许真打。但你看——"

我甩开李的手，隔着单向玻璃看他们。西尔斯挥动警棍，敲打离曼利仅仅几英寸的桌面，说话时不但不结巴，还透着冰冷的愤怒："你想找个新鲜姑娘，觉得贝蒂很容易上手。来硬的不成来软的，但还是不成，你说给钱行不行，她却说她来大姨妈了，这就是最后一根稻草。你想给她真的放放血。告诉我，你是怎么杀了她的。告诉我——"

曼利尖叫："不是我！"西尔斯一棍砸在烟灰缸上，玻璃碎裂，烟头飞了一桌子。"红哥"咬住嘴唇，鲜血汩汩而出，淌过下巴。西尔斯朝破碎的烟灰缸又砸了几棍，碎片炸裂，飞得满房间都是。曼利呜咽起来："不，不是我，不是我，真的不是我。"

西尔斯咬牙切齿地说："你知道你想干什么。你这家伙是猎艳老手，知道很多勾搭姑娘的地方。你灌了贝蒂几杯酒，让她谈论她过去的男朋友，装出好伙伴的样子，像个友好的小小下士，愿意把贝蒂留给真正的男人、见识过战场的男人，他们才有资格跟她这样的好姑娘上床——"

"不是我！"

西尔斯猛砸桌面，砰！"就是你，红毛小子，没错。你肯定带她进了什么工具房，也许就是皮科里韦拉旧福特工厂旁边的废弃仓库。那儿满地绳索，还有各种各样的切割工具，然后你就情欲勃发了。但你什么都做不到。你先前也发过火，但这次你真的要发狂了。想到那些姑娘，一个个都嘲笑你短小，想到你老婆总在说：'今晚不行，红毛小子，我头疼。'于是你就打了她，把她捆起来，狠狠揍她，然后杀了她！承认吧，肮脏的下等货！"

"不是我！"

砰！

这一击打得桌子弹离地面。曼利险些从座位上跳起来，要不是西尔斯按住了椅背，他非得摔个四脚朝天不可。

"就是你，红毛小子。就是你。你想到了每一个对你说'我才不舔呢'的姑娘，想到了你老妈每次怎么打你的屁股，想到你在军乐队吹长号那会儿，正牌士兵丢给你的每一个白眼。开小差的逃兵，胆色还没针尖大，老婆骑在你头上，你当时就在想这些。贝蒂必须为此付出代价，对吧？"

曼利嘴里的血和唾沫滴到了膝头，他口齿不清地说："不是我，求你了，上帝是我的见证人，不是我。"西尔斯说："上帝最恨说谎的家伙。"说着又敲了三次桌子，砰！砰！砰！曼利低头抽泣；西尔斯在他的椅子旁跪下："告诉我，'红哥'，贝蒂是怎么惨叫，怎么哀求的？告诉我，然后再告诉上帝。"

"没有，我没有，我没有伤害贝蒂。"

"你是不是又兴奋了？你是不是越是折磨她，就越是兴奋个没完？"

"没有。噢，上帝啊，上帝啊。"

"就是这样，'红哥'。告诉上帝吧。把心里话全说给上帝听。他会宽恕你的。"

"不是我，求你了，上帝。"

"快说啊，'红哥'。告诉上帝你怎么对待贝蒂·肖特，殴打、折磨、杀死，整整三天！最后还毁了她的尸体。"

西尔斯猛砸桌面，一次、两次、三次，最后一抬手掀翻桌子。"红哥"哆哆嗦嗦地爬出椅子，跪倒在地。他紧握双手，喃喃自语道："耶和华是我的牧者。我必不至缺乏。[1]"随后开始哀泣。西尔斯直勾勾地看着单向玻璃，被酒精泡软的脸上写满了自我厌恶。他伸出大拇指往下比了比，转身走出审讯室。

罗斯·米勒德在门口迎上他，拉着他离开挤成一团的诸多警员，朝我的方向走来。他们压低了声音交谈，我偷听到了其中的

---

1 《圣经·旧约·诗篇》之23。

要点：他们都认为曼利是清白的，但还是想给他注射喷妥撒[1]后测谎以确保无误。我扭头望向单向玻璃，看见李和另一名便衣警察给"红哥"戴上手铐，带他离开审讯室。李用平时优待孩童的温和态度对待"红哥"，说话轻声细气，一条胳膊搭着他的肩膀。三个人走进临时拘留所，人群纷纷散去。哈里·西尔斯回到审讯室，收拾他弄出来的烂摊子。米勒德转身对我说："昨天的报告不错，布雷切特。"

我说："谢谢夸奖。"我明白他在评估我的表现。我和他对视片刻。我问："接下来呢？"

"说说你的看法。"

"先问一句，你会派我回令状组，对吧？"

"不对，继续说。"

"好吧，我们在比尔蒂摩饭店附近拉网排查，努力重建贝蒂·肖特从10日'红哥'与她分开后的行踪，到12日或13日她失去自由为止。地毯式搜索这个地区，综合外勤调查报告，祈祷案件曝光引来的无数假情报别淹没了有效线索。"

"继续说。"

"我们知道贝蒂满脑子明星梦，男女关系混乱，还知道她去年11月末吹嘘出演了某部电影，因此我猜她不会拒绝滚选角沙发的提议。我认为咱们应该询问制片人和选角导演，看看能不能找到什么结果。"

米勒德露出笑容："我今天早晨打电话给巴兹·米克斯。他

---

1 喷妥撒（Pentothal）：巴比妥酸盐，镇静剂，可用于测谎前的诱导镇静。

当过警察，现在是休斯航空的保安主管。他是警局与各大片厂的非官方联络人，他会去四处打听一下。干得不错，板牙。再接再厉。"

我踟蹰片刻，一方面想给高级警官留个好印象；另一方面又想自己去找那个有钱的女人问话。米勒德的鼓励显得屈尊俯就，像是扔块骨头，让年轻警察不至于厌恶这个他没兴趣的差使。马德琳·卡思卡特·斯普拉格在脑海中浮现，我说："我只知道你该盯着点儿洛韦和他的手下。我没写进报告，但贝蒂·肖特实在需要钱的时候也会卖身，洛韦不想让这件事见光。我认为他会压下任何可能让贝蒂彻底像个荡妇的证据。公众对这姑娘越是怜悯，等这堆烂事上法庭的时候，他作为检察官就能捞到越多的好处。"

米勒德哈哈大笑："机灵鬼，你莫非在说你老大隐匿证据？"

我想到我也做了相同的事情："对，他还是个满脑袋狗屎、哗众取宠的龟孙子。"

米勒德说："有见地。"他递给我一页纸："贝蒂出现过的地方，都是威尔夏分局辖区内的餐馆和酒吧。你可以自己去，也可以叫上布兰查德，我无所谓。"

"我宁可在比尔蒂摩饭店附近拉网。"

"这我知道，但我想让熟悉这个地区的巡警去排查，让机灵鬼从线索清单中剔除假情报。"

"那你干什么呢？"

米勒德悲哀地笑了笑："盯着隐匿证据、满脑袋肮脏玩意儿的货色和他的打手，免得他们让拘留所里的无辜百姓屈打成招。"

我在警局附近到处都找不到李，只好独自出发去查清单上的线索。需要排查的地区位于威尔夏区的正中央，是西大道、诺曼底大道和第三街上的餐馆酒吧和唱机酒馆。和我谈话的大部分是醉乡常客，这些家伙大白天就跑来喝酒，不是急于讨好官爷，就是想找常客之外的对象聊天。我追寻的是事实，得到的却是不折不扣的幻想——每个人都和贝蒂·肖特有过促膝长谈，然而内容全来自报刊和广播，更何况他们声称见到肖特的时间也对不上，那些时刻她要么还在迭戈勾搭"红哥"曼利，要么正在某处被折磨至死。听得越久，他们谈论自己的时间就越多，把各自悲哀的人生故事和黑色大丽花糅合在一起，而每个人都真心诚意地相信贝蒂是个光彩四射的女妖精，是正在冉冉升起的好莱坞新星。他们似乎愿意拿性命换取让死亡在头版头条备受渲染的机会。我顺便询问琳达·马丁/洛娜·马蒂科娃、"小弟"纳什、马德琳·卡思卡特·斯普拉格和她的雪白帕卡德，但得到的无一例外全是满脸呆相。我的外勤调查报告将只有四个字："全是胡扯。"

天黑后不久，我完成了今天的任务，开车去那幢屋子吃饭。

在门前停车的时候，我看见凯伊怒气冲冲地走出房门，走下台阶，把抱在怀里的纸张扔在草坪上，然后又怒气冲冲地回屋，李从她的身边跑出来，一边喊叫一边挥舞手臂。我走上去，在扔了一地的纸张旁跪下。这些是洛城警局报告的复本。我开始翻看，其中有外勤调查报告、证据索引、问话报告、线索清单和完整的解剖记录——报告顶端都打着"伊·肖特，白人女性，死亡日期：1947年1月15日"的字样。文件显然是从大学警局偷拿回家的，光是持有这些东西，李就足够停职接受审查了。

凯伊抱着第二捧文件出来，边走边喊："发生了这么多事情，还有可能要发生的，你怎么还能这么做？简直病态，不正常！"她把文件捧在前面那堆旁边。39街和诺顿大道现场的照片对我闪着微光。李抓住她的双臂，抱紧她，她挣扎个不停。"妈的，你知道这对我来说意味着什么。你知道的。我会租个房间保存文件，但亲爱的，这件事你必须支持我。这是我的案子，我需要你……你知道的。"

他们这才注意到我。李说："板牙，你来告诉她。你给她讲讲道理。"

这是迄今为止我在大丽花马戏团里听见的最好笑的台词："凯伊是正确的。你在这件事上至少犯了三条行为不检，要是捅出去——"想到我撒的谎，想到今天午夜我将去哪儿，我说不下去了。我望向凯伊，改变话题："我答应过他在这个案子上待一个星期。意味着还有四天时间。到星期三就全结束了。"

凯伊叹息道："德怀特，你有时候真是没胆。"说完她走进了屋子。李张开嘴巴，想说两句俏皮话。我在洛城警局的公文中踢出一条路，走向我的车子。

雪白的帕卡德仍旧停在昨晚的那个位置。我在它背后停车，坐在车里监视。我缩在前排座椅里，花了几个钟头气恼地望着各种人物进进出出这个街区的三家酒吧——男人婆和娇花，还有一看就知道身份的县警探，看嘴脸就知道是收黑钱的。午夜时分来了又去，来往的人越来越多，大部分是穿过马路走向情人旅馆的女孩。过了一会儿，她单独走出了"拉文避难所"的大门，身穿绿色丝绸礼服，美得惊世骇俗。

我溜出乘客座的车门，她刚好走下路缘，打横瞥了我一眼："来拜访贫民窟？斯普拉格小姐。"

马德琳·斯普拉格停下脚步，我拉近了我和她之间的距离。她的手从钱包里掏出来，拿着车钥匙和厚厚一叠现金："这么说，老爸又在刺探我了。派个清教徒卫道士来，还吩咐你千万别躲躲藏藏的。"她换个声音说话，把苏格兰人的喉音学得惟妙惟肖："玛蒂姑娘哟，你可不该去这么不合身份的地方参加聚会。要是被错误的人看见，小姑娘，那可怎么办哟。"

我双腿打战，像是在等待第一回合的铃声响起。我说："我是警察。"

马德琳·斯普拉格换回平常声音："什么？老爸开始买通警察了？"

"我不是他买来的。"

她一边把现金递给我，一边上下打量着我："不是，很可能不是。要是替他做事的话，你不会穿得这么寒碜。那么，你莫非是西山谷治安官办公室的？你已经在敲诈拉文酒吧了，现在又想敲诈酒吧的常客不成？"

我接过钱，数了数，金额超过了100美元，随后把钱递还给她："洛城警局凶杀组。关于伊丽莎白·肖特和琳达·马丁，你有什么想说的吗？"

马德琳·斯普拉格不可一世的神态瞬间消失。她皱起脸，露出担惊受怕的表情，我发现她与贝蒂/贝丝的相似其实仅限于发型和化妆。大体而言，她五官远不如大丽花精致，相似仅限于表面上而已。我打量着她的脸：惊恐的淡褐色眼珠映着路灯的灯光，她眉头紧锁，像是大脑正在加班工作。她的手在颤抖，我一把抢过车钥匙，连同现金塞回她的手袋，然后把手袋扔在帕卡德的引擎盖上。我知道我很可能凭直觉捕捉到了重要线索，于是开口道："你可以在这儿跟我说，斯普拉格小姐，或者回市区说也行。但千万别撒谎。我清楚你认得她，要是敢跟我瞎扯，那就只好请你和我去趟警察局了，一定会惹来许多你不想要的曝光。"

大胆姑娘终于恢复镇定。我重复了一遍问题："这儿谈还是回城谈？"她拉开帕卡德乘客座的车门坐进去，然后挪到驾驶员的座位上。我也坐进车里，打开仪表盘的灯光，好看清她脸上的表情。皮革内饰和走味香水扑鼻而来，我说："跟我说说，你认识贝蒂·肖特有多久了？"

马德琳·斯普拉格在灯光下惴惴不安："你怎么知道我认得她？"

"昨晚我问女酒保的时候，谁叫你落荒而逃了呢。琳达·马丁呢，认识她吗？"

马德琳用长长的红指甲摸着方向盘："完全是凑巧。去年秋天我在拉文酒吧遇见了贝蒂和琳达。贝蒂说这是她第一次来。记得后来我和她还聊过一次。我跟琳达聊过好几次，但只是鸡尾酒酒廊的那种纯粹闲聊。"

"去年秋天什么时候？"

"我记得是11月。"

"你和她们之中的哪一个玩过吗？"

马德琳往后一缩："没有。"

"为什么没有？来这儿不就是为了这个吗？"

"也不尽然。"

我重重地敲了两下她裹着绿色丝绸的肩头："你是女同吗？"

马德琳又操起了父亲的喉音："就这么说吧，小伙子，我是来者不拒。"

我笑了笑，拍拍刚才我拿手指戳过的地方："你是想告诉我，你和琳达·马丁还有贝蒂·肖特的全部接触，仅限于几个月前喝着鸡尾酒聊过几次天，对吗？"

"对。我就是这个意思。"

"那昨晚你为什么溜得那么快呢？"

马德琳翻个白眼，拿着苏格兰腔说："小伙子唉"。我说："少废话，给我实话实说。"大胆姑娘连珠炮似的说："先生，家父是埃米特·斯普拉格，就是那位埃米特·斯普拉格。他建造了半个好莱坞和长滩，剩下不是他建造的也用钱买了下来。他不喜欢曝光，不会愿意看见'大亨女儿因黑色大丽花案件受审，曾与死者在夜店调情'这种标题出现在报纸上。现在你看清楚了吗？"

我说："栩栩如生。"说着又拍拍马德琳的肩膀。她挣开我的手，叹息道："我的名字会进警方档案吗？恶心的警察小人和恶心的黄色小报记者都会看见吗？"

"也许会，也许不会。"

"我该怎么做才不会进？"

"在几件事上说服我。"

"比方说？"

"比方说你跟我说说你对贝蒂和琳达的第一印象。你这姑娘挺聪明，讲讲你对她们有什么看法。"

马德琳摸摸方向盘，又摸摸锃亮的橡木仪表盘："呃，她们肯定不是姐妹，来'避难所'只是为了骗吃骗喝。"

"你怎么看得出？"

"我看见她们拒绝了勾搭。"

我想起了玛乔丽·格拉汉姆提起的年长男人婆："有没有哪个上去勾搭的比较特别？你明白我的意思，比较粗鲁，穷追不舍的粗壮男人婆？"

马德琳哈哈大笑："没有，就我所见，上去勾搭她们的人都挺淑女。"

"都是些什么人？"

"以前没见过的陌生人。"

"以后也没再见过？"

"是的，以后也没再见过。"

"你和她们都聊了什么？"

马德琳再次大笑，这次笑得更响了："琳达谈的是小伙子，被她抛在了内布拉斯加州的山高水远镇——或者她出身的天晓得什么地方；贝蒂谈的是最近一期《银幕世界》。就谈话的水平而言，她们和你一样没意思，只是她们比较好看。"

我笑呵呵地说："你真可爱。"

马德琳笑呵呵地答道："你真不可爱。听我说，我累了。你是不是要让我证明贝蒂不是我杀的？我能证明，这样咱们这场闹剧是不是就可以结束了？"

"等会儿再问这个。贝蒂有没有谈起她要参演电影？"

"没有，但她确实满脑子都是电影。"

"她有没有向你炫耀取景器？是个小小的镜头，接在一条链子上。"

"没有。"

"琳达呢？她有没有说起要演电影？"

"没有，她说的全是她的乡下甜心。"

"她要是逃离本市，你大概知道她会去哪儿吗？"

"知道。山高水远镇，内布拉斯加。"

"除了那儿呢？"

"不知道。我能——"

我碰碰马德琳的肩头，与其说是轻拍，不如说在爱抚："好吧，说说你的不在场证明。1月13日星期一到15日星期三，你在什么地方，做了什么事情？"

马德琳卷起双手顶在嘴边，吹出欢迎号曲，然后放下胳膊，手贴着我的膝盖放在座位上："从星期天晚上到星期四上午，我都在拉古纳海滩我们家的别墅里。老爸、老妈还有我妹妹玛莎和我待在一起，还有伺候饮食起居的仆人。假如需要验证，打电话给我老爸好了。我家的号码是韦伯斯特4391。但说话千万要当心，别透露你是在哪儿认识我的。你还有其他问题吗？"

我自己这条大丽花的线索也告吹了，但我在另一个方向看见了绿灯。"有。你和男人约会吗？"

马德琳拍拍我的膝头："最近没怎么遇见过好男人，不过我可以和你约会，别让我的名字见报就行。"

我的两条腿变成了果冻："明晚行吗？"

"没问题。8点来接我，打扮得像个绅士。我家地址是南缪尔菲尔德街482号。"

"地址我知道。"

"不奇怪。你叫什么？"

"'板牙'布雷切特。"

马德琳说："挺配你的牙齿。"

我说："8点整。"随后趁我的腿还能动弹，赶紧钻出了帕卡德车。

第十一章

李说："晚上去不去威尔滕看拳击电影？他们在放老片——邓普西、凯奇勒、格雷布。你说如何？"

大学分局的刑侦队办公室里，我们面对面坐在两张桌子背后，面前各摆一台电话。分配进肖特专案组当苦力的文职警员周日休假，枯燥的工作只好落在普通外勤警探头上：接电话听线报，评估情报的可信度，要是线索可能需要进一步追查，就转给地理上最接近的分局刑侦组。我们一刻不停地已经忙了个把钟头，凯伊的"没胆"评语悬在我和李之间。望着李，我注意到他的眼神刚开始变得呆滞，如此迹象说明他又服了一剂安非他命。我说："不行。"

"为什么不行？"

"我有约会。"

李的脸半笑半抽搐："真的假的，和谁？"

我换了个话题："你和凯伊和好了吗？"

163

"和好了，我租了个房间存那些东西。艾尔尼多旅馆，圣莫尼卡大街和威尔考克斯大道路口。一周9美元，只要她高兴，这点儿小钱不算什么。"

"德威特明天出狱。我看我去找他谈谈好了，要么找沃格尔和凯尼格帮个忙？"

李狠踢垃圾桶。废纸团和空咖啡杯飞出来，众人扭头望向我们的办公桌。就在这时，他的电话响了。

李拿起听筒："凶杀组，我是布兰查德警司。"

我盯着我面前的一堆转案单，李在听电话。周三，吻别大丽花的时限，虽然近如咫尺，却仿佛远隔天涯，不知道李需不需要外力帮忙戒除安非他命。马德琳·斯普拉格跃入脑海，自从她那句"不过我可以和你约会，别让我的名字见报就行"之后，这已经是她第九百万次跳出来了。李听了很久，既没有插嘴评论，也没有向对方提问。我开始希望我的电话也能响起，好让马德琳跳离脑海。

李放下听筒。我问："有什么有意思的吗？"

"还是个神经病。今晚和谁约会？"

"邻居姑娘。"

"好姑娘？"

"甜得很。搭档，要是我发现你过了星期二还在吃药，布雷切特和布兰查德就要打第二轮了。"

李对我亮出那个外星来客的笑容："布兰查德对布雷切特，再打你还是个输。我去倒咖啡，你要吗？"

"黑咖啡，不加糖。"

"这就来。"

我一共记下四十六通电话，其中一半还算逻辑通顺。李下午2点来钟就溜了，埃利斯·洛韦硬塞给我一个任务：替罗斯·米勒德打字录入新概要报告。报告说"红哥"曼利通过了测谎仪和喷妥撒的试炼，现已开释回家与夫人团聚，还说贝蒂·肖特的情书都已详读完毕。数名情郎的身份已经落实，但嫌疑也被排除，曾与她合影的大部分男人也一样。仍有人在努力辨明剩余男子的身份，库克营地的宪兵打来电话，称1943年殴打贝蒂的士兵在诺曼底登陆时遇难。至于贝蒂的诸多所谓婚姻和订婚，彻查四十八个州的记录后发现她从未领过哪怕一份结婚证书。

接下来实在乏善可陈。李在"小弟"纳什爱巢窗口望见的车牌号码没有任何收获；每天都有三百份以上大丽花的目击报告如洪水般涌入洛城警局和各地治安官办公室的电话总台。目前已有九十三人自称凶手前来自首，其中四个严重不正常的家伙没有不在场证明，此时羁押于法院监狱，正在等待精神评估，很可能将被送去卡马里奥的疯人院。外勤调查仍在全力进行中，现在有一百九十名警员专职调查此案。唯一的希望来自我1月17日的问话结果：琳达·马丁／洛娜·马蒂科娃在恩西诺的几家鸡尾酒酒廊现过身，大量警力投入恩西诺地区寻找她的踪迹。打完字，我很确定杀害伊丽莎白·肖特的凶手恐怕永远也无法落网，于是去刑侦队办公室的赌彩池在"无法破案——二赔一"的选项上押了20美元。

8点整，我按响斯普拉格宅邸的门铃。我身穿最好的一身行头：蓝色运动夹克、白衬衫和灰色法兰绒长裤，对于周遭环境如此恭敬，我不得不说自己像个傻蛋，因为只要马德琳和我回到我的住处，我就会脱个精光。尽管我在警局冲了澡，但连接十个钟头电话还是让我倍感疲倦，我觉得我与这个地方格格不入，饱经大丽花话题轰炸的左耳还在隐隐作痛。

开门的是马德琳，她穿长裙和紧身开司米套头衫，模样十分可人。她打量了我一眼，抓住我的手，说："听着，我并不喜欢这样，但老爸听过你的名字，他坚持要你留下吃饭。我说我们是在斯坦利·罗斯书店举办的画展上认识的，假如你非要向他们印证我的不在场证明，千万记得别太张扬。行吗？"

我说："没问题。"然后让马德琳挽住我的胳膊，领着我走进室内。府邸外部是都铎式，但门厅却是西班牙风格：石灰水粉刷过的墙上悬着挂毯和交错的铸铁长剑，抛光木地板上铺着厚实的波斯地毯。门厅通往宽敞的客厅，客厅里弥漫着男士俱乐部的气氛：绿色皮革座椅围住几张矮桌和长靠椅；有巨大的石砌壁炉；小块东方地毯颜色各异，纵横交错摆放，露出的橡木地板不多不少恰到好处。墙壁镶着樱桃木，画框里的乌贼墨肖像绘出了家庭成员及其祖先。

我注意到壁炉旁有只做成标本的长毛小猎犬，它嘴里叼着一卷泛黄的报纸。马德琳说："那是巴托。报纸是1926年8月1日的《洛杉矶时报》。那天老爸得知他挣到了第一个百万美元。巴托是我们家当时的宠物。会计师打电话告诉我老爸说：'埃米特，你是百万富翁了！'老爸正在清理手枪，巴托恰好叼着报纸进屋。老爸想永远记住这个时刻，于是一枪崩了它。你仔细看能在它胸

166

口找到弹孔。亲爱的，请屏住呼吸，这就是我的家人。"

我震惊得合不拢嘴，任凭马德琳带着我走进一间小客厅。墙上挂满带框的照片，三把成套的安乐椅占据地面空间，椅子里坐着斯普拉格家的另外三名成员。他们同时抬头，但没人起身。我笑不露齿："大家好。"马德琳为我作介绍，我傻乎乎地瞪着三尊静物雕像。

"'板牙'布雷切特，允许我介绍一下我的家人。我母亲，拉蒙娜·卡思卡特·斯普拉格。我父亲，埃米特·斯普拉格。我妹妹，玛莎·麦康维尔·斯普拉格。"

雕像群活了过来，点头微笑。然后埃米特·斯普拉格粲然一笑，起身向我伸出手。我说："荣幸之至，斯普拉格先生。"然后握住他的手，目光迎上他射来的视线。这位族长个头不高，胸膛粗壮如桶，饱经风霜的脸上皱纹丛生，浓密的白发以前很可能是沙色。我估计他五十来岁，握手的力度像是做过不少体力活。他的苏格兰腔干脆利落，不是马德琳模仿的那种粗糙喉音："我看过你打蒙度·桑切斯，你揍得他屁滚尿流。当时简直是又一个比利·康恩。"

我想起桑切斯，他是增重的中量级，虚有其表，和他打只是因为经理希望我建立起能痛揍墨西哥人的名声。"谢谢夸奖，斯普拉格先生。"

"应该谢谢你为我们奉献如此精彩的比赛。蒙度其实也不赖。他后来怎么样了？"

"死了，海洛因过量。"

"愿上帝保佑他。可惜他没死在拳台上，那样家里人肯定就没那么伤心了。说到家人，来和我们家的其他人握个手吧。"

玛莎·斯普拉格闻言起身。她很矮，粗胖，金发，与父亲像得出奇，眼睛的蓝色淡得像是漂白过，脖子上有粉刺，挠得通红。她像个长大后没能甩掉婴儿肥出落成美女的少女。我用力和她握手，心里为她感到抱歉；她捕捉到我的念头，淡蓝色的眼睛冒出怒火，一把抽回她的手。

三个人里只有拉蒙娜·斯普拉格有点儿像马德琳，要是没见到她，我大概会认为大胆姑娘是他们家收养的。她将近五十岁，头发黑亮，皮肤苍白，这两点与马德琳相同，但此外就没有任何地方吸引人了。她很胖，面颊松弛，胭脂和口红涂得有点儿偏离正常位置，她的脸因此显得说不出的别扭。她握住我的手，说："马德琳说了你很多好话。"声音略微口齿不清，她呼吸里没有酒味，我猜她大概是吃了什么药。

马德琳叹息道："爸爸，能开饭了吗？板牙和我还要赶9点30分的电影呢。"

埃米特·斯普拉格猛拍我后背："我总是听长女的话。板牙，说些拳击和警队趣闻帮我们解闷可好？"

"那要看嘴巴有没有空了。"我说。

斯普拉格又一拍我的后背，这次拍得更重："看得出来，你脑袋没挨太多重拳。简直又是一个弗雷德·艾伦。来吧，我的家人。开饭喽。"

我们排队走进宽敞的餐厅，餐厅墙壁镶着木板。房间正中央的桌子不大，已经摆好了五个座位。门口停着放食物的小推车，散发出不会认错的气味：腌牛肉和卷心菜。斯普拉格老先生说：

"健康饮食健康人,精致佳肴堕落鬼。开怀大吃吧,小伙子。女仆每逢周日晚上都要去参加伏都复生聚会,这儿只剩下咱们白人。"

我拿起盘子,盛满食物。玛莎·斯普拉格倒葡萄酒,马德琳给自己每样都盛了一点儿,落座后示意我坐到她旁边去。等我坐下,玛莎对众人宣布:"我要坐布雷切特先生的对面,可以画他。"

埃米特迎上我的视线,挤挤眼睛:"板牙,这下你要被残酷的画笔扭曲一番了。玛莎的铅笔一向不留情面。她才十九岁,已经是稿酬很高的商业画家了。玛蒂是我漂亮的女儿,但玛莎是我家有数的天才。"

玛莎被她说得龇牙咧嘴。她把盘子摆在我的正对面,坐下来,把铅笔和小速写本放在餐巾旁。拉蒙娜·斯普拉格在玛莎旁边坐下,伸手轻拍她的胳膊;埃米特站在桌子顶头的座位前,举杯祝酒:"祝新朋友,祝财源亨通,祝拳击这项伟大的运动。"

我说:"阿门。"然后叉起一块腌牛肉放进嘴里咀嚼。这肉又肥又干,但我还是假装吃到了美味佳肴:"真好吃。"

拉蒙娜·斯普拉格面无表情地瞪我一眼,埃米特说:"我们的女仆拉茜相信伏都教。说到咱们的有色人种同胞,板牙,干掉那两个人感觉如何?"

马德琳悄声说:"逗他开心。"

埃米特听到了她的提醒,咯咯一笑:"没错,小伙子,逗我开心吧。说实话,你该想办法逗所有年近六旬的有钱男人开心。等他们老糊涂了,说不定会把你和继承人看混。"

我哈哈大笑，露出我的板牙；玛莎伸手抓起铅笔，捕捉这个时刻。"我没什么感觉。当时不是他们死就是我们死。"

"那你的搭档呢，就是去年跟你打过拳的金发小子？"

"李的感觉比我难受一些。"

埃米特说："金发的都比较敏感。我也是，所以我知道。感谢上帝给了我们家两个棕发的，让我们能够脚踏实地。玛蒂和拉蒙娜有牛头犬的那种坚韧，玛莎和我在这方面比较欠缺。"

还好我正在咀嚼食物，否则非得爆发出一阵狂笑不可。我想着晚些时候就要跟那个被宠坏了的、专爱进出下三烂场所的姑娘上床，而女孩的母亲正隔着桌子对我露出木然笑容。想要大笑的冲动越来越强烈，我好不容易咽下嘴里的东西，用打嗝代替大笑，而后举起酒杯："敬你一杯，斯普拉格先生。谢谢你让我这个星期第一次开怀大笑。"

拉蒙娜投来厌恶的一瞥；玛莎聚精会神地作画。马德琳在桌子底下用脚和我调情，埃米特也对我举起酒杯："怎么，小伙子，这个星期很艰苦？"

我哈哈一笑："一塌糊涂。我被借调进凶杀组办黑色大丽花的案子。休息日泡汤，搭档着了魔，疯子从四面八方蹦出来自首。两百个警察，就办这么一个案子。太荒唐了。"

埃米特说："悲剧，实在是悲剧。小伙子，你怎么看？老天在上，谁会对另外一名人类做出这么发指的事情？"

这时我知道了，马德琳的家人不知道她和贝蒂·肖特有着微妙的联系，于是决定不再询问她的不在场证明："我认为是随机犯案。肖特是你可以称为'随便'的那种姑娘。她有强迫性的说谎癖，交往过上百个男朋友。要是能抓住凶手，那可真叫老天开眼了。"

埃米特说："愿上帝保佑她，希望你能逮住凶手，希望那家伙能和圣昆丁的小绿房间¹有个火热的约会。"

马德琳用脚趾抚摸我的腿，噘起嘴说："爸爸，你霸占了谈话，逼着板牙为了吃饭讨好你。"

"小姑娘，难道我该为了吃饭讨好你？挣钱养家的难道不是我？"

斯普拉格老先生发火了，我在他逐渐变红的脸色和他切割腌牛肉的方式中看得出来。我对他有点儿好奇，开口问道："你是什么时候来美国的？"

埃米特笑得容光焕发："谁想听我的移民成功故事，我都愿意讨好他。布雷切特是哪儿的姓氏？荷兰？"

"德国。"我说。

埃米特举起酒杯："伟大的人民，德国人。小伙子，你们家是德国哪儿的？"

"慕尼黑。"

"哎呀，München²！他们竟然会离开，太意外了。要是我在爱丁堡或者其他什么文明地方长大，现在肯定还穿呢裙呢。但我来自上帝也嫌弃的阿伯丁，'一战'后就来到美国。小伙子，打仗时我杀了你们德国不少乡下好人。但他们也想杀我，所以我觉得

---

1 指圣昆丁监狱的电椅行刑室。
2 德语中的慕尼黑。

挺公平的。你在客厅看见巴托了吗？"

我点点头。马德琳呻吟一声，拉蒙娜·斯普拉格一缩身子，叉子刺穿了一块马铃薯。埃米特说："我的梦想家老朋友乔吉·蒂尔登剥制了标本。乔吉是个梦想家，有很多古怪本领。打仗时我和他都在苏格兰军团服役，我救了乔吉的性命，那次有一群你们德国的乡下好人发了狂，举着刺刀向我们冲锋。乔吉对电影可谓狂热，最爱花五分钱看场好戏。停战以后我们回到阿伯丁，发现小城真是死气沉沉，乔吉说服我和他一起来加利福尼亚——他想在默片行当混口饭吃。但要是没有我牵着鼻子带领，这家伙就干什么都不行，我看了一圈阿伯丁，明白那儿只有不入流的未来，于是说：'好吧，乔吉，那就加利福尼亚吧。也许咱们能发财呢。就算没法发财，也能死在一个阳光永远灿烂的地方。'"

我想到自己的老头子，他在1908年怀着远大梦想来到美国，却娶了他遇见的第一个德国移民女人，安顿下来，为了薪水在太平洋煤电公司卖苦力。"然后发生了什么？"

埃米特·斯普拉格用叉子敲敲桌面："敲敲木头[1]，我们赶上了好时代。好莱坞还是一片奶牛牧场，但默片业正在走向鼎盛期。乔吉找到一份灯光师工作，我找到的工作是造该死的好房子——该死的又好又便宜的房子。我住在户外，省下每一毛钱投进生意，找每一家肯借钱给我的银行和黑钱庄贷款，买下他妈的好地皮——他妈的又好又便宜的地皮。乔吉介绍我认识麦克·塞纳

---

1 西方习俗，敲木头以祈愿好运不断。

特[1]，我帮他在艾登戴尔的片场搭布景，然后说服他借钱给我，买下更多的地产。老麦克眼光很毒，看得出哪个年轻人前途远大，因为他自己就是这么一个人。他借钱给我有个条件，我要帮他实现他提出的地产计划，也就是'好莱坞庄园'，还在顶上李山立了那个足有一百英尺高的标牌大吹大擂。老麦克知道怎么榨干每1美元的价值，他确实知道。他让临时演员充当劳力，反过来也一样。那些可怜虫拍《启斯东警察》一拍就是十到十二小时，然后被我赶进好莱坞庄园的建筑场地，让他们就着火把再干六小时。甚至有几部电影的助理导演挂了我的名字，老麦克对我如此压榨他的奴隶深感欣慰。"

马德琳和拉蒙娜拉着脸有一口没一口地叉食物吃，她们肯定早就不情愿地当过这个故事的俘虏了。玛莎还在作画，目光炯炯盯着沦为俘虏的我。"你那位朋友后来怎么样了？"我问。

"愿上帝保佑他，但每个成功故事背后总有一个失败故事。乔吉没有拍对马屁。他缺乏发挥天赋才能的那种动力，结果就倒在了路边。1936年他遭遇车祸毁容，现在你恐怕只能管他叫'没希望'了。我给他找点儿零活做做，让他打理我对外出租的产业，他还帮市政府收收垃圾什么——"

尖锐的刮擦声骤然响起，我扭头望向餐桌对面。拉蒙娜戳马铃薯时失手，餐叉在盘子上滑了一下。埃米特说："孩子他妈，你没事吧？饭菜不对胃口？"

拉蒙娜盯着膝头说："我没事，孩子他爸。"玛莎似乎抓住

1　麦克·塞纳特（Mack Sennett，1880—1960），加拿大裔美国制片人，创建了启斯东影片公司。

了她的胳膊肘。马德琳又开始拿脚趾逗弄我。埃米特说："孩子他妈，你和咱们家有数的天才可没有好好地哄客人开心。难道不愿意加入我们的谈话？"

我正要说个笑话缓和一下气氛，马德琳的脚趾却勾住了我的脚踝。拉蒙娜·斯普拉格又起一小块食物塞进嘴里，一边优雅地咀嚼着，一边说："布雷切特先生，你知道吗？拉蒙娜大街是以我命名的。"

这女人不平衡的面容随着话语恢复了形状，她带着一种特别的尊严感说出这句话。

"不知道，斯普拉格夫人，我不知道。我还以为那条路是以拉蒙娜庆典[1]而命名的呢。"

"我的名字就来自那个庆典，"她说，"埃米特因为我父亲的钱娶我，他的钱全投在房地产上了，买不起结婚戒指，于是就向我家承诺，他会利用他在城市区划委员会的影响力，找一条街以我的名字命名。我父亲以为那会是一条像模像样的居住区街道，但埃米特只能搞到林肯高地红灯区的一条死胡同。布雷切特先生，你熟悉那附近吗？"她的受气包嗓音里出现了一丝怒意。

"我就在那附近长大。"我说。

"那你肯定见过墨西哥妓女站在窗口展示身体，招揽嫖客。唉，埃米特把罗萨琳达街改为拉蒙娜大街后，带着我过去转了一圈。妓女叫他的名字欢迎他。有几个甚至用人体器官的昵称叫

---

1 拉蒙娜庆典（The Ramona Pageant）：从1923年起在加州赫梅特举办的露天戏剧节，每次都必定演出根据海伦·亨特·杰克逊（Helen Hunt Jackson）所著小说《拉蒙娜》改编的剧目。

他。这让我非常悲哀，很受伤害，但我等待时机，找到机会扳回一城。姑娘还小的时候，我导演了我们家自己的小小戏剧，就在门前的草坪上排练，请邻居家小孩当临时演员，重演斯普拉格先生宁愿忘记的某些历史篇章，他情愿——"

桌首遭受砰然一击，酒杯倾覆，餐盘叮当作响。我盯着自己的膝头，以免内讧的一家人太丢面子，我注意到马德琳紧紧地抓着父亲的膝头，用力之大使得手指变成了青白色。她另一只手抓着我的膝头，使出的力气比我想象中大十倍。可怕的沉默还在延续，过了好一会儿，拉蒙娜·卡思卡特·斯普拉格说："孩子他爸，假如客人是鲍伦市长或者塔克议员，我一定会努力讨好他们，但别指望我会讨好马德琳的姘头，一个普通警察而已。上帝啊，埃米特，你看低我也要有个限度。"

我听见座椅刮地板、膝盖撞桌子的声音，随后是离开餐厅的脚步声。我发现我抓着马德琳的手，方式与我在八盎司手套里攥紧拳头一模一样。厚脸皮女孩对我耳语："对不起，板牙，真对不起。"这时候，一个兴高采烈的声音响了起来："布雷切特先生？"这声音实在过于快活和正常了，引得我抬起头来。

说话的人是玛莎·麦康维尔·斯普拉格，她把一张纸递给我。我用空闲的那只手接过来，玛莎笑嘻嘻地走开。马德琳还在喃喃道歉，我望向那幅画。画里的是我和马德琳。

我们开着帕卡德去爱情旅馆林立的南拉布雷大道。我开车，马德琳很明智地一言不发，直到经过一家名叫"红箭客栈"的煤渣砖汽车旅馆时才开口，她说："这家，干净。"

我在一排战前生产的旧车旁停下，马德琳去了办公室，带着11号房间的钥匙回来。她打开门，我打开墙上的电灯。

房间装饰成深深浅浅的沉闷棕色，散发着先前住客留下的臭味。我听见12号房间正在进行毒品交易，马德琳逐渐变得像是她妹妹漫画中的模样了。我不想看见这些东西，伸手去关灯。她却说："别关。求你了，我想看着你。"

毒品交易陡然爆发争吵。我看见衣橱上摆着收音机，伸手打开，戈登纤体店的广告吞没了愤怒的争吵声。我顿时忘掉了她妹妹的漫画。

一秒钟后我脱光了衣服，两秒钟之内就抱住了大胆姑娘。她嘟囔着说什么"别恨我家里人，他们并不坏"，我用炽烈的吻让她住了嘴。她回吻我直到非得换气的时候才分开。马德琳气喘吁吁、断断续续地替斯普拉格家的其他三人说好话。

我推开马德琳，以免就此结束，我低声说："和我在一起，别管他们。"我抚摸着她的头发，努力集中精神去听收音机里的无聊广告词。马德琳紧紧地拥抱我，拳赛后送上门的姑娘没有一个曾这么紧地拥抱过我。等我稍稍退火，准备好了，我轻轻放平她，纠缠在一起。

现在既没有普通警察，也没有富家放荡姑娘了。有的只是我和她两个人，我们弓着背，享受全世界所有的时间。直到跳舞音乐和广告结束，节目后的杂讯来了又去，房里只有我和她的声音。最后，我们攀上顶峰——同时而完美。

事后，我们紧紧拥抱。想起不到四小时后就要去上班，我忍不住痛苦地呻吟。马德琳挣开拥抱，模仿我的招牌动作，露出一口完美的牙齿。我哈哈大笑："很好，这下你的名字不会上报纸了。"

"直到宣布布雷切特与斯普拉格两家联姻？"

我笑得更加厉害了："你母亲会喜欢的。"

"我妈很虚伪。她吃医生开的药，因此不算毒虫。我在外面乱来，因此我是婊子。她的行为得到认可，我却没有。"

"你也有。你是我的——"我没法说出接下来的"婊子"二字。

马德琳挠着我的肋间："说啊，你难道是什么守旧派的警察？说啊。"

我赶在痒得失去招架之力前抓住她的手："你是我的情人，你是我的爱侣，你是我的甜心，我隐匿证据，就是为了和你——"

马德琳一口咬住我的肩膀："我是你的人。"

我笑出声来："很好，你是我PC—234A的违反者。"

"那是什么？"

"加州刑法里的卖淫罪条款。"

马德琳挑起眉头："刑法？"

我举起双手："被你拆穿了。"

大胆姑娘拿鼻子拱我："板牙，我喜欢你。"

"我也喜欢你。"

"刚开始你并不喜欢我。说实话吧，刚开始你只是想搞我。"

"确实如此。"

"那你是从什么时候开始喜欢我的？"

"你脱掉衣服的那一刻。"

"浑蛋！想知道我是从什么时候开始喜欢你的吗？"

"和我说实话。"

"我告诉老爸我遇到了一个叫'板牙'布雷切特的好警察，老爸的下巴险些掉下来。他对你印象很深，没多少事情能给埃米特·麦康维尔·斯普拉格留下深刻的印象。"

我想到那男人对妻子的残暴态度，不咸不淡地评论了一句："但他很容易给别人留下深刻的印象。"

马德琳说："少和我玩外交辞令。他是个可恶的苏格兰佬，强硬而吝啬，但同时也是条汉子。知道他的钱到底怎么来的吗？"

"怎么来的？"

"黑帮回扣，还有更糟糕的。老爸从麦克·塞纳特手上买烂木料和废弃的电影布景外立面，用这些东西建造房屋。洛城到处都是他的火灾陷阱[1]和劣质房屋，注册在皮包公司名下。他跟米基·科恩关系不错，科恩的人替他收房租。"

我耸耸肩："科恩和鲍伦还有监督委员会一半的成员关系都不错。看见我的枪和手铐了吗？"

"看见了。"

"科恩的钱买的。他出钱成立了一个基金会，资助新警察更新装备。这是非常好的公关行动。市政府的评税员从不查他的账目，因为税务机关所有外勤员工的油钱全是米基付的。所以嘛，你的话并不怎么让我吃惊。"

马德琳说："想听个秘密吗？"

---

1 火灾陷阱（firetrap）：指容易引起火灾或失火时难以逃离的建筑。

178

"当然。"

"1933年大地震，我爸在长滩造的房屋倒塌了半个街区。十二人遇难。老爸花钱疏通，没让他的名字出现在承建人记录里。"

我抓着马德琳，推到与我有一臂之遥的地方："为什么要告诉我这些？"

她爱抚我的双手，答道："因为你给他留下了深刻印象，因为在我带回家的那些小伙子里，他认为值得聊两句的只有你一个。因为我老爸崇拜硬汉子，而他觉得你很硬气，如果我们认真交往，他或许还会亲口这么对你说。外面的人对他施压，他就在我妈妈身上出气，因为建造那个街区的钱来自我妈妈。希望你别拿今晚的事情评判我爸。第一印象很持久，我喜欢你，我不希望——"

我把马德琳搂进怀里："别说了，宝贝。现在你跟我在一起，不是你的家人。"

马德琳紧紧抱住我。我想让她知道事情一切都好，于是托起她的下巴。她的眼中含着泪水，她说："板牙，关于贝蒂·肖特，我还有事情没告诉你。"

我抓住她的双肩："什么？"

"别对我发火。不是什么大事，我只是不想继续瞒着你而已。刚开始我并不喜欢你，所以就没——"

"那就现在告诉我吧。"

马德琳看着我，我俩之间隔着一张被汗水浸湿的床单："去年夏天我到处泡酒吧，好莱坞的异性恋酒吧。听说有个姑娘长得很像我，我起了好奇心，在几个地方留下字条——'和你长得很像的人想见你'，底下写着家里我的私人号码。贝蒂给我打来电话，我们见了面。仅仅是聊天，没别的了。去年11月我在拉文酒吧撞见她和琳达·马丁在一起。巧合而已。"

"只有这些吗？"

"是的。"

"那么，宝贝，你必须做好准备。有五十多个警察在拉网排查酒吧，要是谁发现你那张'长得很像'的字条，那你就肯定会上头版头条。我对此完全他妈的无能为力，假如真的走到那一步，你也别来求我，因为我已经尽我所能帮助你了。"

马德琳抽身后退："我会处理好的。"

"你指的是你老爸会处理好吧？"

"板牙小伙子，你不是想说你嫉妒一个年龄大你一倍、块头只有你一半的男人吧？"

这时我忽然想到黑色大丽花，她的死讯挤走了我的枪战头条："你为什么想和贝蒂·肖特碰面？"

马德琳打个寒战。象征旅馆名称的红色霓虹箭头隔窗闪烁，光线照在她脸上。"我费了很大力气才变得自由自在，"她说，"但按照人们对贝蒂的描述，听起来她天生就是这样，生下来就带着真正的野性。"

我亲吻我的野性女孩。我们再次做爱，她和贝蒂·肖特翻云覆雨的画面不时在脑海里浮现——她俩都天生有野性。

第十二章

罗斯·米勒德打量着我皱巴巴的衣服，说："被十吨卡车撞了，还是因为女人？"

我环顾四周，白班警探陆续走进大学分局的刑侦组办公室。"贝蒂·肖特。老大，今天别让我接电话了，行吗？"

"想出门透透气？"

"继续说。"

"昨晚有人在恩西诺看见了琳达·马丁，她走进几家酒吧，企图骗酒保卖酒给她。你和布兰查德去山谷找她，从胜利大街20000街区开始往西走。其他人进来报到以后，我会再增派些人手。"

"什么时候？"

米勒德看看手表："就现在，越快越好。"

我扫视一圈，但没看见李，我点点头表示同意，伸手去拿桌上的电话。我打电话到那幢屋子，然后打给市政厅的令状组办公室，最后拨通查号台，问他们要艾尔尼多旅馆的号码。第一通电话无人接听，后两通也没找到布兰查德。这时，米勒德又回来了，身边是弗里茨·沃格尔和——天哪！——穿便衣的约翰尼·沃格尔。

我直起腰："头儿，我找不到李。"

米勒德说："那就跟弗里茨和约翰去，找辆带无线电的无标记警车，和附近的其他弟兄保持联系。"

沃格尔家的两个胖子先是瞪着我，然后互瞪一眼，交换的眼神像是说我如此蓬头垢面犯了B级重罪。"谢谢，罗斯。"我说。

我们开车去圣费尔南多谷，沃格尔父子坐前排，我坐后排。我想打瞌睡，但弗里茨唠唠叨叨地又是说妓女如何如何，又是说妇女杀手如何如何，吵得我不得安生。约翰尼一路点头，父亲每次停下歇气，他就附和一句："没错，爸爸。"开上卡温格山口，滔滔不绝的弗里茨终于说够了，约翰尼的"没错"也告一段落。我闭上眼睛，靠在车窗上。马德琳随着引擎的嗡嗡声慢吞吞地跳起了脱衣舞，这时我听见沃格尔父子在窃窃私语。

"……他睡着了，爹地。"

"上班别叫我'爹地'，我告诉过你一百万遍了，听着像个娘娘腔。"

"我证明过了我不是娘娘腔，基佬办不到我做过的事。我已经不是青头了，所以你别叫我娘娘腔。"

"你就闭嘴吧，该死的。"

"爹地，我是说爸爸——"

"我说闭嘴，约翰尼。"

182

喜欢夸夸其谈的胖警察忽然化身孩童，这勾起了我的兴趣。我呼哧呼哧地发出鼾声，让他们俩接着聊下去。约翰尼悄声说："你看，爸爸，他睡着了。他才是娘娘腔，我不是。我证明过了。板牙浑球。我能拿下他，爸爸。你知道我能。混账东西，抢了我的工作，令状组的职位都在我的手心里了，可——"

"约翰尼·查尔斯·沃格尔，你给我立刻闭嘴，否则我就把你的嘴巴缝起来，管你是不是二十岁，管你是不是警察。"

无线电突然发出嘈杂的声音，我假装打个大大的哈欠。约翰尼转身对我微笑。他说："美美地补了一觉？"他著名的口臭同时飘了过来。

我的直觉反应是让他实践一下刚才说能拿下我的大话，可办公室政治的念头随即占了上风："是啊，昨晚上熬夜了。"

约翰尼使了个不成功的眼色："在下也是欢场老将。一个星期不碰，我非得爬墙头不可。"

调度员嗡嗡地说着："……重复一遍，10-A-94，请报告所在方位。"

弗里茨抓起麦克风："10-A-94，报告，我们在胜利大街和萨蒂科伊路的路口。"

调度员回话道："去胜利大街和谷景大道，找卡列多尼亚酒廊的酒保。据报被通缉者琳达·马丁正在此处。三号状况。"

弗里茨拉响警笛，狠踩油门。路上的车辆纷纷让到路边，我们冲上中央车道。我对天祈祷：别让马丁那姑娘提起马德琳·斯普拉格。谷景大道出现在挡风玻璃外面，弗里茨猛地一个右转弯，在一家仿竹屋的酒吧前关掉警笛。

酒吧的假竹门砰然打开，琳达·马丁／洛娜·马蒂科娃冲出来，模样和照片上一样清爽。我手忙脚乱地跳下车，落在人行道上就开始奔跑，沃格尔父子在背后又是喘息又是叫嚣。琳达／洛娜跑起来像羚羊，把一个尺寸过大的手袋紧抱在胸口。我全力冲刺，两人之间的距离迅速缩短。女孩跑到一条繁忙的小街，径直奔进车流，车辆连忙转向避让。她扭头瞅我一眼，我闪过即将相撞的运啤酒卡车和摩托车，拼命吸气，朝前一蹿。女孩在对面的路沿上绊了一跤，手袋飞了出去，我最后奋力一跃，终于抓住了她。

她从人行道上爬起来，吐口水，敲打我胸膛。我抓住她的两只小拳头，扭到她背后，给她戴上手铐。洛娜换用脚踢，接连几下准确踢中我的两腿，有一脚正中胫骨，女孩却因此失去平衡，一屁股坐在地上。我拉她起来，她一口唾沫吐在我衬衫胸前。洛娜尖声叫嚷："你敢碰我我就起诉你！"我喘着粗气，拽着她来到手袋掉落的地方。

我捡起手袋，它的尺寸和重量让我吃了一惊。我打开手包往里看，见到一个装电影胶片的金属圆盒。我问："什么电影？"女孩结结巴巴地答道："求……求……求你了，先生，我有父……父母。"

汽车喇叭声响起，约翰尼·沃格尔探出巡逻车的车窗："米勒德说送这姑娘去乔治亚街的法庭。"

我拖着洛娜来到警车旁，把她推进后座。弗里茨拉响警笛，然后一脚将油门踩到底。

我们花了三十五分钟开到洛城市区。

米勒德和西尔斯在门前台阶上等我们。沃格尔父子大踏步地走在前面，我押着女孩紧随其后。进了门，法院的女看管和青年犯罪组的警探为我们让出一条路，米勒德打开一扇标着"拘留审讯"的门。我摘掉洛娜的手铐，西尔斯走进房间，拉开座椅，摆好烟灰缸和记事簿。米勒德说："约翰尼，你回大学分局去接电话。"

　　小胖子正要反对，又扭头望向父亲。弗里茨点点头，约翰尼转身离去，看表情像是受到了伤害。弗里茨开口说："我去打电话给洛韦先生。他应该参与处理。"

　　米勒德说："别打。等我们先录到口供再说。"

　　"把她交给我，我一定给你录到口供。"

　　"自愿的口供，警司。"

　　弗里茨涨红了脸："米勒德，我觉得你在侮辱我。"

　　"你爱怎么觉得就怎么觉得好了，但你必须照我说的做，去他的洛韦先生不洛韦先生。"

　　弗里茨·沃格尔站在那里一动不动，看着像个即将爆炸的人形原子弹，声音就是咝咝的引信："你和大丽花一起当坏女人，小姑娘，对不对？和她一块卖淫。告诉我，她去向不明的那几天里你在哪儿？"

　　洛娜说："滚，呆子。"

　　弗里茨朝她踏近一步，米勒德过去拦在他们之间："我来问话，警司。"

　　这一刻静得能听见钢针落地的声音。沃格尔与米勒德脚尖对脚尖地站着。漫长的几秒钟过去，最后弗里茨尖着嗓门说："该死的虚伪玩意儿。"

米勒德上前一步，沃格尔后退一步。"弗里茨，出去。"

沃格尔连退三步，脚后跟撞上墙壁，他一转身走出房间，恶狠狠地摔上门。回声震荡。哈里动手拆除炸弹的剩余部分："马蒂科娃小姐，身为这场骚乱的中心人物，你有什么感想？"

女孩答道："我叫琳达·马丁。"说着拉扯裙子的褶皱。

我找个座位坐下，迎上米勒德的视线，抬手指了指摆在桌上的手袋，装胶片的匣子从里面伸头探脑。警督点点头，在洛娜身旁坐下："你知道我们找你是因为贝蒂·肖特，对吧，甜心？"

女孩低下头，开始抽噎，哈里递给她一张纸巾。她把纸巾撕成许多长条，平摊在桌面上。"我是不是要被送回家了？"

米勒德点点头："是的。"

"我爸经常打我。他是个没脑子的斯洛伐克人，动不动就喝醉了打我。"

"甜心，回到艾奥瓦州，你会是庭外假释的身份。告诉假释官你父亲经常打你，他不费吹灰之力就能制止。"

"要是爸爸发现我在洛城做了什么，他会活活打死我的。"

"琳达，他不会知道的。我让另外那两名警官离开，就是为了保证你的话严格保密。"

"你们把我送回雪松激流镇，我还会离家出走。"

"这点我相信。你越快把我们想知道的贝蒂的事情告诉我们，我们越快相信你的话，你就能越快上火车，越快再次离家出走。这下你有很好的理由要对我们说实话了，琳达，对不对？"

女孩又开始低头玩纸巾。我感觉到一颗扭曲的小脑袋正在权衡利弊，琢磨各种可能的出路。最后她叹息道："叫我洛娜吧。要是非得回艾奥瓦不可，我也该开始习惯这个名字了。"

米勒德微微一笑，哈里·西尔斯点燃香烟，把钢笔垂在速记本上方摆好姿势。我的血压陡然上升，应和脑袋里的节拍："别提马德琳，别提马德琳，别提马德琳。"

罗斯说："洛娜，准备好跟我们谈了？"

先前自称琳达·马丁的姑娘说："来吧。"

米勒德问："你结识贝蒂·肖特的时间和地点？"

洛娜弄乱撕成条的纸巾："去年秋天，切洛基路，一家面向年轻职业女性的寄宿公寓。"

"北切洛基路1842号？"

"嗯哼。"

"你们交上了朋友？"

"嗯哼。"

"洛娜，请你回答是或不是。"

"是，我们交上了朋友。"

"你们一起都做些什么？"

洛娜咬着指甲底下的角质皮说："聊女孩的话题，一起参加选角，在酒吧里骗吃骗喝——"

我打断她的话："哪种酒吧？"

"什么意思？"

"我想知道是上等酒吧，廉价酒馆，军人出没的地方？"

"哦，就是好莱坞的那些地方呗。我们觉得不会有人要我出示证件的那种地方。"

我的血压开始下降。米勒德说："橘路那家寄宿公寓是你告诉贝蒂的吗？前阵子你一直住在那儿，对不对？"

"嗯哼。我是说，是的。"

"贝蒂为什么要从切诺基路搬走？"

"太拥挤了，另外她问那儿的每个姑娘都借过钱，东一块西一块的，她们都对她很生气。"

"有没有谁格外生气？"

"这我就不清楚了。"

"你确定贝蒂搬出去不是因为男朋友方面的麻烦？"

"我确定。"

"你记得去年秋天和贝蒂约会的男人都叫什么吗？"

洛娜耸耸肩："都是随便勾搭的。"

"那名字呢，洛娜？"

女孩点着手指头，数到三停下来："呃，有两个是在橘路认识的，唐·雷耶斯和哈尔·科斯塔，还有一个叫查克的水兵。"

"这个查克姓什么？"

"不清楚，但我知道他是个二等枪炮军士。"

米勒德正要提下一个问题，我举起一只手请他先等等："洛娜，我前两天和玛乔丽·格拉汉姆谈过，她说她告诉过你，警察要来橘路向房客询问贝蒂的事情。听完你就逃跑了。为什么？"

洛娜咬掉一根肉刺，张嘴吸吮伤口："因为我很清楚，假如我的照片以贝蒂朋友的身份登上报纸，我父母一看见就会让警察送我回家。"

"你跑掉后去了哪里？"

"我在酒吧里遇见一个男人，求他在山谷的一家汽车旅馆给我租了个房间。"

"你有没有——"

米勒德使劲一挥手，示意我安静："你说你和贝蒂一起去参加选角。你得到了拍电影的机会吗？"

洛娜在膝头绞手指："没有。"

"那你能说说手袋里的胶片盒装的是什么吗？"

洛娜·马蒂科娃盯着地板，眼泪滴了下来，她轻声说："是部电影。"

"不合法的那种？"

洛娜不出声地点点头，眼泪混着睫毛膏淌成了两条小河。米勒德递给她一块手帕："甜心，你必须从头开始把事情交代清楚。你先好好想清楚，别着急。板牙，去给她倒杯水。"

我走出房间，在走廊里找到饮水龙头和纸杯架，倒了满满一杯水端回去。洛娜正在轻声说话，我把杯子摆在她的面前。

"……我在加德纳的一家酒吧讨酒喝。有个墨西哥男人——拉乌尔还是豪尔赫什么的——找我聊天。当时我以为我怀孕了，心急火燎地想搞钱。他说他愿意付我200美元演电影。"

洛娜停了下来，咕咚咕咚喝了几大口水，做了一次深呼吸，然后继续说下去："男人说他还需要一个人，我就打电话到切诺基路找贝蒂。她说没问题。我们坐车到了蒂华纳，在城外的一幢大屋子里拍电影。"

洛娜在座椅上倒向前方，搂住软心肠的老爹警察，绝望地抱住他。罗斯看着我，摊平手掌，缓缓下压，像是指挥吩咐乐队别出声。他用另一只手抚摸女孩的脑袋，然后指了指西尔斯。

189

我瞥了一眼米勒德，觉得他相信了。我的本能告诉我，案件中横生出的男人婆枝节仅仅是个偶然事件。哈里问她："墨西哥人有没有送给贝蒂一个取景器？"

洛娜喃喃答道："有的。"她把脑袋搁在米勒德的肩头。

"记得他开什么车吗？型号，颜色？"

"我……好像是黑色，很旧。"

"记得你在哪家酒吧遇到他吗？"

洛娜抬起头。我看见她的眼泪已经干了。"我记得是在航空大街上，靠近那些飞机制造厂。"

我咕哝一声。加德纳那块区域足有一英里的唱机酒馆、扑克赌场和警察收保护费的娼寮。哈里说："你最后一次见到贝蒂是什么时候？"

洛娜坐回自己的座椅上，克制住自己，不让情绪再次爆发——对于年轻女孩来说，她的反应相当坚强："最后一次见到贝蒂是那件事情几周以后，就在她搬出橘路那个地方之前。"

"据你所知，贝蒂有没有和那个墨西哥人再次见面？"

洛娜扣着指甲上剥落的指甲油说："那个墨西哥人来去无踪。他付我们工钱，开车送我们回洛城，然后就离开了。"

我插嘴道："但你后来又见过他，对不对？开车从蒂华纳送你们回来之前，他不可能在那么短的时间内弄好一份拷贝。"

洛娜打量她的指甲："我在报纸上读到贝蒂，就去加德纳找他。他正要回墨西哥，我骗他给了我一份拷贝。明白吗？他不读报纸，因此不知道贝蒂忽然成了名人。明白吗？我可以卖掉片子，雇个律师不让警方遣送我。你们会把片子还给我的，对吧？

你们不会让别人看的，对吧？"

真是幼稚！米勒德说："你返回加德纳，又找到了那个男人？"

"嗯哼。我是说，是的。"

"在哪儿？"

"航空大街的一家酒吧。"

"能描述一下那个地方吗？"

"很暗，门前有灯一闪一闪的。"

"他心甘情愿地给了你一份拷贝？什么都不要？"

洛娜盯着地板说："我陪了他和他的几个朋友。"

"那你能仔细形容一下他的相貌吗？"

"他很胖，那玩意儿超级小！他很难看，他的几个朋友都一样！"

米勒德对西尔斯指指房门，哈里蹑手蹑脚地走出去。罗斯说："我们会尽量不让这些事见报，也会销毁电影胶片。女看管带你上楼去你的房间前，我还有最后一个问题。假如我们带你去蒂华纳，你认为你能不能找到拍电影的那幢房子？"

洛娜摇着头说："不能。我不想再去那个恶心的地方了。我想回家。"

"好让你父亲揍你？"

"不，好让我再次离家出走。"

西尔斯带着女看管回来，她带着强硬但柔弱、可怜而暴躁的琳达／洛娜离开。哈里·罗斯和我对视，我感到那女孩可悲得令人窒息。警衔最高的人最终开口："有何见解？"

哈里首先开口："墨西哥人和蒂华纳窝点，两件事她没全说实话。墨西哥人很可能打过她，她害怕遭受报复。除此之外，我买账。"

罗斯笑着问我："机灵鬼，你呢？"

"墨西哥人那方面她有所隐瞒。我认为她经常和那家伙在一起，现在又想保护他，免得他因为黄片坐牢。我敢打赌，那家伙是白人，说他是墨西哥人只是为了配合蒂华纳这个地点，不过蒂华纳这部分我买账，因为那地方就是个化粪池，我当巡警那会儿抓过不少黄片贩子，他们的货都来自蒂华纳。"

米勒德像李·布兰查德那样挤挤眼睛："板牙，你这个机灵鬼今天格外机灵。哈里，你去找这儿的沃特斯警督，叫他单独关押这姑娘七十二小时。给她单独一个房间，然后借调威尔夏文书组的梅格·考尔菲尔德过来假扮狱友。让梅格好好套她的话，每二十四小时报告一次。

"安排好以后，打电话给档案科和风化组，调阅有色情影片前科的白人和墨西哥人男性的档案，然后打电话给沃格尔和凯尼格，派他们去加德纳查酒吧，寻找给洛娜拍电影的男人。也给警探局打个电话，告诉杰克警监，我们有部大丽花的小电影要看。然后给《时报》打电话，赶在被埃利斯·洛韦压住之前，把黄片的线索给他们。洛娜的名字用无名氏代替，请他们呼吁读者提供色情电影的线索。最后，整理行装，因为咱们今天半夜要去迭戈和蒂华纳。"

我说："罗斯，你知道这么做机会并不大。"

"那也比不上你和布兰查德互殴，结果却成了搭档。来吧，机灵鬼。咱们去市政厅参加黄片之夜。"

集合室里已经搭好了放映机和银幕；全明星阵容在等待观看全明星阵容的色情电影。李、埃利斯·洛韦、杰克·蒂尔尼、萨德·格林和C. B. 豪洛尔局长大人坐在银幕前；米勒德把胶片盒递给负责操纵放映机的文员，嘴里嘟囔着："没准备爆米花？"

局长走过来，以主人姿态和我握手。"长官，荣幸之至。"我说。

"彼此彼此，冰先生，我夫人托我献上迟到的谢意，因为你和火先生帮大家涨了薪水。"他指指李旁边的座位，"灯光！摄像！开拍！"

我在搭档旁边坐下。李面容憔悴，不过总算没嗑药掉命。他大腿上摊着一份《每日新闻》，我看见标题是《大道-国民银行劫案主谋明日出狱，八年铁窗生涯后重回洛杉矶》。李打量我狼狈的模样，问我："搞了？"

我正要回答，灯光刚好熄灭。模糊的图像落在银幕上，香烟雾气冉冉飘进画面。

我想闭上眼睛，但就是做不到。豪洛尔局长在我旁边冷静地问："罗斯，你怎么看？觉得这东西和杀人案有关系吗？"

米勒德答话时嗓音嘶哑："很难说，局长。电影是11月拍摄的，按照马蒂科娃姑娘的描述，墨西哥人不像是凶手，但还是要查清楚才行。也许老墨放电影给什么人看，结果那人盯上了贝蒂。我的意思是——"

李一脚踢翻椅子，喊道："谁他妈在乎是不是他杀的！我曾把罪行还不如他的童子军送去坐电椅！你们不肯采取行动吗？那好，我去！"

所有人坐在原处，震惊得没法动弹。李站在银幕前，炽热的白光照得他使劲眨眼。他猛地转身，一把扯掉正在放映的淫秽画面，银幕和三脚架砰然倒地。李拔腿就跑。我听见背后传来放映机被碰倒的声音，米勒德喝道："布雷切特，去追他！"

我起身，绊了一跤，爬起来，冲出集合室，看见李踏进走廊尽头的电梯。电梯门关闭，电梯开始下降，我奔向楼梯，冲下六层楼，跑进停车场时，刚好看见李开车沿百老汇大道向北离开，轮胎叽叽嘎嘎地刮擦地面。停车场靠近分局的这一面停着一排无标记警车。我跑过去，拉开最近一辆的车门，伸手去摸驾驶员座位底下。钥匙就在那里。我发动引擎，踩下油门，呼啸而去。

我很快就追近了他，李那辆福特车拐上日落大街，在中央车道上朝西走，这时我咬住了他。我对他短促地鸣笛三声，他用喇叭按出洛城警局的联络暗码回答我，意思是"警察追捕中"。车辆纷纷为他让路，我能做的只有猛按喇叭和紧随不舍。

我们发疯似的开出市区，穿过好莱坞，经卡温格山口来到山谷。转上文图拉大街，接近酒吧所在的街区，我一时间心惊胆战。李在街区中间急刹车，一波恐慌掐住我的喉咙，我心想：他不可能知道我的大胆姑娘，绝对不可能，肯定是电影触发了他的灵感。李下车，推开"拉文避难所"的店门。更强烈的恐慌袭来，我猛踩刹车，巡逻车甩尾冲上人行道。我想到马德琳和隐匿证据的后果，连忙跟着搭档冲进酒吧。

李面对挤满男人婆和软妹子的卡座大声咒骂。我扫视店堂，寻找马德琳和前两天我问过话的女酒保。我没看见她们，决定动手制服我最好的朋友。

“该死的下贱胚，有没有找一个四十来岁的胖子墨西哥佬买过你们这种黄片？你们——”

我一个全尼尔逊[1]从背后擒抱住他，把他转向店门。他绷紧双臂，拱起脊背，但这个姿势允许我用他的体重对付他。我们跌跌撞撞地来到外面，缠手缠脚地一起倒在人行道上。我使出全身力气制住他，听见警笛声逐渐接近，这时我忽然意识到李没有反抗，他只是躺在那儿，一遍又一遍地嘟囔“搭档啊”。

警笛声越来越响，最后停下，我听见车门砰然关闭。我把自己从纠缠中解开，搀扶李起身，他浑身无力，像个破布娃娃。一抬头，埃利斯·洛韦就站在面前。

洛韦眼中杀气腾腾。我突然想到，李的爆发源自他怪异的禁欲生活和一个星期的死亡与禁药，最后一根稻草是色情电影。我很冷静，抬起胳膊搂住搭档的肩膀：“洛韦先生，都怪那部该死的电影。李认为这儿的女人能给我们墨西哥佬的线索。”

洛韦咬牙切齿道：“布雷切特，闭嘴。”然后把他裹着天鹅绒的怒火掷向李：“布兰查德，是我把你弄进令状组的。你是我的人，却害得我在警局里最有权势的两个人面前出丑。这不是什么女性杀人案，那两个姑娘被下了药，心底里也痛恨这么做。我替你对豪洛尔和格林打了掩护，但不清楚这事日后对你会不会有影响。假如你不是火先生，大块头李·布兰查德，恐怕已经被停职了。你对肖特案件有了个人情绪，我无法容忍这种不专业的态度。你从明早调回令状组，8点整找我报到，带上写给豪洛尔局长和

---

1 全尼尔逊（full nelson）：摔跤动作，指两手从背后插入对手臂下，然后向下压对手的脖子。

格林警长的正式道歉信。为了你的养老金，我建议你放低姿态。"

身体软绵绵的李说："我想去蒂华纳找拍黄片的男人。"

洛韦摇摇头："就目前的情形而言，我必须说你的要求很荒唐。沃格尔和凯尼格去蒂华纳，你回令状组，至于你，布雷切特，继续办肖特的案子。再见了，二位警官。"

洛韦气冲冲地走向他的黑白警车，巡警司机掉头驶入车流。李说："我必须找凯伊谈谈。"我点点头，治安官的巡逻车慢慢开过，乘客座上的警察朝酒吧门口的女人送上飞吻。李走向他的车，嘴里喃喃道："劳丽。唉，亲爱的劳丽。"

第十三章

　　第二天上午8点整，我出现在警探局，想帮助李减轻他调回令状组的耻辱，分担埃利斯·洛韦无疑会摔在他头上的冷嘲热讽。一模一样的备忘字条贴在我俩桌上，都来自格林警长："明早来我办公室报到，1947年1月22日，下午6时。"手写的字词看上去很凶险。

　　8点整，李没来报到。我在办公桌前又坐了一个钟头，想象波比·德威特的获释搞得他惶恐不安，李是他自己的鬼魂的俘虏，调离大丽花的案件后，他甚至不能靠追逐鬼魂来获得救赎了。地检署隔间的另一侧，我听见洛韦在电话里对《镜报》和《每日新闻》城市版的编辑又是喝骂又是恳求，共和党小报据说都支持他的政治野心。他的发言要点是他会帮助他们获得大丽花案件的内部消息，保证让他们痛宰《时报》和《先驱报》，只有一个限制性的条件，那就是他们必须少提贝蒂·肖特的放荡行为，把她描述成误入歧途的甜美少女。这个自大狂道别时的语气相当得意，我猜得出那些记者多半点头同意，认可洛韦的说法："我们让大众越同情她，等我起诉凶手，我们就能捞到更多好处。"

李到10点还是没露面，我只好去集合室通读越来越厚的伊·肖特案件卷宗，想确认马德琳的名字没有出现在里面。两小时后，我读完两百多页表格，终于满意了——几百个接受问话的人里面没有她，也没有任何线报指认她。有一个家伙脑袋显然不正常，是个神经错乱的宗教狂，打电话恶意中伤他人。

中午时分，李依然音讯全无。我打电话给那幢屋子、大学分局的刑侦队办公室和艾尔尼多旅馆，但哪儿都找不到他。我想让别人觉得我很忙，免得被差遣去办事，于是趴在布告栏前开始仔细阅读概要报告。

罗斯·米勒德昨晚先汇编了一份新的报告，然后才出发去圣迭戈和蒂华纳。报告说他和哈里·西尔斯会去档案科和风化组，查阅曾被定罪和有嫌疑的色情电影制作者的资料，还会去蒂华纳寻找那部黄片的拍摄地点。沃格尔和凯尼格没能在加德纳找到洛娜·马蒂科娃所称的"墨西哥男人"，也将前往蒂华纳从拍摄地角度着手调查。验尸官调查庭[1]已于昨日举行，伊丽莎白·肖特的母亲出席并指认了遗体。玛乔丽·格拉汉姆和雪莉尔·萨登为贝蒂在好莱坞的生活作证，"红哥"曼利也前来说明他如何开车将贝蒂从迭戈接走，1月10日又如何送她到比尔蒂摩饭店。到现在为止，比尔蒂摩附近地区的地毯式查访还没得到经核实无误的目击证词；对有前科的性变态者和记录在案的性侵犯者仍在逐个清查

---

1 验尸官调查庭（coroner's inquest）：欧美命案调查中的一环，由验尸官会同陪审团验尸并检查死因。

198

中；四名前来自首的精神失常者仍羁押于市监狱，等待核实不在场证明、精神状态聆讯和进一步盘问。马戏还在上演，电话线报如洪水般涌入，结果得到的是第三手、第四手甚至第五手的问话结果——警员谈话的对象都只是隔了好几层关系才认识名角大丽花。彻头彻尾是海底捞针。

办公桌前忙碌的人们嫌弃地看着我，我只好回到自己的隔间里。马德琳忽然跳进脑海，我拿起电话打给她。

铃响第三声，她接起电话："斯普拉格家。"

"是我，想见面吗？"

"几时？"

"现在，过三刻钟来接你。"

"别来我家，老爸在办生意场上的社交晚会。咱们去'红箭'碰头吧。"

我叹了口气："我有自己的住处，你知道的。"

"我只在汽车旅馆乱搞。有钱女孩的怪癖。三刻钟后，红箭旅馆11号房间，行吗？"

我说："到时候见。"然后挂断电话。埃利斯·洛韦敲着隔间说："去做事，布雷切特，你一个上午走来走去晃得我心烦。看见你的鬼影子搭档，告诉他今天旷工要扣三天工资。现在去开辆带无线电的警车，给我滚蛋。"

我就这么直接滚进了红箭客栈。马德琳的帕卡德停在平房背后的小巷里；11号房间的门没锁。走进房间，她的香水味扑鼻而来，我眯着眼睛望向暗处，好半天才听见一阵咯咯笑声。脱衣服时，我的眼睛逐渐适应黑暗；我看见了马德琳——旧床单上，她的身体恍如信标。

我们猛烈地抱在一起，用力之大使得床垫的弹簧撞上地板。马德琳一路向下吻，我立刻振作起来，她转身躺下。我同她融为一体，不禁想到了贝蒂，连忙把这些东西驱出脑海，将注意力集中在眼前剥落的墙纸上。我打算慢慢来，但马德琳喘息着说："别忍，我快到了。"我们紧紧相拥，我们互相呼应，最终先后迎来完美的结束，相隔仅仅几秒。我的脑袋碰到枕头，我不得不一口咬住枕头，才能让身体停止颤抖。

马德琳说："亲爱的，你没事吧？"

贝蒂又浮现在眼前。马德琳挠我的痒痒；我扭动着转过来看她，赶走脑海里的画面："笑一个，要又温柔又甜美。"

马德琳给我一个盲目乐观的傻笑，抹开的红色唇膏迫使我想到大丽花的死亡微笑。我闭上眼睛，紧搂住她。她轻柔地抚摸我的后背，喃喃道："板牙，出什么事了？"

我盯着远处墙上的帘子说："我们昨天抓住了琳达·马丁。她的手袋里有一卷色情电影的胶片，是她和贝蒂。电影是她们在蒂华纳拍摄的，内容让人毛骨悚然，吓住了我，我的搭档更是魂不附体。"

马德琳停下她的抚爱动作："琳达提起我了吗？"

"没有，我查看了案件的各种文件。没人提到你留下号码的字条。但我们安排了一个女警官和她住一间牢房套话，她要是口风不严，就会把你牵连进去。"

"我并不担心，亲爱的。琳达多半不记得我了。"

我移到能够仔细观察马德琳的地方，她的唇膏乱七八糟地糊成一片血红，我用枕头擦干净："宝贝，我为你隐匿证据。以我得到的东西来看，交易很公平，但我还是不放心。所以你必须确定你和我全都说清楚了。我再问你最后一次，你和贝蒂还有琳达的事情，你还有没有瞒着我的？"

马德琳的手指顺着我的胸腔滑下去，探索我和布兰查德对战时留下的疤痕："亲爱的，贝蒂和我睡过一次，就是我们去年夏天碰面那次。我只是想知道和一个与我如此相似的女孩睡是什么感觉。"

我觉得我在向下沉，床忽然从我身下坠入虚空。马德琳仿佛位于一条漫长隧道的尽头，被某种怪异的摄影技巧摄入镜头。她说："板牙，就这些，我发誓没别的了。"她的声音从无尽深渊中颤抖着泛起。我起身穿衣，直到把点三八和手铐挂回身上，在流沙中跋涉的感觉这才过去。

马德琳恳求我："别走，亲爱的，别走。"我赶在自己屈服前走出房间。我坐进巡逻车，打开双向无线电，希望理智而嘈杂的警方对话能帮我分神。调度员正在吼叫："克兰肖大街和斯托克街的所有单位请注意，四号状况[1]。劫案现场已封锁，两人死亡，嫌犯死亡，4-A-82单位报告嫌犯是雷蒙德·道格拉斯·纳什，白种男性，通缉令号码——"

我一把扯开无线电的电缆，像是手一挥就同时发动引擎、踩下油门和拉响了警笛。开上公路，我仿佛听见李在安抚我："别说你不认为女孩被杀的案子比'小弟'纳什更有油水可捞。"飞驰

---

1 警用呼号，表示"不需要进一步支援"。

进城的路上，我看见我对搭档的那些鬼魂低头，尽管我知道那个俄农凶手是个活生生的杀人狂。冲进市政厅的停车场，我看见李花言巧语、软磨硬泡，终于哄我按照他的想法做事。我上楼跑向警探局，眼前一片血红。

走出楼梯间，我扯着嗓门大吼："布兰查德！"迪克·卡瓦诺走出牛栏，指指洗手间。我一脚踹开门，李正在水槽前洗手。

他举起双手亮给我看，指节的破口渗着鲜血："捶墙捶的，为了纳什悔过。"

这远远不够。我放任眼前的血红彻底失控，我痛揍我最好的朋友，直到我的双手也伤痕累累，而他躺在我的脚边失去了知觉。

第十四章

　　输掉第一场布雷切特对布兰查德的比赛，我挣到了当地的名声、令状组的职位和差不多9千美元现金；打赢第二场害得我左腕扭伤、两个指节脱臼和卧床一整天。杰克警监听说我们打架，看见我在隔间里用胶带贴拳头上的伤口，拿了几粒可待因给我，过敏反应使我头晕目眩。我所谓的"胜利"只有一个好处，那就是可以从伊丽莎白·肖特的案件中脱身二十四个钟头。更糟糕的还在后面，我必须鼓起勇气去见李和凯伊，看能不能挽回三个人之间的感情，前提是不需要放弃自己的尊严。

　　星期三下午，吻别大丽花的好日子，也是这具著名尸体露面一周的纪念日，我开车去了那幢屋子。萨德·格林约我晚上面谈，假如在此之前能修补我和李的关系，那无论如何都值得一试。

　　前门敞开，咖啡桌上摆着一份《先驱报》，报纸翻到二版和三版，写满我混乱人生的种种碎片——大丽花，瘦脸波比·德威特即将回城，"小弟"纳什抢劫一家日本人开的蔬果店，枪杀店主和他十四岁的儿子，最后被当地治安官手下一名不执勤的探员击毙。

"出名了，德怀特。"

凯伊站在走廊上。我哈哈大笑，受伤的指节一跳一跳地疼："更像是臭名昭彰。李在哪儿？"

"不清楚。他昨天下午离开了。"

"你知道他有麻烦了，对吧？"

"我知道你揍了他一顿。"

我走上去。凯伊的呼吸中带着烟臭味，脸上斑斑点点都是泪痕。我抱住她，她也抱住我，说："这件事我不怪你。"

我用鼻子拱着她的头发说："德威特估计明天回洛城。要是李今晚还不回来，我就过来陪你。"

凯伊抽开身子："别过来，除非你想和我睡觉。"

我说："凯伊，我做不到。"

"为什么，因为你在和邻居家的姑娘约会？"

我记起了我对李撒的谎："是的……不，不是这样。只是……"

"只是什么，德怀特？"

我抱住凯伊，否则只要她看见我的眼睛，就会知道我的话有一半让我幼稚得像个孩子，而另一半则让我变成了骗子。"只是你和李是我的家人，李是我的搭档，除非先解决困住他的麻烦事，看我和他还能不能当搭档，要不然你和我根本不可能在一起。我在约会的那个姑娘什么也不是。她对我来说毫无意义。"

凯伊说："你只是害怕除了拳击、警察、枪支等随便什么东西的一切。"她说着把我抱得更紧了。我让她抱着我，心里清楚她说的一点儿不差。随后，我挣脱她的拥抱，开车回城去面对"随便什么东西"。

萨德·格林的等待室里，表针指向6点整，李没有出现；6点1分，格林的秘书打开办公室的门，招呼我进去。警探局的局长坐在办公桌前，抬起头问我："布兰查德呢？我想见的其实是他。"

我答道："我不知道，长官。"我以阅兵的稍息姿势站好，格林向我指指一把椅子。我坐下去，警探局局长目光灼灼地盯着我："限你用五十个字解释清楚你搭档周一晚上的举动。开始。"

我说："长官，李的妹妹在他小时候被谋杀了，你可以说他对大丽花的案子起了执念。因为大道–国民银行案件而被他送进监狱的波比·德威特昨天出狱，一周前我和他击毙了四名匪徒。色情电影是最后的导火索，让李彻底爆发，他冲进酒吧是因为他认为能找到拍电影那家伙的线索。"

格林边听边点头，等我说完，他也停了下来："你说话像是在帮客户开脱的讼棍。在我的部门里，警官别上徽章就该抛开情感包袱，否则只能滚蛋。不过，为了让你知道我并非铁石心肠，有件事情我得告诉你。我要让布兰查德停职审查，但不是因为他周一晚上的胡闹，而是因为他提交的一份备忘录，上面说'小弟'纳什已经逃离我们的管辖范围。我觉得这是不实报告。警员，你认为呢？"

我觉得双腿直打战："我也这么想，长官。"

"看来你不如警校分数让我相信的那么聪明。见到布兰查德，叫他把佩枪和警徽交回来。你继续跟肖特的案子，顺便请您千万别再拿公共财产练拳了。晚安，警员。"

我站起来，敬个礼，原地后转身，走出他的办公室，沿着走廊来到集合室，一路保持军人姿态。我随便抓起一张桌子上的电话，轮番拨通那幢屋子、大学分局的刑侦队办公室和艾尔尼多旅馆的号码，但全都一无所获。紧接着，一个阴沉的念头闪过脑海，我拨通了本县的假释官办公室。

答话的是个男人："洛杉矶县假释官办公室，有何贵干？"

"我是洛城警局的布雷切特警员，想知道一个最近获释的犯人的去向。"

"请讲，警员。"

"罗伯特·'波比'德威特，是昨天离开圣昆丁的。"

"这个简单。他还没跟他的假释官报到。我们给圣罗莎[1]的汽车站打过电话，发现德威特根本没买去洛城的车票，而是买了张到圣迭戈的，然后转车去蒂华纳。我们还没有签发潜逃通缉令。假释官觉得德威特是去蒂华纳搞女人了，只要明天早晨现身他就既往不咎。"

挂断电话，知道德威特没有直奔洛城而来，我松了一口气。我一边琢磨去哪儿找李，一边搭电梯进了停车场，迎面看见罗斯·米勒德和哈里·西尔斯正在朝后楼梯走。罗斯瞄到我，对我勾勾手指。我几步跑了过去。

我问："蒂华纳怎么样？"

---

1 圣罗莎（Santa Rosa）：加州西部城市，位于旧金山西北偏北方向。

答话的是哈里，呼吸中带着"森森"[1]的味道："色情片的事情上吃了个大鸭蛋。我们四处寻找那处窝点，却怎么也找不着，拉了几个贩卖色情片的问话。又是个鸭蛋。我们在迭戈找了肖特那姑娘的几个熟人。第三个鸭蛋。我——"

米勒德伸手按住搭档的肩膀："板牙，布兰查德在蒂华纳。有个我们问过话的边境巡警见过他，之所以能认出他，还得感谢那场拳赛宣传得好。李当时正在和一群凶神恶煞的墨西哥乡警亲切交谈。"

我想到德威特也去了蒂华纳，有些怀疑李为何要跟墨西哥乡警谈话："什么时候的事情？"

西尔斯说："昨天晚上。洛韦、沃格尔和凯尼格也下去了，他们住迪维萨德罗饭店，一直在跟蒂华纳警方谈话。罗斯认为他们打算物色个墨西哥人给大丽花的案子顶缸。"

我脑海中闪过李追查色情片恶魔的画面，仿佛看见他血淋淋地倒在我的脚边，忍不住打了个寒战。米勒德说："根本行不通，因为梅格·考尔菲尔德已经从马蒂科娃嘴里套出了色情片拍摄者的准确消息。那家伙是个白人，名叫沃尔特·'公爵'威灵顿。我们查了他在风化组的案卷，有半打拉皮条和贩卖色情物品的前科。看起来很有希望吧？可惜杰克警监收到了一封威灵顿的信，邮戳是三天前的，威灵顿躲起来了，看见大丽花的案子闹得满城风雨，他吓得屁滚尿流，他承认他找贝蒂·肖特和洛娜拍了那部电影。他害怕被定为凶案嫌犯，于是详细列出了贝蒂失踪那几天

---

1 森森（Sen-Sen）：薄荷糖品牌，始创于19世纪末。

他的不在场证明。杰克亲自查证，发现确实不假。威灵顿把同样的信也寄给了《先驱报》，他们明天就登出来。"

我答道："这么说，洛娜在撒谎保护他？"

西尔斯点点头："似乎是这样。不过威灵顿仍旧是在逃犯，曾因为拉皮条受过通缉，洛娜识破梅格的身份以后就闭口不谈了。告诉你一件要命的事：我们给洛韦打电话，告诉他墨西哥人的线索纯属捏造，但我们在乡警里的熟人说沃格尔和凯尼格还在盘查他们。"

这场马戏越来越像滑稽表演了。我说："那封信如果见报，让他们没法拿老墨顶缸，他们肯定会在这儿找替死鬼。咱们得把手上的情报瞒着他们。李停职了，但他有全套案卷的复本，存在好莱坞一家旅馆的房间里。咱们应该保留那个房间，用来存放咱们的东西。"

米勒德和西尔斯慢慢点头。这时候，真正要命的事情跳了出来。"本县假释官办公室说波比·德威特买了去蒂华纳的车票。如果李也在那儿，难保不会闹出麻烦。"

米勒德打了个寒战："我不喜欢这种感觉。德威特是个人渣，说不定打听到了李的去向。我给边境巡警打电话，让他们发出德威特的拘留令。"

忽然之间，我意识到接下来的事情全都交给我了："我这就出发。"

第十五章

黎明时分我穿越边境。拐上蒂华纳的主街革命大道时，这座城市才刚刚醒来。孩童乞丐在垃圾箱里翻找早餐，玉米饼小贩搅动罐子里的炖狗肉，花5美元过夜的海员和水兵正被送出妓院，比较明智的跌跌撞撞走向科隆街去打盘尼西林，比较蠢的匆忙赶往东蒂华纳的"蓝狐"和"芝加哥俱乐部"，无疑是去赶一大早的驴子秀。游客车辆已经在廉价饰品店门前排起长队；乡警开着战前的雪佛兰如秃鹫般逡巡，黑色制服与纳粹的不无相似之处。

我自己也在逡巡，寻找李和他的40款福特轿车。我考虑过要不要在边境巡警的岗亭或者墨西哥乡警的支局停车，向他们寻求帮助，但想到我的搭档正在停职反省，不但非法携带武器，而且精神状态极不稳定，万一哪个不开眼的墨西哥人说错话，他受了刺激天晓得会做出什么事。我从高中南游的记忆中挖出迪维萨德罗饭店，驱车去往小城边缘，希望美国人能对我施以援手。

这幢装饰主义风格的粉色怪物矗立于断崖上，俯瞰一片铁皮屋顶的贫民窟。我对前台撂了几句狠话，他告诉我"洛韦那伙人"在462套房。我在底层最里面找到这个套房，怒气冲冲的吼叫声在门那边隆隆震响。

弗里茨·沃格尔正在嘶喊："我还是坚持咱们该逮个老墨！写给《先驱报》的信没提色情电影，只说威灵顿在11月见过大丽花和另一个姑娘！我们还是应该——"

埃利斯·洛韦吼了回去："咱们不能这么做！威灵顿向蒂尔尼承认了他拍过那部电影！蒂尔尼是总指挥，我们不能爬到他头上去！"

推开门，我看见洛韦、沃格尔和凯尼格都缩在椅子里，人手一份八颗星[1]的《先驱报》，报纸似乎热气腾腾地才下印刷机。抓人顶罪的讨论陷入沉默，凯尼格目瞪口呆，洛韦和沃格尔同时嘟囔说道："布雷切特。"

我说："去他的大丽花。李在这儿，波比·德威特也在，肯定会出事。你们——"

洛韦说："去他的布兰查德，他已经停职了。"我径直走向他。凯尼格和沃格尔拦在我与他之间，想挤过他们两人就仿佛想撞破砖墙。地检官退到房间的另一边，凯尼格抓住我两条胳膊，沃格尔用双手按着我胸膛把我推出房间。洛韦怨毒的目光射出房门，弗里茨拍打着我的下巴说："我见了轻重量级拳手总是心软。你答应别对比利出手，我就帮你找搭档。"

我点点头，凯尼格放开了我。弗里茨说："上我的车。你似乎不适合开车。"

1　八颗星（eight-star）：指凌晨印刷并分发的早版报纸。

弗里茨开车，我扫视街面。他絮絮叨叨地说着肖特案件和破案将带给他的警监头衔，我望着乞丐涌向游客，妓女在轿车前座为嫖客服务，穿祖特装的年轻混混满街闲逛，寻找醉鬼下手。徒劳无功的四个钟头过去，街道拥挤得没法开车，我和沃格尔停车，步行前进。

走在路上，肮脏和贫穷更加触目惊心。儿童乞丐凑到我们面前，急促地说着外语，把十字架塞进我们手里。弗里茨拳打脚踢赶跑他们，但他们饥饿的脸色打动了我，我掏出一张5美元换成比索，只要他们聚上来，我就抓一把硬币扔进排水沟。孩子们彼此争抢，抓挠撕咬，但总归好过望进他们深陷的眼窝却只看见一片空虚。

一小时过去，又一小时过去，我们没找到李，没找到李的40款福特车，更没找到像是波比·德威特的外国佬。一个穿黑衬衫和长筒靴的乡警忽然吸引了我的注意力，他懒洋洋地靠在一户人家的门口。他问："Policia?[1]"我停下脚步，对他亮出警徽作为回答。

乡警在口袋里翻找片刻，掏出一张电传的大头照。照片过于模糊，认不出到底是什么人，但"罗伯特·理查德·德威特"几个字一清二楚。弗里茨拍拍乡警的肩章："在哪儿，上将阁下？"

老墨一碰鞋后跟，叫道："Estación, vamanos![2]"他迈开正步领着我们拐进一条性病诊所林立的小巷，抬手指向铁丝网里的一幢煤渣砖小屋。弗里茨给他1美元，老墨行个墨索里尼式军礼，原

---

1 西班牙语：是警察？
2 西班牙语：警察局，咱们走！

地转身离开。我按捺住想跑的冲动，大踏步走向警所。

警所门口有怀抱冲锋枪的乡警把守。我亮出警徽，他们碰鞋跟行礼，放我进去。弗里茨在里面追上我，他拿着1美元，径直走向前台。前台警员接过钞票，弗里茨说："Fugitivo？Americano？[1]德威特？"

前台警员笑呵呵地按下座位旁边的按钮，侧面墙上的铁栅栏门咔嗒一声打开。弗里茨说："找这个人渣，到底要他说什么？"

我说："李在这儿，很可能在追查色情电影线索。德威特离开昆丁监狱就直接来这儿了。"

"没向假释官报到？"

"正是。"

"德威特因为大道–国民银行的案子对布兰查德怀恨在心？"

"正是。"

"明白了。"

我们顺着走廊向前走，左右两边都是牢房。最后一间牢房里，德威特单独坐在地上。电控门打开，玷污过凯伊·雷克的人站起来。蹲大牢的这几年对他并不友善：1939年报纸照片里的瘦长脸凶汉已被磨平棱角，他身材臃肿，须发灰白，花衣混混发型早就过时，和救世军发给他的衣服一样。

弗里茨和我走进牢房。德威特和我们打招呼，用的是囚犯那种虚张声势的语气，但又带着恰到好处的几分卑躬屈膝："条子，对吧？唉，至少是美国人。没想到我居然会很高兴见到你们。"

---

1 西班牙语：逃犯？美国人？

弗里茨说:"现在也没什么好高兴的。"随后一脚踢中德威特的下体。德威特弯下腰去,弗里茨抓住他鸭尾发型下的后脖颈,反手又是一掌。德威特疼得口吐白沫,弗里茨松开德威特的脖子,在他袖子上擦掉发油。德威特摔倒在地,爬到便桶前呕吐。他正想起身,弗里茨把他的脑袋按回便桶里,用口水擦亮的拷花尖头皮鞋踩住不放。往日的银行劫匪兼皮条客喝了两口污秽物。

沃格尔说:"李·布兰查德在蒂华纳,你一离开大昆就直奔这儿来了。这个巧合真是该死的奇怪,很不讨我的喜欢。我不喜欢你,不喜欢生你的那家伙,不喜欢这个老鼠成灾的国家,我应该和家里人待在一起。但我喜欢让罪犯吃苦头,所以你最好老老实实回答我的问题,否则我保证让你痛不欲生。"

弗里茨松开脚,德威特抬起头猛吸空气。我从地上捡起一件脏汗衫,正要递给他,却想起了凯伊腿上的鞭痕。这个画面让我把汗衫扔向德威特,然后拖过通道里的椅子,顺手掏出手铐。弗里茨抹了两把前科犯的脸,我把德威特推得坐进椅子,然后把他的手腕铐在椅背木条上。

德威特抬头望着我们,他小便失禁,裤腿浸成深色。弗里茨说:"知道布兰查德警司在蒂华纳吗?"

德威特前后摇头,甩掉在便桶里沾上的液体:"我审判后就没再见过布兰查德!"

弗里茨反手赏他一记耳光,共济会戒指划破了德威特脸上的一条小静脉:"叫我长官。现在我问你,知道布兰查德警司在蒂华纳吗?"

德威特哭着叫道:"不知道。"弗里茨说:"要说'不知道,

213

长官'。"随手又是一记耳光。德威特垂下脑袋，下巴贴着胸口。弗里茨用一根手指托起他的下巴。"不知道，什么？"

德威特尖叫："不知道，长官！"

尽管在憎恨之下我脑袋不太清楚，但我还是看得出他在说实话。我说："布兰查德害怕你，为什么？"

德威特在椅子里扭动，油腻腻的大背头散开遮住前额，他放声大笑。笑声异常狂野，是那种刺破痛苦喷薄而出的狂笑，随即又让他痛得更加厉害。弗里茨脸色铁青，攥紧拳头打算惩罚他。我说："让他笑吧。"沃格尔松开手，德威特癫狂的笑声渐渐平息。

德威特使劲吸气，说："哎哟我的天哪，真是笑死我了。美人儿李怕我是因为我在法庭翻供，但我只知道我在报纸上读到的东西，我必须承认，查烟卷那事吓得我够呛，我要是撒谎就让我下地狱好了。也许我当时还有报复的念头，也许我对狱友乱吹牛皮，但看见美人儿李杀了那几个人，我——"

沃格尔给德威特一记勾拳，打得德威特连椅子一起翻倒在地。上了年纪的二流子啐了一口，吐出鲜血和牙齿，呻吟着狂笑。弗里茨在他身旁跪下，掐住他的颈动脉，阻止血液流向大脑："波比小子，我不喜欢布兰查德警司，但他是我同事，我不会允许你这种人渣毁谤他。你冒着违反假释条约的风险从大昆来了这儿，等我松开你的脖子，你要说出原因，否则我就继续掐住你脖子，直到你的脑细胞像爆米花似的炸开。"

弗里茨松开手，德威特的脸色从青色转为赭红。沃格尔单手提起嫌犯和椅子摆好。二流子波比再次放声大笑，随后开始咳吐血沫，笑声陡然停下。他抬头望着弗里茨，就像一条热爱残酷主人的忠犬，因为他只有这么一个主人。他的哀叫也像一条狗挨了痛揍："我来蒂华纳是为了搞海洛因带回洛城，然后再找假释官报到。我分配到的假释官据说心肠很软，说句'天哪，先生，我在牢里待了八年，总得先放松放松吧'，他就不会因为迟到而判我违反规定了。"

德威特深呼吸一次，弗里茨说："噼啪，给我喷。"波比小子用狗呜咽的语调继续坦白："这儿的联络人是个印第安混血种，名叫费利克斯·查斯科，今晚我要和他在加利西哥花园汽车旅馆碰面。洛城联络人是我在昆丁认识的一个家伙的兄弟。我没见过他，求你别再打我了。"

弗里茨发出胜利的欢呼，跑出牢房去汇报战果。新认的主人沃格尔离开房间，德威特舔掉嘴唇上的血，抬头看着我。我说："把你和李·布兰查德的事情说完。这次别发神经了。"

德威特答道："长官，我和布兰查德之间唯一的联系，就是我搞过那个凯伊·雷克。"

我记得我走向他，记得用双手掐住他的脖子把他拎起来，脑子里在想你要多使劲勒狗的脖子，它的眼珠才会爆出来。我记得他脸色改变，记得有人用西班牙语说话，然后是弗里茨大喊："验证过了，他说的是实话。"接下来我记得我被扯向后方，心想铁栏杆原来是这个感觉。然后我就什么也不记得了。

我恢复知觉，还以为自己在第三场布雷切特对布兰查德的拳赛中被击倒在地，琢磨我让搭档受了多重的伤。我嘟囔道："李？李？你还好吗？"两个墨西哥警察映入眼帘，黑衬衫上别着廉价商店买来的可笑勋章。弗里茨·沃格尔像巨人似的站在他们背后，开口道："我放波比小子走了，准备跟踪抓他的同案犯。你睡得正香甜的时候，他甩掉了尾巴，对他来说可真是不幸。"

一条壮汉把我从牢房地板上扶起来，我逐渐清醒过来，知道肯定是大块头比尔·凯尼格。我的脑子还有些糊涂，两条腿也直发软，让弗里茨和墨西哥警察领着我走出警局。外面已是黄昏时分，霓虹灯照亮了蒂华纳的天空。一辆斯蒂贝克¹警车开过来，弗里茨和比尔把我塞进后座。驾驶员拉响我这辈子听见过的最嘹亮的警笛，车子随即冲了出去。

我们向西驶出城区，最后开进U形汽车旅馆中央的砾石场地停下。穿卡其布衬衫和马裤的蒂华纳警察手持霰弹枪，守在后面的一个房间门口。弗里茨使个眼色，伸出胳膊让我借力。我推开他的胳膊，凭自己的力气爬出警车。弗里茨在前面领路，警察抬抬枪口算是敬礼，然后打开房门。

房间里仿佛屠场，散发着无烟火药的燃烧气味。波比·德威特和一个墨西哥人的尸体躺在地上，两人浑身都是渗血的弹孔。德威特的脖子上还有我掐出的瘀伤。我的第一个连贯的念头是我在昏迷中干掉了他们，义警式报复，保护我爱的两个人。弗里茨肯定猜到了我的念头，他哈哈大笑，说："不是你，小子。这个老墨叫费利克斯·查斯科，有案底的毒品贩子。也许是其他的贩毒人渣，也许是李，也许是上帝。要我说，脏活就交给这些墨西哥同事处理吧，咱们回洛城去抓杀害大丽花的浑蛋。"

---

1 斯蒂贝克（Studebaker）：美国老牌马车和汽车制造商，1852年创立。

第十六章

波比·德威特的死讯在洛城《镜报》占了半栏位置，埃利斯·洛韦出乎意料地关怀我，放我一天大假，都市组[1]的一队警员全职调查李的失踪。

放假那天的大部分时间我都耗在了杰克警监的办公室里，接受他们的持续盘问。他们问了我几百个有关李的问题，从他在观片现场和拉文酒吧的爆发，到他对肖特案件的痴迷，再到那份关于纳什的备忘录和他与凯伊的同居关系。我删减事实，用避而不谈的办法撒谎，绝口不提李服用安非他命，不提他在艾尔尼多旅馆开个房间存放文件，还有他所谓的同居生活其实清心寡欲。都市组的探员一再问我认不认为波比·德威特和费利克斯·查斯科是李打死的，我一再回答李没有蓄意谋杀的能力。他们要我解释我为何和搭档动拳头，我说我揍李是为了纳什的案子，同时补充

---

1 都市组（Metropolitan Division）：洛城警局的精英部队，成立于1933年，可在洛杉矶全城打击犯罪活动，最初名称为"机动队"（Reserve Unit）。

217

说他是个前拳手，也许没多久就是前警察了，他年纪太大，没法回去打拳，性格又太暴躁，过不了循规蹈矩的生活——对于这么一个人，墨西哥内陆或许正是个好去处。盘问继续进行，我觉察到这几位警探并不在乎李的人身安全，而是在搜集材料，准备把他踢出洛城警局。他们一再告诫我，命令我别插手调查，每次点头应承的时候，我都拼命掐住掌心，以免忍不住破口大骂或者作出更激烈的反应。

离开市政厅，我去找凯伊。都市组的人已经拜访过她，逼着凯伊详细描述她和李的同居生活，还挖出她和波比·德威特的往事刨根问底。她的冰山表情像是把我也看成了人渣，因为我和他们属于同一个警局。我尽量安慰她，用李肯定会回来之类的话鼓励她，她回答："随便吧。"然后就不理我了。

随后我去艾尔尼多旅馆查看204房间，希望能找到李的留言，或者代表"我去去就来，咱们三个一切照旧"的线索，却走进了供奉伊丽莎白·肖特的圣祠。

这是个典型的好莱坞单身汉旅馆房间：墨菲床、洗脸池、最小号的壁橱。墙上挂满了贝蒂·肖特的肖像照，有报刊杂志上的照片，也有39街和诺顿大道路口的照片，几十张血案现场的放大照片呈现出每一个触目惊心的细节。床上摆满纸板箱，里面装着一整份调查案卷，另外还有形形色色的备忘录、线报清单、证据索引、外勤调查报告和问话记录的复本，全都按照字母顺序交叉归档。

我无事可做，也没人可去找，于是开始翻看文件。信息量大得令人惊愕，为之付出的人力更是令人惊愕，而最令人惊愕的是这些精力居然浪费在那么一个傻娘们身上。我不知道我该向贝蒂·肖特敬酒，还是该把她从墙上扯下来，因此我出门时向前台出示警徽，然后预付了一个月的租金，这是我向米勒德和西尔斯答应过的，但实际上我保留房间是为了李兰德·C.布兰查德警司。

而他却天晓得去了哪儿。

我打电话给《时报》《镜报》《先驱报》和《每日新闻》的分类广告部门，无限期刊登一条个人广告："火——夜花房间保持原状，给我捎个信——冰。"做完这件事，我开车去了我能想到的唯一地方，去给他捎个信。

39街和诺顿大道路口现在仅仅是一个街区的建筑空地。没有水银灯，没有警车，没有晚间的围观群众。圣安娜焚风吹向我的站立之处，我越是盼望李回来，就越是明白我光鲜的警察生涯已经一去不返，和所有人最喜欢的死姑娘一样，再也回不来了。

第十七章

第二天早晨，我给几位老大送了个信。我躲进隔间旁那条走廊尽头的储藏室，在打字机上打了几份申请调动的信件，洛韦、罗斯·米勒德和杰克警监一人一份。内容如下：

> 本人申请立即调离伊丽莎白·肖特案件，返回中央分局令状组。本人认为肖特案件人手充足，办案警官也远比本人经验丰富，本人回令状组工作更能有效为警局服务。另外，鉴于搭档L. C. 布兰查德警司下落不明，本人事实成为该组的高阶警员，故而本人的位置需要调派新人接替，原因是令状组很可能已积累大量有限文件等待处理。为了担当令状组高阶警员的职责，本人一直在为警司考试学习准备，打算参加今年春天的升职考试。就本人所见，这么做能够磨炼本人的领导能力，也能弥补本人相对欠缺的便

衣外勤经验。

　　此致

　　　　　　　　　　　　　　　　　敬礼。

　　　　　　　　　中央警探局，警徽号码1611

　　　　　　　　　　德怀特·W.布雷切特

　　写完信，我读了一遍，觉得文字恰到好处地混合了尊敬和气愤之情，警司考试的说法半真半假，充当结语相当合适。我正在给几封信一一签名，却听见牛栏房间传来可怕的喧哗声。

　　我折好那几页纸，塞进上衣口袋，出门去看发生了什么。一群警探和穿白大褂的实验室技师围着一张桌子低头俯视，有人指天画地，有人叽里呱啦说个不停。我挤进人堆，看清了让大家如此激动的东西，一句"妈的"脱口而出。

　　放证据的金属托盘上摆着一个信封。信封贴着邮票，盖过邮戳，闻起来有淡淡的汽油味。信封正面是从报刊杂志上剪下来的字母，贴在纯白的纸面上，文字如下：

　　致《先驱报》和洛城其他各报：

　　内有大丽花的个人物品

　　信件随后寄上

　　戴橡胶手套的技术人员撕开信封，取出里面的物品：黑色小通信录、塑封社保卡和一小叠照片。我眯着眼睛看社保卡，上面的名字正是"伊丽莎白·安·肖特"，心知大丽花案件又要大爆炸了。我身旁的人在说这东西是怎么送来的：一名邮差在市区图书馆前的邮筒里发现信封，险些害得他心脏病突发，他立刻拦下两名驾车巡逻的警员，后者一路三号状况，十万火急地把东西送到警局。

埃利斯·洛韦挤开技术人员，弗里茨·沃格尔紧随其后。带头的技术人员挥舞双手表示气愤，整个牛栏充斥着众人猜测的嘈杂声。这时响起了一声响亮的呼哨，罗斯·米勒德喊道："该死的，都给我让开，让他们办事。安静！"

我们听话地让开。

技术人员开始处理信封，撒上采集指纹的粉末。他们一页一页地翻看通信录，验看那几张快照，如手术台前的外科医生般高声喊出各自发现的内容：

"信封后盖上有两个潜指纹，不完整，遭受污染，只有一两个点可供比较，不足以拓印指模，也许可用于对比嫌犯——"

"社保卡上无指纹——"

"通信录内容可读，但被汽油浸透，不可能找到潜指纹。姓名和电话号码大部分属于男人，并非以字母顺序排列，撕掉了其中几页——"

"照片都是肖特姑娘和制服军人的合影，男人面容均被涂去——"

震惊之余我开始思考：后面会有信寄来吗？随机犯罪的猜想

不成立了吗？既然这些东西显然是凶手寄来的，那凶手是照片中的某位军人吗？寄信是要玩猫捉老鼠的游戏，还是自首坦白的先兆？我周围的其他警官也有同样的疑虑、同样的问题，他们或者三五成群讨论，或者一脸痴迷表情，像是正在和自己交谈。实验室技师带着多得夸张的新线索离开，他们戴着橡胶手套，小心翼翼地捧着证据。房间里唯一冷静的人再次呼哨一声。

喧闹再次归于寂静。罗斯·米勒德摆着扑克脸，数了一遍人头，让我们到后面的公示栏前集合。我们排好队，他说："我不清楚那代表着什么，唯一能肯定的是凶手寄来了东西。实验室的弟兄需要时间检查信封，他们会为通信录逐页拍照，给我们一份访谈名单。"

迪克·卡瓦诺说："罗斯，他在戏弄我们。有几页撕掉了，我敢十赔一打赌，他的名字就在撕掉的那几页上面。"

米勒德微微一笑："也许是，也许不是。也许他是个疯子，希望被我们捉住，也许通信录上有人认识他。也许技术人员能从照片上提取出潜指纹，或者通过证章和制服辨认出某几个人的身份。也许那浑蛋会寄来一封信。有许许多多的也许，因此我要告诉你们一件确定的事情：你们十一个人，全部放下手头工作，拉网排查发现信封的邮筒的附近地区。哈里和我复查文件，看看先前的嫌犯有没有谁在那附近居住或工作。拿到通信录名单后我们必须谨慎查验。贝蒂对男人几乎来者不拒，破坏别人家庭可不是我的风格。哈里？"

西尔斯手持钢笔和写字板，站在墙上的洛城市区地图前。他结结巴巴地说："我……我……我们步……步……步行查证。"我看见我的调职申请上多了个"驳回"印章。这时我听见办公室另一头传来争吵声。

争吵的双方是埃利斯·洛韦和杰克·蒂尔尼，两人都尽量在说服对方的同时压低嗓门。他们躲在壁柱后面窃窃私语，我猫腰钻进隔壁的电话隔间偷听，希望能得到李的消息。

他们的话和李没关系，却和那个她有关系。

"……杰克，豪洛尔希望四分之三人手撤出案件调查。不管有没有债券的事情，他都让投票人看足了好戏。我们可以绕过他，派遣全部警力追查通信录上的所有名字。案件越是曝光，我们就越能跟豪洛尔讨价还价。"

"该死的，埃利斯——"

"你先听我说完。先前我确实不想宣扬这姑娘是荡妇，但按照目前的局势，风声已经走漏，继续隐瞒毫无意义。我们清楚她的秉性，小黑本上的那些男人还会帮我们证明几百次。咱们接着让手下找他们问话，我把名字接着透露给我在报社的联系人，这样咱们就能让案件一直不过气，直到抓住凶手为止。"

"埃利斯，这简直是胡闹。凶手的名字多半不在通信录上。他精神变态，把屁股亮给我们看，嘴里还说，'琢磨这个吧'。这姑娘的案子油水很足，我和你一样，从开始就清楚。但事情迟早会回火烧伤咱们。我手上的另外半打命案根本没几个人在查，通信上的已婚男人的名字一旦见报，生活就会被搅得一团糟，仅仅因为他们和贝蒂·肖特当过露水夫妻。"

随后是长久的沉默。最后洛韦说："杰克，我迟早会接管地检署，这点你清楚。不是明年就是1952年。你也知道格林几年内就会退休，你明白我希望谁会坐上他的位置。杰克，我今年才三十六岁，但你已经四十九岁了。我也许还能碰上同样轰动的大案，你却恐怕很难。老天在上，眼光放长远些。"

又是一阵沉默。我几乎能看见杰克·蒂尔尼警监在衡量要不要把灵魂卖给佩戴斐贝卡钥匙的撒旦，这个魔鬼对洛杉矶市政府充满野心。我听见他说："好吧，埃利斯。"然后掏出调职申请撕个粉碎，回去重新加入马戏表演。

第十八章

　　接下来的十天，马戏表演变成了掺杂着悲剧的大规模滑稽剧。

　　所谓"死亡信件"没能得出更多的线索，通信录上的二百四十三个名字分给四组警探，杰克·蒂尔尼减少参与调查的警员人数，这么做是为了拖长调查时间，方便报纸和电台大肆报道。罗斯·米勒德要求派二十组警探，快速而干净利落地扫荡一遍。但杰克警监被撒旦地检官说服，居然拒绝了他。大块头比尔·凯尼格太过暴虐，无法参与问话，只能留在办公室做文书工作，因此我和弗里茨·沃格尔结成一组。我和他一起调查了五十几个人，他们以男性为主，我们询问他们和伊丽莎白·肖特的关系。我们听到的故事没什么出乎意料的，不外乎在酒吧遇见贝蒂，请她喝酒吃饭，听她幻想成为战争英雄的新娘或遗孀，有的和她睡了觉，有的没能上床。有些男人甚至不认识这位臭名昭著的大丽花，因为他们只是"朋友的朋友"，名字是同为渔猎女色之徒的伙伴传给肖特的。

分给我们的这些名字里，十六个男人被弗里茨标为"确定搞过大丽花的"。他们大部分是电影圈的低阶从业人员：经纪人、星探和选角导演，成天在"施瓦布药房"[1]混日子，泡容易受骗但想当明星的姑娘，嘴上挂着空洞的承诺，口袋里装着超值装的保险套。他们或者志得意满或者满面愧色，讲述一个又一个选角沙发的故事，这些故事与贝蒂和军装男人鬼混的故事同样可悲。最后，我们发现伊丽莎白小黑本上的男人有两点共同之处：一是名字都上了洛城的大小报纸；二是不在场证明都排除了作案嫌疑。传回刑侦队办公室的消息表明，事件曝光害得他们当中有几个连丈夫也做不下去了。

通信录上的女人更加五花八门。大部分不过是熟人：聊女孩话题的朋友，搭伙在酒廊讨酒要饭的，满怀希望但星途暗淡的演员。其中十来个是妓女和半职业的酒吧女郎，贝蒂在酒吧里与她们一见如故。她们给出的线索在后续调查中逐渐淡出视线，大体而言无非是贝蒂在市区的几家低等旅馆卖淫，嫖客都是来洛城开会的商人。她们闪烁其词称贝蒂没有鸡头控制，也不知道她的嫖客都叫什么。弗里茨对旅馆的详细排查让他怒气冲冲地吃了个零蛋。还有几个女人（档案科确认她们也是妓女）始终联系不上，沃格尔因而更加气恼。

马德琳·斯普拉格没有出现在通信录上，我问话时也没有浮上水面。二百四十三个名字里没有女同性恋，也没有引出女同性恋酒吧的线索，每晚我都要浏览大学分局刑侦队办公室的公告

---

1 施瓦布药房（Schwab's Drugstore）：位于好莱坞的日落大街，20世纪30—50年代是电影人消磨时间的著名地点。

栏，看其他队伍有没有凑巧问出她的名字。始终没有。我开始觉得我隐瞒证据的这场探戈舞能蒙混过关了。

根据通信录查案的报道占据了大部分头版头条，马戏表演的剩余部分还在上演：线报、线报、更多的线报浪费了数以千计的警员工时；诬告电话和信件害得所有分局刑侦队的警探忙着应付满心怨恨的疯子，他们指控各自的敌人犯下了成百上千的大罪小罪。遗弃的女性衣服一律送交中心分局的犯罪学实验室；不管在什么地方，只要发现一件八号尺码的女性衣物，就必须彻底搜查附近区域。

小黑本巡游中最让我惊讶的是弗里茨·沃格尔。撇下比尔·凯尼格，他表现出令人难以置信的机智，善用武力使得他的审讯能力不亚于罗斯·米勒德。他很清楚何时该用拳头诈出情报，他打起人来又快又狠，驱动他的是个人私怨，但只要受审者说出我们想要的情报，他就能把情绪抛诸脑后。有时我能感觉到他在暗自忍耐，这出于他对我好好先生式问话风格的尊重，因为他内心实用主义的一面很清楚这是获得结果的最优手段。我们很快就成了一对效率奇高的红脸黑脸，我看得出我对弗里茨而言起着制衡作用，约束住了自知热爱伤害罪犯的他。见过我对波比·德威特施加的伤害，他对我抱有一种审慎的尊敬态度，临时搭档这几天以来，我们用不纯正的德语胡拉乱扯，借此打发问话前后的空闲时间。和我待在一起，弗里茨很少怒气冲冲地长篇大论，而是表现得更像个正常人，只是那股狠劲怎么也褪不掉。他说起大丽花，说起他所觊觎的警督职位，但只字不提栽赃陷害；有我盯着，他没有试图拉人顶罪，在外勤调查报告中总是说实话，我猜洛韦要么已经放弃了念头，要么就是在等待更好的时机。我也看得出弗里茨时常在掂量我这个人，他知道凯尼格不够格当中央警探局高级警官的搭档，但李失踪以后，我倒是有资格。他的赞许让我感到很受用，我尽量让自己在盘问时保持最犀利的状态。在令状组，我是李的副手，假如弗里茨想和我搭档，我希望他明白我绝对不肯扮演跟班或傀儡的角色，就像哈里·西尔斯之于罗斯·米勒德那样。

米勒德与弗里茨的从警风格截然相反，他同样在影响我。他把艾尔尼多旅馆204房间当作外勤办公室，每次执勤完毕就去阅读李那些交叉建档得极为完备的文件。李失踪后，时间沉甸甸地压在我身上，大多数夜晚我和他待在一起。每次抬头观望大丽花的可怖照片，他总要在胸前画十字，喃喃念叨"伊丽莎白"的名字。每次走出房间，他总要说："我会逮住他的，亲爱的。"他永远在八点整离开，回家陪伴老婆孩子。这个男人如此关心大丽花的案件，但又能如此轻而易举地把它抛开，我不禁感到惊讶。我向他请教，他回答我："我不会让兽行控制我的生活。"

八点以后，我的生活由两个女人控制，由她们奇特而强大的意志力构成的交叉火力网控制。

离开艾尔尼多，我先去探望凯伊。李一失踪就没人付账单了，她不得不去找全职工作，还好确实找到了：在日落大街几个街区外的一所小学教六年级。我进门时，她多半正在给读书报告打分，或者耐着性子端详孩童画作。见到我，她总是显得很高兴，但底下藏着苛责，就仿佛只要保持一切如常的表象，就能缓和因李失踪而起的悲伤，抹平她对我裹足不前的蔑视。我试着打

破这层外壳，对她说其实我非常想要她，但必须等李的失踪得到
解释后才能诉诸行动。教育过度的她搬弄心理学废话，说起我和
她那位失踪的第三者，用李出钱让她读的那些书反过来对付他。
听见"偏执倾向"和"病态自私"，我忍不住爆发了，抛出"他
救了你，造就了你"作为回答。凯伊对此答道："他只是帮助了
我。"让我无言以对的不但是术语背后的真相，还有铁板钉钉的
事实：缺少了李这个中心人物，我和凯伊都无所凭依，成了一个
缺少家长的家庭。正是这个僵局驱使我连续十个晚上夺门而出，
直奔红箭汽车旅馆而去。

　　就这样，我想着凯伊去找马德琳。

　　我们先做爱，然后聊天。话题总是围绕马德琳的家庭，然后
说我的幻想，免得听完她的故事让我自惭形秽。大胆姑娘的老爸
是强盗大亨，埃米特·斯普拉格，他在好莱坞的青葱岁月里与麦
克·塞纳特狼狈为奸；妈咪是装模作样的艺术爱好者，成天大把
吃药，是拥有加州大片政府赠予地的卡思卡特家族的直系后裔；
小天才妹妹玛莎，炙手可热的商业画家，在市区广告界是一颗正
在升起的明星。她家的配角阵容计有：弗莱彻·鲍伦市长、公关
理念超前的恶棍米基·科恩和"梦想家"乔吉·蒂尔登——他曾
经是埃米特的跟班，苏格兰著名解剖学家的儿子，喜欢五分钱电
影的手艺人。杜赫尼、塞普维达和穆荷兰这几家人也是他们的密
友，州长厄尔·沃伦和地检官布隆·菲茨亦然。我这边却只有老
糊涂多尔夫·布雷切特、已故的格蕾塔·海布吕纳·布雷切特、
被我出卖的日本人和拳场上的熟人，因此我只好凭空捏造故事：
得过学业奖章，参加了年级舞会；1943年是罗斯福总统的保镖。

我就这么一直胡扯，熬到再次交合的时候为止。我很庆幸场间休息的时候我们总是关着灯，否则假如马德琳看见我的脸，肯定会知道我纯粹为了解决性欲而来。

或者为了大丽花。

事情第一次发生纯属偶然。我们正在做爱，两人都即将达到高潮。我无意间松开抓着床栏杆的手，碰到墙上的电灯开关，照亮了我底下的贝蒂·肖特。有短短的几秒钟，我相信那真的是她，我呼唤李和凯伊来帮帮我。等我的情人变回马德琳，我伸手去关灯，她却抓住我的手腕。我使劲运动，弹簧吱嘎响着，灯光大亮，我把马德琳变成贝蒂，让她的褐眼变成蓝色，她的身体变成色情片里贝蒂的身体，让她悄然比着嘴型说："别这样，求求你。"达到高潮时，我很清楚假如对方仅仅是马德琳，滋味绝不可能这么好。大胆姑娘耳语道："就知道她迟早会迷住你。"我抽噎着承认那些枕边故事全是扯淡，把李、凯伊和板牙之间永不停歇的真实故事和盘托出，一口气讲到火先生迷上了死去的女孩，如今像是世上根本没这么个人似的无影无踪。听我说完，马德琳说："我永远也当不了南达科塔州苏福尔斯城的老师，但除此之外，我可以成为贝蒂或者你希望我变成的任何人。"我任由她爱抚我的脑袋，庆幸终于不必继续撒谎了，但可悲的是，听我坦白的不是凯伊，而是她。

就这样，我和"伊丽莎白·肖特"正式结合了。

第十九章

李依然杳无音信，马德琳依然是贝蒂，我对这两个转变都无能为力。我听从都市组粗胚的警告，没去插手他们的调查，但还是经常琢磨火先生的失踪是出于预谋还是意外。我查过他的银行账户，余额有800美元，近期无取款记录。警局在全国和墨西哥对李和他的40款福特轿车发出全境通缉令，却一无所获，听说此事，本能告诉我，李已经亡命国境线以南，那儿的乡警用美国警方通告擦屁股。罗斯·米勒德告诉我，有两个恶名远扬的墨西哥毒品贩子在胡阿雷斯被捕，罪名是杀死波比·德威特和费利克斯·查斯科，我多多少少安心了一点儿，都市组没法把责任推给李了——但就在这时，坏消息从警局最上层传来。豪洛尔局长撤回全境通缉令，他的裁定是"少惹是非"。萨德·格林的秘书告诉哈里·西尔斯，她听说李失踪三十天后要是还不出现，就将被开除出洛城警局。

1月悄然爬过，连绵雨天里只有一丝兴奋的火花。又一个信封通过邮件寄到警探局。信封上的地址是用剪贴字母拼出来的，里面是一张白面证券纸，内文同样用剪贴字母拼成：

改主意了

你们不可能和我公平交易

杀大丽花有正当理由

——黑色大丽花复仇者

一张照片用透明胶贴在信纸上，照片里有个粗壮的矮个子男人，他穿西装，脸被刮掉。快照和信封上都找不到指纹和其他可供鉴证的线索。我们把第一封信里附的照片当作过滤嫌犯的工具，没有透露给媒体，因此知道这第二封真实可信。局里一致认为照片中的人就是凶手，他以象征性手法把自己剔除出了整个所谓的"图景"。

死亡信件和色情影片的线索都没得到任何结果，第二个一致意见甚嚣尘上：我们永远也抓不住该死的凶手。刑侦队的赌彩池里，"无法破案"的赔率已经降到一赔一。萨德·格林告诉罗斯和杰克警监，豪洛尔打算在2月5日结束大丽花的这场闹剧，让大批警员返回原来的岗位。传闻说其中就有我，回去后要带约翰尼·沃格尔当搭档。口臭约翰尼固然惹人讨厌，但重返令状组简直像是复乐园。贝蒂·肖特将仅仅存在于我希望她去的唯一地方——激发想象力的火花电极。

第二十章

以下临时借调至伊·肖特专案组的中央分局和警探局警员将返回日常岗位，从明日（1947年2月6日）起生效：

T. 安德斯警司——返回中央分局诈骗组

J. 雅克拉警探——返回中央分局盗窃组

R. 卡瓦诺警司——返回中央分局抢劫组

G. 艾利森警探——返回中央分局刑侦队

A. 格里姆斯警探——返回中央分局刑侦队

C. 利格特警探——返回中央分局青少年组

R. 纳瓦列特警探——返回中央分局诈骗组

J. 普拉特警司——返回中央分局凶杀组（向鲁利警督报到，接受任务。）

J. 史密斯警探——返回中央分局凶杀组（向鲁利警督报到。）

W. 史密斯警探——返回中央分局刑侦队

豪洛尔局长和格林副局长请我代为感谢诸位协助办案，特别是为此投入的大量加班时间。表扬信将寄交各人。

同时也奉上我的感谢。

J. V. 蒂尔尼警长，中央分局刑警队

公告栏和米勒德的办公室仅有十码，我不到十分之一秒就蹿了进去。坐在办公桌前的罗斯抬起头："板牙，你好。有何指教？"

"我为什么不在调动名单上？"

"我请杰克留下你继续办肖特的案子。"

"为什么？"

"因为你越来越像个好警探了，而哈里到五十岁就要退休。还有别的吗？"

我正在琢磨的当口，电话铃响了起来。罗斯拿起听筒，说："中央分局凶杀组，米勒德。"随后听了几秒钟，对我指指对面桌上的电话分机。我抓起听筒，一个低沉的男中音正把一句话说到半截：

"……派驻迪克斯堡的刑事调查部[1]。我知道你们有很多自首口供追查下去都没了结果，但这个我感觉有戏。"

罗斯说："请继续说，少校。"

1　刑事调查部（CID）：全称为陆军刑事调查指挥部（USACIDC），为美国陆军部下的一级单位，职司与陆军人员、财产相关的一切犯罪案件的调查。

236

"这名士兵叫约瑟夫·杜朗其，是派驻迪克斯堡司令部连队的宪兵。他醉酒醒来后主动向直属长官坦白。他的朋友说他随身带刀，1月8日休假时乘飞机去了洛杉矶。此外我们还在他的一条裤子上发现了血迹，但面积太小，无法鉴别血型。我个人认为他是个坏胚子。他在海外有多次滋事记录，他的长官也说他经常打老婆。"

"少校，这位杜朗其在你附近吗？"

"是的，在走廊对面的牢房里。"

"帮个忙。请他描述一下伊丽莎白·肖特的胎记。他说对了，我和搭档就乘下一班运兵航班去麦克阿瑟军营。"

少校答道："好的，长官。"迪克斯堡那头的通话暂时中断。罗斯说："哈里得了流感。机灵鬼，有没有兴趣跑一趟新泽西？"

"说真的？"

"万一大兵形容对了伊丽莎白臀上那几颗痣，那就是说真的了。"

"让他说说刀痕，没有登报的细节。"

罗斯摇摇头："不行。也许会让他过于兴奋。假如这条线索真的靠得住，咱们就悄悄飞去，到了新泽西再向局里报告。要是杰克或埃利斯知道了，他们肯定会派弗里茨查案，不管有罪没罪，明早他就能让大兵上电椅。"

他这么取笑弗里茨让我有些不悦："弗里茨没那么恶劣。另外，我认为洛韦已经放弃了拉人顶缸的念头。"

"你这家伙还真是容易动感情。弗里茨能多恶劣就多恶劣，至于埃利斯——"

少校的声音又在电话中响起："长官，杜朗其说姑娘有三颗黑痣，在她的左侧……呃……后部。"

"说屁股也没什么不好，少校。我们这就动身。"

约瑟夫·杜朗其下士人高马大，肌肉结实，今年二十九岁，黑发，马脸，留着细如铅笔的小胡子。迪克斯堡宪兵司令的办公室里，他身穿橄榄绿军便服，隔着桌子坐在我们对面，怎么看都是一脸死不悔改的凶相。他旁边坐着一位上尉军衔的军法官，八成是为了防止罗斯和我像对待平民似的让他屈打成招。八小时的航程很颠簸，这会儿是凌晨4点。我仍旧处于洛杉矶时间的控制下，既疲惫又兴奋。从飞机跑道乘车过来的路上，和我们在电话里谈过的刑事调查部少校大致讲了讲杜朗其的情况。这个老兵上过战场，结婚两次，酒鬼，滋事的时候让人畏惧。供述并不完整，但有两点事实确凿无疑：1月8日他搭飞机去洛城，1月17日在纽约的宾夕法尼亚车站因醉酒被捕。

罗斯为比赛开球："下士，我叫米勒德，这是布雷切特警探。我们来自洛杉矶警察局，如果你能让我们相信你确实杀害了伊丽莎白·肖特，我们就会逮捕你，然后把你押解回洛杉矶。"

杜朗其在座椅里动了动，说："我杀了她。"他声调很高，带着鼻音。

罗斯叹息道："我们那儿也有很多人这么说。"

"我还睡了她。"

"真的？你背着老婆在外面偷情？"

"我是法国人。"

我开始唱黑脸："我是德国人，谁在乎这个，你是不是背着老婆偷情关我屁事？"

杜朗其像爬行动物那样一探舌头："我喜欢用法国方式做，可老婆不喜欢。"

罗斯拿胳膊肘捅捅我："下士，你为什么来洛杉矶度假？洛杉矶有什么吸引你的？"

"女人。红方威士忌。找乐子。"

"过河去曼哈顿也都有。"

"阳光。影星。棕榈树。"

罗斯哈哈大笑："洛城倒是全都有。听起来你老婆对你管得不严嘛。你明白我的意思——放你一个人去度假。"

"她知道我是法国人。我在家的时候把她伺候得很开心。传教士体位，十英寸长。她没什么好抱怨的。"

"她要是抱怨怎么办，乔？你会怎么对待她？"杜朗其面无表情地答道："一次抱怨，拳头教训。两次抱怨，一劈两半。"

我插嘴说："你难道是要告诉我，你飞了三千英里只是想搞女人？"

"我是法国人嘛。"

"我怎么觉得你是同性恋？你对此有何评论，二货？"

军方律师起身，凑到罗斯耳边悄声说了几句；罗斯在桌子底下推推我。板着脸的杜朗其咧嘴一笑："我的那玩意儿就是答案。"

罗斯说："请你务必原谅布雷切特警探，他这人容易短路。"

"他的老二估计也短。德国佬都一样。我是法国人，最清楚不过了。"

罗斯笑得前仰后合，像是在"麋鹿俱乐部"听见了什么叫人直拍大腿的笑话："乔，你可真是惹人生气。"

杜朗其一吐舌头："我是法国人嘛。"

"乔，你这家伙个性不好，卡罗尔少校说你经常打老婆，是真的吗？"

"黑人会跳舞吗？"

"当然会。乔，你享受打女人的感觉吗？"

"只要是她们自讨苦吃。"

"你老婆多久讨一次？"

"她每天夜里都要讨我的欢。"

"我说的不是这个，而是讨打。"

"每次我和红方寻欢作乐，她却在旁边冷嘲热讽，那就是她存心讨打了。"

"你和红方有多年交情了吧？"

"红方是我最好的朋友。"

"红方跟你一起去了洛城吗？"

"揣在口袋里。"

和这么一个精神变态的酒鬼唇枪舌剑让我心生厌倦，我不禁有些怀念弗里茨和他直截了当的手段："二货，你是不是发了震谵症[1]？需不需要敲打一下你的脑袋，让你清醒清醒？"

"布雷切特，够了！"

我安静下来。军法官恶狠狠地瞪着我；罗斯整了整领带结，

---

1 震谵症（Delirium Tremens, DT）：一种严重的阵发性谵妄，可能致命。通常与过度饮酒后的戒酒有关。

打信号叫我闭嘴。杜朗其挨个按响左手的指节。罗斯把一包香烟丢在桌上，这是教科书上最古老的表示"咱们哥俩好"的手段。

法国人说："红方不喜欢我抽烟，除非有他陪在身边。带红方进来，我就抽。要是有了他的陪伴，我坦白起来也会更加爽快。问问北方军营的牧师吧。他说我告解的时候他总能闻见红方的味道。"

我却开始闻见约瑟夫·杜朗其下士只是又一个想吸引注意力的疯子。罗斯说："喝了酒的供词在法庭不管用。不过我肯向你保证，乔，如果你能说服我相信贝蒂·肖特真的死在你手上，我就让红方陪你和我们回洛城。航程足有八小时，能给你不少时间跟他叙旧情。你说怎么样？"

"我说我砍死了大丽花。"

"我说不是你。我说你和红方要分开一阵子了。"

"是我砍死的。"

"具体说说？"

"砍了她的身体。砍啊砍啊砍。"

罗斯叹了口气："咱们从头说好吗？乔，你在1月8日星期三飞离迪克斯堡，当天晚上在麦克阿瑟军营落地。你和红方来到洛城，一心想采两朵野花。你先去了哪儿？好莱坞大街？日落大街？海滩？到底哪儿？"

杜朗其按响指节："北阿尔瓦拉多路463号，内森文身店。"

"去那干什么？"

疯子乔卷起右边袖子，露出一条分叉的蛇舌，底下用装饰字体文着"法国仔"这几个字。他屈伸二头肌，图案随之变短变长。杜朗其说："我是法国人。"

米勒德使出他标志性的大逆转招式："我是警察，我正变得越来越不耐烦。等我真的不耐烦了，这位布雷切特警探就会接手。布雷切特警探曾经是轻重量级拳手，世界排名第十，他脾气可不怎么好。你说呢，搭档？"

我攥紧双拳："我是德国人。"

杜朗其哈哈大笑："没有收据没有衣服，没有红方没有故事。"

我险些扑上桌子去揍他。罗斯抓住我的胳膊肘，牢牢地攥紧不放，他继续和杜朗其讨价还价："乔，我愿意和你作交易。你先让我们相信你认识贝蒂·肖特，给我们一些靠得住的事实。姓名、日期、描述，什么都行。要是做到了，我们就让你休息一下，放你和红方回牢房拉家常。怎么样？"

"品脱装的红方？"

"不，他大哥，大瓶红方。"

法国人抓起那包香烟，晃出一根，罗斯掏出打火机递过去。杜朗其狠狠地吸了一大口，吐烟时带出一连串字词：

"从文身店出来，我和红方搭计程车进城找了个房间住下。哈瓦那旅馆，第九街和橄榄街的路口，每晚2美元，附送满屋大蟑螂。蟑螂开始闹腾，我放了几个捕鼠夹，干掉不少。我和红方睡了个好觉，第二天我们出去找女人。可惜运气不好。再一天我在巴士总站找了个菲律宾女人。她说她需要车钱去旧金山，我问她5美元让我和红方搞一把怎么样。她说两个人至少要10美元。我说红方的那玩意儿强上天了，她该付钱给我才对。我们回到旅馆，蟑螂都从夹子里跑出来了。我把她介绍给红方，说让他先上。她吓坏了，说，'你当你是胖子阿巴克尔[1]啊？'我说我是法国人，她以为她是老几，居然敢瞧不起红方？

"蟑螂叫得跟什么似的。菲律宾女人说红方牙齿太尖，先生还是算了吧，然后一溜烟跑了。我和红方在房间里一直待到星期六晚上。我们实在想搞女人，就去百老汇那家陆军海军商店，买了些勋章别在短外套上：带橡树叶的优异服务十字勋章、银星、铜星、参加对日战役的各种勋章，什么都有。我整个就是乔治·S.巴顿，只是那玩意儿比较大而已。我和红方走进一家名叫'夜枭'的酒吧。大丽花扭着屁股才进门，红方就说，'是的，长官，那就是我的宝贝，不，长官，不是也许，是的，长官，那就是我的宝贝了。'"

杜朗其按熄烟头，伸手去拿烟盒。罗斯飞快地记笔记。我琢磨时间和地点，从当初在中央分局巡警队工作时的记忆里找到"夜枭"酒吧。酒吧位于第六街和希尔路的路口，两个街区之外就是比尔蒂摩饭店，1月10日星期五，"红哥"曼利在那里放贝蒂·肖特下车。尽管是在震谵症发作时说出来的，但法国人的供词还是又多了一分可信度。

罗斯说："乔，你说的时间段是从11日星期六夜里到12日星期日凌晨，对吗？"

杜朗其又点了根烟："我是法国人，不是日历。星期六过了不就是星期天吗？你自己算日子吧。"

"接着说。"

---

1 罗斯科·"胖子"阿巴克尔（Roscoe Fatty Arbuckle，1887—1933），美国电影喜剧演员，据说曾性侵犯一名女子。

"总而言之，大丽花、我和红方聊了一阵，我请她回旅馆坐坐。一进屋，我发现蟑螂全都跑出来了，又是唱歌又是咬木头。大丽花说要是我不杀光它们，她就不肯分开腿。我抓起红方，用他砸蟑螂，红方说一点儿也不疼。但大丽花还是不肯分开腿，除非我用科学手段处置蟑螂。我只好上街找医生朋友，花了5美元请他给蟑螂注射毒药。我和大丽花像两只兔子似的猛干，红方在旁边看着。他很生气，因为大丽花那么好，我却一丁点儿也不分给他。"

我抛出问题，打断他的胡言乱语："描述一下她的身体。好好说，否则你在出大牢前别想见到红方。"

杜朗其的脸顿时垮下去了，像小孩被人威胁说要抢走他的玩具熊。罗斯说："乔，回答这位先生的问题。"

杜朗其咧嘴坏笑："她有一对挺拔的胸。腿有点儿粗。她有几颗痣，我告诉过卡罗尔少校了，她背上有擦伤，很新，像是她才挨过鞭子。"

我头皮发麻，回想起验尸官在解剖尸体时提到的"轻度鞭痕"。罗斯说："乔，接着说。"

杜朗其的笑容让我毛骨悚然："然后，大丽花开始发癫，说什么'你有这么多勋章，怎么可能只是个下士？'她管我叫马特，叫戈登，没完没了谈论我们的孩子，可我们就搞了刚才那么一次啊，我还戴着安全套呢。红方都被她吓住了，他和蟑螂开始合唱：'不，长官，那不是我的宝贝。'我还想搞一把，就带大丽花上街找那个蟑螂医生。我塞给他10美元，他假装给大丽花检查身体，然后告诉她：'胎儿健康，六个月后出生。'"

244

虽然震谵症使他神志不清，但又一个细节得到了确认：马特和戈登显然是马特·戈登和约瑟夫·戈登·菲克林，贝蒂·肖特在幻想中与之结婚的两个人。我想：有一半的可能性了，让我们为了大块头李·布兰查德结案吧。罗斯说："然后呢，乔？"

杜朗其的迷惑表情不像是装出来的，他忘记了虚张声势，忘记了酒精浸泡过的记忆，也忘记了和红方团聚的急切欲望："然后？我砍了她。"

"在哪儿？"

"砍死她。"

"不是这个，乔，你在哪儿杀了她？"

"哦，在旅馆。"

"房间号码是多少？"

"116。"

"你怎么把尸体运到39街和诺顿大道路口去的？"

"我偷了辆车。"

"什么车？"

"雪佛兰。"

"款式和型号？"

"43款轿车。"

"战争期间美国停产轿车，再想想。"

"47款轿车。"

"难道有人把钥匙留在这么一辆崭新的好车上？那儿可是洛城市区啊。"

"热发动。"

"乔，怎么热发动轿车？"

"什么？"

"给我解释一下步骤。"

"我忘记是怎么做的了，我喝醉了。"

我插嘴道："39街和诺顿大道路口在哪儿？"

杜朗其把弄着烟盒："在克兰肖大街和体育馆街附近。"

"跟我说点儿报纸上没登的细节。"

"我在她嘴上开了个大口子。"

"这点谁都知道。"

"我和红方强奸了她。"

"她没有被强奸，况且红方必定会留下痕迹。事实上并没有找到。你为什么要杀她？"

"她床上功夫太差劲。"

"胡扯。你说贝蒂搞起来像兔子。"

"糟糕的兔子。"

"关了灯都一样，二货。你为什么杀她？"

"她不肯用法国式。"

"这不是理由。随便找个5美元妓院你都能搞法国式。你这样的法国人当然知道吧。"

"她的法国式做得很糟糕。"

"没这回事，二货。"

"我砍了她！"

我学着哈里·西尔斯猛拍桌子："你是个满嘴胡话的法国浑蛋！"

军法官站起身，杜朗其哀号："我要我的红方。"

罗斯吩咐上尉："过六小时带他回来。"然后对我露出微笑，我从没在他脸上见过这么亲切的笑容。

离开房间时，可能性从一半掉到四分之一。罗斯去打电话向局里报告，派了一组科学调查司的人去哈瓦那旅馆116房间寻找血迹；我去卡罗尔少校在单身军官公寓给我们安排的房间睡觉。我做了个黑白画面的梦，梦中有贝蒂·肖特和"胖子"阿巴克尔，闹钟响起的时候，我伸手去抓马德琳。

睁开眼，见到的却是身穿整洁套装的罗斯。他递给我一份报纸，说："永远不能低估埃利斯·洛韦。"

这是纽华克[1]的一份小报，头版头条赫然印着《洛城骇人罪案终于告破，凶手竟是迪克斯堡士兵！》。标题底下并排放着两张照片，一张是法国人乔·杜朗其，另一张是在办公桌后摆出做作姿势的洛韦。文章如下：

> 洛杉矶副地区检察官埃利斯·洛韦，即神秘莫测的"黑色大丽花"谋杀案的主任法务官，向本报的姐妹刊物洛杉矶《镜报》透露消息，案件已于昨夜取得重大突破。"拉塞尔·米勒德警督和德怀特·布雷切特警员，两位与我非常亲密的同僚刚刚通知我，新泽西迪克斯堡的约瑟夫·杜朗其下士供认是他杀害了伊丽莎白·肖特，供

----

1 纽华克（Newark）：加州西部城市，位于奥克兰东南偏南，旧金山湾东岸。

词中包括仅有凶手知道的细节，因而得到证实。杜朗其下士劣迹昭彰，等我们的同事带杜朗其回到洛杉矶审讯后，我将向媒体透露更多的内容。"

1月15日，伊丽莎白·肖特的裸尸在洛杉矶的一处建筑空地被发现，尸体受到严重损毁，更被拦腰切断，警方在这个案件上毫无进展，直到今天为止。副地检官洛韦不肯透露杜朗其下士的供词细节，但他证实警方本就知道杜朗其与肖特小姐关系亲密。"细节以后公布，"他说，"重要的事情是恶魔已经落网，他在牢里不会再伤害他人。"

我大笑着说："你实际上跟洛韦说了什么？"

"什么也没说。第一次打电话给杰克警监时，我说杜朗其是凶手的可能性很大。他对我咆哮了一阵，因为我们离开前没有向他报备，就这样，没别的了。第二次打电话，我说杜朗其多半又是个疯子。他非常恼火，现在我知道原因了。"

我起身伸个懒腰："希望他确实是凶手。"

罗斯摇摇头："科学调查司说旅馆房间里没有血迹，也没有能给尸体放血的排水口。卡罗尔向十个州发出协查令，追查杜朗其从1月10日到1月17日的下落——警局的醒酒牢房、医院、戒毒所。已经有了结果：法国佬从1月14日到17日一直待在布鲁克林圣帕特里克医院的看管病房里。原因是严重的震谵症。17日上午，医院放他离开，两小时后他在宾夕法尼亚车站被抓。这家伙是清白的。"

我不知道该对谁发火。洛韦那群人用尽手段想结案，米勒德

248

想伸张正义，回家时我将面对让我像个傻蛋的报纸标题。

"杜朗其怎么处理？还想再找他问话吗？"

"听他继续扯蟑螂唱歌？算了吧。卡罗尔拿着反馈结果跟他对质。他承认捏造杀人的故事是为了博人眼球。他想和首任妻子重归于好，觉得受到公众关注能得到怜悯。我和他又谈了一次，除了震谵症的胡言乱语什么也没有。他没什么能告诉我们的。"

"耶稣基督啊。"

"确实该呼告我们的救主。刑事调查部很快就会释放乔，咱们去赶四十五分钟后回洛城的飞机。所以，搭档，穿衣服吧。"

我穿上发臭的衣服，罗斯和我出门，在哨所门口等吉普车送我们去停机坪。我看见有个穿军服的高个子从远处走向我们。冷风让我直发抖。高个子男人越走越近。来者不是别人，正是约瑟夫·杜朗其下士。

到了哨所门口，他举起一张晨间小报，指着头版上他的照片说："我是标题，你是小字，德国佬活该这样。"

我在他的呼吸里闻到了红方，我出其不意地挥出一拳，击中他的面颊。杜朗其像一吨砖块似的倒下，我的右手阵阵抽痛。罗斯·米勒德的眼神让我想起准备斥责异教徒的耶稣。我说："该死，这么一本正经。别像个圣人。"

第二十一章

埃利斯·洛韦说："板牙，我召集这个小会议有几点原因。首先是为我在杜朗其的事情上操之过急而道歉。我有些鲁莽，不该急着和报社的朋友沟通。我必须为此道歉。"

我看看洛韦，又看看坐在他旁边的弗里茨·沃格尔。所谓"小会议"的举办地点是弗里茨家的客厅，杜朗其占据了两天的头版头条，内容无非是把我描述成为了立功而捕风捉影的警察。"洛韦先生，你想干什么？"

弗里茨扑哧一笑，洛韦说："叫我埃利斯好了。"

这一幕的安排在微妙方面突破了新的底线，相比之下，连弗里茨夫人端上的高杯鸡尾酒和充当下酒点心的一碗椒盐卷饼都不算什么了。按说我在一小时后该和马德琳碰面，而下班后和上司联络感情又是全世界我最没兴趣的事情。"好的，埃利斯。"

我的语气触怒了洛韦："板牙，你我先前有过几次冲突，也许这会儿我们还在斗气。但我认为咱们应该也有几点共识。你我都乐意见到肖特案件告破，然后回去做本职工作。你想回令状组，我想起诉案件凶手，心情同样急迫。我在调查中扮演的角色有些失控，现在想回去办审讯日程上的旧案了。"

我感觉就像三流牌手拿到了同花大顺："埃利斯，你想干什么？"

"我想明天把你调回令状组，我想在回去处理待办旧案前，在肖特案件上最后再努一把力。板牙，你我都有远大前程。等弗里茨升到警督，他想和你搭档，另外——"

"罗斯·米勒德想让我在哈里·西尔斯退休后接班。"

弗里茨喝了一大口酒："小伙子，你在他眼里太粗暴了。他告诉别人说你控制不住脾气。罗斯老先生是个软心肠大姐，我更合你胃口。"

这张鬼牌打得恰到好处，我不禁想起打昏乔·杜朗其后罗斯看我的厌恶目光："埃利斯，你到底想干什么？"

"很好，德怀特，听我解释给你听。市立监狱里还关着四个来自首的家伙。他们没有贝蒂·肖特失踪那几天的不在场证明，初次盘问时又答得前言不搭后语，都是有暴力倾向、嘴角冒白沫的那种疯子。我希望找人重新盘问他们，使用你或可称为'适当道具'的东西。这是个体力活，弗里茨想交给比尔·凯尼格，但比尔有点儿过于热衷暴力，因此我选择了你。所以，德怀特，干还是不干？是回令状组还是去处理凶杀组的破事，哪天罗斯·米勒德受够了一脚踢走你。米勒德很有耐心，很有容人雅量。德怀特，你可能要待很久。"

我的同花大顺散了："干。"

252

洛韦笑得满脸红光："现在就去市立监狱吧。晚班牢头已经收到了这四个人的释放许可。夜班停车场有辆抓醉鬼的囚车，钥匙在脚垫底下。开车把嫌犯带到南阿拉米达街1701号，弗里茨在那儿等你。德怀特，欢迎重返令状组。"

我站起身。洛韦从碗里拿起一块椒盐卷饼，优雅地小口啃咬。弗里茨喝干杯子里的酒，他的双手在颤抖。

四个疯子在临时拘留所等我，他们穿囚服，戴脚镣，被锁在同一根铁链上。牢头给我的释放许可上有他们的大头照和犯罪记录的复本。电动牢房门吱吱嘎嘎打开，我拿着照片对比这几个人的面容。

保罗·戴维·奥查德身材矮壮，扁平的鼻子占据半张脸，长长的金发抹了许多头油。塞西尔·托马斯·德金五十来岁，黑白混血，光头麻脸，身高近6英尺半[1]。查尔斯·迈克尔·艾斯勒深陷的棕色眼睛大得出奇。洛伦·（无中名）比德韦尔是个衰弱老人，神经麻痹症使得他不停颤抖，皮肤上遍布肝斑。他模样过于可怜，我不得不多看了一眼犯罪记录，否则实在不敢相信没找错人。他猥亵儿童的前科能追溯到1911年，因此我没找错人。"出去，顺着通道走，"我说，"别磨蹭。"

四个人横向迈开小步，蹒跚着走出房间，铁链拖在地面上。我指着通道侧面的边门让他们出去，牢头从外面打开门。疯子康加舞蹈队挪着碎步走进停车场，牢头用枪指着他们，我找到那辆

1　约1.98米。

醉鬼囚车，倒车开过来。

牢头打开囚车后门，我从后视镜望着我要运送的货物爬进车厢。他们彼此窃窃私语，大口呼吸清爽的夜风，跌跌撞撞地爬进车厢。他们坐好，牢头锁上车门，举起枪管对我打信号，我开车离开。

南阿拉米达街1701号位于东洛城工业区内，从市立监狱过去顶多一英里半。五分钟后，我找到了目的地，这个街区都是巨大的仓库，唯有正中央的这个仓库亮着临街招牌："县皇午餐肉——自1923年起为洛杉矶县各政府机关提供食物。"停车时，我按响喇叭，招牌底下的门打开，灯随之熄灭，弗里茨·沃格尔站在门口，双手大拇指插在腰带里。

我走出驾驶室，打开后车门。四个疯子蹒跚走上街头，弗里茨喊道："先生们，请这边走。"他们侧向挪步，走向声音的源头。弗里茨背后亮起一盏灯。我锁好车门，也走过去。

弗里茨把最后一个犯人赶进室内，在门口迎接我："小伙子，这儿是本县给的好处。这地方的东家欠比斯凯路兹治安官好大一个人情，治安官手下某个便衣副手的医生兄弟又欠我人情。等会儿你就明白我在说什么了。"

我关门上锁，弗里茨领着我向前走，我们走进散发着肉臭味的走廊，超过还在侧向挪步的四个疯子。走廊尽头是个宽敞的房间，水泥地上铺着锯末，许多排生锈的肉钩从天花板上垂下来。一半肉钩挂着半扇的牛肉，就这么吊在室温下的房间里任马蝇大快朵颐。我的胃里一阵翻腾，我看见房间最里面有四把椅子摆在四个空肉钩底下，这才真正明白情况。

弗里茨逐个打开疯子的镣铐，把他们的手铐在身前。我站在旁边观察反应。老家伙比德韦尔的麻痹症发作得越发强烈，德金自顾自地哼小曲，奥查德不以为然，歪着脑袋，好像脖子撑不住上了太多头油的大背头。只有查尔斯·艾斯勒看上去比较清醒，似乎有所担心——他双手动来动去，眼睛时而看弗里茨，时而看我，视线游移不定。

　　弗里茨从衣袋里掏出胶带纸扔给我："把犯罪记录贴在肉钩旁的墙上。按字母顺序贴成一排。"

　　我照他说的做，注意到几英尺外有一扇门通往其他房间，一张盖着罩单的桌子斜插在门里。弗里茨领着囚犯过来，让他们站上椅子，把手铐铁链挂在肉钩上。我飞快地扫视犯罪记录，希望用足够多的罪证让我对这四个疯子燃起恨意，帮助我熬过这个夜晚，重返令状组。

　　洛伦·比德韦尔进过三次阿塔斯卡德罗监狱，罪名都是对未成年人施以重度性侵犯。不蹲大牢的时候，每逢重大性犯罪案件他就跑来自首，在20年代甚至成了希克曼弑童案[1]的主要嫌犯。塞西尔·德金是毒虫，打架喜欢动刀子，在大牢里强奸狱友，曾经在几个不错的小型爵士乐队里打鼓。他因为纵火进过两次昆丁，在最后一次纵火现场被人逮住时正在手淫，犯罪现场是乐队班头的家，他声称班头私吞了夜总会演出酬劳中他的份额。这次犯案让他足足蹲了十二年苦牢。他释放后一直在洗盘子，住处是救世军提供的宿舍。

1　指发生于1927年的威廉·爱德华·希克曼（William Edward Hickman）绑架并谋杀十二岁女童玛丽昂·帕克（Marion Parker）案件。

查尔斯·艾斯勒是个拉皮条的，热衷于自首，尤其喜欢妓女被杀的案子。三次作淫媒的记录让他在本县监狱蹲了一年，假自首送他进卡马里奥疯人院接受过两次九十天观察。保罗·奥查德是个鸭子——也就是男妓——曾在圣贝纳迪诺当过助理治安官。除了有伤风化的前科，法庭还两次判他重度攻击的罪名成立。

小股恨意涌上心头。感觉并不强烈，就像我即将登上拳台，但不确定能不能应付对手。弗里茨说："多迷人的四重唱，是吧，小伙子？"

"正宗唱诗班。"

弗里茨对我勾勾手指，让我上前。我走过去，面对四名嫌犯。他开口时，我的恨意还没散去："你们都自首说杀害了大丽花。我们没法证明是你们干的，所以现在轮到你们来说服我们了。板牙，姑娘失踪那几天的事情由你盘问。我在旁边听着，直到我分辨出梅毒大谎为止。"

我先向比德韦尔下手。麻痹症引发的痉挛使得他脚下的椅子不停晃动，我伸手抓住肉钩，稳住他的身体："给我说说贝蒂·肖特，老头，你为什么杀她？"

老人用眼神哀求，我转开视线。正在读犯罪记录的弗里茨注意到了这段沉默："别犹豫，小伙子。"

我抓肉钩的手猛地一抽："说实话，老头，你为什么弄死那姑娘？"

比德韦尔答话时上气不接下气，声音属于一个半死老头："先生，不是我杀的。我只是想进班房。三顿热饭一张床，我只想要这个。求你了，先生。"

这老头怕是连举刀的力气都没有，更别说捆绑女人和将尸块搬上车了。我走到塞西尔·德金面前。

"塞西尔，给我说说看。"

爵士乐手嘲弄着我："'给你说说看？'这台词是跟《迪克·特雷西》还是《黑帮克星》学的？"

我眼角余光看见弗里茨正在观察和评估我："再给你一次机会，二货。给我说说你和贝蒂·肖特的事情。"

德金咯咯一笑："我搞过贝蒂·肖特，我还搞过你妈妈！我是你老爸！"

我对准他心窝就是一套"一加二"，又快又狠。德金双腿一软，但还是踩住了椅子。他使劲喘息，深吸一口气，继续虚张声势："你觉得你特聪明，是不是？你唱黑脸，那哥们唱红脸。你揍我，他救我。你们就是一对小丑，不知道这套和杂耍表演一样过时了吗？"

我按摩右手，减轻骨节的疼痛，殴打李·布兰查德和乔·杜朗其的瘀伤还没痊愈："塞西尔，我才是红脸。记住我这句话。"

这句台词相当漂亮。德金一时语塞，我把注意力转向查尔斯·迈克尔·艾斯勒。

他垂下视线，说："丽兹[1]不是我杀的。我不知道我为什么犯蠢来自首，我很抱歉。求你了，别让那个人伤害我。"

他的态度相当沉静和真诚，但他身上有些地方激起我的厌恶情绪。我说："说服我。"

---

1 丽兹（Liz）：也是伊丽莎白的昵称。

"我……我做不到。但真的不是我。"

我思考着：艾斯勒是拉皮条的，贝蒂兼职卖淫，两人之间或许真的存在联系——但随即我想了起来，盘问小黑本上那些妓女时，她们都说贝蒂没有鸡头控制。我说："你认识贝蒂·肖特吗？"

"不认识。"

"对她有了解吗？"

"没有。"

"为什么自首说你杀了她？"

"她……她长相那么甜美，那么漂亮，看见她的照片登在报纸上，我感觉非常不好。我……我碰到漂亮姑娘被杀总要来自首。"

"犯罪记录说你专挑妓女被杀的案件。为什么？"

"呃，我……"

"你殴打你手下的姑娘，对不对，查理？你逼她们伺候你的伙伴——"

想到凯伊和波比·德威特，我说不下去了。艾斯勒上下点头，刚开始很慢，然后越来越使劲。没多久他开始啜泣："我做了很多坏事，非常非常肮脏的事。非常非常非常肮脏。"

弗里茨走过来站在我旁边，双手戴着黄铜指套。"问得这么和风细雨，什么结果也不会有。"他说着猛地踢开了艾斯勒脚下的椅子。喜欢自首的皮条客尖叫着前后扭摆，活像一条被刺穿身体的鱼，体重带来的冲击力全落在手铐上，他的骨节噼啪作响。弗里茨说："看着点儿，小伙子。"

他高喊："鸭子！浑蛋！"然后踢翻了另外三个人脚下的椅子。四名自首者并排挂在那儿，一边嘶喊，一边用腿互相勾抱，活像一只身穿囚服的八爪鱼。喊叫声整齐划一，直到弗里茨集中精神收拾查尔斯·迈克尔·艾斯勒。

他抡圆胳膊，把铜指套砸进艾斯勒的上腹部，左拳右拳、左拳右拳、左拳右拳。艾斯勒尖叫着从喉咙里挤出格格的声音，弗里茨喊道："告诉我，大丽花失踪那几天都发生了什么！"

我觉得我就要站不住了。艾斯勒尖声高喊："我……什……么……都……不……知……道。"弗里茨给他腹股沟又是一记上勾拳。

"那你知道什么！"

"你在风化组那会儿我就认识你了！"

弗里茨反手给他后脖颈一掌："告诉我，你都知道什么！告诉我，你的姑娘们都告诉了你什么！"

艾斯勒一阵干呕；弗里茨凑近他，痛殴他的躯干。我听见肋骨断裂的声音，扭头望向左边，看见连通门旁的墙上有个防窃报警器。我盯着那儿看了又看，看了又看。弗里茨跑进我的视野，把我先前注意到的铺着罩单的轮台推了过来。

四个疯子挂在肉钩上挣扎，发出微弱的呻吟声。弗里茨挤到我旁边，冲着我咯咯地笑了两声，然后哗的一下掀开罩单。

台子上是一具赤裸的女性尸体，尸体属于一个矮胖女孩，发型和化妆弄成伊丽莎白·肖特的样子。弗里茨抓住查理·艾斯勒的颈背，咬牙切齿地说："为了让你们割个痛快，请允许我介绍一下无名女尸43号。你们都给我拿刀割她，谁割得最好就奖他一张门票！"

艾斯勒闭上眼睛，咬住下嘴唇。老家伙比德韦尔面色发紫，嘴角泛起白沫。我闻到德金大小便失禁。奥查德的手腕已经断裂，扭成直角，骨头和肌腱露在外面。弗里茨抽出花衣混混常用的弹簧折刀，"啪"的一声打开刀刃："你们这些渣滓，来给我演示一下你们的手艺。给我演示一下报纸上没登的细节。给我演示一下，我会好好对待你们，让你们的痛苦全都烟消云散。板牙，去打开他们的手铐。"

我终于站不住了。我撞在弗里茨身上，把他掀翻在地，我跑到报警器前，拉动控制杆。三号状况的警铃声轰然响起，那么动听，那么响亮，那么激烈，我仿佛被音波推出仓库，跳上囚车，一路冲到凯伊住处的门口，所有借口和对李的忠诚誓言都不复存在。

就这样，凯伊·雷克和我正式结合了。

第二十二章

拉警铃成了我这辈子代价最大的行为。

洛韦和沃格尔成功地掩盖住事端。我被踢出令状组，重新穿上制服，回老家中央分局当巡警值中班。中班老大是贾斯特罗警督，与恶魔地检官交情深厚。我看得出他在观察我的一举一动，就等我告密或者溜号，或者接着先前那个我不得不犯的错误继续越陷越深。

我什么也没做。一边是区区五年警龄的小警员，另一边是有二十年经验的老警察和本市未来的主任地检官，更何况他们还有底牌撑腰：警铃招来的巡逻车上的警官调入了中央分局令状组，如此机缘足以确保他们高高兴兴地闭嘴。有两件事情安慰着我，没有让我发疯。第一，弗里茨没杀死任何人。事后我去查市立监狱的释放记录，得知四名自首者由于"车祸受伤"进入天使女王医院接受治疗，而后被送进不同的几所州立精神病院接受所谓"观察"；第二，恐惧感迫使我投向了长久以来我因为害怕和愚蠢而不敢涉足的地方。

凯伊。

第一个夜晚，她既是我的情人也分担我的哀恸。噪声和突兀的动静让我害怕，她脱掉我的衣服，让我一动不动地躺在那儿，每次我想谈弗里茨和大丽花，她就喃喃地说："随便什么吧。"她触碰我的动作是那么轻柔，我几乎感觉不到她的动作。我摸遍她健康胴体的每一个地方，直到觉得我的身躯不再是拳头和属于警察的肌肉。接着，我们慢慢挑起对方的性欲，做爱时贝蒂·肖特被抛到了天边。

一周后，我和马德琳分手，我到最后也没告诉李和凯伊这个"邻居家的姑娘"究竟是谁。我没有告诉马德琳任何理由，就要挂断电话时，喜欢去下等地方厮混的富家女孩揭穿了真相："找到能给你安全感的人了？你会回到我身边来的，你自己也清楚。我很像她。"

她。

一个月就这么过去。李没有回来，两个毒贩因为杀死德威特和查斯科而获罪问吊，我出钱的"火与冰"广告还在四份洛城日报上登载。肖特案件从头版头条掉到最后几页，线报几乎降到零，除了罗斯·米勒德和哈里·西尔斯，所有警员都已调回原有岗位。罗斯和哈里还留在她的案子上，每天八小时继续耗在警探局里和实地调查上，每晚依旧要去艾尔尼多旅馆，一遍又一遍查验案卷。9点下班后，我去找凯伊的路上总要在艾尔尼多旅馆待一阵，默默感叹凶杀组的绅士竟然也痴迷到了这个程度。他使得我不得不说实话。我把弗里茨和仓库的事情告诉他，他用父辈的拥抱和劝诫赦免了我：

262

"去参加警司考试。到明年这会儿我找萨德·格林谈谈。他欠我一个人情，等哈里退休，你来当我的搭档。"

这个承诺能让我卷土重来，但又总是带我回去面对案情文件。每逢休息日，凯伊上班的时候我无事可做，只能一遍又一遍阅读档案。案卷里缺少以"R""S"和"T"开头的文件，这一点挺烦人，但除此之外堪称完美。我真正的爱人把贝蒂·肖特推过马其诺防线，我对她只有职业性的好奇。我没完没了地阅读、思考和假设，立足点是我想成为一名优秀警探——拉警铃前，我其实已经上了轨道。有时我能感觉到某些联系呼之欲出，有时我诅咒自己要能再多一些脑细胞就好了，有时看着文件复本只能让我想起李。

我和把我从噩梦中拯救出来的女人继续交往。凯伊和我每周有三四天玩过家家，时间总是很晚，因为我还在值中班。我们做爱时很温柔，避而不谈过去几个月的悲惨事件。尽管我表面上显得风平浪静，内心却从未停止过搅动，希望外界的事情能尘埃落定：李回来，杀害大丽花的凶手落网，我再找马德琳在红箭搞一次，埃利斯·洛韦和弗里茨·沃格尔被钉上十字架。随之而来的总是我殴打塞西尔·德金的记忆，清晰而丑恶，然后是一个问题：那天晚上你究竟能做到什么地步？

巡逻是这个问题最煎熬我的时刻。我负责东第五街从主大道到斯坦福大道的贫民窟。一路上都是血库、专卖半品脱和廉价烈酒的酒铺、五毛钱睡一晚的低等旅馆和破败的慈善机构。这地方有个不成文的规定，那就是步行巡逻经常需要动用武力。你必须用警棍殴打酒鬼，驱散酗酒团伙，把非得找到工作不可的黑人拖出临时工介绍所。为了完成市政府交代的定额，你要抓捕醉汉和拾荒者，他们若是胆敢逃离囚车，你就把他们揍个半死。任务费神耗力，只有战争期间人手紧缺时雇用的俄农擅长这种烂事。我巡逻时半心半意，用警棍随便戳两下，塞几毛钱给蹲墙根的酒鬼，让他们离开街面去泡酒吧，省掉我逮捕他们的力气，几乎不去完成逮捕醉汉的定额。我成了中央分局中班的"软心肠大姐"。约翰尼·沃格尔两次撞见我正在派零钱，他爆发出阵阵狂笑。重新穿上制服的第一个月，考核时贾斯特罗警督给我打了D，一名文职人员告诉我，贾斯特罗对我的评价是"不肯以恰当力量处理屡教不改的行为不端者"。这话让凯伊乐不可支，我却看见恶评越堆越高，罗斯·米勒德用尽浑身解数也不可能调我回警探局了。

我就这么落回了拳赛和债券发行前的处境，但执勤片区更靠城东，而且还必须步行巡逻。我加入令状组时谣言满天飞，如今人们都在猜测我降职的原因。有传闻说我被打落凡尘是因为痛殴李，也有人说是因为我过境去东山谷分局的辖区递送传票，或者和77街分局赢过1946年金手套的那位新警察打架，或者把有关大丽花的内情泄露给反对埃利斯·洛韦参选地检官主任的某个电台，因此惹怒了洛韦。所有流言都把我描写成背后捅刀子的懦夫和白痴。第二个月考核结果的最后一句是："此警员巡逻时态度消极，使得一心为公的同僚愤恨不已。"我开始考虑要不要发5美元给酒鬼，哪个蓝制服看我的眼神稍微有点儿居高临下我就揍他一顿。

这时她回来了。

巡逻时我从不会想起她；研究案件档案，那只是在做侦探的苦工，面对一件普普通通的凶杀案，推敲事实，作出猜想。和凯伊做爱时若是过于动情，她就会出来帮忙，一旦完事就被驱逐出境。睡着了，我变得孤立无援，这时她就活了过来。

永远是相同的梦境。我和弗里茨·沃格尔在仓库里，把塞西尔·德金往死里打。她在旁边看我们动手，喊叫这几个疯子都不是凶手，发誓说只要我能让弗里茨别再殴打查理·艾斯勒，她就会爱我。我想和她做爱，于是停了手。弗里茨继续残虐查理，我占有贝蒂，她为查理哭泣。

我总是心怀感激地在晨光中醒来，尤其是凯伊还睡在我身旁。

4月4日，李失踪近两个半月后，凯伊收到了洛城警局的公函：

亲爱的雷克小姐：

特此通知，洛杉矶警察局决定因行为失检正式开除李兰德·C.布兰查德，自1947年3月15日起生效。他在洛杉矶市立互助储金会的账户将您列为受益人，由于我方与布兰查德先生无法取得联系，故将账户余额寄送贵方。

祝一切顺利。

人事部

伦纳德·V.斯特罗克警督

1947年4月3日

随信寄来的支票余额为14美元11美分。我愤怒得想杀人，我扑向案卷，否则肯定会去攻击这个新敌人：拥有我的官僚机构。

第二十三章

两天后，线索之间的一处联系跃出纸面，狠狠捏住我。

联系来自我本人于1947年1月17日呈交的外勤调查报告，我在"玛乔丽·格拉汉姆"底下写道："马·格称伊·肖特视相处者使用'伊丽莎白'的不同昵称。"

找到了。

我听到过众人称伊丽莎白·肖特为"贝蒂"和"贝丝"，还有一两次是"贝茨"，但只有皮条客查尔斯·迈克尔·艾斯勒管她叫"丽兹"。艾斯勒在仓库里否认他认识肖特。我记得他给我的印象不像是凶手，但还是觉得他有些古怪。先前想起仓库的时候，德金和那具尸体的印象最为突出，但此刻我的回忆仅限事实：

弗里茨把艾斯勒打了个半死，没有理会另外三个疯子。

弗里茨强调的是旁枝末节，喊道："大丽花失踪那几天都发生了什么"，"告诉我，你都知道什么"，"告诉我，你的姑娘们都告诉了你什么"。

艾斯勒的回答是："你在风化组那会儿我就认识你了！"

我想到那晚早些时候弗里茨的双手不停颤抖，我记得他对洛娜·马蒂科娃大喊大叫："你和大丽花一起当坏蛋，小姑娘，对不对？和她一块卖淫。告诉我，她去向不明的那几天里你在哪儿？"还有压轴好戏：驱车去山谷的路上，弗里茨和约翰尼·沃格尔低声交谈的内容。

"我证明过了我不是娘娘腔。基佬办不到我做过的事。我已经不是青头了，所以你别叫我娘娘腔。"

"你就闭嘴吧，该死的。"

我奔进走廊，往投币电话里塞了一毛钱，拨通罗斯·米勒德在警探局的号码。

"中央分局凶杀组，我是米勒德警督。"

"罗斯，是我，板牙。"

"出什么岔子了吗，机灵鬼？你的声音在发抖。"

"罗斯，我觉得我找到线索了。现在还没法告诉你，但我需要你帮我两个忙。"

"和伊丽莎白有关？"

"是的。他妈的，罗斯——"

"别说脏话，快告诉我。"

"帮我拿到风化组关于查尔斯·迈克尔·艾斯勒的档案。他有三次拉皮条前科，我知道他肯定有档案。"

"还有呢？"

我干吞一口唾沫："去查查弗里茨·沃格尔和约翰尼·沃格尔从1月10日到15日的行踪。"

"你难道要告诉我——"

"我在告诉你有这个可能，而且可能性非常大。"

一段长久的沉默过后，他问："你在哪儿？"

"艾尔尼多旅馆。"

"留在那儿。半小时内我给你回话。"

挂断电话，我耐心等待，想象同时享受荣耀与复仇的甘美滋味。十七分钟过后，电话铃响起，我扑上去："罗斯，怎么——"

"档案不见了。我亲自去查了'I'字头[1]。档案收回文件柜时被放得乱七八糟，所以我猜艾斯勒那份是最近才被偷走的。另一方面，那几天弗里茨一直在局里执勤，整理陈年旧案挣加班费，约翰尼在休假，具体去了哪儿我不清楚。现在，你愿意解释一下吗？"

我有了主意："现在还不行。今晚咱们在这儿见，晚些时候。我要是不在就等我。"

"板牙——"

"晚上见，老爹。"

我打电话请了一下午病假，当晚我犯下两项私闯民宅的重罪。

第一个受害者在值中班，我假扮市政府负责薪金发放的职员打电话给警局人事部，问他们要他的家庭住址和电话号码。值班警官没太在意。黄昏时分，我把车停在路边，打量着街对面的那幢公寓楼，也就是约翰尼·沃格尔称为家的地方。

---

1 艾斯勒（Issler）在原文中以字母"I"开始。

这是一幢灰泥外墙的四层公寓楼，位于洛城和卡尔佛市交界处的蒙通大道上，涂成肉粉色，左右各有一幢一模一样的建筑物，分别是淡绿色和棕褐色。街口有个投币电话，我拿起听筒，拨通口臭约翰尼的号码，如此谨慎是为了确保那个浑球不在家。铃响二十声，无人接听。我气定神闲地走过去，在底楼找到投信口旁标着"沃格尔"的那扇门，掏出发卡插进钥匙孔，拨弄几下我就进去了。

　　来到房间里，我屏住呼吸，害怕会有猛犬扑向我。我看看手表的夜光指针，决定顶多只待十分钟，然后眯起眼睛寻找电灯。

　　我注意到一盏落地台灯，走过去一拉灯绳，照亮了整洁的客厅。房间里有整洁的廉价沙发和相配的扶手椅，有假壁炉，墙上贴着丽达·海华丝、贝蒂·格拉布和安·谢里丹的清凉照片，一面日本国旗盖在咖啡桌上，看起来像是真正的战利品。电话放在沙发旁的地板上，旁边是通信录，我把一半时间花在通信录上。

　　我仔细查看每一页，但没找到贝蒂·肖特或查尔斯·艾斯勒，也没有任何名字同时出现在案情报告和贝蒂的"小黑本"上。五分钟过去了，还剩五分钟。

　　客厅连接着厨房、小饭厅和卧室。我关掉灯，摸黑走进半开的卧室门，拍打着墙壁寻找电灯开关。找到开关，我打开电灯。

　　映入眼帘的是没铺的床、挂满四壁的日本旗帜和用旧了的五斗橱。我拉开顶层抽屉，看见三把德制鲁格手枪、备用弹匣和散放的子弹，忍不住对如此迷恋轴心国的约翰尼哈哈大笑。接着，我拉开中间的抽屉，顿时觉得浑身刺痒。

　　抽屉里有各种情趣用品，还有蒂华纳产的特制安全套。色情

270

画册里没有贝蒂·肖特，没有洛娜·马蒂科娃，没有那电影中的埃及布景，也没有能和"公爵"威灵顿扯上关系的东西，但有件东西也许能让我连本带利赢回来：抽屉里的鞭子符合验尸官"轻度鞭痕"的描述，足以让约翰尼·沃格尔成为杀害大丽花的头号嫌犯。

我合上抽屉，关掉灯，头皮发麻地走进客厅，打开落地台灯，拿起通信录。"爸妈家"的号码是GR9401，要是那头没人接听，开车去第二件私闯民宅犯罪的现场只需要十分钟。

我拨通号码，弗里茨·沃格尔的电话铃响了二十五声。我关掉电灯，飞快赶去。

我在老沃格尔家的街对面停车，整幢木屋黑洞洞的。我在方向盘后坐了一会儿，回忆上次来访时见到的室内格局，想起长过道上有两间卧室和一个厨房，屋后门廊可供送货，卫生间的走廊对面是一扇紧闭的房门。假如弗里茨有私人书房，肯定就是那儿。

我沿着车道绕到屋后。送货门廊的纱门开着，我轻手轻脚走过洗衣机，来到真正住宅的门口。这是一扇实心木门，我摸了一遍门框，发现连接这扇门和墙壁的不过是最普通的钩子和铁环。我晃动门把手，觉得门关得并不严实，只要能找到一小条金属物，我就肯定能进去。

我跪在地上轻轻拍打地板，我的手碰到一条薄铁皮。我像盲人似的摸索着它，意识到找到的是个量油计。好运气让我微微一笑，我起身撬开房门。

我决定顶多只待十五分钟，我穿过厨房，沿着走廊向前走，双手放在身前，挡开看不见的障碍物。卫生间门口有盏夜灯亮着，根据我的猜测，走廊对面就是弗里茨的清净小窝。我抓住门把手一转——门开了。

小房间里伸手不见五指。我拍着墙壁前进，有几次拍中了相框，如坠冰窟的诡异感觉阵阵袭来，直到我的一条腿擦过某个不稳定的高大物体。那东西险些翻倒，还好我一把抓住——是个曲颈落地灯，我摸到灯头位置，打开开关。

灯光亮起。

相框里的照片都属于弗里茨：穿制服的弗里茨，穿便装的弗里茨，与1925年警校同学立正合影的弗里茨。后面贴墙放了张写字台，对面是拉着天鹅绒窗帘的窗户、转椅和文件柜。

我拉开顶层柜格，挨个翻看那些牛皮纸档案夹，档案夹上盖有各种各样的印戳，有"情报报告——诈骗组"，有"情报报告——盗窃组"，有"情报报告——抢劫组"，每份档案的索引标签上都贴着人名。我想弄清楚其中的共同之处，于是打开接下来的三个档案夹，打算看几眼头一页，却发现每个档案夹里都只有一张文件复本。

光是这些单页文件就足够了。

它们都是账务明细，列出银行存款余额和其他各项资产，都属于警局知根知底但无法用合法手段处罚的罪犯。文件顶端的呈交方说得很清楚，这是洛城警局交给联邦调查局的机密资料，供调查局启动逃税调查。纸页边缘空白处是手写的注解，包括电话号码、人名和地址，我认出那是弗里茨用派克钢笔留下的笔迹。

我的呼吸急促而冰冷，我想：勒索。他要么利用其他档案资料敲诈那些恶棍，要么把调查局即将动手抓捕的内线消息卖给他们。

一级勒索罪。

窃取并私藏洛城警局的官方文件。

妨害联邦调查进程。

但没有约翰尼·沃格尔、查理·艾斯勒和贝蒂·肖特。

我翻遍另外十四个档案夹，里面依然是写满笔记的财务报告。我记住标签上的姓名，然后拉开底层柜格。第一份文件就标着"已知犯罪者报告——行政风化组"，我知道这下子我挖到金矿了。

第一页详细列出逮捕记录、犯罪模式和多年来历次自首的细节，而罪犯正是查尔斯·迈克尔·艾斯勒，白种男性，1911年出生于密苏里州乔普林市。第二页列出他的"已知联系人"。1946年6月，艾斯勒的假释官查了他的那个本子，记录下六个女孩的姓名，紧接着是她们的电话号码、逮捕日期和卖淫罪名的处置结果。"？—无卖淫记录"的抬头底下另有四个女人，其中第三个就是"丽兹·肖特—偶然？"

翻到第三页，我继续看"已知联系人，续"一栏的内容，见到其中一个名字，我险些跳起来。"萨莉·斯丁森"也出现在贝蒂·肖特的小黑本上，但外出问话的四组警员都没找到她。风化组探员在她名字旁用铅笔写下注释："出没于比尔蒂摩酒吧，勾搭来开会的男人。"弗里茨用墨水笔在这条记录周围涂了一圈。

我强迫自己像侦探那样思考，而不是醉心于复仇的孩童。勒索的事情暂且不提，查尔斯·艾斯勒无疑认识贝蒂·肖特。贝蒂认识萨莉·斯丁森，而斯丁森又在比尔蒂摩卖淫。弗里茨·沃格尔不想让别人知道这件事情。他之所以安排仓库那场戏，很可能是为了搞清楚萨莉或者艾斯勒手下的其他姑娘告诉了艾斯勒多少和贝蒂有关的事情，还有贝蒂究竟睡过哪些男人。

"我证明过了我不是娘娘腔。基佬办不到我做过的事。我已经不是青头了，所以你别叫我娘娘腔。"

我把档案夹按原先顺序放好，合上文件柜，关掉电灯，扣好后门，像屋主似的走前门离开，有那么一小会儿，我怀疑萨莉·斯丁森或许与案卷里丢失的"S"部分有关。我轻飘飘地回到车上，想到这种可能性并不成立，因为弗里茨不知道艾尔尼多旅馆还有个工作室。另一个念头随即涌上心头：假如艾斯勒当时说出了"丽兹"这个名字和她的嫖客，我肯定也会听到。弗里茨确信他能堵住我的嘴。他如此低估我，会为此付出血的代价。

罗斯·米勒德在等我，一见面他就是四个字："报告，警员。"

我从头到尾仔细说了一遍。他听我说完，朝墙上的伊丽莎白·肖特照片敬个礼，说："亲爱的，我们取得进展了。"然后一本正经地向我伸出手。

我们紧紧握手，仿佛大赛过后父子重逢。"神父，接下来呢？"

"你先回去继续执勤，假装这些事情都没有发生过。哈里和我去疯人院找艾斯勒问话，我还会派人悄悄寻找萨莉·斯丁森。"

我咽了口唾沫："弗里茨呢？"

"我要想一想该怎么处理。"

"我希望他被定罪。"

"我知道。但你必须记住一点。他勒索的那些人都是罪犯，永远不可能出庭作证，假如他听到风声，毁掉那些文件复本，咱们就连指控他越权查案也做不到了。想扳倒他，我们需要确凿的证据，因此现在不能让别人介入。事情了结前，你最好乖乖待着，管住你的火暴脾气。"

我说："逮捕他的时候要让我参加。"

罗斯点点头："这一点我绝不反对。"出门的时候，他对伊丽莎白脱帽敬礼。

我回去接着值中班，扮演软心肠大姐的角色；罗斯派人上街寻找萨莉·斯丁森。一天以后，他打电话到我的住处，告诉我一个坏消息和一个好消息：

查尔斯·艾斯勒找了个律师，帮他申请到人身保护令；米拉洛马疯人院三周前放他离开。他在洛城的住处已经清空，本人下落不明。这一击正中要害，但另一方面，沃格尔的勒索行径得到证实，多少弥补了这个遗憾。

哈里·西尔斯查验了弗里茨的重罪逮捕记录，从1934年在诈骗组开始，一直到他如今所在的中央分局警探局。沃格尔逮捕过那些财务文件的所有事主，但联调局没能起诉他们中的任何一个。

第二天我轮休，我阅读案情文件，心里高喊"证据确凿"。罗斯打电话说他找不到艾斯勒的线索，看起来他似乎已经离开洛杉矶。无论上班时还是下班后，哈里都在监视约翰尼·沃格尔，但盯得不算太紧；西好莱坞治安官办公室风化组的一名弟兄搞到了几个已知联系人的地址，都属于萨莉·斯丁森的朋友。罗斯告诫了我五六次，叫我放轻松，别操之过急。他很清楚我已经让弗里茨进了福尔松监狱，而约翰尼恐怕要去绿色小房间了。

排班表上周四轮到我执勤，我早早起床，打算整个上午阅读案情文件。我正在煮咖啡，这时电话铃响了。

我拿起听筒："哪位？"

"是我，罗斯。找到萨莉·斯丁森了。北哈文赫斯特街1546号，半小时后见。"

"这就来。"

他给我的地址是一幢西班牙堡垒式的公寓楼：装饰性的水泥塔楼刷成白色，露台上搭着饱经风霜的遮阳棚。一条条步道通向各家门口。罗斯站在最右边的门旁边。

我把车留在不许停车的红线区里。一个男人大摇大摆地走下步道，他身穿皱巴巴的西服，头戴舞会纸帽，满脸喜不自禁的笑容。他大着舌头说："轮到你了？二对一，喔哼哼！"

罗斯领着我走上台阶。我敲敲门，一个不太年轻的金发女人一把拉开门，她头发凌乱，脸上的化妆被抹花了，她怒喝："这次又忘了什么？"然后说："喔，该死。"

罗斯亮出警徽："洛城警局。你是萨莉·斯丁森吗？"

"不，我是埃莉诺·罗斯福。听着，我最近给治安官上了不少供，所以手头很紧。换别的给你们行吗？"

我正想挤进门去，罗斯一把抓住我的胳膊："斯丁森小姐，找你是为了丽兹·肖特和查理·艾斯勒，不在这儿谈，咱们就去女子监狱谈。"

萨莉·斯丁森抓住睡袍前襟，紧压着底下的连身内衣。她说："听我说，我和另外那个人谈过了。"她用手臂抱住身体，活像恐怖老片里直面怪物的荡妇受害者。我很清楚她的怪物是谁："我们和他不是一伙的。我们只想跟你谈贝蒂·肖特。"

萨莉打量我们："不会让他知道吧？"

罗斯露出他兼具慈父和忏悔牧师特色的笑容，撒谎道："不，这次谈话严格保密。"

萨莉让到一旁。罗斯和我走进典型的炮房前厅：廉价家具，光秃秃的墙壁，屋角放着几个行李箱，想逃跑的时候一拎就能走人。萨莉插上插销。我说："斯丁森小姐，咱们说的另外那个人是谁？"

罗斯拉拉领带结，我闭上嘴巴。萨莉一指沙发："咱们速战速决。揭疮疤不符合我的宗教信仰。"

我照她说的坐下，填充物和一根弹簧突出来，离我膝盖只有几英寸。罗斯坐进一把椅子，拿出记事簿；萨莉拿行李箱当座位，她背靠墙壁，眼睛盯着房门，神态像个经验丰富的逃跑专家。她的第一句话是我们查肖特案时最常听见的开场白："我不知道是谁杀了她。"

罗斯说："很正常，不过咱们还是从头开始说吧。你第一次遇见丽兹·肖特是什么时候？"

萨莉挠着乳沟上的吻痕说："去年夏天。大概是6月。"

"在哪儿？"

"市区，约克县烧烤屋的酒吧。我喝得半醉，正在等我的……正在等查理·艾斯勒。丽兹正在和一个看上去很有钱的老家伙搭讪，她攻势过于猛烈，老家伙被吓跑了。然后我们就攀谈起来，这时候查理也来了。"

我问："然后呢？"

"然后我们发现彼此有很多共同之处。丽兹说她没钱了，查理说：'想不想挣个20美元快钱？'丽兹说'那当然'，查理送我们去五月花饭店搞双飞，那儿正在召开纺织品销售商大会。"

"结果呢？"

"结果丽兹简直太厉害了。想听细节？等我出版回忆录吧。不过我可以给你打包票，我已经很擅长假装心满意足了，但丽兹更加厉害。她有个穿着长筒袜上床的怪习惯，但演技确实高明，都能得奥斯卡奖了。"

我想到色情电影，想到贝蒂左大腿上的古怪伤口："你知道丽兹拍过色情电影吗？"

萨莉摇摇头："不知道，但假如真的拍过，她肯定演得很好。"

"你认识一个叫沃尔特·'公爵'威灵顿的男人吗？"

"不认识。"

"琳达·马丁呢？"

"不认识。"

罗斯接过话头："你和丽兹搭档接过其他客人吗？"

萨莉说："去年夏天另外还有四五次。都在旅馆，都是来开会的男人。"

"记得其中什么人的名字吗？所属公司呢？能不能描述一下

长相？”

萨莉哈哈大笑，挠挠乳沟："警官先生，我的第一戒律就是闭上眼睛，尽量忘个干净。我很擅长这个。"

"有没有在比尔蒂摩饭店做过？"

"没有。有五月花，有大庄园，好像还有丽士福。"

"那些男人里有没有对丽兹反应奇怪的，对她动粗？"

萨莉大笑道："他们一个个都乐得合不拢嘴，因为她装得实在太好了。"

我急着想问沃格尔的事情，于是改变了话题："说说你和查理·艾斯勒。你知道艾斯勒去自首说他杀害了大丽花吗？"

萨莉答道："刚开始不知道。后来嘛……呃，反正听说的时候我并不奇怪。查理有个毛病，你们可以管这个叫自首强迫症。只要报纸上出现妓女被害的消息，那就可以和查理说再见了，然后准备好碘酒迎接他归来，因为他总能保证让警察拿皮管痛揍他一顿。"

罗斯说："你认为他为什么要这么做？"

"内心深受良知煎熬，听起来怎么样？"

我说："这样如何？先说说你从1月10日到15日的行踪，再说说咱们都不喜欢的那个家伙。"

"听起来我好像有得选似的。"

"当然有。要么和我们在这儿谈，要么去市区和满脸横肉的女看管谈。"

罗斯恶狠狠地一拉领带结："斯丁森小姐，还记得那几天你都去了哪些地方吗？"

萨莉从口袋里掏出香烟和火柴，点燃一根香烟："认识丽兹的人都记得当时他们在哪儿。你知道，就像罗斯福去世的时候。知道吗？你总希望自己能回去，想办法改变结果。"

我正想为我的手段道歉，罗斯抢先开口："我的搭档没有恶意，斯丁森小姐。但案件牵涉到了他的私人恩怨。"

真是一块完美的敲门砖。萨莉·斯丁森把香烟扔在地上，光着脚踩灭，然后拍拍那几个行李箱："你们走出这扇门，我就远走高飞了。可以告诉你们，我没兴趣和地检官、大陪审团或者其他警察谈。我说到做到。你们一出门，萨莉我就和大家说再见了。"

罗斯说："成交。"萨莉的面颊泛起红晕，眼睛燃起熊熊怒火，忽然间显得年轻了十岁。"10号星期五，我在当时住的旅馆接到一个电话。打电话的男人说他是查理的朋友，想花钱让我和他认识的一个处男睡觉。去比尔蒂摩饭店待两天，挣150美元。我说过我有段时间没见过查理了，你怎么会有我的号码？那男人说：'别管这些，明天中午在比尔蒂摩饭店门外等我和那个年轻人。'

"我当时没钱了，就答应了，去见那两个男人。两个大块头胖子，活像一个模子里刻出来的，而且都带枪，我看得出这是一对父子警察。我收了钱，儿子有口臭，不过我见识过更糟糕的。他把老爸的名字告诉了我，我有点儿害怕，不过老爸很快就走了，那孩子实在太窝囊，我知道我能搞定他。"

萨莉又点燃一根香烟。罗斯把沃格尔父子的人事部照片递给我，我拿给萨莉看。她说："一点儿不错。"她用烟头烫掉照片上两个人的脸，然后说了下去。

"沃格尔在饭店订了个套间。儿子搞了我一次，他带了些让人寒毛直竖的性玩具，想让我和那些东西搞。我说：'没门，没门，没门。'他说只要允许他用鞭子轻轻抽打我，他就多给我20美元。我说：'等太阳从西边出来吧。'然后他就——"

我打断她的叙述："他有没有提起色情片，女同性恋之类的东西？"

萨莉嗤之以鼻："他一开口就是棒球和他的老二。我跟你实话实说，小得可怜。"

罗斯说："斯丁森小姐，请继续说。"

"好，我们整个下午都在搞，那孩子唠唠叨叨地说布鲁克林道奇队和德国大香肠，听到最后我都脸色发青了。我说：'咱们去吃个饭，呼吸点儿新鲜空气吧。'我们下楼进了大堂。

"我一抬头看见丽兹，她单独坐着。她说她需要钱，我看得出那小子喜欢她，就帮嫖客再拉了个皮条。我们回到套间，他们进卧室搞，我正好抽空喘口气。12点30分，丽兹溜出卧室，悄声对我说'德国小香肠'，我从此再没见过她，直到报纸上全都是她的照片。"

我看看罗斯，他对我比着嘴型说"杜朗其"。我点点头，脑海中浮现出画面：贝蒂·肖特四处闲逛，最后在12日早晨遇见了法国人乔。大丽花行踪不明的那几天正在渐渐浮出水面。

罗斯说："然后你和约翰尼·沃格尔继续办事？"

萨莉把两张人事部照片扔在地上："是的。"

"他有没有和你谈起丽兹·肖特？"

"他说丽兹喜欢'德国大香肠'。"

"他有没有说他们约了再次见面？"

"没说。"

"他有没有在一句话里同时提起他父亲和丽兹？"

"没有。"

"他怎么评论丽兹？"

萨莉抱住自己的身体："他说丽兹喜欢玩他那种把戏。我说：'哪种把戏？'小子说'主人和奴隶'，还有'警察和妓女'。"

我说："请继续说完。"

萨莉看着房门说："丽兹上报纸两天后，弗里茨·沃格尔来了我住的旅馆，说那小子说他睡过丽兹。他说我的名字是他从什么警方记录里找到的，他问我的……代理人是谁。我说是查理·艾斯勒，沃格尔想起他在风化组当老大那会儿处理过这家伙。他忽然惊慌起来，因为他记得查理有个爱自首的毛病。他用我的电话打给搭档，叫他抽掉查理在风化组的档案。他又打了一个电话，然后就发狂了，因为对方告诉他查理已被拘押，而且已经为丽兹的案件自首了。

"他揍了我一顿，问了我一大堆问题，比方说丽兹会不会告诉查理说有个警察的儿子嫖过她。我说查理和丽兹顶多是点头之交，查理只帮丽兹拉过几次皮条，那都是天晓得多少月以前的事情了，但他还是不停打我，说我要是敢把他儿子和大丽花的事情告诉警方，他就宰了我。"

我起身想走，罗斯坐在原处："斯丁森小姐，你说约翰尼·沃格尔把父亲的名字告诉你的时候你很害怕。为什么？"

萨莉轻声说："我听说过一件事。"忽然间，她看起来不只疲惫不堪，而是老态龙钟了。

"什么事？"

萨莉的低语声走了调："他这个大人物是怎么被踢出风化组的。"

我记起了比尔·凯尼格的说法——弗里茨在风化组被妓女传染了梅毒，他不得不停职接受水银疗法。"他中标了，对吧？"

萨莉清清嗓子，答道："我听说他染了梅毒，气得发疯。他觉得是某个姑娘传给他的，就冲进沃茨区的一家妓院，在接受治疗前强迫所有女孩轮流跟他做。他还逼着她们用他那东西擦眼睛，两个女孩后来瞎了。"

我的腿比那晚在仓库里更加虚弱。罗斯说："萨莉，谢谢你。"

我说："咱们去抓约翰尼。"

我们开我的车进市区。约翰尼的步行巡逻安排在白班，加班到中班时段，现在是上午11点，我知道很有机会能逮到他单独一人。

我慢慢开车，寻找穿蓝色哔叽制服的熟悉身影。罗斯把注射器和喷妥撒药水放在仪表盘上，这是先前审问"红哥"曼利时剩下来的，连他也知道这次没法和风细雨了。经过耶稣救世慈善堂背后的小巷时，我发现了那家伙，他确实单独一人，正在收拾两个翻垃圾箱的流浪酒鬼。

我钻出车门，喊了一声："嘿，约翰尼！"小沃格尔朝酒鬼摆摆手指，侧着身子走过来，双手大拇指扣在武装腰带上。

他说："布雷切特，你怎么穿便服？"我一记勾拳击中他的腹部。他弯下腰去，我抓住他的脑袋，狠狠撞在车顶上。约翰尼软瘫下去，逐渐失去知觉。我扶住他，罗斯卷起他的左袖，把镇静剂注射进肘弯的静脉。

他彻底不省人事了。我从他肩套里抽出点三八，扔在前座上，我把约翰尼塞进后排，自己跟着坐进去。罗斯开车，轮胎刮着地面穿过小巷，流浪酒鬼挥动酒瓶向我们致意。

开到艾尔尼多旅馆花了半小时。约翰尼在药物诱发的昏睡中咯咯笑，好几次险些醒来。罗斯默默开车。来到旅馆，罗斯先去探路，确定大堂空无一人后，他在门口对我打个手势。我把约翰尼扛在肩上，一路背到204房间，这是我这辈子最辛苦的几分钟。

上楼时他半醒过来，我将他放进椅子里，把他的左腕铐在暖气管上，他的眼睛眨了好几次。罗斯说："喷妥撒还能维持几小时。他不可能撒谎。"我去洗脸池浸湿浴巾，裹住约翰尼的脸。他咳嗽起来，我拿开浴巾。

约翰尼咯咯笑。我指着墙上的照片说："伊丽莎白·肖特。"约翰尼耷拉着满脸肥肉，说话口齿不清："她怎么了？"我又拿毛巾闷了他一会儿，用暴力帮他清醒过来。约翰尼开始呛咳，我松开手，让冰凉的毛巾落在他大腿上："叫她丽兹·肖特如何？还记得她吗？"

约翰尼哈哈大笑；罗斯打个手势，让我跟他一起坐在床栏杆上："用药后问话是有套路的。我来提问，你给我管住脾气。"

我点点头。约翰尼的视线终于聚焦在我们身上，但眼神呆滞，面容松弛，嘴脸很可笑。罗斯说："小子，你叫什么？"

约翰尼说："你认识我，警督。"他的口齿开始变得清楚。

"不妨再说一遍。"

"沃格尔，约翰尼·查尔斯·沃格尔。"

"出生日期？"

"1922年5月6日。"

"16加56等于多少？"

约翰尼想了一会儿，然后答道："72。"他的视线落在我身上："为什么打我，布雷切特？我从没害过你。"

小胖子似乎真的迷糊了。我没开口；罗斯说："小子，你父亲叫什么？"

"你也认识他，警督。哦……弗里德里希·沃格尔，昵称弗里茨。"

"昵称，就像丽兹·肖特？"

"呃，是啊……就像丽兹、贝蒂、贝丝、大丽花……好多别名。"

"约翰尼，回忆一下今年1月。你爸爸想让你体验一次性事，对吧？"

"呃……对。"

"他雇了个女人和你玩两天，对吧？"

"不是女人，不是真正的女人，是个妓女，妓——女。"拖长的音节最后变成哈哈大笑，约翰尼还尝试鼓掌。一只手打中胸膛，另一只手却待在了手铐限制的范围尽头。他说："这可不好，我要告诉爹地。"

罗斯心平气和地答道："只是暂时措施。你在比尔蒂摩饭店睡了那个妓女，对不对？"

"对，爹地订房有折扣，因为他认得饭店的保安老大。"

"你也是在比尔蒂摩饭店遇到丽兹·肖特的，对吧？"

约翰尼的面庞开始痉挛：眼皮跳动，嘴唇抽搐，额头青筋突出。我不禁想起被击倒后拼命挣扎想爬起来的拳手。"呃……对。"

"是谁介绍你们认识的？"

"她叫什么来着……就是那个妓女。"

"你和丽兹接下来做了什么，约翰尼，说给我听听。"

我想起贝蒂大腿上的伤痕，一时间屏住了呼吸。罗斯问："约翰尼，丽兹是你杀的吗？"

小胖子在椅子上猛然一抽："不是！不不不——不是！不是！"

"嘘——放轻松，小子，放轻松。丽兹是什么时候离开的？"

"我没杀她！"

"我们相信你，小子。现在告诉我，丽兹是什么时候离开的？"

"晚上。星期六晚上。也许12点，也许1点。"

"你指的是星期日凌晨，对吗？"

"对。"

"她有没有说她要去哪儿？"

"没有。"

"她有没有提过任何男人的名字？或者男朋友？她要去见的人？"

"呃……某个娶了她的飞行员。"

"没别的了？"

"是啊。"

"你后来还见过她吗？"

"没有。"

"你父亲知道丽兹的事情吗？"

"不知道。"

"丽兹的尸体被发现后，他有没有逼着饭店保安改掉登记簿上的名字？"

"呃……有。"

"你知道是谁杀了丽兹·肖特吗？"

"不！不知道！"

约翰尼开始出汗。我也一样，我很想问出足以钉死他的事实，但看起来他和大丽花只是一夜激情而已。我说："丽兹上报纸后，你把她的事情告诉了父亲，对不对？"

"呃……对。"

"他告诉你说有个叫查理·艾斯勒的家伙，对不对？给丽兹拉过皮条的一个人？"

"对。"

"他说艾斯勒因为自首已被拘押，对吗？"

"呃……对。"

"告诉我，他说他打算怎么处理这件事，二货。说清楚点儿，慢慢说。"

听见我的挑衅，小胖子降低的心率陡然升高："爹地想让那些人放艾斯勒走，但埃利斯不肯。停尸房有个助手欠爹地人情，他搞来一具尸体，说服那些人接受他的主意。爹地想让比尔叔叔动手，但那些人拒绝了，说带上你。爹地说你会听话的，因为没有布兰查德领头，你就是个窝囊废。爹地说你是软心肠大姐、没胆子大妈、大板牙……"

约翰尼歇斯底里地大笑，他晃动头部，汗水四溅，拽得手铐叮当乱响，像极了刚得到新玩具的展览动物。罗斯拦在我面前："我来让他在证词上签字。给你半小时冷静一下。我灌他喝咖啡，你回来以后，咱们再商量接下来怎么办。"

我离开房间，在防火楼梯上坐下，两腿挂在空中荡来荡去。我望着车辆沿威尔考克斯大道驶向好莱坞大街，在脑子里把事情过了一遍，思考我为这堆烂事付出了多少代价。接着，我拿车牌号码玩21点，往南开的算一家，往北开的算一家，其他州车牌算鬼牌。往南开的庄家是我，往北开的是李和凯伊。往南开的拿到17点，往北开的是一张A和一张Q：恰好21点。我把这堆烂事献给我们三个，然后回到房间里。

约翰尼·沃格尔正在罗斯写的供词上签字，他脸色通红，浑身大汗淋漓，颤抖得非常难看。我在他背后阅读供词，上面讲清楚了比尔蒂摩饭店和贝蒂的事情，还提了几句弗里茨如何殴打萨莉·斯丁森，看样子四项轻罪和两项重罪是逃不掉的。

罗斯说："我想暂时不声张，先找法务部谈一谈。"

我说："不行，老爹。"然后转身面对约翰尼。

"你被逮捕了，罪名是教唆卖淫、隐瞒证据、妨害司法和一级攻击与殴打的从犯。"

约翰尼失声叫道:"爹地。"抬头望向罗斯。罗斯看着我——他把供词递给我。我把供词放进衣袋,把小沃格尔的双腕铐在背后,他默然饮泣。

老爹叹息道:"警局会喂你每天吃狗屎,直到你退休。"

"我知道。"

"你永远也回不了警探局。"

"我已经喜欢上了狗屎的味道,老爹。我觉得其实并不太差。"

我领着约翰尼下楼,把他塞进我的车里,带着他走了四个街区,来到好莱坞分局。几个记者和照相师懒洋洋地歇在门口台阶上,看见一个穿便服的带着戴手铐的制服警察,他们顿时来了精神。闪光灯不停亮起,记者认出我,喊我的名字,我对他们吼道:"无可奉告。"到了室内,穿蓝制服的警察见状纷纷瞪大眼睛。我把约翰尼推到前台,在他耳边轻声说:"告诉你爹地,我知道他用联调局报告去勒索事主,也知道梅毒和沃茨区的妓院。告诉他,我明天就向报纸爆料。"

约翰尼又开始默默啜泣。一位穿制服的警督走过来,劈头盖脸骂道:"这他妈搞什么名堂?"

闪光灯在我眼前亮起;"贝沃"明斯拿着记事簿等我开口。我说:"我是德怀特·布雷切特警员,这位是约翰尼·查尔斯·沃格尔警员。"我把供词交给警督,对他挤挤眼睛:"给他登记。"

午餐我吃了好大一块牛排,然后开车去市区的中央分局按时执勤。走向更衣室时,我听见内部通话系统在怒吼:"布雷切特警员，立刻向值班主任办公室报到。"

我改换方向，敲响贾斯特罗警督的房门。他喊道："开着。"我走进房间，像满怀理想的新兵似的敬礼。贾斯特罗起身，没有理会我的敬礼，他扶了扶角质眼镜，像是第一次见到我似的看着我。

"放你两个星期假，布雷切特，即刻生效。等你回来执勤，去找格林警长报到。他要分配你去其他单位。"

我很想好好享受这个时刻，于是问他："为什么？"

"弗里茨·沃格尔刚把自己打死了。这就是原因。"

我告别时的敬礼比前一个还要利落一倍，贾斯特罗依然不理不睬。穿过走廊时，我想的是那两个瞎眼妓女，不知道她们会不会收到这个消息，她们在不在乎。集合室站满了准备点名的蓝制服，这是拦在停车场和家之前的最后一道障碍。我慢悠悠地向前走，腰板笔直，像个美国大兵，我勇敢迎上每一道挑衅的视线，逼着他们垂下眼睛。背后不停有人咬牙切齿地说"叛徒"。就快走到门口，我忽然听见了掌声，一回头，我看见罗斯·米勒德和萨德·格林正在鼓掌送别我。

第二十四章

尽管被放逐进茅坑，我却倍感自豪。去洛城警局某个最差劲的派出所服刑前，我有两个星期需要打发。沃格尔父子的拘捕与自杀被洗白成儿子越权查案和父亲因不堪羞辱而寻短见。我用看似唯一体面的方式来结束这段光辉岁月，也就是寻找那个失踪的家伙。

我从这起人间蒸发案的洛城一头开始调查。

我一遍遍阅读李的逮捕记录剪贴簿，结果一无所获；我去"拉文避难所"找那些女同性恋，问火先生有没有再跑来辱骂她们，得到的回答不是"没有"就是奚落。老爹私下里帮我复制了布兰查德逮捕的所有重罪犯的档案，依然没有结果。凯伊对我和她一夫一妻的现状颇为满意，说我的行为比白痴还要蠢，我知道我这么做让她害怕。

挖出艾斯勒、斯丁森和沃格尔之间的联系向我证明了一点：我是个够格的侦探。然而，假如李也牵涉其中，我还能不能像侦探那样思考就是另外一码事了，然而我还是逼着自己查下去。我曾经在他身上见到并暗自敬佩的蛮横劲头也出现在我身上，而且更加猛烈，我因此更加在乎他了。另外，几点事实一再引起我的注意。

李失踪时背负着三重负担——大丽花、安非他命和波比·德威特即将假释。

最后一次有人见到他是在蒂华纳，当时德威特正前往此处，而肖特案件也将警方引向美墨边境；德威特和贩毒伙伴费利克斯·查斯科不久即遭枪杀，尽管两名墨西哥人因此受到惩罚，但很难说是不是草率定罪——乡警肯定想尽快了结这场碍事的杀人案。

结论：李·布兰查德有可能谋杀了德威特和查斯科，动机是防止自己受到报复，防止凯伊再次遭受痞子波比的虐待。结论中的结论：我不在乎。

下一步：细读德威特的审讯记录。我在公共记录部找到了更多的事实。

李称几名线人告发德威特，说他是大道-国民银行劫案的"幕后首脑"，又说他们已经离开洛杉矶市，以免遭到痞子波比的朋友的报复。我打电话给档案科，得到的结果让我非常不安——那几个告密者没有任何记录。德威特声称受到警察的诬陷，因为他有贩毒被捕的案底。最终定罪的依据有两条：一是在德威特住处找到了劫案中丢失的作过标记的钱款；二是他在劫案发生时没有不在场证明。抢劫团伙由四人组成，两人当场被杀，德威特被捕，而第四人始终不曾落网。即便告发那家伙可以换得减刑，但德威特还是宣称他不知道第四人的身份。

结论：也许确实是洛城警局陷害了德威特，也许李参与其中，也许正是他出的主意，博取本尼·西格尔的欢心，因为真正的劫匪也抢了西格尔的钱，而李有非常正当的理由害怕他——他拒绝过"虫佬"的拳击合同。后来德威特受审时，李遇见了凯伊，他以他那种贞洁加负罪感的方式爱上了凯伊，并且对波比产生了真正的恨意。结论中的结论：凯伊肯定不知情。德威特是个人渣，他罪有应得。

最终结论：我必须听李亲口承认或否认这些事。

"假期"第四天，我出发前往墨西哥。来到蒂华纳，我派发比索和10美分硬币，然后展示李的快照，用25美分的硬币换información importante[1]。很快我就有了一群随从，却没得到任何线索，要是我继续露财，肯定会被众人一拥而上踩死。接下来，我只得转回传统方式：外国佬警察和墨西哥警察，1美元换一条机密情报。

蒂华纳警察是一群黑衬衫的秃鹫，英语说得结结巴巴，对这门国际通用语言却无师自通。我在街上截住二十来个落单的所谓巡警，亮出警徽和照片，把美元塞进他们手里，尽我所能用英语夹西班牙语提问。1美元钞票立刻被收走，换来的却是摇头、英语夹西班牙语的连串胡扯和听起来很像真事的怪异传闻。

有人说这个el blanco explosivo[2]1月底在芝加哥俱乐部的色情片聚会上哭了起来；还有人说一个大块头金发男人打得三名匪徒屁滚尿流，然后从一大卷钞票上剥出几张20美元贿赂警察。更有甚者说李在酒吧里碰见一位照顾麻风病患者的神父，当场捐给他200美元，还请在场的所有人喝酒，随后开车去了昂塞纳达。这条

---

1 西班牙语：重要情报。

2 西班牙语：火爆白人。

情报值我花5美元换取进一步的解释，说话的警察答道："神父我兄弟。他自命圣职。Vaya con Dios[1]。留着你的钱吧。"

我沿着滨海公路向南开了八十英里，来到昂塞纳达，一路琢磨李大肆挥霍的钱来自何方。这段路走得心旷神怡——右手边，大海逐渐取代了灌木丛生的悬崖，左手边则是植被茂密的山丘和谷地。车流稀少，徒步向北走的人犹如涓涓细流，那是一个个的家庭，他们拖着行李箱，看起来既惶恐又高兴，就好像他们不知道过境后要面对什么，但无论如何都好过留在墨西哥吃灰尘和向游客讨要零钱。

黄昏时分，我离昂塞纳达越来越近，涓涓细流变成移民大行军。人们排成一列，贴着路沿向北走，扛在肩上的毛毯里裹着财产。每隔五六个行军者就有一个人拿着火炬或提灯，母亲用印第安背婴袋背着幼童。我翻过城外最后一个山丘，昂塞纳达映入眼帘，那是脚下的一道霓虹亮彩，点点火光在黑暗中延伸，直到被整片的散射荧光吞没。

我下山驶进市区，很快发现这个小城就像是海风吹拂下的蒂华纳，只是所服务的游客层次较高。这儿的外国佬举止优雅，街上没有孩童乞讨，随处可见的酒馆门前也没人大声喊叫招徕顾客。偷渡客大军发源于远处的穷乡僻壤，经过昂塞纳达只是为了上滨海公路，为此还必须向乡警缴纳过路费。

我从没见过这么明目张胆的敲诈行径。乡警身穿棕色衬衫、马裤和长筒靴，从一个个农民身边走过，接过钞票，用大号订书机在农民肩头打标签；便衣警察兜售牛肉干和水果干，收到硬币就扔进绑在

---

1 拉丁文：上帝与你同在。

武器旁边的零钱袋。还有其他乡警每人守住一个街区，检查农民身上的标签。我转下主大道，开上一条明显是红灯区的街道，瞥见两个棕衬衫挥舞锯断枪管的霰弹枪，用枪托打得一位老兄人事不省。

我决定先跟当地执法力量打个招呼，然后再找昂塞纳达民众问话。另外，李离开洛城后不久，有人见过他和一群乡警在边境附近交谈，找当地警方聊聊说不定能问到他的消息。

我跟上一队30年代的旧款巡逻车，驶过红灯区，拐上与海滩平行的一条街——警察局就在这儿。警局由教堂改建而成，窗口装着铁栏杆，临街的白色砖墙上刻着宗教装饰画，上方用黑漆印着POLICIA[1]。草坪上有个探照灯。我下车，掏出警徽，满脸美国式的笑容，灯光直射我的脸。

我遮住眼睛，走向探照灯，灯光照得我面颊刺痛。有个男人咯咯笑道："扬基条子，J. 埃德加，德州骑警。"经过他时，他伸出一只手，我把1美元按上去，走进警察局。

室内更加像教堂：装饰门厅的天鹅绒壁毯绣着耶稣和他的历程，坐满了正在休息的棕衬衫的长椅很像教堂用的那种。前台是一大块黑色木头，刻着十字架上的耶稣像，原先多半是圣坛。看见我上前，那儿把关的胖乡警舔舔嘴唇，他让我想起死不悔改的侵犯儿童的罪犯。

我掏出非给不可的那1美元，但没递出去："洛杉矶警察，来见你们警长。"

棕衬衫捻捻两手的大拇指和食指，然后指指我装警徽的皮套。

---

1 西班牙语：警察。

我把警徽和钱一起递给他，他领着我走下墙上绘有耶稣壁画的走廊，来到标有"队长"二字的门前。他走进房间，用又急又快的西班牙语说话，我等在门口。他出来时对我一碰脚后跟，还奉上一个迟到的敬礼。

"布雷切特警员，请进。"

这几个字不带任何口音，我颇为惊讶，我应他邀请走进房间。站在那儿的高个子墨西哥男人身穿灰色正装，他向我伸出一只手，但这次是为了握手，而不是要钱。

我们握完手，男人在宽大的办公桌前坐下，敲敲写着"瓦斯克斯队长"的牌子："警员，有什么我能帮到你的？"

我从桌上拿起警徽，放下李的照片："这名洛杉矶警察从1月底失踪至今，最后一次有人见到他的时候，他正在往这儿来。"

瓦斯克斯仔细查看这张快照。他嘴角抽搐了两下，但立刻用摇头掩饰这个反应："我没见过这个人。我可以发个通告给手下，让他们去本城的美国人社区找找看。"

我知道他在撒谎，但还是说："队长，他这个人很惹眼。金发，六英尺高，体形跟砖砌茅房差不多壮实。"

"昂塞纳达专门吸引狠角色，警员，所以我们警队装备精良，时刻警惕。你会待一段时间吗？"

"至少到明天。你的人也许看漏了，而我可以找到什么线索。"

瓦斯克斯微微一笑："很难想象。你是一个人来的？"

"有两个搭档在蒂华纳等我。"

"你属于哪个部门？"

我撒了个大谎："都市组。"

"这么年轻就身居要职？"

我拿起照片："裙带关系，队长。家父是副警长，哥哥在墨西哥城的美领馆工作。晚安。"

"祝你好运，布雷切特。"

我找了家旅馆住下，从这儿步行就能到夜总会林立的红灯区一条街。每晚2美元，房间在底楼，面对大海，床垫薄如煎饼，有洗脸池，附带外面公用卫生间的钥匙。我把手提箱扔在衣橱上，出于谨慎起见，我出门时拔了两根头发，用口水粘在门和门框的接合处。这样我就会知道那帮法西斯有没有搜过房间了。

我走进霓虹亮彩的中心。

街上满是穿制服的男人：棕衬衫、美国海军陆战队和水兵。这儿看不见墨西哥平民，所有人都循规蹈矩，连成群结队东倒西歪的醉酒陆战队队员也不例外。昂塞纳达这么太平，我觉得原因是巡逻乡警一个个都武装到了牙齿。大部分棕衬衫是瘦巴巴的最羽量级，但随身携带的火力蔚为壮观：锯断枪管的霰弹枪、冲锋枪、点四五自动手枪，子弹带上还挂着黄铜指套。

荧光店标在我眼前闪烁：烈火俱乐部、阿图罗烤炉、Boxeo俱乐部、鹰巢、奇科皇家俱乐部。Boxeo是西班牙语里的"拳击"，我当然首先选择了这儿。

我以为室内会漆黑一片，进来后却发现店堂灯火通明，坐满了美国水兵。半裸的墨西哥姑娘在长吧台上跳舞，丁字裤上插着一张张1美元的钞票。罐装马林巴琴音乐和呼哨声在密闭店堂里吵得震耳欲聋。我踮起脚尖，寻找看起来像老板的人。房间后部有个凹室，墙上贴满了拳击海报。那地方像磁铁似的吸引我，挤过去的路上，走向吧台的下一轮半裸姑娘与我擦肩而过。

我在伟大的轻重量级拳手之间赫然看见了自己，左边是格斯·列斯涅维奇，右边是比利·康恩。

我也看见了李，他在乔·路易斯右边，想当年若是李肯听本尼·西格尔的话，也会有机会和路易斯交锋。

布雷切特和布兰查德。白人的两个希望，但都走上了错误的道路。

我盯着那些照片看了好一会儿，周围的喧嚣逐渐消散，我不再置身于这个富丽堂皇的臭水沟，而是返回了1940年和1941年，一场接一场地赢得拳赛，自愿献身的姑娘长得都像贝蒂·肖特。李每次上场都以击倒对手获胜，和凯伊住在一起——还有，不知为何，我们又成了一家人。

"先是布兰查德，现在又是你。下一个轮到谁，威利·派普？"

我立刻回到了现实中的臭水沟，脱口问出："什么时候？你什么时候见过他？"

转过身，我看见一个体型庞大的老人。他的脸像是用皲裂皮革和破碎骨骼拼成的，显然挨过不少拳头，声音却不属于被打成脑损伤的那种角色："几个月前。2月大雨如注的时候。我们聊拳击一口气聊了十小时。"

"他现在去哪儿了？"

"从那以后我就没再见过他，他也许不想见到你。我想和他聊你和他的那一场，大块头李却连一个字也不肯说。说你们已经不是搭档了，还告诉我羽量级是综合素质最高的级别。我说才不是呢，应该

298

是中量级。扎尼、格拉齐亚诺、拉莫塔、塞尔登，开什么玩笑。"

"他还在城里吗？"

"我不这么认为。这地方是我的，他没再来过。你想找他解决积怨，还想再赛一场？"

"我找他是为了帮他摆脱一大堆麻烦。"

老拳手琢磨片刻，然后答道："我最喜欢你这种步伐灵活的，我只知道一条线索，就告诉你好了。听说布兰查德在撒旦俱乐部掀起一场骚乱，不得不用一大笔钱贿赂瓦斯克斯队长，否则绝对不可能脱身。往海滩方向走五个街区就是撒旦俱乐部。你找厨子厄尼谈谈，他看见了经过。告诉他，我觉得可以跟你说实话。还有，进门前深吸一口气，因为你肯定没见识过那种地方。"

撒旦俱乐部是一幢石板屋顶的砖砌小楼，霓虹标记颇具巧思。守门的是个专属的棕衬衫，这位小个子墨西哥人仔细打量进门的客人，手指抚弄着带三脚架的勃朗宁轻机枪的扳机。他肩章底下塞满了1美元的钞票，我进门时也没忘记贡献一张，然后我鼓起了全部勇气。

先前是臭水沟，这儿简直是臭到无以复加。

吧台就是尿槽。姑娘蹲坐在吧台上，面对房间前端和大舞台的桌子底下，女人在为男人服务。打扮成撒旦的男人在床垫上睡一个胖女人。耳朵上钉着红丝绒魔鬼尖角的驴子在旁边待命，这会儿正忙着吃地上大碗里的草料。舞台右边，穿燕尾服的外国佬对着麦克风深情吟唱。

各桌客人齐声高喊"驴子！驴子！"，淹没了所谓的"音乐"。

我傻站在那儿，纵酒狂欢的客人擦身而过，呼吸间的蒜臭险些让我窒息。"帅哥，要上吧台吗？冠军早餐，1美元。要我吗？环游世界，2美元。"

我提起勇气望向她。她又老又肥，嘴唇遍布梅毒早期的下疳。我抽出几张钞票，连面值也没看就塞给她。妓女在我这个俱乐部好人面前跪下；我大喊："厄尼，我找厄尼，Boxeo的老板介绍我来的。"

老女人喊道："Vamanos！[1]"转身替我开路，她推开吧台前等座的一排锅盖头，领着我来到舞台边，掀开门帘，走进厨房。女人用西班牙语和厨子打招呼，厨子长相很怪，应该是老墨和亚裔的混血儿。他点点头，走过来。

我亮出李的快照："听说这家伙前阵子给你们惹了麻烦。"

那男人随便扫了一眼照片："你哪位？"

我亮出警徽，让混血儿瞥见我的武器。他说："他是你朋友？"

"最好的朋友。"

混血儿把双手收到围裙底下，我知道其中一只手肯定握着刀子。"你的朋友连喝十四杯最好的龙舌兰酒，本店纪录。这个我很喜欢。他向死去的女人敬了好几杯。这个我不在乎。但他想打断我的驴子秀，这个我就不允许了。"

"发生了什么事情？"

"他打倒了我的四个人，第五关没过去。然后乡警就带他回去醒酒了。"

---

1 西班牙语：跟我来！

"就这样？"

混血儿掏出短刀，弹出刀刃，用钝面挠挠脖子："没了。"

我从后门离开，钻进一条小巷，非常担心李。两个穿亮面西装的男人在路灯旁闲逛，他们见到我，拖着脚走的节奏忽然加快，眼睛死盯着地面，尘土似乎突然有了莫大的吸引力。我拔腿就跑，背后传来的砾石摩擦声说明他们紧追不舍。

巷子尽头的小路通往红灯区，旁边几乎看不清的泥土岔道通向海滩。我甩开大步跑上岔道，肩膀擦过铁丝网围墙，围墙另一头的看家狗纷纷扑向我，吠声压过了街上的其他噪声。我不知道他们是不是还跟着我。面对大海的宽阔街道出现在前方，我找了找感觉，确定向右走一个街区就是旅馆，于是放慢脚步走过去。

我的感觉偏差了半个街区——对我有利。

破地方在一百码开外。我整理呼吸，慢吞吞地踱过去，怎么看都是美国好公民在逛贫民窟。院子空荡荡的，我掏出房间钥匙。二楼灯光一闪，照亮我的房门——我用口水粘的头发不见了。

我抽出点三八，一脚端开门。一个白人坐在床边的椅子上，他已经举起了手，嘴里说出表示和平的意愿："哇，年轻人，我是朋友。我没带枪，不相信就搜我的身。"

我用枪指指墙。男人起身，手伸过头顶，双掌按住墙壁，两腿分开。我上上下下拍了他一遍，点三八一直顶着他的脊梁，我翻出小皮夹、几把钥匙和油腻腻的梳子。我用枪口顶着他，打开皮夹查看。皮夹里塞满美元，塑封的加州私家侦探执照说这个男人叫米尔顿·多尔芬，营业地址是圣迭戈市卡帕德奥罗路986号。

我把皮夹扔在床上，移开枪口。多尔芬扭动着说："比起布兰查德手上的，这点小钱算个屁。和我搭档，咱们能大捞一笔。"

我一记扫堂腿踢得他凌空飞起。多尔芬摔在地上，吃了一嘴地毯上的尘土。"给我仔细说清楚，另外，别说我搭档的坏话，否则就告你闯空门，让你尝尝昂塞纳达监狱的滋味。"

多尔芬挣扎着跪起来，气喘吁吁地说："布雷切特，你他妈觉得我为什么在这儿？你跟瓦斯克斯公对公的时候，就没想到也许还有我在附近？"

我打量这个男人。他四十来岁，肥胖，秃顶，肯定很难对付，像个往日的运动健将，身体走下坡路后，肌肉转变成了智力。我说："还有别人在跟踪我，是谁？"

多尔芬吐掉嘴里的蜘蛛网："乡警。瓦斯克斯不希望你发现布兰查德的事，因为他有利益牵涉在里面。"

"乡警知道我住在这儿吗？"

"不知道。我对队长说我会跟踪你。他的手下肯定是偶然撞见你的。你甩掉他们了？"

我点点头，用枪口碰碰多尔芬的领带："你为什么这么合作？"

多尔芬抬起手，轻轻按住枪口，慢慢推开："我也有我自己的利益，而且擅长脚踩两只船。另外，我坐下说话口齿比较清楚。你觉得可以吗？"

我抓过椅子，摆在他面前。多尔芬爬起来，拍拍套装上的灰尘，一屁股坐进椅子。我把枪插回枪套里："慢慢说，从头开始。"

多尔芬吹吹指甲，用衬衫擦亮。我拉过另一把椅子，跨坐上去，椅背向前，免得手没东西抓："够了，还不快说！"

多尔芬乖乖开口："大约一个月前，一个墨西哥女人走进我在迭戈的办公室。矮胖，脸上的粉刮下来能有十吨，但衣着非常奢华。她给我500美元，请我找到布兰查德，说布兰查德应该在南边蒂华纳或昂塞纳达附近。她说布兰查德是个弃职潜逃的洛城警察。我知道洛城警察喜欢绿票子，立刻想到事情多半和钱有关。

　　"我到蒂华纳询问我的线人，把胖女人给我的报纸照片拿给大家看。我听说1月底的时候布兰查德在蒂华纳，成天喝酒打架，挥金如土。后来有个边境巡警队的朋友说布兰查德躲在昂塞纳达，交过保护费给乡警，他们放任他在城里喝酒闹事，但瓦斯克斯绝对不会容忍这种事。

　　"总而言之，我就来了这儿，开始跟踪布兰查德，他完全沉醉于扮演有钱外国佬的角色。我亲眼看见他痛揍两个西佬，因为他们侮辱了某个小姐，而乡警却袖手旁观。这意味着保护费的传闻是真事，于是我满脑子都是钱钱钱。"

　　多尔芬在空中画个美元符号。我紧握住椅背挡板，觉得木头开始劈裂。"接下来就有意思了。有个乡警不在布兰查德的上供名单里，他告诉我，他听说布兰查德在1月底雇用两个便衣乡警，做掉了两个敌人。我开车去蒂华纳，贿赂当地警方，得知那两个人是罗伯特·德威特和费利克斯·查斯科，1月23日于蒂华纳被枪杀。德威特的名字很耳熟，我打电话给圣迭戈警局的朋友。他查了查，给我回电。也许你已经知道了结果。1939年，布兰查德陷害德威特进了大昆，德威特发誓要报仇。我猜德威特提前获得假释，布兰查德做掉他是为了保护自己的秘密。我打电话给我在迭戈的搭档，留消息让他转告墨西哥胖女人。布兰查德在昂塞纳达，由乡警保护，乡警很可能替他做掉了德威特和查斯科。"

我放开椅背挡板，双手发麻："那女人叫什么？"

多尔芬耸耸肩："她自称德洛雷斯·加西亚，但肯定是假名。听说德威特和查斯科的事情以后，我猜她是查斯科的姘头之一。查斯科据说是个吃软饭的，和很多有钱的墨西哥女人勾勾搭搭，我猜那女人想为查斯科复仇。我猜她通过某种途径得知布兰查德要为此负责，需要的只是我找到他的下落。"

我问："你知道洛城的黑色大丽花案件吗？"

"教皇是意大利佬吗？"

"李来南边之前正在办这个案子，1月底蒂华纳正巧有线索要查。你有没有听说他在问大丽花的事情？"

多尔芬答道："没。要听我说完吗？"

"Rapidamente。[1]"

"好。我回到迭戈，搭档说墨西哥女人已经收到我的留言。我去雷诺度了几天假，赌骰子把她给我的钱输个精光。我开始琢磨布兰查德和他手上的那些钱，琢磨墨西哥胖女人打算怎么处置他。我怎么也忘不掉这件事，回到迭戈，我办了几个失踪人口的案子，两周后又来了昂塞纳达。你猜怎么着？他妈的根本没布兰查德这个人了。

"只有傻瓜才会找瓦斯克斯和乡警问他出了什么事，所以我留在城里，四处打探消息。我看见有个小流氓身穿布兰查德的旧运动夹克，还有一个小流氓穿退伍军人体育场的运动衫。我听说

---

1 西班牙语：快说。

两个家伙因为德威特和查斯科的案子上了绞架，心想肯定是乡警在拉人顶缸。我留在城里拍瓦斯克斯的马屁，告发了几个毒虫，让他对我产生好感。最后我拼凑起了布兰查德案件的全貌。假如他当初真是你的好朋友，千万要做好心理准备。"

听见"当初"二字，我终于拉断了手里的挡板。多尔芬说："哇，兄弟。"

我屏息道："说完。"

私家侦探说得缓慢而冷静，就像坐在一颗手雷对面："他死了，被斧子砍死的。几个小流氓找到他，闯进他的住处，有个小流氓跟警察通过气，所以他们不会被抓。瓦斯克斯用比索和布兰查德的物品买通他们，命令乡警把尸体埋在城外。有传闻说他们没找到那笔钱，于是我就留了下来，我猜布兰查德是害群之马，迟早会有美国警察来找他。然后你在警察局现身，胡扯什么都市组啥啥的，我知道我等的就是你。"

我想说不，但嘴唇怎么都不肯动。多尔芬一口气说了下去："也许是乡警干的，也许是那女人或她的朋友。也许他们里面有人找到了那笔钱，也许没有，但我们可以。你了解布兰查德，你肯定能猜到是谁——"

我跳起来，抡圆了椅背挡板砸多尔芬，他脖子吃我一记，人摔倒在地，又啃了一口地毯。我掏出手枪，瞄准他后脑勺，浑账私家侦探呜咽着，用双倍语速吐出求饶的话："天哪，我不知道你和他这么亲密。我没杀他，要是你想抓凶手，我保证绝不插手。求你了，布雷切特，该死的，求你了。"

我也在呜咽："我怎么知道你说的是实话？"

305

"海滩边有片采砂场。乡警在那儿埋尸体。有个小孩告诉我，他看见一群警察在那儿埋了个大个子白人，就是布兰查德失踪的那段时间。天哪，我没撒谎！"

我合上点三八的击铁："带我去看。"

埋尸地点在俯瞰大洋的断崖上，位于昂塞纳达以南十英里，下了滨海公路就到。燃烧的巨大十字架标出那个地点。多尔芬把车停在十字架旁，熄掉引擎："和你想的不一样。本地人永远点着这个鬼东西，因为他们不知道谁被葬在底下，而很多当地人有亲友失踪。对他们来说，这是必要的仪式。他们烧十字架，乡警睁只眼闭只眼，就好像这是什么万应良药，让平民百姓不至于拿刀动枪。说到枪，你就不能把那玩意儿收起来吗？"

我的警用左轮指着多尔芬的腹部，我不知道我用枪瞄了他多久："不行。你有工具吗？"

多尔芬咽了口唾沫："有园艺工具。听我说——"

"闭嘴。带我去那孩子说的地点，咱们挖开看看。"

多尔芬钻出车门，绕到车后，打开行李箱。我跟着他，看他取出大号挖土铲。火光照亮私家侦探的旧道奇轿车，我注意到备胎旁有几根栅栏木桩和一堆破布。我把点三八插进腰带，把破布缠在木桩顶上，用十字架的火引燃，做成两个火把。我递给多尔芬一个："带路。"

我们迈着大步走进采砂场，两个不法之徒手举木棍上的火球。沙地柔软，我们走得很慢。借着火光，我看清了坟墓上的祭品：一个个隆起的小丘上摆着小捆花束和圣像。多尔芬唠唠叨叨地说外国佬都埋在远处那头，我感觉到骨头在脚下碎裂。我们来到一个特别高的沙堆前，沙地上铺着一面破破烂烂的美国国旗，多尔芬对它挥动火把："就是这儿。那小子说在el bannero[1]旁边。"

我踢开国旗，一窝昆虫嗡嗡飞起。多尔芬惊叫："该死的！"然后用火把赶开虫子。

腐臭从脚边的大坑升起。"挖。"我说。

多尔芬开始挖。我心想，肯定有鬼魂——贝蒂·肖特和劳丽·布兰查德——正在等待铁铲碰到骨头。铲子第一次碰到骨头，我背诵老头子逼我记住的赞美诗；第二次则是丹尼·波伊兰和我对练前总要念的"天上的父啊"。我听见多尔芬说："是个水兵，我看见他的短上衣了。"我不知道我更希望李是活在悲恸中还是死了个一了百了，于是我推开多尔芬，自己挥起了铁铲。

我的第一下铲掉了水兵的脑壳，第二下插进他的上衣，拔出时让尸体散了架。两条腿已经腐烂；我往更深处闪着云母光泽的沙地挖去。接下来依次是几窝蛆虫、内脏、染血衬裙、沙子、零星碎骨和什么也没有——再然后是阳光晒伤的粉色皮肤和金黄色的眉毛，眉头缝过针的伤痕非常眼熟。再然后，李和大丽花的笑容毫无区别，虫子爬出他的嘴巴和曾经装着眼睛的黑洞。

我扔下铁铲，转身就跑。多尔芬在背后大喊："钱！"我跑过燃烧的十字架，满脑子都是李脸上的伤痕，那是我亲手留下的伤痕。跑到车边，我跳上车，全速倒车，把十字架撞倒在沙地上，然后一挡换二挡、二挡换三挡，踩油门冲向前方。拐上滨海公路

---

1 西班牙语：那面旗子。

向北而去的时候，我听见背后传来叫声："我的车！钱！"我伸手去按警笛开关，却只是狠狠拍中了仪表板，这时我才想起民用车辆没有警笛。

我以超速一倍的速度开回昂塞纳达，把道奇车扔在旅馆旁边的街道上，下车跑向我的轿车。我看见三个人包抄上来，每个人都把一只手插在上衣里，我不得不放慢了脚步。

我的雪佛兰停在十码外；中间那个人进入我的视线焦点，他是瓦斯克斯队长，另外两人一左一右从侧面逼近。唯一可供躲避之处是庭院最左那扇门旁的电话亭。"板牙"布雷切特就要变成墨西哥采砂场里的无名尸体，去和他最好的朋友做同路鬼了。我决定让瓦斯克斯接近我，然后近距离射击轰开他的头。就在这时，一个白种女人忽然从左边那扇门走出来，我看见了我安全返家的保证。

我跑过去掐住她喉咙。她张嘴想喊叫。我用左手捂住她的嘴，没让她发出声音。女人的胳膊拍打了几下，忽然停了下来，因为我抽出点三八，指着她的脑袋。

三名乡警小心翼翼地走近我，大口径手枪按在身侧。我把女人推进电话亭，低声说："敢喊就打死你，敢喊就打死你。"进了电话亭，我用膝盖把她顶在墙上，松开一只手；她的喊叫无声无息。我拿枪指着她的嘴巴，免得她发出声音，我伸手拿起话筒，塞了个一毛钱硬币，然后拨"0"。瓦斯克斯站在电话亭前，脸色铁青，散发出廉价美国古龙水的刺鼻味道。

接线员说："Que？[1]"

---

1 西班牙语：喂？

我说："Habla ingles？[1]"

"会的，先生。"

我用下巴和肩膀夹住话筒，把口袋里所有的硬币塞进电话，点三八时刻不离女人的面门。塞完这堆比索，我说："帮我接联邦调查局圣迭戈外勤办公室。十万火急。"

接线员喃喃道："好的，先生。"我听见电话被层层转接。那女人的牙齿磕得枪管叮当直响。瓦斯克斯试着向我行贿："布兰查德非常有钱，我的朋友。咱们可以去找他的钱。你可以在这儿过上好日子。你——"

"联调局，莱斯特别探员。"

我逼视瓦斯克斯的目光犹如匕首："我是德怀特·布雷切特警员，隶属于洛杉矶警察局。我在昂塞纳达，招惹了几个乡警。他们准备无缘无故地杀死我，我觉得你也许能请这位瓦斯克斯队长打消念头。"

"什么——"

"先生，我是正牌的洛城警察，你最好别磨蹭。"

"小子，我难道该听你使唤？"

"该死的，你要证据吗？我曾经在中央分局凶杀组和罗斯·米勒德还有哈里·西尔斯办案。我曾经在地检官的令状组办案，我曾经——"

"小子，让那个墨西哥人听电话。"

我把听筒递给瓦斯克斯。他接过话筒，抬起自动手枪对准

---

1 西班牙语：会说英语吗？

我；我的点三八指着那女人。时间一分一秒过去，局面继续僵持，乡警头目听着调查局探员在电话那头说话，脸色越来越苍白。最后，他放好听筒，垂下武器："回家吧，狗东西。滚出我的城市，滚出我的国家。"

我收起手枪，挤出电话亭，那女人开始尖叫。瓦斯克斯向后推开，挥手示意他的人散开。我坐进车里，在恐惧中超速逃离昂塞纳达。直到返回美国，我才开始遵守限速法规，直到这时，我才开始为李而伤痛欲绝。

曙光刚开始爬上好莱坞山，我敲响了凯伊家的大门。我站在门廊上抖个不停，雷雨云和缕缕阳光挂在天上，就像我不想看见的怪异东西。我听见一声"德怀特？"我走进室内，听见有人在我背后插上门闩。布兰查德、布雷切特和雷克三角关系里剩下的一名成员出现了，她说："随便什么吧。"

这是我最不想听见的墓志铭。

我走进客厅，惊讶于这里是多么陌生，又多么美丽。凯伊问："李死了？"

我第一次坐进他最喜欢的椅子："乡警或者某个墨西哥女人或者那女人的朋友杀了他。喔，宝贝，我——"

用李喜欢的昵称叫凯伊，我不禁心头刺痛。我望着站在门口的凯伊，一束束怪异的阳光从背后照亮她。"他雇乡警杀死了德威特，但这根本不重要。咱们必须请罗斯·米勒德和正派的墨西哥警察调查……"

我注意到咖啡桌上的电话，停了下来。我开始拨打老爹家的号码。凯伊伸手拦住我："不，我想先和你谈谈。"

我起身坐在沙发上，凯伊在我身边落座。她说："你要是太冲动，会伤害李的。"

这时我才意识到她早就料到了这个结局，这时我才意识到她知道得比我多："你伤害不了死人。"

"唉，宝贝，能伤害的。"

"别用那个词称呼我！那个词属于他！"

凯伊凑近我，抚摸我的面颊："你会伤害他，也会伤害我们。"

我抽身远离她的抚爱："宝贝，告诉我原因。"

凯伊拉紧睡袍的腰带，用冷冰冰的眼神盯着我。"我不是在审判波比的时候认识李的，"她说，"而是在此之前，我和他成了朋友，我在住处上撒了谎，免得李知道波比的存在。但后来他自己发现了，我告诉他事情到底有多糟糕，他说他有个发财的好机会。他不肯告诉我细节，然后波比就因为抢银行被捕，事情变得一片混乱。

"劫案是李策划的，找了三个人帮忙。先前他花钱从本·西格尔手上赎回他的合约，用掉了打拳挣的每一个子儿。抢劫中死了两个人，另一个亡命加拿大，第四个就是李。李陷害波比入狱，因为波比对我做了那些事情，李因此非常憎恨他。波比不知道我和李的关系，我们假装在审判时才认识。波比知道他受人陷害，但没有怀疑李，而是怀疑整个洛城警局。

"李想帮我安家，他做到了。他对怎么处理分到的赃款非常谨慎，总把他打拳时攒的钱和赌博习惯挂在嘴边，这样高层就不会怀疑他的生活水平有问题了。尽管我们不是那种关系，但和女人同居毕竟伤害了他的仕途。直到去年秋天，你和李搭档前，我们的生活都像个欢乐的童话故事。"

我凑近凯伊，敬畏于李竟然是有史以来最胆大包天的堕落警察："就知道他有这个本事。"

凯伊从我身边退开："你听我说完再动感情。李听说波比要提前获得假释，他去找本·西格尔，想请他干掉波比。他害怕波比说出我的事情，用各种丑陋真相扰乱我们的童话生活。西格尔不愿意，我告诉李没关系。现在有咱们三个人在一起，真相并不能伤害我们。可是，新年刚过，劫匪中逃跑的第三个人现身了。他知道波比·德威特即将获得假释，起了勒索的念头：要是李不肯付给他1万美元，他就告诉波比，李才是劫案的幕后首脑，也是诬陷他的元凶。

"那男人说期限就是波比的释放日。李先打发他离开，然后去找本·西格尔借钱。西格尔不肯，李求他干掉那个人。西格尔还是不答应。李得知那家伙和几个黑人混在一起，他——"

我知道了，真相巨大而漆黑，一如它为我挣来的头版标题，但内容却换成了凯伊的话："那家伙叫巴克斯特·菲奇。西格尔不肯帮李，但他还有你。他们有武器，所以我想你们在法律上有正当理由开枪，我觉得你们真是幸运，因为谁也没有详查这个案子。这件事我永远也无法原谅他，我也痛恨自己竟然允许他这么做。打手先生，请问你还感伤吗？"

我无法回答，凯伊替我说出答案："我想应该不会了。让我说完，然后看你还想不想为他报仇。

"然后就发生了肖特案件，李一头扎进去，原因是他妹妹，也许还有老天才知道的其他理由。李最害怕的是菲奇已经和波比谈过，而波比已经知道了他被谁陷害。他想干掉波比，被波比干掉也行，我请求他罢手，没人会相信波比，就还是别伤害任何人了吧。假如没有那个死于非命的姑娘，我也许都说服他了。但案情牵涉到墨西哥，波比、李和你也都去了那儿。我知道童话故事即将落幕，事实也确实如此。"

火与冰警察击倒暴徒

城南枪战——警察4：0胜流氓

拳手痛宰四条毒虫，警察参与洛城血腥枪战

我全身无力，想要起身，凯伊用双手抓住我的腰带，拉着我重新坐下："不行！你这次不能再耍'板牙'布雷切特的招牌退避套路了！波比拍了我和动物的照片，李结束了这种事。波比逼我和他的朋友做，用磨剃刀的皮带抽我，李结束了这种事。他想爱我，而不是搞我，他希望我们能在一起，要是你没那么怕他，早就该想明白了。我们不能毁坏他的名声。我们必须放手，必须原谅他，两个人好好相处——"

赶在凯伊摧毁三角关系的剩余部分之前，我再次退避了。

打手。

跟班。

白痴侦探，睁眼瞎，竟然侦破不了自己担当帮凶的案件。

童话故事三角形的薄弱环节。

最好的朋友是警察兼银行劫匪，现在又要为他保守秘密。

"必须放手。"

接下来的一个星期，我躲在自己的公寓里，虚耗所谓"假期"的剩余时间。我打沙袋、跳绳、听音乐，坐在后门台阶上，比着手指瞄准房东太太晾衣绳上的蓝松鸦。我宣判李要为大道–国民银行劫案上丢掉的四条人命负责，但又因为第五桩凶案赦免了他，因为死者是他自己。我想着贝蒂·肖特和凯伊，直到她们混为一人。从头再看，我们的搭档关系是一段相互引诱的历程，我也想明白了另一件事，我渴望大丽花是因为我了解她，而我爱凯伊是因为她了解我。

我仔细审视过去的六个月，一切都清楚了。

李在墨西哥大肆挥霍的钱多半是他私吞的劫案赃款。

除夕夜我听见他在哭，巴克斯特·菲奇几天前勒索了他。

去年秋天，每次我们去奥林匹克看拳赛，李都要私下里找本尼·西格尔谈话，他想说服西格尔帮他杀死波比·德威特。

枪战前没多久，李和线人通了电话，声称对方提供了"小弟"纳什的情报。所谓"线人"其实指明了菲奇和那几个黑人的所在地，李回到车里时显得心神不宁。十分钟后，四个人沦为枪下亡魂。

我遇见马德琳·斯普拉格那天晚上，凯伊对李喊叫"还有可能要发生的"，这句话宛如不祥之兆，她多半猜到了波比·德威特会带来什么灾难。我们调查大丽花案件的时候，凯伊一直显得战战兢兢、抑郁乖僻，非常关心李的健康，但又奇怪地接受了他的疯癫行为。我以为她生气是因为李对贝蒂·肖特案件着了魔，实际上却是她在同时奔向和逃离童话故事的结尾。

全都清楚了。

"必须放手。"

冰箱空了，我以"板牙"布雷切特的招牌退避套路去超市采购。走进超市，我看见一个打包小弟在看《先驱报》晨间版的本地新闻。版面最底下是约翰尼·沃格尔的照片，我从他背后望过去：洛城警局开除了约翰尼，原因被洗白成渎职。旁边一栏，埃利斯·洛韦的名字吸引了我的视线，"贝沃"明斯引用他的原话，称"伊丽莎白·肖特案的调查不再是我的存在目标，还有关系更大的鱼等我去煎"。我把食物抛到九霄云外，开车赶往西好莱坞。

正是课间休息。凯伊站在操场中央，看护在沙坑里玩耍的一群孩子。我在车上看了她几秒钟，然后下车过去。

孩子先注意到我。我朝他们亮板牙，直到他们大笑。这时凯伊转过身来，我说："现在是'板牙'布雷切特的招牌进攻套路了。"

凯伊说："德怀特。"孩子们望着我和凯伊，似乎知道这是个重要时刻。一秒钟后，凯伊也意识到了："你来是有话要对我说？"

我放声大笑，孩子们再次被我的板牙逗得大笑："是的，我决定放手了。愿意嫁给我吗？"

凯伊面无表情地说："埋葬所有过去，包括那个死女孩？"

"是的，包括她。"

凯伊走进我的怀抱："那么，好吧。"

我们热烈拥抱。孩子齐声大喊："雷克小姐有男朋友了，雷克小姐有男朋友了！"

三天后，1947年5月2日，我们结婚了。婚礼匆匆忙忙，证婚人是洛城警局的新教牧师，仪式在李·布兰查德那幢屋子的后院举行。凯伊穿粉色礼服，因为她不是处女；我穿警局的蓝色制式礼服。罗斯·米勒德当我伴郎，哈里·西尔斯前来观礼。他刚开始还有点儿结巴，我第一次注意到，喝到正好第四杯，他的口吃就消失了。我把老头子从养老院暂时接回家，他根本不知道我是谁，但还是玩得很开心：他痛饮哈里随身扁酒瓶里的烈酒，调戏凯伊，跟着收音机音乐蹦来蹦去。草坪桌上摆着三明治和潘趣饮料[1]，加不加酒的都有。我们六个人吃吃喝喝，走向日落大街的陌生人听见音乐和笑声，纷纷不请自来。到了黄昏时分，院子里满是我不认识的人，哈里去好莱坞牧场超市买来更多的食物和酒。我卸掉警用左轮的子弹，让不认识的平民玩枪，凯伊和牧师跳起波尔卡。夜幕降临，我不想让聚会结束，于是从邻居家借来成串的圣诞彩灯，挂在后门、晾衣绳和李最喜欢的丝兰树上。我们在假星空下喝酒跳舞，星星有红有蓝有黄。凌晨2点，日落大街的俱乐部打烊，"特洛卡代罗"和"莫坎波"的寻欢客也来凑趣，连埃罗尔·佛林[2]都待了一会儿，他脱掉燕尾服，换上我的上衣，别好警徽和勋章。要不是忽然雷雨交加，舞会恐怕会一直持续下去，而这正是我的愿望。但人群还是在狂乱的吻别和拥抱之中散去，罗斯送老头子回养老院。凯伊·雷克·布雷切特和我回到卧室做爱，我没关收音机，想让它帮我分心，免得想起贝蒂·肖特。实际上并不需要——她根本就没进入我的脑海。

---

1 潘趣饮料（punch）：用酒、果汁、汽水或苏打水调和的饮料，也可不放酒。

2 埃罗尔·佛林（Errol Flynn，1909—1959），好莱坞著名男演员、编剧、导演、歌手和花花公子。

第三部

凯伊和马德琳

第二十五章

时光流逝。凯伊和我继续工作，扮演新婚夫妻的角色。

我们去旧金山度了个短暂的蜜月，回来后我重拾警队生涯的残骸。萨德·格林对我说实话：他非常佩服我这么收拾沃格尔父子，但认为我当巡警纯属浪费时间——我的行为惹了基层蓝制服的众怒，我留在穿制服的单位只会招来怨恨。我念大专时是化学和数学的全优生，他因此调我去科学调查司，担任查验证据的技术人员。

这是一份准便衣工作——在实验室穿白大褂，出外勤穿灰西装。我验血、采集潜指纹和撰写弹道报告；我在犯罪现场刮下墙上的浆液，用显微镜仔细查看，得到线索就交给凶杀组的警探。工作中我要和试管、烧杯和血迹打交道。我始终无法习惯与死亡如此接近，这个事实不断提醒我：我不再是警探了，上头不信任我去追查自己找到的线索。

我隔着或远或近的距离，继续留意大丽花案件给朋友和敌人带来的影响。

罗斯和哈里按原样保留艾尔尼多旅馆的档案室，继续去那儿加班调查肖特案件。我有房间钥匙，但我向凯伊发誓要埋葬"那个死女孩"，所以从没拿它开过门。有时吃午饭遇到老爹，我会问他案子查得怎么样了，他总是答道："进展缓慢。"我知道他永远也找不到凶手，但永远不会停止调查。

1947年6月，本·西格尔在贝弗利山女友家的客厅里被枪杀。比尔·凯尼格在弗里茨·沃格尔自杀后调任77街分局当刑警，1948年年初在沃茨街某个路口兜头吃了一霰弹枪。两桩凶案都一直没能告破。埃利斯·洛韦在1948年6月的共和党初选中大败亏输，我用本生灯熬了好几烧杯私酒庆祝，犯罪实验室的所有人都喝了个酩酊大醉。

1948年大选让我听说了斯普拉格家的新消息。民主党改革派想竞选洛城市议会和监督委员会的席位，于是扛起"城市规划"大旗当竞选主题。他们断定洛杉矶到处都是设计有误的不安全住宅，呼吁组成大陪审团调查20年代地产爆发期搭建这些房屋的承包商。丑闻小报闻到苗头，大肆渲染，刊登关于"爆发大亨"——麦克·塞纳特和埃米特·斯普拉格就在其中——及其"黑帮关系"的文章。《揭秘》杂志登出一系列文章，报道塞纳特的"好莱坞庄园"社区，还有好莱坞商会如何想去掉李山上"好莱坞庄园"大标记的"庄园"二字，随文印发的照片里有几张是《启斯东警察》导演与一个矮胖男人的合影，旁边还站着一个可爱的小姑娘。我不敢确定那是不是埃米特和马德琳，但还是把照片剪了下来。

我的敌人；

我的朋友；

我的妻子。

我处理证据，凯伊教书。有一段时间，我们沉醉于循规蹈矩生活的新鲜感之中。房款早已付清，两份全职工资使得我们手头颇为宽裕，我们纵情享乐，借此远离李·布兰查德和1947年冬天。我们去沙漠地带和崇山峻岭度周末；我们每周有三四个晚上下馆子。我们扮作偷情男女住进旅馆，我花了一年多才意识到我们之所以做这些事情，是因为可以暂时离开用大道－国民银行赃款买下的那幢房子。我在享乐中沉溺得忘乎所以，非得碰上触电般的冲击才可以看清现实。

走廊里有块地板松了，我干脆把它撬开，准备重新黏合。我看了一眼底下的窟窿，见到的是一卷钞票，2千美元，都是百元大钞，用橡皮筋扎紧。我既不欣喜若狂也没有大惊失色，大脑只是嘀嗒嘀嗒地转个不停，我冲向正常生活时抛在脑后的问题涌上心头：

既然李有这笔钱，还有他在墨西哥挥霍掉的那些，他为什么不用来打发巴克斯特·菲奇？

既然李有这笔钱，他为什么还要去找本·西格尔，想借1万美元满足菲奇的勒索要求？

劫案中途受阻，李分到手的顶多5万美元，他怎么可能买下并装修好这幢屋子，帮凯伊念完大学，最后还剩下这么可观的数目？

当然，我告诉了凯伊；当然，她无法回答我的问题；当然，她怨恨我重提旧事。我建议卖掉屋子，像其他循规蹈矩的普通人那样住进公寓——当然，她不肯答应。这幢屋子很舒适，有格调，连接着她过去的生活，她并不愿意放弃。

我在李·布兰查德装饰艺术风格的流线型壁炉里烧掉了那笔钱。凯伊从没有问过我是怎么处理的。这个举动虽然简单，但让我找回了心中压抑已久的某个部分，所付代价是我与妻子的关系，还将我送回了旧日鬼魂的怀抱之中。

凯伊和我做爱的次数越来越少。即便做，对她来说也不过是敷衍了事的安慰，对我则纯粹是发泄性欲。我渐渐意识到，过去生活中的荒淫损耗了凯伊·雷克·布雷切特这个人，还不到三十岁，她就开始禁欲。于是我带着污秽的念头上床，在黑暗中把在闹市区见到的妓女面容安在凯伊的身体上。头几次还能奏效，直到我明白过来我真正想要什么。我耸动身体，气喘吁吁，凯伊用母性双手爱抚我，我感觉到她知道我打破了婚姻誓言，而且还当着她的面。

1948年变成1949年。我把车库改造成拳击健身房，大小沙袋、跳绳和杠铃一应俱全。我恢复了适合打拳的瘦削身材，用"板牙"布雷切特年轻时——大约1940年到1941年——的拳击海报装饰车库墙壁。透过汗水淋漓的眼睛所看见的自己让我离她又更近了一些，我在旧书店搜寻周日增刊和新闻杂志。我在《柯里尔周刊》[1]里找到了几张乌贼墨快照，在《波士顿环球报》里发现了几张翻拍的全家合影。我把它们藏在车库里避人耳目，这些东西越积越多，却在一个下午悉数消失。那天晚上，我听见凯伊在屋子里哭泣，我想和她谈谈，但卧室门上了锁。

---

1 《柯里尔周刊》（*Collier's Weekly*）：美国著名社会杂志，1888年创刊，1957年停刊。海明威曾为其报道西班牙内战，丘吉尔在20世纪30年代经常为其撰写文章。

第二十六章

电话铃响起。我去拿床边的分机，忽然意识到过去这一个月我都睡在沙发上，赶忙扑向咖啡桌："什么事？"

"还在睡觉？"

说话的是雷·平克，我在科学调查司的主管。"刚才在睡觉。"

"过去式用得不错。在听吗？"

"接着说。"

"昨天有人开枪自杀。汉考克公园，南琼恩街514号。尸体已经运走，看上去没什么疑点。你去彻底检查一遍现场，报告交给威尔夏刑警队的雷丁警督。明白了？"

我打着哈欠说："明白。现场封存了吗？"

"死者的妻子会帮你带路。记得要有礼貌，这家人富得流油。"

我挂断电话，呻吟了一声。我突然想到，斯普拉格家离琼恩街这户人家只隔一个街区。这个任务忽然有了莫大的吸引力。

一小时后，我按响那幢殖民地风格的廊柱大宅的门铃。开门的女士年约五旬，容貌姣好，身上的工作服沾满尘土。我说："我是洛城警局的布雷切特警员。请接受我的哀悼，您是——"

雷·平克忘了告诉我这家人的姓名。开门的女士说："多谢问候，我是简·钱伯斯。你是实验室的？"

她的态度尽管简慢，却掩盖不住内心的颤抖。我立刻对她有了好感："对。您给我指个方向就行，剩下的就交给我了，不会打扰您。"

简·钱伯斯领着我走进风格沉静的木饰门厅："书房在饭厅后面。走过去你会看见绳子的。请允许我暂且失陪，我想做些园艺活。"

她抹着眼泪走开。我找到房间，跨过封锁犯罪现场的绳子，心想这杂种自杀为什么要挑他所爱的人能目睹惨剧之处。

看起来像是最典型的霰弹枪自尽场景：皮革座椅翻倒，旁边地板上用粉笔勾勒出尸体轮廓。武器是点一二口径的双管猎枪，就躺在它应该在的地方——尸体前方三英尺，血迹和人体组织的残屑覆盖枪口。浅色石膏墙壁和天花板使得痕迹分外显眼，牙齿和大号铅弹说明死者把两根枪管都塞进了嘴里。

我花了一小时测量弹道和喷溅痕迹，刮下样本装进试管，在自杀武器上用粉末取潜指纹。做完这些，我从搜集证据的工具箱中拿出一个口袋，包裹好霰弹枪，心知这东西最终会成为洛城警局某个运动迷的财产。然后，我走出门厅，看见一幅带框油画挂在齐眼的高度上。

这是一幅小丑肖像，画中的年轻男孩身穿许多年前的宫廷弄臣服装。他弯腰驼背，身体扭曲，脸上从左耳画到右耳的笑容仿佛一道绵延不断的深疤。

我目瞪口呆，盯着那幅画看得目不转睛，想起死在39街和诺顿大道路口的伊丽莎白·肖特。看得越久，两幅画面就越是合二为一。最后，我终于挣扎着移开视线，目光落在一张照片上，照片中是两个挽着胳膊的年轻女人，她们长得很像简·钱伯斯。

"他抛下的另外两个人。很漂亮，对吧？"

我转过身。死者遗孀身上的尘土比上次看见时又多了一倍，散发出杀虫喷剂和泥土的气味。"和她们的母亲一样漂亮。她们多大年纪？"

"琳达二十三岁，卡洛尔二十岁。书房的事情结束了吗？"

她的两个女儿和斯普拉格家的姑娘们年龄相近。"是的。让清洁工用纯氨水清洗。钱伯斯夫人——"

"简。"

"简，您认识马德琳和玛莎·斯普拉格吗？"

简·钱伯斯嗤之以鼻："那两个姑娘，那一家人。你怎么会认识他们？"

"替他们做过事情。"

"要是相处时间不长，那就算你走运了。"

"这话什么意思？"

走廊里的电话铃响起。简·钱伯斯说："又要去接受哀悼了。谢谢你这么好心，您是——"

"叫我板牙。再见，简。"

"再见。"

我在威尔夏分局写完报告，然后去查埃尔德里奇·托马斯·钱伯斯（死于1949年4月2日）的自杀案卷。内容不多：简·钱伯斯听见枪声，发现尸体，立刻打电话报警。刑警队侦探来到现场，她说健康状况走下坡路和大女儿婚姻失败让丈夫心情低落。自杀：待法医勘验现场后即可结案。

我勘验现场的结果证实了自杀推断，简单明了。但感觉起来总有缺憾。我喜欢死者的遗孀，而斯普拉格家就在一个街区之外，我的好奇心还没有得到满足。我到刑侦队办公室找了部电话，打给罗斯·米勒德在报社的联系人，告诉他们两个名字：埃尔德里奇·钱伯斯和埃米特·斯普拉格。他们作了一番调查询问，随后打回被我据为己有的这个分机。四个钟头过后，我知道了以下事实：

埃尔德里奇·钱伯斯死后留下大笔财富；

从1930年到1934年，他担任南加利福尼亚房地产委员会的主席；

他在1929年提名斯普拉格获得威尔夏乡村俱乐部的会员资格，但苏格兰人被拒之门外，因为他有一群所谓的"犹太生意伙伴"。

精彩的来了：钱伯斯通过中间人把斯普拉格踢出房地产委员会，因为1933年地震时斯普拉格承建的几幢房屋倒塌了。

想写一份精彩纷呈的讣告，这些内容已经绰绰有余，但对于婚姻遇上难题、时间怎么用也用不完的试管警察来说，它们还远远不够。我等了四天，看见报纸上埃尔德里奇·钱伯斯落葬的消息，我又回去找死者的遗孀谈话。

开门时，她身穿园艺服，手持大剪刀："你是忘了什么东西，还是真有我想象中那么好奇？"

"后者。"

简笑着擦掉脸上的尘土："你离开后，我把你的姓和名拼在了一起，你是什么运动员吗？"

我笑着回答："打拳的。你女儿在家吗？有没有什么人留下陪你？"

简摇摇头："没有，我更喜欢现在这样。愿意到后院陪我喝杯茶吗？"

我点点头。简领着我穿过宅子，来到阴凉处的露台，底下是一大片剪股颖[1]草地，有一多半面积掘出了犁沟。我坐进躺椅，她给我倒冰茶："园艺活都是我从周日到现在做的。我觉得比收到的所有吊唁电话加起来还管用。"

"你真坚强。"

简在我旁边坐下："埃尔德里奇得了癌症，所以我有所准备，但也没想到他会用霰弹枪在家里自我了断。"

"你们关系亲密吗？"

"不，已经不亲密了。女儿都已长大成人，我们迟早会离婚。你结婚了？"

---

1 剪股颖（bent grass）：赛马场和高尔夫球场等高等级草坪常用的绿化植物。

"是的，快两年了。"

简喝了一小口冰茶："天哪，刚结婚不久。天底下最美好的时刻，对吧？"

我的脸色肯定背叛了我。简说："对不起。"然后改换话题："你是怎么认识斯普拉格那家人的？"

"我在遇见妻子之前和马德琳有过一段情。你和他们很熟吗？"

简望着挖开的庭院，思索片刻我的问题。"埃尔德里奇和埃米特很久以前就认识，"她终于娓娓道来，"他们做房地产都挣了不少钱，一起效力于南加利福尼亚委员会。你是警察，也许我不该说，但埃米特确实是个下三烂。1933年大地震，他承建的许多房屋倒塌了，埃尔德里奇说埃米特还有很多别的建筑物迟早要出问题，那些屋子用的材料都是最最差劲的。埃尔德里奇发现埃米特用假公司控制房产租赁和销售，于是把埃米特赶出委员会，因为就算以后有人因为埃米特的房屋丧命，埃米特也不需要负任何责任，这事气得埃尔德里奇够呛。"

我想起我曾和马德琳聊过同样的事情："你的丈夫听起来为人很正派。"

简提起嘴唇，挤出不情愿的笑容："他有过他的辉煌时期。"

"他没有向警方检举埃米特？"

"没有。他害怕埃米特的黑帮朋友。他只能尽力而为，给埃米特造成小小妨害。被委员会除名很可能让埃米特丢掉了一些生意。"

"'尽力而为'，这个墓志铭不错。"

328

简一撇嘴唇，露出讥笑的神情："出于负罪感而已。圣佩德罗的贫民窟有几个街区属于埃尔德里奇。得知自己得了癌症以后，他这才有了真正的负罪感。去年他投票给民主党，民主党当选后他和几个市议会的议员开过会，肯定把埃米特的丑事告诉了他们。"

我想起丑闻小报最近预测说要召集大陪审团举行调查："埃米特也许要倒霉了。你丈夫其实——"

简用戴戒指的无名指敲敲桌子："我的丈夫既有钱又英俊，查尔斯顿舞跳得没话说。我爱他，直到发现他有外遇，但现在我又开始爱他了。真是奇怪。"

"并不奇怪。"我说。

简的笑容非常温柔："板牙，你多大年纪？"

"三十二岁。"

"我五十一岁，我觉得奇怪，那就是奇怪。在你这个年纪，对人情冷暖不该这么处之泰然。你该有幻想才对。"

"你在取笑我，简。我是警察，警察不能有幻想。"

简发自肺腑地笑出声来："说得好。现在轮到我好奇了。一个前拳手现警察怎么会跟马德琳·斯普拉格有过一段情？"

现在轮到我撒谎了。"她闯红灯被我拦下，事情发展下去，最后就那样了呗。"我的内心风起云涌，但还是尽量假装随意地问，"你对她有什么了解？"

简一跺脚，惊走了正在窥伺露台边的玫瑰丛的乌鸦："我对斯普拉格家那几个女人的了解都是十年前的事情，而且非常奇怪。几乎称得上巴洛克风格。"

"洗耳恭听。"

简说："换你该说龇牙恭听。"我没笑，她的视线越过挖开的庭院，望着缪尔菲尔德路和"暴发大亨"的府邸："我的两个女儿和玛蒂还有玛莎还小的时候，拉蒙娜在他们家门前的大草坪上排演露天戏剧和庆典仪式，让姑娘们穿上背带裙和动物装。虽说我知道拉蒙娜精神状况有问题，但我还是让琳达和卡洛尔去参加。姑娘们慢慢大了，到了十多岁的时候，露台戏剧变得越来越古怪。拉蒙娜和玛蒂擅长化妆，拉蒙娜排演了一些……史实剧，重现埃米特和朋友乔吉·蒂尔登在'一战'期间的遭遇。

"她让孩子们穿上苏格兰军装裙，化浓妆，扛着玩具长枪，有时候还在孩子身上涂抹假血，有时候乔吉把场面真的拍摄下来。事情越来越怪异，超出我的忍耐范围，我不再让琳达和卡洛尔跟斯普拉格家的姑娘玩了。接下来，有一天，卡洛尔带着乔吉给她拍摄的几张照片回家。照片中的卡洛尔在装死，全身上下涂满红色染料。这是最后一根稻草。我冲进斯普拉格家，怒斥乔吉，因为我知道拉蒙娜没法为她的行为完全负责。可怜虫傻乎乎地承受我的辱骂，事后我也非常后悔——他在车祸中毁容，因此只能仰人鼻息。他从前帮埃米特管理房地产，现在只能打扫庭院和替市政府除草了。"

"马德琳和玛莎后来怎么样了？"

简耸耸肩："玛莎成为艺术神童，马德琳变得水性杨花，这点我猜你已经知道了。"

我说："说话别那么难听。"

简用戒指敲敲桌面，说："我道歉。也许因为我也想撕掉伪

330

装。我不愿意把下半辈子都花在园艺上，但又太骄傲，没法去找男妓解决问题。你有什么建议？"

"再给自己找个百万富翁。"

"很难，再说一个就够我一辈子吃穿不愁了。知道我最近总在想什么吗？1950年就要到了，而我是1898年出生的。我已经完蛋了。"

我说出过去半小时我一直想说的话："你让我希望情况能够有所不同。时机能够有所不同。"

简微笑，叹息："板牙，难道我对你的盼头只有这么多吗？"

我也叹息："我看所有人对我的盼头只能这么多了。"

"知道吗，你有点儿窥阴癖。"

"而你有点儿爱八卦。"

"说得好。来吧，我送你出去。"

我们牵着手走向大门。门厅里嘴如伤疤的小丑像再次吸引了我。我指着那幅画说："我的天，够瘆人的。"

"也很值钱。埃尔德里奇买给我的四十九岁生日礼物，但我很不喜欢。送给你如何？"

"谢谢，但还是算了吧。"

"我该谢你才对，你是我最好的吊唁客人。"

"你也是。"

我们拥抱片刻，然后我转身离开。

第二十七章

本生灯操作员。

睡沙发的丈夫。

没案子的侦探。

1949年春天以上三个角色都是我。凯伊每天很早出门去学校；我假装睡觉，等她离开才起床。我单独待在童话屋子里，抚摸妻子的各种物品——李买给她的开司米套头衫，她要批改的学生作文，她积累起来准备读的书。我一直在找日记，但就是找不到。我在实验室想象凯伊翻看我的各种物品。我盘算要不要写本日记，留在她容易找到的地方，在日记里详细描述我和马德琳·斯普拉格交合的过程，逼着她要么原谅我对大丽花的痴迷，要么干脆把这场婚姻炸个底朝天。我顶多只是躲在隔间里胡乱涂写了五张纸，然而等马德琳的香水和红箭汽车旅馆的来苏水混在一起的气味钻进鼻孔，我就停下了。我把那几张纸揉成一团扔掉，但星星野火变成了燎原大火。

我一连四晚监视缪尔菲尔德路的那幢大宅。我在马路对面停车，望着灯光亮起又熄灭，看见铅条格窗里人影闪动。我幻想闯入斯普拉格家的生活，威逼利诱埃米特捞一笔，和马德琳搞遍每一家情人旅馆。斯普拉格家没人在这几个晚上出门，四辆轿车都停在环形车道上。我不停琢磨他们都在干些什么，缅怀什么共有的经历，会不会有人提起两年前来吃过饭的那个警察。

第五晚，马德琳出门了，她身穿宽松长裤和粉色套头衫，走到路口寄信。我看见她在回去路上注意到了我的车，过路车辆的头灯照亮她的惊讶表情。我望着她快步走进都铎式的堡垒，然后开车回家，简·钱伯斯的声音在耳畔奚落我："窥阴癖，窥阴癖。"

走进家门，我听见淋浴的水声，卧室门开着。唱机在播放凯伊最喜欢的勃拉姆斯五重奏。我回想起第一次见到妻子裸体的时候，于是脱衣服上床。

淋浴龙头关上了，勃拉姆斯变得更加响亮。凯伊裹着毛巾出现在门口。我说："宝贝。"她答道："噢，德怀特。"然后松手让毛巾落在地上。我们同时开口，各自道歉。我听不太清她在说什么，我知道她恐怕也不知道我在说什么。我想起身去关掉唱机，但凯伊先上了床。

我们笨手笨脚地开始亲吻。我已经兴奋起来，同她合为一体。

我睁着眼睛看她，告诉她此刻只有我和她两个人；凯伊扭开头，我知道她看穿了我。凯伊把头埋进枕头，无论她怎么回答，声音都消失在了枕头里。

第二十八章

第二天晚上，我把车停在斯普拉格府邸的街对面，今天我开的是在科学调查司出外勤用的无标记福特车。我不清楚我等了多久，但我知道时间每过一秒，我离上前敲门或破门而入就更近一分。

我在脑海里幻想马德琳的裸体；幻想我妙语连珠，斯普拉格家的其他成员惊叹不已。这时候，先是有光线射过车道，接着传来车门重重关上的声音，帕卡德的车头灯随即亮起。帕卡德开上缪尔菲尔德路，向左急转拐上第六街朝东而去。我小心谨慎地等了三秒钟，然后跟上去。

帕卡德一直开在中央车道上，我在右侧车道上跟踪，拉开四个车身的距离。我们驶出汉考克公园，进入威尔夏区，向南拐上诺曼底大道，再向东上了第八街。闪闪发亮的酒吧招牌绵延足有一公里，我知道马德琳就快到她的终点了。

帕卡德在"津巴房间"门口停下，两根霓虹长矛在这家低级酒馆的门口上方交叉。停车位只剩下一个，就在帕卡德背后。我慢慢开进空位，车头灯照出正在锁门的车主。我同时看见了那个人不该是谁，但又确实是谁，大脑里的线团一下子全解开了。

伊丽莎白·肖特。

贝蒂·肖特。

丽兹·肖特。

黑色大丽花。

我的膝盖猛地弹起来，撞在方向盘上。我伸出颤抖的双手，按响喇叭。幻影抬手挡住光束，眯起眼睛望向我，然后耸耸肩。我看见熟悉的酒窝轻轻抽动，正在坠入深渊的我终于返回现实。

幻影是马德琳·斯普拉格，完全打扮成大丽花的样子。她穿纯黑的紧身晚礼服，化妆和发型都和贝蒂·肖特最漂亮的肖像照毫无区别。我望着她昂首阔步走进酒吧，发现她挽起的黑色卷发里有一小片黄色，知道她这次变身彻底得连贝蒂的发夹也不肯放过。这个小细节击中我，凶狠得仿佛李·布兰查德的"一加二"。我迈开醉步，像是被重拳打蒙了似的，跑上去追赶鬼魂。

"津巴房间"的四壁之间充满烟雾、美国大兵和点唱机播放的爵士乐。马德琳在吧台前小口小口喝酒。环顾四周，我发现她是酒吧里唯一的女人，已经引发了阵阵骚动——士兵和水兵拿胳膊肘互相推挤，传递这个好消息，把紧身黑衣包裹着的背影指给别人看，压低声音交头接耳。

我在后面找到一个斑马条纹的卡座，挤在里面的几个水兵正在分享一瓶酒。扫一眼他们犹如毛桃的脸蛋，就知道这帮小子还不到法定饮酒年龄。我亮出警徽，说："快滚，否则一分钟内我就能叫来岸上宪兵队[1]。"三个年轻人旋风似的夺路而逃，把酒瓶留在了桌上。我坐下来观望马德琳扮演贝蒂。

我一口气喝掉半杯波本酒，神经镇定下来。我沿对角线望着吧台前的马德琳，想当入幕之宾的男人围住了她，聚精会神地聆听她说的每一个字。我离她太远，什么也听不清，但她打的每个手势在我眼中都不属于她，而是属于另外一个女人。她每次触碰那些追求者中的一个，我的手都有冲动想掏出点三八。

时间一分一秒过去，那些模糊的海军蓝和卡其黄身影有一个漆黑的中心点。

马德琳喝酒聊天，轻描淡写地挡开大部分攻势，注意力最终集中在一个矮壮的水兵身上。那家伙射出凶狠的眼神，马德琳的追求者纷纷散去。我喝光了那瓶酒。盯着吧台能阻止我思考，喧闹的爵士乐让我竖起耳朵去听更响的说话声，酒精使得我没有捏造出半打理由上前逮捕矮壮的水兵。过了一会儿，黑衣女人和蓝衣水兵挽着胳膊走出房门，穿高跟鞋的马德琳比水兵还高几英寸。

我在波本酒带来的镇静中等了五秒钟，然后起身。坐进车里的时候，帕卡德刚好右转拐弯。我追上去，一个凶狠的右转弯过后，我在同一个街区的尽头找到了帕卡德的车尾灯光。我逐渐逼近，险些撞上帕卡德的后保险杠。马德琳的胳膊猛地伸出车窗，打个变向手势，随后转进一家灯火通明的汽车旅馆的停车场。

我急刹车停下，倒回去，关掉车头灯。我在街上望过去，看

---

1 岸上宪兵队（shore patrol）：美国海军，海军陆战队或海岸警卫队选派的在岸上做宪兵的人员。

见年轻水兵叼着香烟靠在帕卡德车上，马德琳去办公室拿房间钥匙。她隔了几分钟走出办公室，套路和我们从前一样。她让水兵走在前头，从前她同样让我领路。房间里灯光亮起又熄灭，我在外面偷听，窗帘拉上了，收音机里响起我和她听过的电台。

持续盯梢。

外勤盘问。

本生灯操作员现在是有案子的侦探了。

接下来的四个晚上，我一直在监视马德琳的大丽花行动。她每次的犯罪模式都相同：第八街的酒馆，胸前挂满五彩挂饰的硬气大兵，第九街和艾洛洛街路口的情人旅馆。两人安顿下来，我就回去找酒保和被她拒绝的大兵问话。

黑衣女人说她叫什么？

没说。

她都和你聊什么？

战争，还有打入电影界。

你有没有注意到她很像黑色大丽花，也就是几年前被谋杀的那个女孩；假如注意到了，你觉得她的行为是想证明什么？

否定性的答案和猜测：她脑子不正常，认为自己就是黑色大丽花；她是妓女，靠扮成大丽花挣钱；她是女警察，企图引诱杀死大丽花的凶手露面；她是个疯婆娘，得了癌症就快死去，想吸引残杀大丽花的凶手对她下手，免得被病魔糟蹋。

我知道接下来我应该盘问马德琳的露水情人，但我不认为自己能带着理性做这件事。他们要是说错或者说对什么，把我引向或者错误或者正确的方向，我清楚我不可能控制住自己的行为。

连续喝酒四个晚上，睡觉只能在车里打盹片刻，回家也还是睡沙发，而凯伊依旧闭门不出，我的身体终于撑不住了。上班的时候，我失手打破玻片，贴错血样标签，筋疲力尽之下用自己才能看懂的速记符号写证据报告，趴在检验弹道的显微镜上睡过去两次，被黑衣马德琳的惨状快照惊醒。我知道我单凭自己肯定熬不过第五个晚上了，但也无法就此放弃，因此偷了几粒缉毒组送检的安非他命。药片帮我摆脱了疲劳，同时让我产生了挥之不去的自我厌恶情绪，我厌恶的是我竟然这么对待自己。但另一方面，药片还让我灵机一动，想到了该怎么摆脱马德琳和大丽花，以及再次成为一名真正的警察。

我找到萨德·格林，又是恳求，又是讨价还价，他边听边点头：我在局里待了七年，和沃格尔父子的过节已经是两年前的往事，早就没人记得了，我不想混科学调查司，希望回去穿制服，能值夜班最好。我一直在努力学习，为参加警司考试作准备，科学调查司对我来说是个理想的训练场，帮助我迈向终极目标也就是警探局。我开始滔滔不绝地讲述我婚姻不幸，夜班能让我远离妻子，说着说着，我有些前言不搭后语，因为黑衣女人的画面闯进脑海，我意识到我几乎在哀求萨德·格林。警探局老大瞪了我很长时间，终于让我安静下来，我不禁怀疑嗑药是不是害得我神经搭错了线。最后，他说："好吧，板牙。"抬手指着门口。我在外间办公室等待，安非他命让这段时间仿佛无穷无尽，看见萨德·格林微笑着走出房门，我险些一激灵蹦出皮囊。"牛顿街分局，值夜班，从明天开始，"他说，"还有，对那儿的有色人种弟兄客气些。你发癫实在吓人，千万别把这毛病传染给他们。"

牛顿街分局位于洛城商业区的东南角，管辖面积有九成五是贫民窟，常住人口有九成五是黑人，麻烦遍地。每个路口都有人聚众饮酒和投骰赌博；每个街区都有酒铺、拉直头发的美容院和台球室，分局接到的三号呼叫每天二十四小时接连不断。步行巡警随身携带铁头警棍；刑警队探员的点四五自动手枪装着不合法规的达姆弹。本地酒徒常喝所谓的"绿蜥蜴"，也就是调"老蒙哥马利"波特酒的古龙水；嫖妓的标准价格是1美元，再加2毛5就能去"她的地方"，也就是56街和中央大道路口的汽车坟场的废弃轿车里。街上的孩子一个个骨瘦如柴、腹部浮肿。野狗浑身疥癣，总在狂吠。每个店主都在柜台下藏了散弹猎枪。牛顿街分局简直是个战区。

我靠喝酒除掉安非他命的药效，一口气睡了二十二个钟头，然后去分局报到。分局局长是个名叫盖彻尔的老古董警督，颇为热烈地欢迎我，说既然萨德·格林认为我没问题，那他就愿意接受我没问题，除非我自己把事情搞砸，证明我其实有问题。就个人而言，他痛恨拳击和告黑状，但他愿意让过去成为过去。不过，我的同事们大概就没有这么好相处了，他们打心底里痛恨名人警察和拳击手。弗里茨·沃格尔几年前曾在牛顿街巡逻，有不少人挺怀念他的。好心肠的分局局长安排我单人步行巡逻，拜见过他出来，我下定决心要比上帝他老人家过得更没问题。

第一次集合点名就没这么容易过关了。

负责集合的警司把我介绍给这一轮的值勤警员，我得到的不是鼓掌欢迎，而是各种各样猜疑和怨毒的眼神，还有人干脆别开了视线。读完待办罪案清单，五十五个人里只有七个人过来跟我握手并祝好运。警司默不作声，带着我转了一圈分局辖区，放我在巡逻区域的最东头下车，留给我一张街道地图。他的临别赠言是："别让黑人低看了你。"我说谢谢，他答道："弗里茨·沃格尔曾是我的好朋友。"然后一踩油门走了。

我决心要尽快让自己变得没问题。

在牛顿街分局的第一周，我只做了两件事：用蛮力抓人和搜集情报，搞清楚谁是真正的坏人。我带着大头警棍闯进痛饮"绿蜥蜴"的人群，答应酒鬼只要给我名字我就放他们一马。他们不肯就范，我就逮捕他们；他们愿意配合，我还是要逮捕他们。68街和长滩大街路口一家烟雾腾腾的发廊门外，我在人行道上就闻见了烟的味道，踹门进去，抓住三个正在抽那东西的家伙，他们身边的数量足以被控重罪。他们供出卖家，还说斯劳森帮和摩托帮即将火并，希望我能手下留情；我打电话到刑警队办公室报告消息，请他们派辆黑白警车来接毒虫回警局。我偷偷造访妓女出没的废车场，逮住几个卖淫嫖娼的家伙，威胁要给嫖客的老婆打电话，逼他们供出更多名字。到了周末，我执行了二十二起逮捕，其中有九个是重罪犯。我还得到了不少名字。这些名字能拿来测试我的胆量，能弥补我回避的重要赛事，能让恨我的警察害怕我。

"闹市"威利·布朗走出好时光酒吧时，被我撞个正着。我说："你这该死的畜生。"威利扑过来。我挨了三拳，还击六拳。打完架，布朗只剩下满地找牙的力气了。街对面两个正在闲谈的警察把这一幕从头看到尾。

罗斯福·威廉姆斯，正在假释期的强奸犯、皮条客和地下彩票经营者，他比较难以对付。他对"好啊，二货"的回答是"你个垃圾"，而且抢先发起进攻。我们对打了差不多一分钟，摩托帮的一伙骨干坐在门口台阶上津津有味地看戏。他慢慢占了上风，我险些伸手去拿警棍，但挥舞警棍没法铸造传奇。最后，我使出李·布兰查德的套路，上下开弓，轮番轰击，嘭嘭嘭嘭几拳过后，最后一下把威廉姆斯打得人事不省，而我则因为两根手指骨裂去找了分局的护士。

这下没法赤手空拳上场了。最后两个名字是克劳福德·约翰逊和他兄弟威利斯·约翰逊，他们经营出千牌局，地点选在61街和进取街路口的"大能救主浸信会"教堂的娱乐室，斜对角就是牛顿街警察半价吃饭的便宜小餐馆。我爬窗户进入房间，威利斯正在发牌。他一抬头，说："啥？"这时我的大头警棍已经废了他的双手，顺便敲翻牌桌。克劳福德的手伸向腰带，我的第二下打掉了他手里带着消音器的点四五。兄弟两人痛呼着破门而出，我捡起如今归我下班后使用的手枪，吩咐其他赌客拿了各自的钱赶紧回家。到了室外，我有了一票观众：几个蓝制服正在人行道上狼吞虎咽地吃三明治，他们看着约翰逊兄弟抱着断手狼狈逃命。"敬酒不吃吃罚酒！"我喊道。一位据说恨得我牙痒痒的老警司喊回来："布雷切特，你这个白人真是好样儿的！"这一刻，我知道我终于没问题了。

逮捕约翰逊兄弟让我成了个小小的传奇人物。同事对我渐渐热络起来，态度就像是对待那种过于疯狂、过于奋不顾身、你庆幸还好你不是这种人的家伙，感觉起来就仿佛我又成了本地名人。

我第一个月的考核报告拿了满分，盖彻尔警督奖赏我开带无线电的警车巡逻。这大抵算是升职，同时改换的片区也是。

　　有传言说斯劳森帮和摩托帮都想做掉我，假如他们失手，克劳福德·约翰逊和威利斯·约翰逊还在后头跃跃欲试。盖彻尔让我暂避风头，等他们的热乎劲过去，于是调派我去分局辖区西侧边界附近的某处。

　　新的巡逻线路着实无聊。这儿是黑人和白人的混居区，有几家小型工厂和许多整洁的房屋，犯罪顶多不过醉酒驾驶和搭便车的妓女勾搭摩托车手，想在去黑人区吸毒窝的路上多捞几美元。我逮捕醉驾司机，亮起警灯破坏好事，开出一大堆交通罚单，巡逻时最大的愿望就是碰见什么不寻常的事情。胡佛街和佛蒙特大道上的汽车餐厅越来越多，都是漂亮的现代建筑，你可以坐在车里一边吃东西一边听窗间柱上的扬声器播放音乐。我接连几个钟头把车停在这种地方，听着KGFJ电台喧嚣的波普爵士，调低双向无线电的音量，万一发生什么大事也不至于错过。坐在那儿听音乐的时候，我总是盯着街道，搜寻白人妓女，告诉自己：若是看见谁长得像贝蒂·肖特，就去提醒她们，39街和诺顿大道路口离这儿仅有几英里，千万要当心。

　　然而，大部分妓女仍旧是女人不假，让大脑对她们胡思乱想是安全的，拿她们替代独守空闺的妻子和在第八街下等酒馆鬼混的马德琳是安全的。我琢磨过要不要找个长得像大丽花或马德琳的妓女满足性欲，但每次总能打消念头，因为那太像约翰尼·沃格尔和贝蒂在比尔蒂摩干的勾当了。

　　每天半夜12点下班后，我总是焦躁不安，没兴趣回家睡觉。

我有时候去商业区的通宵影院，有时候去南城的爵士乐俱乐部。波普爵士正是鼎盛时期，就着一品脱陈年佳酿听上一整夜，足够帮我放松精神，在凯伊出门上班后没多久回到家里，睡一个连梦都没有的好觉。

但有时候这个办法也会不奏效，我睡得大汗淋漓，噩梦里有简·钱伯斯的微笑小丑画像，有法国佬乔·杜朗其砸蟑螂，有约翰尼·沃格尔手持鞭子，有贝蒂恳求我要么和她睡觉要么干掉杀死她的凶手，哪样都行。最糟糕的地方是每次醒来我都独自睡在童话房屋里。

夏天匆匆到来。炎热的白天，我在沙发上睡觉；炎热的夜晚，我在西边的黑人区巡逻，喝陈年酸麦芽威士忌，去"同花顺"和"比度利多"俱乐部消磨时间，听汉普顿·霍斯、迪齐·吉列斯皮、沃德尔·格雷和德克斯特·戈登演奏。我想准备警司考试却静不下心学习，有冲动想甩开凯伊和那幢童话房屋，在巡逻的地区找个便宜住处。要不是碰到那个犹如鬼魂的酒鬼，这样的生活也许会永远持续下去。

我把车停进"公爵汽车餐馆"，看着站在前方十码开外公共汽车站旁边的一群风尘女子。双向无线电没开，斯坦·肯顿狂野的即兴演奏在扬声器里轰鸣。天气湿热，一丝风也没有，我的制服贴在身上，我有一个星期没逮捕过任何人了。那些姑娘朝过往车辆挥手，一个用过氧化氢把头发漂成金色的女人对着车辆摇屁股。我逐渐把她的摇摆扭动配上了音乐节拍，考虑要不要过去盘问一下，让档案处查一查里面有没有通缉犯。这时，一个瘦骨嶙峋的老酒鬼走进视野，他一只手拿着小瓶廉价烈酒，伸出另一只手讨要零钱。

漂金发的女人停止跳舞，转身和他交谈。音乐渐入痴狂境界，全都是尖锐的刮擦声，但缺少了她的伴舞。我闪了闪车头灯，酒鬼遮住眼睛，对我竖起中指。我跳下黑白警车，扑向那家伙，斯坦·肯顿的乐队从旁伴奏。

我抡起胳膊，左右开弓，拳头又快又狠。女孩的尖叫声比斯坦大乐队还要刺耳。酒鬼咒骂我，咒骂我母亲、我父亲。我脑海里拉响警报，我闻到仓库里腐肉的气味，尽管我知道实际上并不可能。老家伙痛哭流涕："求——你了。"

我跌跌撞撞地走到路口的投币电话前，塞进去一毛钱，拨通自己家的号码。十声铃响，凯伊没接；我想也不想就换了韦伯斯特4391。话筒中传来她的声音："您好，斯普拉格家。"我结结巴巴地说了些什么。她说："板牙？是你吗，板牙？"酒鬼摇摇晃晃走向我，酒瓶凑在染血的嘴唇上。我伸手从口袋里掏出几张纸币扔给他，钱落在人行道上。"说话啊，亲爱的。家里其他人都去拉古纳了。咱们可以就像从前——"

我扔下话筒，任凭它在那儿荡来荡去，酒鬼正在捡起我上个月的大部分工资。我飞车赶到汉考克公园，我拔腿狂奔——光是这么一次就好，光是再次进入那幢大宅就好。敲门时，我已经说服了自己。马德琳出现在我眼前，一身黑色丝绸衣服，头发向上挽起，戴黄色的发夹。我伸手去摸她，她后退几步，松开发夹，让头发披散在两肩上："不行，现在还不行。否则我就没法和你在一起了。"

第四部

伊丽莎白

第二十九章

接下来的一个月，我陷入她的温柔乡无法自拔。

埃米特、拉蒙娜和玛莎在橘县的海滩别墅过6月，马德琳留下照看缪尔菲尔德路的宅邸。出自移民野心的梦幻之屋里，有二十二个房间可供我们寻欢作乐。比起红箭汽车旅馆和李·布兰查德抢劫杀人的纪念堂，这个地方像样得多。

马德琳和我在每一间卧室做爱，掀开每一面丝绸被单和锦缎床罩，包围我们的是毕加索和德国大师的杰作，还有价值几十万美元的明代花瓶。我们从十来点钟睡到下午一两点，然后我出门前往黑人区，我身穿全套制服上车时邻居射来的眼神当真千金难买。

这是天生荡妇和浪子的团聚，两人都知道和别人在一起永远不可能这么尽兴。马德琳解释说扮演大丽花是争取我回来的策略，那晚她看见了我坐在车里，知道贝蒂·肖特总能诱使我一次次返回这里。行为背后的欲望固然让我情动，所用诡计的精巧构思却令我反感。

第一天刚关上门，她就摘掉了面具。飞快冲洗之后，头发恢复原有的深棕色，发型换回童花头，紧身黑衣也随即脱去。我费尽口舌想让她再试试那个打扮，就差没恳求和用一去不回威胁她了，马德琳只是用"改日再说"安抚我。我们心照不宣地达成妥协，交换条件是谈论贝蒂。

我提问，她答得离题万里。我们没多久就说尽了事实，接下来就只能纯粹揣测了。

马德琳说起她异乎寻常的可塑性，贝蒂就像变色龙，能扮演任何角色去取悦任何人。我说她是洛城警局有史以来最令人垂头丧气的调查行动的中心，侵扰了她周围几乎所有人的生活，是个人形的谜题，但我必须搞清楚与她有关的所有事情。这是我的最终观点，但感觉起来浅薄难当。

说完贝蒂，我把话题引向斯普拉格家的其他人。我没有提起我认识简·钱伯斯，而是转弯抹角地说出简告诉我的内部消息。马德琳说埃米特有点儿担心好莱坞庄园标记即将被拆的事情；说她母亲排演过露天戏剧，喜欢题材怪异的书籍和中世纪知识，而那不过是"毒虫把戏——妈妈时间太多，又吃多了秘方药物"。过了一段时间，她开始厌恶我不厌其烦的刺探，反过来向我提问。我扯了不少谎，心想假如我已经贫乏得只剩下了过去，接下来又该何去何从？

第三十章

驶近那幢屋子的前门，我看见车道上除了凯伊的普利茅斯还有辆搬家货车，普利茅斯放下天蓬，里面放满纸箱。我原本只是回家换干净制服，现在却要面对别的事情了。

我并排违停，冲上台阶，闻到自己身上散发出马德琳的香水味。货车开始倒上路面，我喊道："嘿！他妈的给我回来！"

司机置若罔闻。门廊上传来她的声音，于是我没去追他。"我没碰你的东西。家具你留着好了。"

凯伊身穿男式短夹克和羊毛裙，就是我们第一次见面时她的模样。我说："宝贝。"然后开始问："为什么？"我的妻子反击道："我丈夫一连三个星期不见踪影，你以为我会什么都不做吗？德怀特，我找了私家侦探跟踪你。那女人看上去就他妈是那个死女孩，所以你更愿意要她，而不是我。"

凯伊眼睛里没有泪水，声音也很冷静，这比她正在说的话更让我害怕。我感觉到我开始发抖，抖得难以自制："宝贝，该死的——"

凯伊后退几步，离开能被我抓住的范围："嫖客。懦夫。恋尸癖。"

颤抖越来越厉害；凯伊原地转身，走向她的车，离开我的生活。我再次闻到马德琳的气味，转身走进屋子。

曲木家具看起来和从前一样，但咖啡桌上没了文学季刊，饭厅壁柜里少了叠起来的开司米套头衫。我睡觉的沙发上，坐垫收得整整齐齐，仿佛我从来没在那儿睡过觉。我的留声机依然摆在壁炉旁，但凯伊的唱片全都不在了。

我抓起李最喜欢的椅子，摔向墙壁。我把凯伊的摇椅扔向壁柜，壁柜变成玻璃碎片。我举起咖啡桌，砸破前窗，随后把咖啡桌扔到门廊上。我把地毯踢得破破烂烂，抽出所有的抽屉，拽翻冰箱，用榔头分开卫生间的洗脸池和水管。这么折腾感觉就像一场打满十回合的拳赛。等胳膊酸得没法继续祸害屋子了，我抓起制服和带消音器的点四五离开，没有关门，让捡破烂的把这个地方清理干净。

斯普拉格家的其他成员随时有可能回洛城，所以我只剩下了一个去处。我开车到艾尔尼多旅馆，向前台出示警徽，说他有个新房客了。他不情愿地交出备用钥匙，几秒钟过后，罗斯·米勒德的陈旧烟味和哈里·西尔斯弄洒的麦酒余味就已经钻进了鼻孔。我和四面墙壁上的伊丽莎白·肖特大眼瞪小眼：她充满生机露出微笑，她被廉价梦想弄得头脑呆滞，她被开膛破肚扔在杂草丛生的建筑空地上。

我甚至都没有跟自己打个招呼，就知道接下来我要做什么了。

我搬起床上的几箱文件塞进壁橱，撤掉被单和毛毯。大丽花的照片用钉子固定在墙上，我没费多大力气就把寝具挂了上去，完完全全地遮住了那些照片。房间堪称完美，我出门采购道具。

我在"西部戏装店"买了发髻向上挽的乌黑假发，在好莱坞大街的一毛钱商店买了黄色发夹。颤抖去而复返，比上次更加严重。我开车去了"萤火虫酒廊"，希望那地方还在好莱坞风化组的庇护下继续营业。

走进室内，眼睛扫了一圈，我知道确实如此。我在吧台前坐下，点了杯双份的"老福斯特"[1]，姑娘聚在火柴盒大小的舞台上，我盯着她们看。地板上的脚灯照亮她们，在倾泻而出的灯光下，她们不过是物件而已。

我几口喝掉那杯酒。她们看起来都一个样：染了毒瘾的妓女，身穿廉价的开衩和服。我数了数，一共有五个人，我望着姑娘们抽烟，看她们调整和服的开衩口，露出更多的大腿。没有一个长得像我的目标。

过了一会儿，有个瘦巴巴的棕发姑娘走上舞台，身穿荷叶边小礼服。强光照得她直眨眼睛，她挠着别致的小圆鼻子，用脚趾在地上画八字。

我对酒保勾勾手指。他拿着酒瓶过来，我用手掌挡住杯口："穿粉色衣服的姑娘。带她回我那儿，一个钟头左右多少钱？"

酒保叹了口气："先生，我们有三个房间。姑娘们不喜欢——"

---

1 老福斯特（Old Forester）：波本威士忌品牌名。

我用一张崭新的50美元让他闭嘴："为我破例一次吧。你自己也大方点儿。"

50美元消失了，男人随即不见踪影。我自己倒满酒杯，又几口喝掉，眼睛盯着吧台，最后终于有只手按住了我的肩头。

"你好，我叫洛琳。"

我转过身。近看之下，她可以变成随便哪个漂亮的棕发女人——完美的塑形黏土。"嗨，洛琳。我……我叫比……比……比尔。"

女孩干笑："嗨，比尔。咱们走吧？"

我点点头，洛琳领着我走出酒吧。阳光直射，照亮了尼龙丝袜上的绽线和她胳膊上的伤痕。她坐进车里，我发现她的眼睛是暗棕色。她用手指敲打着仪表盘，我明白她和贝蒂最相似的地方是剥落的指甲油。

已经足够了。

我们开车来到艾尔尼多旅馆，走向房间，一路上谁也没说话。我打开门，让到旁边，请洛琳先进去。我的礼貌举动换来白眼，她低低地吹了声口哨，说我这地方实在不上档次。我锁好门，拆掉假发的包装，把假发递给她："拿着。脱掉衣服，戴上这个。"

洛琳脱衣服的架势很难看。鞋子哐当一声掉在地上，拽掉长袜时又勾破了一处。我想帮她拉开小礼服的拉链，但她早有准备，转过去自己拉开了。她背对我脱掉胸罩和内裤，笨手笨脚地戴上假发。她转身面对我，说："你就是这么找刺激的？"

假发戴歪了，就像杂耍表演上逗乐的道具，但倒是挺搭配她的。我脱掉上衣，开始解皮带，洛琳的眼神让我停下了。我忽然意识到她害怕我的佩枪和手铐。我想说我是警察，希望她能平静下来——然而，那个眼神使得她看起来更像贝蒂了，因此我没有开口。

女孩说："别伤害——"我说："别说话。"然后伸手扶正假发，把她的平直棕发塞进去。她的模样还是错得离谱，怎么看怎么像妓女，怎么看怎么不对劲。洛琳开始颤抖，我想纠正错误，把黄色发夹别在假发上，她从头顶到脚趾都在颤抖。发夹只是扯开了几缕干如枯草的黑发，拉得整张脸向一侧偏转，搞得她更像那个嘴如裂伤的小丑，而不是我的贝蒂。

我说："上床躺下。"女孩听从了，她两条腿硬邦邦地贴在一起，双手压在屁股底下，瘦巴巴的身体一阵阵抽搐和颤抖。躺下后，假发只剩下一半盖着她的脑袋，另一半落在枕头上。我觉得墙上的照片能让这一幕变得完美，于是伸手扯掉遮挡照片的被单。

我望着肖像照上栩栩如生的贝蒂／贝丝／丽兹，女孩拼命嘶喊："救命！杀人犯！警察！"

我猛然转身，见到39街和诺顿大道路口把裸体的冒牌货吓得动弹不得。我跳上床，用双手捂住她的嘴巴，按住她的身体，一个字一个字清清楚楚地说："只是因为她对我来说有那么多的名字，而我的女人不肯为我扮演她，我又不能像她那样变成随便什么人，每次我尝试都会彻底搞砸，我的朋友发疯了，因为他妹妹要不是被人杀害，也有可能变成她——"

"杀人——"

假发乱糟糟地掉在床上。

我的手扼住了姑娘的脖子。

我松开双手，慢慢起身，掌心向外，表示我并无敌意。女孩扯动声带，却没有发出任何声音。她揉搓着被我掐过的脖子，指印仍旧通红。我退到对面墙角，无法说话。

墨西哥式僵局。

女孩按摩咽喉，眼神逐渐变得冰冷。她起身，当着我的面穿上衣服，寒冰越来越冷，冻得越来越深。我知道我没法抵挡这样的目光，于是掏出证件，向她亮出洛城警局的1611号警徽。她笑了笑，我尽量模仿。她走过来，对着铁皮警徽啐了一口。门"砰"的一声关上，掀起墙上的照片，我终于又能出声了，我声嘶力竭地吼叫道："我会为你抓住他，不让他伤害其他人，我会补偿你的，哦贝蒂，基督在上，我一定会。"

第三十一章

客机向东飞去，穿过层层云堆和湛蓝天空。我几乎提空了我的银行存款，口袋里装满钞票。我对盖彻尔警督说我的高中好友在波士顿快病死了，他接受了我的说法，批了我一周的累计病休。我的膝头放着一叠笔记，那是波士顿警局作的背景调查，我花了些力气按照艾尔尼多的档案抄录了一份。我在洛城机场买了波士顿市区地图，借此排好侦察行程。飞机着陆，我将依次前往麦德福德、剑桥和斯托纳姆，探寻伊丽莎白·肖特的过往，她没有被报纸头版血淋淋地展示过的人生。

昨天下午，等颤抖停止，我把自己险些酿成大祸的事实踢出脑海，至少表面上如此，然后立刻开始阅读档案。飞快浏览一遍，我知道调查在洛城走进了死胡同，第二遍和第三遍告诉我这个胡同死得不能再死了，第四遍让我相信，留在洛杉矶，我会被马德琳和凯伊逼疯。我必须逃跑，假如我对伊丽莎白·肖特发的誓存在任何意义，我就只能逃往她的方向。即便这场调查到头来竹篮打水一场空，我好歹也去干净的地方走了一趟，在那个地方，我的警徽和活生生的女人不会让我惹上麻烦。

我无论如何也忘不掉妓女脸上的厌恶表情，我甚至能闻到她的廉价香水味，我想象她唾骂我，用的就是同一天早些时候凯伊说的那几个词，但内涵更加可怕，因为她知道我究竟是什么货色：一个有警徽的下流胚。想到她，感觉就像跪在地上刮开我的人生的最底层，唯一的安慰是我没法继续堕落了，我真想掏出点三八，把枪口塞进嘴里一了百了。

飞机7点35分落地。我第一个走下飞机，手里拿着记事簿和小背包。航站楼有租车柜台，我租了辆雪佛兰轿车，直奔波士顿市区而去，想利用好还剩下的一小时左右日照时间。

行程表包括伊丽莎白母亲的住址、她的两个姐妹的住址、她念过的高中、哈佛广场她在1942年端过盘子的经济餐馆、1939年和1940年她卖过糖果的电影院。我决定兜个圈子，绕过波士顿先去剑桥，然后再去麦德福德——也就是贝蒂真正的活动地。

古雅的波士顿一闪而过。我跟着路标走，过查尔斯河大桥来到剑桥：漂亮的乔治王朝式房屋，到处都是念大学的年轻人。我继续跟着路标来到哈佛广场，我的第一站就在这里，名叫"奥托啤酒屋"，是幢姜黄色的建筑物，散发着卷心菜和啤酒的味道。

我把车停进计费停车点，走进餐馆。"汉索尔和格蕾塔"[1]的主题覆盖了所有地方——雕花木质隔间、挂在墙边的大啤酒杯、德国村姑装的女招待。我环顾四周，寻找店主，视线最后落向站

---

1 汉索尔和格蕾塔（Hansel and Gretel）：格林童话。

在收银机前穿罩衣的年长男子。

我走过去，直觉让我没有亮出警徽："不好意思，我是个记者，正在写伊丽莎白·肖特的文章。我知道1942年她在这儿打过工，不知道您能不能讲讲她当时的情况。"

那男人说："伊丽莎白啥？电影明星？"

"她几年前在洛杉矶被杀。案子很有名。你记得——"

"我1946年才买下这地方，从战前一直做到现在的雇员只有萝丝了。萝丝，过来！这位先生想和你谈谈！"

一名魁梧的女招待应声凭空出现，她简直像头小象，身穿不过膝的短裙。店主说："这位是记者，想和你谈谈伊丽莎白·肖特。记得她吗？"

萝丝对着我吹爆了一口泡泡糖："我早就和《环球报》《哨兵报》还有警察谈过了，现在问说法也一样。贝蒂·肖特总是摔盘子，成天做白日梦，她要不是引来了那么多哈佛学生，恐怕连一天都做不满。听说她喜欢为战争献身，但她的男朋友我一个也不认识。讲完了。另外，你不是记者，而是警察。"

我说："观察力够敏锐，谢谢。"转身走出店门。地图说麦德福德在十二英里之外，沿着马萨诸塞州大道直走就行。夜幕初降时我赶到了麦德福德，首先闻见，然后才看见。

麦德福德是个工厂城镇，外围是一圈不断喷吐黑烟的铸造厂。我摇起车窗，抵挡硫黄臭味，过了工业区，许多狭小的红砖房屋出现在眼前，它们挤在一起，间距不足一英尺。每个街区至少有两家小酒馆，看见电影院所在的斯瓦西大道，我打开车窗，想知道铸造厂的味道有没有消散。事实上并没有，挡风玻璃上已经积了薄薄一层油腻腻的煤灰。

走了几个街区，我找到了堂皇电影院，这是一幢典型的麦德福德红砖建筑，门口店招在宣传伯特·兰凯斯特的《十字交锋》和"全明星阵容"的《太阳浴血记》。售票口没人，我径直走进电影院，来到零食摊前。卖零食的男人说："官爷，有什么问题？"我忍不住呻吟一声，这些当地人真是看透了我，离家三千英里也没有区别。

"没有，什么问题也没有。你是经理？"

"我是老板。泰德·卡莫迪。你是波士顿警局的？"

我不情不愿地亮出警徽："洛杉矶警察局。想问问贝丝·肖特。"

泰德·卡莫迪在胸前画个十字："可怜的丽兹。找到什么重要线索了吗？所以你才来这儿？"

我拿出一毛钱放在柜台上，抓起一条"士力架"，剥开包装纸："实话实说，我欠贝蒂一个人情，所以有几个问题想问问。"

"请讲。"

"首先，我读过波士顿警察提供的背景调查档案，访谈名单里没有你。他们为什么没找你谈？"

卡莫迪把那一毛钱还给我："电影院请客，我不和波士顿警察谈，因为他们把丽兹说得像是什么荡妇。我和背后说人坏话的家伙合不来。"

"让人敬佩，卡莫迪先生。要是你愿意谈，会说些什么呢？"

"绝没有什么肮脏的事情，这点我百分之百肯定。丽兹在我眼中什么毛病都没有。假如那些警察对死者更尊重点儿，这话我

360

早就说给他们听了。"

跟这位先生说话可真是累人。"我这人很尊重死者。就当现在是两年前，跟我说说吧。"

卡莫迪还没有买账，我大声咀嚼巧克力棒，帮助他放松心防。"我会告诉他们，丽兹做事确实不行，"最后他终于说道，"但我也会告诉他们，我不在乎。她像磁铁似的吸引男孩，就算总是溜进来看电影，那又怎样？一小时才5毛钱，我没指望她当牛作马。"

我说："她的男朋友们呢？"

卡莫迪猛拍柜台，掀翻了装果味软糖和奶味糖豆的盒子："丽兹才不是随便的姑娘！我只知道她只有一个男朋友，是个盲人，我还知道他们的感情很纯洁。听着，你想知道丽兹年轻时候什么样，对吧？让我告诉你好了。我经常放那个盲人免费进场，让他听听电影的声音，丽兹总是溜进去，告诉他银幕上正在演什么。知道吗，把画面描述给他听。你觉得一个荡妇会这么做吗？"

我觉得心口中了一拳："不，不会。你记得他叫什么吗？"

"汤米什么什么。他在这条街往前的VFW[1]中心有个房间，他要是凶手，我就扇着胳膊飞到楠塔基特去。"

我伸出手："谢谢你的巧克力棒，卡莫迪先生。"

他和我握手。卡莫迪说："你抓住杀了丽兹的那家伙，我把制造这东西的工厂买下来送给你。"

回答的时候，我觉得这是我这辈子最美好的时刻："我会的。"

---

1 VFW："海外退伍军人协会"的英文缩写。

VFW中心就在堂皇电影院的马路对面，还是一幢被煤烟污染了的红砖建筑。走过去的路上，我一直觉得汤米又会让我大失所望，找他谈话只是为了软化贝蒂在我心中的形象，让我更容易与心中的她和平共处。

我走侧面的楼梯上楼，经过一个标着"汤米·吉尔福耶"的信箱。我按响门铃，听见屋里有音乐声，我往一扇窗户里看，只见到漆黑一片。房间里响起一个柔和的男声："什么事？请问是哪一位？"

"吉尔福耶先生，我是洛杉矶警察。想和你谈谈伊丽莎白·肖特。"

窗户亮起灯光，音乐戛然而停。门打开了，一个戴墨镜的高胖男人请我进屋。他身上的运动衫和宽松长裤干干净净，但房间里却乱如猪圈，到处都是灰尘和煤烟，一群虫子陡然见到不熟悉的亮光，四散奔逃。

汤米·吉尔福耶说："我的盲文老师给我念过洛杉矶的报纸。他们为什么要把贝丝形容得那么坏？"

我尝试用外交辞令作答："因为他们不像你这么了解她。"

汤米笑着坐进一把破破烂烂的椅子："这套公寓真的那么没法入眼吗？"

沙发上乱七八糟地摆满了唱片，我推开几张坐下："是需要稍微收拾两下了。"

"我有时候比较懒散。贝丝的案子重启了吗，是不是有什么优先级的问题？"

"没有，我完全孤军奋战。你怎么知道警察的这套术语？"

"我有个警察朋友。"

我拍掉袖口的一只胖大虫子："汤米，给我说说你和贝丝的事情。告诉我一些报纸上没有登的事情。能帮助破案的事情。"

"案子对你来说有个人意义？私仇？"

"岂止如此。"

"我的朋友说过，警察一旦把私人感情带进工作，就会惹上麻烦。"

我踩死一只企图爬上我的鞋子探险的蟑螂："我只是想抓住那个浑账东西。"

"你不需要大声说话。我只是瞎，又没聋，另外，我还没瞎得看不见贝丝的那些小小缺点。"

"这话怎么说？"

汤米摸索着去拿椅子旁边的手杖："唉，我不想详细说，不过贝丝的男女关系确实很乱，和报纸上暗示的差不多。我知道原因，但我没说，因为我不想玷污大家对她的记忆，而且我知道这也没法帮助警察抓住凶手。"

他左右为难，一方面想道出真相，另一方面又想守住秘密。我说："让我决定好了。我这个侦探挺有经验。"

"才这个年纪？从声音我听得出你很年轻。我的朋友说过，想当侦探你至少要在警队服役十年。"

"该死，别跟我兜圈子了。我来这儿全是自己的主意，不是来听你——"

我见到他面露惧色，一只手去摸电话，于是停了下来："听我说，我很抱歉。今天我跑得很累，从家里到这儿的距离可不短。"

汤米忽然笑了，我吃了一惊。"我也很抱歉。我这么吞吞吐吐，只是想留你多陪我一会儿，非常失礼。我来给你说说贝丝吧，还有她的小小缺点，等等。

"你大概已经知道了她满脑子明星梦，这倒是一点不假。你大概已经猜到了她缺乏天赋，这也一点不假。贝丝为我读过剧本，一个人表演所有的角色，做作得可怕，实在太差劲了。我能理解别人说的话，所以请相信我，我就是知道。

"贝丝更擅长写作。那时候我经常坐在堂皇电影院里，贝丝为我描述画面，帮我对上听见的台词。她的描述非常精彩，我鼓励她去写剧本，但她和想逃离麦德福德的其他傻姑娘没有区别，一门心思只想当演员。"

换了是我，大开杀戒也要逃离这个地方。"汤米，你说你知道贝丝在男女关系上随便的原因。"

汤米叹道："贝丝年轻的时候，两个恶棍在波士顿某处袭击了她。有一个真的强奸了她，有一个正要动手，正巧一个水兵和一个陆战队经过，赶跑了他们。

"贝丝以为那家伙会让她怀孕，于是去找医生作检查。医生说她有良性卵巢囊肿，永远没法生小孩。贝丝一下子发了疯，因为她从小就想生一大群孩子。她去找救了她的水兵和陆战队，求他们让她生个孩子。陆战队直言拒绝，但那个水兵……他利用了贝丝，直到调派海外为止。"

我立刻想到了法国佬乔·杜朗其——他说起过大丽花着魔似的想怀孕，还找了个所谓的"医生朋友"假装替她诊治，这才搞定了她。杜朗其讲述的这部分情节显然并不像罗斯·米勒德和我当初所认定的那样，是彻头彻尾的胡言乱语——现在看来，这是一条靠得住的线索，和贝蒂失踪的那几天有着莫大关系；"医生朋友"即便不是重要凶嫌，至少也是重要证人。我说："汤米，你知道水兵和陆战队队员的名字吗，那个医生呢？"

汤米摇摇头："不知道。但从此以后，贝丝就变得对军人来者不拒。她认为军人是她的救星，他们能让她生孩子，要是她当不上了不起的演员，她生下来的小姑娘肯定可以。真是可悲，但就我所听见的而言，贝丝只在一个地方称得上是个了不起的演员，那就是在床上。"

我站起来："你和贝丝后来怎么样了？"

"断了联系。她离开了麦德福德。"

"你给了我一条非常好的线索，汤米，谢谢。"

听见我这么说，他用手杖敲敲地板："那就去抓住凶手吧，但别让贝丝再受伤害了。"

"我不会的。"

第三十二章

肖特案件重新升温，但参与者仅有我一个人。

我花了几个钟头，遍访麦德福德的诸家酒吧，打听到的贝蒂还是喜欢乱搞，只是换了东海岸的风格，听过汤米·吉尔福耶的讲述，这简直是个巨大的反高潮。我搭午夜航班飞回洛城，在机场打电话给罗斯·米勒德。他同意我的看法：法国佬乔口中的"蟑螂医生"很可能与杜朗其的震谵症无关，而是靠得住的实情。他打算打电话给迪克斯堡的刑事调查部，找已被勒令退伍的疯子询问更多细节。接下来，我、米勒德和西尔斯三个人逐户排查洛城市区的执业医师，注意力集中在杜朗其与贝蒂交合的哈瓦那旅馆的周边区域。我说所谓的"医生"很有可能是个酒吧常客，不是江湖庸医就是给女人非法堕胎的游医；罗斯表示同意。他说他会去问问档案处和他的线人，他和哈里·西尔斯一小时后就开始敲门调查。我们划分区域：菲格洛亚街到希尔街，第六街到第九街，归我；菲格洛亚街到希尔街，第五街到第一街，归他们。挂断电话，我直奔商业区而去。

我偷了本黄页号码簿，整理出一份名单：合法行医的医师、整脊师和草药贩子，还有神秘主义者，也就是打着"医生"幌子贩卖宗教物品和秘方药的吸血骗徒。电话簿里也有不少产科和妇科医生，但直觉告诉我，乔·杜朗其只是随便在街上找了个医生，而不是特地找来专家安慰贝蒂。我在肾上腺素的驱动下开始做事。

我一大早就找到了名单上的大部分医生，得到的否定回答固然五花八门，但都发自肺腑，我当警察这几年从没碰到过这样的事情。越和奉公守法的医生谈话，我就越是相信法国佬的医生朋友肯定不怎么对劲。狼吞虎咽吃完充当午餐的三明治，我开始寻访不怎么正经的那些医生。

卖草药的神经病都是外国人；神秘主义者有一半是女人，另一半是循规蹈矩的软蛋。他们的答案都是不明所以的"不知道"，我愿意相信他们的答案；在我的想象中，法国佬会吓得他们直不起腰，不敢接受他的提议。我正打算扫荡酒吧，看看有没有谁听说过哪个医生经常泡酒吧，一时间却觉得精疲力竭。我开车"回家"，在艾尔尼多旅馆睡了一觉——睡了整整二十分钟。

我焦躁不安，没法接着睡觉，于是尝试运用逻辑思考。现在是6点，执业医师都已经关门休息了，至少过三个钟头才是去酒吧打探消息的最佳时间。罗斯和哈里如果找到什么重要线索肯定会打电话给我。想来想去，我又拿起案件档案开始阅读。

时间飞快过去，用警方术语写就的姓名、日期和地点让我保持清醒。我忽然看见了一些我读过不下十遍的东西，但此刻却显得很有问题了。

那是两张备忘字条：

1947年1月18日：哈里——打电话给休斯的巴兹·米克斯，请他打听一下伊·肖特在电影圈有没有联络人。布雷切特说那姑娘满脑子明星梦。别让洛韦知道——罗斯。

1947年1月22日：罗斯——米克斯说零蛋。可惜。他很热心，想帮忙——哈里。

我刚刚领教过贝蒂对电影业到底有多狂热，这两张字条忽然有了不同的意义。我记得罗斯告诉过我，他要去问问米克斯——休斯航空的保安主任，兼任警局与各片厂的非官方联络人。我记得这件事情发生时，埃利斯·洛韦还在隐匿贝蒂男女关系混乱的证据，这样他起诉的时候可以把案子打扮得更漂亮。另外，贝蒂的小黑本列出了不少电影圈的低阶人物，这些人在1947年的小黑本调查中都接受了盘问。

那么，大问题来了：

如果米克斯真的打听过，按理说他至少能查到几个小黑本里的名字，然后交给罗斯和哈里，但他为什么没有呢？

我走进旅馆走廊，查电话簿找到休斯公司保安部的号码，打了过去。一个悦耳的女声答道："保安部。有什么能帮助您的？"

"请帮我接巴兹·米克斯。"

"米克斯现在不在办公室，请问您是谁？"

"布雷切特警探，洛城警局。他几时能回来？"

"预算会议结束后。能告诉我找他有什么事情吗？"

"警方事务。告诉他，我过半小时到他的办公室。"我挂断电话，把油门踩到底，二十五分钟就赶到了圣莫尼卡大街。门卫放我进大门，叫我在公司停车场停车，指给我看保安办公室在哪儿——长长一排机库尽头的一间匡西特活动房屋。我停好车，过去敲门，悦耳声音的女主人给我开门："米克斯先生说你可以在办公室等他。他很快就回来。"

我走进房间，女人随即离开，一天工作的结束，她看起来如释重负。小屋墙上挂满了休斯公司所产飞机的油画，军事艺术的水准和早餐燕麦包装盒上的图画差不多。米克斯的办公室装饰得稍好些：有一个魁梧的平头男人和好莱坞名人的好些合影，名人里除了乔治·拉夫特和米基·鲁尼，都是我叫不上名字的女演员。

我找个座位坐下。几分钟过后，那位魁梧男子出现了，他想也没想就伸出手，他的工作大概有百分之九十五都是搞公关："你好。布莱韦尔警探，对吗？"

我站起来和他握手。看得出来，米克斯很不待见我穿了两天的衣服和留了三天的胡子。"布雷切特。"

"对，布雷切特。有什么我能帮你的？"

"我有几个问题想问，和你帮凶杀组查过的一件旧案有关系。"

"我明白了。你是警探局的人？"

"牛顿街的巡警。"

米克斯在办公桌前坐下："有点儿超出你的权限范围了，对吧？还有，我的秘书说你是一名警探。"

我关好门，靠在门上："案子对我来说有私人意义。"

370

"那你的二十年警察生涯就只能在街上抓乱撒尿的流浪汉了。没人告诉过你？警察把私人感情带进案子，最后只能饿死。"

"总有人这么说，但我一直告诉他们，我天生就是这种人。米克斯，你睡过不少小明星，对吧？"

"我睡过卡洛尔·隆巴德。我可以把她的号码给你，只可惜她死了。"

"睡过伊丽莎白·肖特吗？"

正中要害，看，中大奖了！测谎仪也没这么准确，米克斯的脸涨得通红，手指摸着记录簿的纸页，他回答时声音带上了气音："你和布兰查德打的时候脑袋上挨了太多拳头不成？贱人肖特已经死了。"

我掀开上衣，让米克斯看清我的点四五："别再用这个词称呼她。"

"随你便，硬汉子。直说吧，你到底要什么。有事好商量，别打哑谜，免得事情失控。行不行？"

"1947年，哈里·西尔斯请你找电影圈的联系人打听一下贝蒂·肖特。你报告说什么都没打听到。你撒谎了。为什么？"

米克斯拿起开信刀，用手指抚摸刀锋，忽然醒悟到自己在干什么，连忙放下那东西："我没杀她，也不知道是谁杀的。"

"说服我，否则我就打电话给海妲·霍普[1]，让你上她明天的专栏。听听这个怎么样，'好莱坞马屁精隐匿大丽花案件的证据，

---

1 海妲·霍普（Hedda Hopper, 1885—1966），美国演员、闲话专栏作者。

因为他——点点点'。点点点具体是什么，你自己往上填，要么我替海姐填上也行。成吗？"

米克斯虚张声势，再次出击："布雷切特，你惹错人了。"

我抽出点四五，试了试消音器有没有拧紧，然后把子弹上了膛："不，是你惹错人了。"

米克斯伸手拿起办公桌旁矮柜上的酒瓶，倒了一杯，几口喝掉："我只查到一条线索，是个死胡同，既然你这么想知道，告诉你也没什么。"

我勾着扳机环甩手枪："我都快饿死了，白痴。少说废话。"

米克斯打开嵌在办公桌里的保险箱，抽出一叠纸。他盯着看了一会儿，转动座椅，对着墙壁说："我得到了一条线索，和伯特·林德斯科特有关系，他是环球公司的制片人。爆料者非常痛恨林德斯科特的好朋友斯科蒂·本内特。斯科蒂拉皮条，作赌博簿记，他碰见漂亮姑娘在环球公司的选角办公室出现，就把林德斯科特在马里布住处的电话号码给她们。肖特也拿到了斯科蒂发的名片，她给林德斯科特打过电话。

"日期之类的细节是林德斯科特本人告诉我的。1月10日晚上，那姑娘从城里比尔蒂摩饭店打电话给他。伯特让她描述一下自己，听完觉得姑娘不错，就说隔天早上可以给她一个试镜机会，不过要等他在俱乐部打完扑克回来后。姑娘说她晚上没处可去，林德斯科特就叫她过来，在他家过夜，说他会让男仆准备食物，跟她作伴。姑娘搭公共汽车出城来到马里布，男仆也确实陪她聊了天。然后，第二天快到中午，林德斯科特带着三个朋友醉醺醺地回到家里。

"几个家伙想找点儿乐子，就叫那姑娘试镜，伯特随便拿了个剧本叫她读。她差劲极了，他们拼命取笑她，林德斯科特说她要是肯侍奉他们四个人，就在下一部电影里找个小角色给她演。他们的取笑把那姑娘气得发疯，她大发雷霆，说他们逃兵役，是叛国者，不配当兵。下午差不多2点30分，伯特把她赶出大门，那天是11日星期六。男仆说她身上一分钱也没有，还说她说要走路回市区。"

按照他的说法，贝蒂或步行或搭车，走了二十五英里，六小时后走进比尔蒂摩饭店的大堂，遇见了萨莉·斯丁森和约翰尼·沃格尔。我说："米克斯，你为什么不报告呢？还有，请看着我。"

米克斯转回来，他一脸羞愧："我想告诉罗斯和哈里，但他们出外勤了，于是我打电话给埃利斯·洛韦。他叫我别上报，威胁说否则就吊销我的保安执照。后来我才知道林德斯科特是共和党要员，答应捐一大笔钱资助洛韦竞选总检察官。洛韦不希望见到他和大丽花扯上关系。"

我闭上眼睛，这样就不用看见这个人了。米克斯不停哀求，我眼前浮现出一幅幅画面：贝蒂如何遭受取笑，如何听到用肉体换角色的提议，如何被踢出门去，走向死亡。"布雷切特，我查过林德斯科特、他的男仆和那几个朋友。我有他们的供词，非常详细，杀她的凶手不可能在他们之中。从12日到17日星期五，这些人要么在家要么在上班。不可能是他们之中的某个人，假如凶手在那群浑账东西里，我不可能坐视不管。他们的供词就在这儿，我拿给你看。"

我睁开眼睛,米克斯正在转动墙上保险柜的锁盘。我说:"洛韦给你多少钱让你闭嘴?"

答案脱口而出:"1千。"米克斯忙不迭后退,像是害怕挨揍。我实在太厌恶这个人了,甚至不想遂他的心愿惩罚他,我就这么转身离去,任凭收买他的价码悬在空中。

伊丽莎白·肖特失踪那几天的行踪,我已经能补上一半了。

1月10日星期五傍晚,"红哥"曼利在比尔蒂摩门口放她下车。她在饭店打电话给伯特·林德斯科特,去马里布的这趟远足结束于第二天下午2点30分。11日星期六晚上,她返回比尔蒂摩饭店,在大堂遇见萨莉·斯丁森和约翰尼·沃格尔,向约翰尼卖淫,12点过后不久离开。紧接着,或者在晚一些的凌晨时分,她遇见了约瑟夫·杜朗其下士,地点是第六街和希尔街路口的夜枭酒吧,距离比尔蒂摩两个街区。她和杜朗其作伴,离开酒吧后去哈瓦那旅馆,待到1月12日星期天下午或晚上,杜朗其在此期间带她见了所谓的"医生朋友"。

我驾车返回艾尔尼多,尽管已经筋疲力尽,但我总觉得这趟走访还有遗漏之处。经过一个电话亭的时候,我终于想了起来:假如贝蒂打过电话到林德斯科特在马里布的住处,那么太平洋贝尔公司肯定有这通长途电话的记录。如果当时或11日与约翰尼·沃格尔交合前贝蒂还打过别的长途电话,太平洋贝尔也一定会有相应的记录,因为他们有传统要保留付费电话的交易记录,方便公司研究成本和定价。

疲惫感再次不翼而飞。我一路抄近道、闯红灯,不理会停车标记。到了旅馆，我把车停在消防栓前，跑上楼去拿记事簿。正要去拿走廊里的电话，它抢先响了起来。

"哪位？"

"板牙？亲爱的，是你吗？"

说话的是马德琳。"听着，我现在没法和你聊天。"

"我们约好昨天见面的，不记得了？"

"我有急事出城了，公事。"

"总可以打个电话吧。你要是没说过你还有个藏身窝点，我都要以为你死了呢。"

"马德琳，老天在上——"

"亲爱的，我必须见你。好莱坞庄园的最后几个字母明天就要拆掉了，爸爸在那儿的几幢平房也会被推平。板牙，市政府中止了契约，可那片地是爸爸买的，房子也建在他自己的名下。他用了最差劲的材料，市议会的调查员一直在盘问爸爸的税务律师。律师告诉爸爸，他有个宿敌自杀时留给市议会一份资料，列出爸爸的股份和——"

她说得语无伦次——硬汉子老爸碰到麻烦，轮到硬小子板牙安慰她了。我说："听我说，我现在没法跟你聊天。"

现在我要做的是真正的侦探苦功。我把记事簿和钢笔放在搁电话的台子上，掏出口袋里四天来积攒的所有硬币，加起来差不多有2美元，足够打四十通电话了。我先给太平洋贝尔公司的夜班主任打电话，要对方给出1947年1月10日、11日和12日晚间从比尔蒂摩饭店付费电话拨出的全部本地或对方付费的电话清单，需要包括通话时间和受话者姓名及地址。

我紧张兮兮地拿着听筒站在那儿，等待线路那头的女人整理资料，对妄图使用这部电话的其他客人射去恶狠狠的眼神。半小时后，她终于回到电话上，开始说话。

林德斯科特的名字和地址就在1月10日的清单中，但当晚的其他通话都没有可疑之处，不过我还是把所有的信息记了下来。女人开始读1月11日晚上的清单，时间就在贝蒂走进比尔蒂摩饭店大堂、遇见萨莉·斯丁森和约翰尼·沃格尔前后——我挖到了金矿：

有四次长途通话打给贝弗利山的几位妇科医生。我记下医师姓名和电话号码，连同他们的夜间应答服务号码，我把紧接着这几次通话的号码也记了下来。没什么特别引人注意的，但我还是抄了下来。接下来，我用成堆的一毛钱硬币向贝弗利山发起进攻。

我花掉了所有零钱，这才找到我想要的东西。

我告诉应答服务的接线员，这是警方紧急事务，他们为我接通了那几位医生家里的电话。医生派出各自的秘书开车回办公室查验记录，然后打电话回艾尔尼多旅馆。整个过程耗时两个钟头。最后，我得到了如下情报：

1947年1月11日傍晚，一位菲克林夫人和一位戈登夫人分别打电话给贝弗利山的四家产科诊所，希望能约时间作妊娠测试。夜间应答服务的接线员分别把时间约在1月14日和15日上午。约瑟夫·菲克林少尉和马特·戈登少校这两位战争英雄和贝蒂约会过，贝蒂曾假称嫁给了他们。两次约诊她都未能成行，14日她正在被折磨致死，而15日她已经变成了39街和诺顿大道路口的尸体。

我打电话到警探局找罗斯·米勒德，一个耳熟的声音接起电话："凶杀组。"

376

"我找米勒德警督。"

"他去图森引渡犯人了。"

"哈里·西尔斯呢？也去了？"

"是的。板牙，一向可好？我是迪克·卡瓦诺。"

"居然还记得我的声音，真是意外。"

"哈里·西尔斯说你会打电话来。他给你留了一份医生名单，但我找不到了。你是不是要那个？"

"是的，我还需要找罗斯谈话。他什么时候回来？"

"应该是明天晚些时候吧。要是我找到那份名单，该打电话到哪儿找你？"

"还是我打给你吧，我在到处跑。"

其他那些电话号码也必须一一尝试，但产科医生这条线索实在太重要，我没法继续坐等。我回市区寻找杜朗其的"医生朋友"，疲惫感消失得无影无踪。

我一直熬到午夜，把注意力放在第六街和希尔街路口附近的各家酒吧上，我找酒吧常客聊天，请他们喝酒，得到的是酒后胡言和地下堕胎诊所的几条线报，听起来像是确有其事。

又一个不眠不休的日子结束，我开车往返酒吧之间，听收音机以防自己睡过去。新闻一直在唠唠叨叨地说"好莱坞庄园"标记正在经历"里程碑式的重修"，简直把去掉"庄园"二字当成了耶稣降世以来最引人瞩目的事件。麦克·塞内特和他的"好莱坞庄园"占据了不少播音时间，好莱坞有家电影院开始重放他那些启斯东警察电影。

临近酒吧打烊的时间，我觉得自己也像个启斯东警察了，只是模样更像流浪汉——胡子拉碴，衣衫肮脏，注意力在谵妄中不停溜号。末了，连最喜欢讨酒喝和找人作伴的酒鬼都不搭理我了，我觉得这个暗示不可谓不强烈，于是把车开进一处空荡荡的停车场，停车睡觉。

黎明时分，小腿抽筋唤醒了我。我跌跌撞撞地爬出车门去找电话，一辆黑白警车缓缓驶过，驾驶员拿怀疑的眼神瞪了我好一会儿。我发现路口有个电话亭，进去拨通了老爹的号码。

"警探局凶杀组。我是卡瓦诺警司。"

"迪克，是我，'板牙'布雷切特。"

"正要找你。名单我找到了。手边有笔吗？"

我掏出小记事簿："说吧。"

"好。这些医生的执照都被吊销了。哈里说他们1947年曾在市区执业。一号，杰拉德·康斯坦佐，长滩市防波堤路1841号二分之一。二号，梅尔文·普雷杰，格伦代尔市北维杜高街9661号。三号，威利斯·洛奇[1]。就是'蟑螂'那个洛奇，关押于威塞德荣光牧场监狱，罪名是贩卖吗啡……"

杜朗其。

震谵症。

"我带大丽花上街找那个蟑螂医生。我塞给他10美元，他假装给大丽花检查身体……"

我的呼吸急促起来："迪克，哈里有没有写洛奇当时执业的

---

1 此人姓氏为Roach，有"蟑螂"的意思。

地点？"

"写了。南橄榄路614号。"

哈瓦那旅馆就在两个街区之外："迪克，给威塞德打电话，告诉典狱长，我这就开车过去，就伊丽莎白·肖特凶案向洛奇问话。"

"大发了。"

"绝对大发了。"

我在艾尔尼多冲澡刮脸换衣服，让自己看起来更像个办凶杀案的警探；迪克·卡瓦诺给威塞德打过电话，我的身份因此更加可信。我走天使之冠公路一路向北，有百分之五十的把握，威利斯·洛奇医生就是杀害伊丽莎白·肖特的凶手。

我花了一小时多一点儿赶到威塞德，收音机说了一路"好莱坞庄园"的标记。门口岗亭里的助理治安官验看我的警徽和证件，打电话到主楼求证，天晓得对方和他说了什么，总之他忽然向我立正敬礼。铁丝网围栏缓缓打开，我开车经过关押多人的大间牢房，来到一幢门前有瓷砖柱廊的气势宏伟的西班牙式建筑门口。停好车，穿洛杉矶县治安官队长制服的男人走过来，他面带紧张的笑容，对我伸出手："布雷切特警探，我是帕切特典狱长。"

我钻出车门，用李·布兰查德那种能捏碎对方手骨的劲头和他握手："荣幸之至，典狱长先生。洛奇有没有交代什么？"

"没有。他在审讯室等你。你觉得是他杀了大丽花？"

我迈步前行，帕切特领着我走向正确的方向。"还不确定。

能介绍一下他的情况吗？"

"现年四十八岁，麻醉科医生，1947年10月向洛城警局缉毒组警员出售医用吗啡被捕，判刑五—十年，在昆丁监狱服刑一年。他来这儿是因为我们医务室缺人，假释中心觉得他没有多少危险。他以前没有被捕记录，而且是模范犯人。"

我们拐进一幢低矮的棕褐色砖石楼房，本县典型的"公共事务"建筑物——长长的走廊，内陷的钢门上只印号码，不贴姓名。我们经过一排单向玻璃窗，帕切特抓住我的胳膊："看，那就是洛奇。"

我望向室内。有个瘦骨嶙峋的中年男人坐在牌桌前，他身穿囚服，正在读杂志，看模样颇为精明：额头很高，细软的灰发正日益稀疏，眼睛明亮；手很大，遍布青筋，一看就像医生的手。我说："一起进去坐坐？"

帕切特打开房门："求之不得。"

洛奇抬起眼睛。帕切特说："医生，这位是洛杉矶警局的布雷切特探员，他有几个问题想问你。"

洛奇放下杂志——《美国麻醉科医生》学刊。帕切特和我在他对面坐下，医生兼毒贩说："有什么我能帮你的？"他说话带东部口音，显得很有教养。

我直奔主题："洛奇医生，你为什么杀害伊丽莎白·肖特？"

洛奇慢慢笑了起来，笑容逐渐绽放，延伸向两耳："1947年我就等着你们上门。杜朗其下士可怜兮兮地自首后，我以为警察随时都会冲进我的办公室。不过呢，过了两年半你们到底还是来了，倒是让我吃了一惊。"

我的皮肤滋滋发麻，就好像一大群虫子准备拿我当早餐。"谋杀案没有追诉期限这回事。"

洛奇的笑容消失了，一本正经的表情取而代之，活像电影里传达坏消息的医生。"二位先生，1947年1月13日星期一，我飞赴旧金山，入住圣弗朗西斯饭店，预备星期二晚上在全美麻醉科医师学会的周年大会上发表专题演讲。星期二晚上，我发表演讲。1月15日星期三早晨，我在告别早餐会上担任嘉宾发言人。15日下午一直有同事陪着我，星期一和星期二晚上，我都和前妻在圣弗朗西斯饭店睡觉。假如需要确证，请打电话给学会的洛杉矶办公室，我前妻爱丽丝·卡斯泰尔斯·洛奇在旧金山，号码是CR1786。"

我盯着洛奇说："典狱长，能帮我验证一下吗？"

帕切特离开后，医生说："你似乎很失望。"

"了不起，威利斯。说说你、杜朗其和伊丽莎白·肖特是怎么回事。"

"你能和假释委员打个招呼，说我配合了你的工作吗？"

"没门，你要是不说，我就让洛城地检署指控你妨碍司法。"

洛奇咧嘴一笑，认可我拿到了决胜分："了不起，布雷切特警探。你知道，那几天的事情我能记得这么清楚，当然是因为肖特小姐的死亡引得万众瞩目，因此请务必相信我的记忆力。"

我掏出钢笔和记事簿："接着说，威利斯。"

洛奇说："1947年，我靠贩卖医药品的副业挣了不少钱。我主要在鸡尾酒酒廊里出售，主要卖给在海外服役时发觉药物能带来欢乐的军人。我就是这么遇见杜朗其下士的。我跟他搭话，但他说他只赞赏尊尼获加红标威士忌带来的欢乐。"

"那是在什么地方？"

"约克县烧烤屋，第六街和橄榄街路口，离我的诊所不远。"

"接着说。"

"好，那天是肖特小姐过世前的星期四或者星期五。我把名片给了杜朗其下士，就结果而言，实在是欠缺考虑，我以为我这辈子再也不会见到这个人了。非常可惜，我错了。

"那段时间我的财务状况很不好，赌马欠了一大笔钱，我就住在诊所里。1月12日星期天傍晚，杜朗其下士带着一个叫贝丝的可爱姑娘敲开我的门。他醉得厉害，把我拉到旁边，塞给我10美元，说可爱的贝丝想怀孕想得发狂，问我能不能给她随便检查两下，就说她已经怀孕了。

"唉，我听从了。杜朗其下士等在候诊室里，我给可爱的贝丝量脉搏和血压，说她确实怀孕了。她的反应非常奇怪：既哀伤又像是松了一口气。我的理解是她需要一个理由，让她显然滥交的生活方式变得合乎情理，想生孩子无疑说得通。"

我叹息道："她的死讯见报后，你没有通知警方，是因为不希望让卖药的生意受到打扰吧？"

"对，正是如此。我还没说完呢。接下来，贝丝问能不能借一下电话。我说行啊，她拨了个韦伯斯特开头的号码，要对方找玛希说话。她说'是我，贝蒂'，听了一会儿，又说'真的？那男人有医学背景？'还谈了些什么我没听见，贝丝挂断电话，说'我有个约会'。她去候诊室找杜朗其下士，两人一起离开。我望向窗外，见到贝丝打发杜朗其离开，杜朗其下士怒气冲冲地走掉了，贝丝穿过第六街，坐在威尔夏线路往西去的公共汽车站里。当时差不多7点30分，是12日星期天。就这些了。最后这部分你不知道，对吧？"

我用速记符号写完他的话："对，确实不知道。"

"能不能跟假释委员会说一声，我给了你一条有价值的线索？"

帕切特打开门："布雷切特，他是清白的。"

"真可惜。"我答道。

贝蒂失踪的那几天又补上了一块缺口。我驱车再次返回艾尔尼多，这次是要在案件档案中寻找韦伯斯特开头的电话号码。浏览文件时，我不停想到斯普拉格家的号码正是韦伯斯特开头，威尔夏大街那班公共汽车经过斯普拉格家附近不到两个街区的地方，洛奇有可能把"玛蒂"或"玛莎"错听成了"玛希"。但这条思路并不符合逻辑，因为贝蒂失踪那一周，他们全家人都在拉古纳海滩的别墅度假，洛奇很确定贝蒂称呼对方为"玛希"，而我早就逼着马德琳说出了她对大丽花的全部了解。

然而，这个念头始终挥之不去，深埋于我内心的某样东西想伤害斯普拉格一家，因为我和他们家的女儿一起在阴沟里打滚，在他们家的财富面前卑躬屈膝。我又抛出一个钓钩，却被逻辑撞了回来：

1947年李·布兰查德失踪的时候，档案里的"R""S"和"T"部分同告失踪，"斯普拉格"的宗卷或许就在其中。

可是，档案里并没有"斯普拉格"的宗卷，李根本不知道有斯普拉格这家人，我把与他们相关的全部事情都瞒着李，因为我不想让马德琳在酒吧的所作所为曝光。

我继续浏览文件，房间密不透风，非常炎热，我汗流浃背。没有出现韦伯斯特开头的电话号码，噩梦般的画面一幅幅闪过眼前：1947年1月12日下午7点30分，贝蒂坐在威尔夏线路往西去的公共汽车站里，对板牙挥手作别，即将跃入永恒之地。我考虑要不要查问公共汽车公司，清查一遍跑那条线路的全部司机——随即意识到这条线索已经过时太久，1947年案子闹得沸沸扬扬，若是有哪个司机记得贝蒂上过他的车，肯定早就报告警方了。我考虑要不要拨打太平洋贝尔公司给我的其他号码，但立刻想到从时间顺序来说，这些号码对不上我新得知的贝蒂当时的下落。我打电话到警探局找罗斯，发现他还在图森，而哈里去了"好莱坞庄园"标记拆除现场维持秩序。翻完全部文件，我连一个韦伯斯特开头的号码也没找到。我考虑要不要向太平洋贝尔公司调阅洛奇的电话记录，但马上就打消了这个念头。从洛城市区麦迪逊开头的地方打到韦伯斯特开头的地方不是长途电话，也就不会有记录，比尔蒂摩饭店给出的通话记录也是一样。

真相随即砸了下来，巨大而丑陋：在公共汽车站和布雷切特说再见，别了傻瓜，别了曾经辉煌过的你，别了从来就没辉煌过的你，白痴跟班，黑人区的制服巡警。你放弃好女人，换了个下三烂，任何东西经你一碰都会变臭，你那些信誓旦旦的决心等于你在警校体育馆打到第八回合、一头撞上布雷切特的右拳，瘫倒在地化作又一滩臭泥，把三叶草生生变成了马粪蛋。再见了贝蒂、贝丝、贝茨、丽兹，咱俩是一对烂货，真可惜我没能在39街和诺顿大道路口之前认识你，咱们肯定合得来，结成的伙伴关系兴许是唯一没法被咱们毁坏得无可救药的东西——

我冲下楼，跳上车，虽说开的是寻常轿车，但还是以三号状况的速度启动，轮胎摩擦路面，齿轮用力咬合，真希望我有警灯和警笛，好让车子开得更快几分。经过日落大街和瓦因街时，交通开始拥堵：不计其数的车子从高尔街和比奇伍德大路向北转弯。尽管隔着好几英里，我还是能看见"好莱坞庄园"的标记上爬满了脚手架，几十个蚂蚁般大小的人趴在李山山坡上。暂停片刻让我冷静下来，给了我一个目标。

我告诉自己，事情还没完，我该开车去警探局等罗斯，我和他可以把剩下的细节拼凑起来，我现在必须做的事情是进市区。

塞车越来越严重，电影公司的卡车向北而去，摩托巡警拦住东西行驶的车辆。几个孩子走上车道，兜售塑料的"好莱坞庄园"标记纪念品，派发广告传单。我听见他们喊："海军上将电影院放映启斯东警察！冷气开放！快来看啊！经典重新上映！"一张传单塞到我面前，上面模糊不清地印着"启斯东警察""麦克·塞内特"和"海军上将电影院，设施豪华有冷气"，底下的图片显得既喧杂又失常，仿佛你自己的一声尖叫。

三个启斯东警察站在廊柱之间，廊柱形如互相吞噬尾巴的长蛇，背后是一面雕有埃及象形文字的墙壁。有个摩登女郎躺在右侧角落里一张带缨穗的沙发椅上。毫无疑问，这正是琳达·马丁和贝蒂·肖特那部色情电影的背景。

我强迫自己一动不动地坐在原处；我告诉自己，只因为埃米特·斯普拉格在20年代认识麦克·塞内特，帮塞内特在艾登戴尔搭建过布景，并不能就此推断他和1946年的一部色情电影有牵连。琳达·马丁说电影在蒂华纳拍摄，依然在逃的"公爵"威灵顿也承认电影由他拍摄。车流开始移动，我猛然左转拐上好莱坞大街，找个地方扔下车子。在海军上将电影院买票时，售票女郎有些畏缩——我这才发现自己换气过度，而且浑身臭汗。

进了电影院，汗水被冷气吹凉，衣服像在给我做冷敷。银幕上，片尾的演职员名单正在向上滚动，新一场电影的开篇画面随即取而代之，人名叠加在混凝纸制作的金字塔上。看见"助理导演：埃米特·斯普拉格"一闪而过，我禁不住攥紧了拳头。我屏住呼吸，等待说明拍摄地点的字幕出现。这时，银幕上出现了一段前言，我找了个紧靠过道的座位坐下，开始看电影。

故事说的是启斯东警察误入"圣经时代"，动作场面包括追逐、扔馅饼和踢屁股。那部色情电影的布景出现了好几次，每次都让我看清了更多的细节。外景画面像是好莱坞山，但没有由外而内的场景供我搞清楚布景究竟位于片厂还是私人住处。我知道接下来我要干什么，但我还需要一个无可辩驳的事实，来支持我心中越堆越高的"如果……那么……"逻辑推断。

电影没完没了，冰冷的汗水让我直哆嗦。片尾字幕终于又开始翻卷，"拍摄地点：美国好莱坞"，那堆"如果……那么……"纷纷倒下，就像保龄球的球瓶。

离开电影院，外面烤炉般的热气使我不由颤抖。我发现离开艾尔尼多时我既没带警用左轮也没带下班后用的点四五，于是走捷径回到旅馆，拿了枪正要出门，我听见有人叫道："嘿，哥们，你是布雷切特警官吗？"

叫我的是隔壁房客，他站在走廊里，手里抓着话筒，连接线扯到了最大限度。我跑过去抓起话筒，不假思索地叫道："罗斯？"

"是我，哈里。我在比……比……比奇伍德大路尽头。工人正在拆除几……几幢平……平房，有……有……有个巡警发……发……发现一……一间小屋里全是血……血……血迹。有……有……有张外勤调查卡填的就是这儿，日期是12日和11……11……13日，我……我……我——"

而埃米特·斯普拉格就是业主，我这还是第一次听见哈里在下午说话结巴。"我带工具箱来，二十分钟就到。"

挂断电话，我在档案里找出贝蒂·肖特的指纹样本，跑下楼，跳上车。交通没那么拥堵了，我看见远处"好莱坞庄园"的标记已经少了最后一个字。我向东冲向比奇伍德大路，然后拐弯往北开。接近与李山交界的公园区时，我看见兴奋的看客被拦在绳索外，绳圈前有一排蓝制服把守关卡。我当街并排停车，看见哈里·西尔斯朝我走来，外衣胸口别着警徽。

他呼吸时酒气冲天，说话也不再结巴了："老天在上，运气真不错。工人开始拆除前，有个巡警被派去驱赶流浪汉。他凑巧撞进那间小屋，赶紧下山来找我。那地方在1947年以后好像常有流浪汉进进出出，不过你也许还能验到些什么。"

我拎起工具箱，和哈里步行上山。拆迁队在与比奇伍德平行的街道上拆除平房，有工人喊什么煤气管道泄漏。救火车在一旁待命，消防队员举着水喉瞄准瓦砾堆。推土机和土方车在人行道上一字排开，巡警把本地人带出有可能受到伤害的区域。一出笑闹杂耍正在我们面前上演。

李山山坡上安装了一套滑轮装置，支撑重量的鹰架深深插入山脚下的土地。"好莱坞庄园"的"庄"字，足有五十英尺高的庞然大物，正沿着粗缆绳往山下滑，旁边的摄影机在转动，照相机在咔嚓咔嚓按快门，看客呆望不已，政客痛饮香槟。被连根拔起的灌木带起的泥沙，飞得到处都是。离滑轮绳缆尽头仅有几英尺之处有个临时搭建的舞台，好莱坞高中的乐队坐在折叠椅上等待。"庄"字一头撞进地面，他们立刻奏起《好莱坞万岁》。

哈里说："这边走。"我们拐上环绕山峰的步行土路。浓密的枝叶从小路两边压向中央，哈里走在前面，他侧身走上沿山坡直上的小径。我紧随其后，灌木丛不停勾住我的衣服、擦过我的面颊。朝山顶走了五十码，小径转向水平，最后通往一小片面对浅溪的林间空地。空地当中有一栋地堡式的煤渣砖小屋，大门敞开。

我走了进去。

左右两面墙上贴满照片，主角都是残疾人或畸形儿。地上有张床垫，结着一层又一层的血痂，上面星星点点地粘满了甲虫和苍蝇，它们大快朵颐之后就这么永远留在了那儿。地板上有液体喷溅和滴洒的痕迹，床垫旁的三脚架上有个小号聚光灯，对准床垫中央。我想知道电力从何而来，就过去看了看那东西的底部，发现它连着蓄电池。房间一角有一堆洒满血迹的书籍，大部分是科幻小说，夹在中间的《格雷氏高等解剖学》和维克多·雨果的《笑面人》分外显眼。

"板牙？"

我转过身："去联系罗斯。告诉他我们发现了什么。我来勘验现场。"

"罗斯明天才从图森回来。还有，年轻人，你看着不怎么健康——"

"该死的，快去，让我做事！"

哈里的自尊心受到了伤害，他骂骂咧咧地跺着脚走出房间，我想到这个地方离斯普拉格家不远，而住在乞丐窝棚里的梦想家乔吉·蒂尔登，他父亲是一位著名的苏格兰解剖学专家。"真的？那男人有医学背景？"我打开工具箱，在噩梦般的房间里寻找证据。

我先里里外外仔细看了一遍。有几个泥脚印，显然是最近才印上的——多半来自哈里所说的流浪汉。我还在床垫底下找到了几条细绳。我刮下绳子上看似磨掉的皮肉的东西，我在床垫上找到几根被凝血粘在一起的深色头发，放进另一个试管。我检查那团血痂，想知道颜色是否有深浅，发现只有同样的紫褐色，我取了十二个样本。我给绳子打上标签，装进证据袋，解剖学书籍和色情照片亦然。地板上有个血脚印，我丈量尺寸，用透明纸拓印鞋底花纹。

接下来，该取指纹了。

我在房间里每一个可接触、可抓握或可按压的表面取指纹；我在地上那堆书里少数几本的平整书脊和光面内页上取指纹。书上仅有条状痕迹，我在其他表面得到了污损指印、手套痕迹和两套不同的潜指纹。取完指纹，我拿出钢笔，圈出门扇、门框和床头板周围墙饰上较小的指纹。接着，我拿出放大镜和贝蒂·肖特的指纹样本，开始比较。

一个点完全相同。

两个点。

三个点——足够当呈堂证据了。

四个、五个、六个，我的双手在颤抖，因为这里毫无疑问正是黑色大丽花的遇害之处，我的手抖得太厉害了，甚至没法把另一套潜指纹转印到玻片上。我用小刀挖掉门上一片有四个指印的木片，用棉纸包起来——今夜我简直是个勘验新手。我收起工具，颤抖着走出房间，看见那条浅溪，意识到凶手就在那儿冲洗了尸体。这时，溪流边几块岩石旁闪过一抹奇怪的颜色，吸引了我的注意力。

一根棒球棒，击打的那端被染成了深紫褐色。

走回车上的时候，我一直在想贝蒂，活生生的贝蒂，快乐的贝蒂，和某个永远不会欺骗她的男人共坠爱河的贝蒂。经过公园区，我抬头眺望李山。标记只剩下了"好莱坞"三个字，乐队正在演奏《演艺事业天下第一》。

我开车回市区。洛城市政府的人事处和移民与归化处今天都不开门。我给档案处打电话，乔治·蒂尔登在苏格兰出生，害得我吃了零蛋——我知道让我等到明天再对比指纹肯定能逼疯我。摆在面前的选择有三个：打电话给高级警官、闯空门和贿赂。

我想起人事处门外有个管理员负责清洁，于是尝试使用最后一招。老先生听完我编的故事，收下20美元，打开门，领着我走到一排档案柜前。我拉开标有"市政府财产管理员——兼职"的抽屉，掏出放大镜和带有指纹的那片木头，然后屏住呼吸。

乔治·雷德蒙德·蒂尔登，1896年3月4日出生于苏格兰阿伯丁。身高5英尺11英寸，体重185磅，棕色头发，绿色眼睛。没有住址，列为"居无定所——联系工作可通过艾·斯普拉格，电话韦伯斯特4391"。加州驾驶执照号码#LA68224，车辆：1939年产福特皮卡，车牌号6B119A，收垃圾范围为曼彻斯特大道到杰弗逊大街、拉伯雷大道到胡佛街——39街和诺顿大道路口就在这片区域的正中间。页面底部是他的左右手指纹，一、二、三、四、五、六、七、八、九个相符的比较点——三个相符能定罪，六个以上就足以送他进毒气室了。你好，伊丽莎白。

我合上抽屉，又给了管理员10美元，让他别把事情说出去，我收起工具箱，走到室外。我记下这一刻：1949年6月29日，星期三，晚上8点10分，一个穿制服的底层警员在这个晚上破了加州历史上最著名的杀人悬案。我摸了摸草坪，想知道感觉会有否不同，我对经过的办公室职员挥手致意，想象自己向老爹、萨德·格林和豪洛尔局长报告消息。我看见自己重返警探局，一年内升职为警督，冰先生超越了所有人对火与冰的最高期望。我看见自己的名字登上头版头条，凯伊回到我的身边。我看见斯普拉格一家人被榨干，因为与杀人案有所牵连而声名扫地，有再多的钱也无济于事。我的幻想到此破灭：除非我承认在1947年隐瞒了马德琳和琳达·马丁的证据，否则就不可能逮捕任何人。要么是无名英雄，要么是警队公害。

要么，后门正义。

我开车来到汉考克公园。环形车道上不见拉蒙娜的凯迪拉克和玛莎的林肯，只停着埃米特的克莱斯勒和马德琳的帕卡德。我横着把破旧的雪佛兰停在克莱斯勒和帕卡德旁边，后轮拱进花园玫瑰丛的边缘。前门锁得牢不可破，但一扇侧窗开着。我翻窗爬进客厅。

做成标本的巴托还站在壁炉旁，守护着在地上一字排开的十来个板条箱。我看了看，发现箱子里装满了衣服、银器和漂亮的骨瓷。那排箱子尽头是个纸板箱，满满登登地塞着廉价小礼服——怪了，这可真是格格不入。纸箱一角塞了个素描本，最顶上一页画满了女人的脸孔。我想到了商业画师玛莎，然后听见楼上传来说话声。

我抽出拧紧消音器的点四五，循着声音摸上去。声音来自主卧室：埃米特的喉音，马德琳在发脾气。我贴在走廊墙上，悄悄走到门口偷听。

"……还有，我的一个工头说该死的煤气管在漏气。小姑娘，我要赔好大一笔钱。至少必须出违反健康和安全法规的罚款。该是我带你们三个去苏格兰看看的时候了，让咱们的犹太朋友米基·科恩发挥他的公关才能吧。他会把责任推给老麦克或者左倾分子或者其他什么好用的死人，相信我，他能做到。等事态平息，咱们再回家好了。"

"可是，爸爸，我不想去欧洲。天哪，苏格兰。你每次提起苏格兰都把那儿说得不可能更可怕更土气了。"

"你是不是觉得你会想念那个龅牙情夫？啊哈，我就知道。我来让你安安心吧。阿伯丁多的是魁梧的农家小伙子，你那个瘪三穷鬼比起来什么也不是。那些小伙子都是本分人，没他那么好奇。我向你保证，少不了结实的壮汉陪你玩。布雷切特很久以前就完成了他的任务，重新接纳他只是因为你喜欢找刺激的那部分个性作怪罢了。我必须要说，这部分个性很不谨慎。"

"噢，爸爸，我才不——"

我转身走进卧室。埃米特和马德琳躺在那张带天蓬的大床上，穿着衣服，马德琳的脑袋搁在埃米特的大腿上，埃米特木工般的粗糙双手正在按摩马德琳的两肩。父亲首先注意到了我，停止爱抚，马德琳娇嗔不已。我的影子落在床头，她叫了起来。

埃米特闪着珠光的手闪电般地捂住了马德琳的嘴，让她安静下来。他说："小伙子，这只是感情好，而且我们有正当理由。"

他的反应和泰然自若的语气确实很有格调。我模仿着他的冷静态度说："乔吉·蒂尔登杀死了伊丽莎白·肖特。1月12日，肖特打电话到这里，你们中的某位安排她和乔吉见面。她搭威尔夏线公共汽车来这里见他。现在请帮我填补剩下的内容。"

马德琳双眼圆睁，在父亲的大手之下微微颤抖。埃米特看着不太稳当的枪口瞄准自己："我不否认你的论断，也不反对你这份有点儿迟到的正义感。要我告诉你去哪儿找乔治吗？"

"不。先说说你俩是怎么回事，然后再说说你们的正当理由。"

"两件事毫无关系，小伙子。我必须祝贺你，侦探工作完成得不错，我愿意告诉你乔吉的下落，然后咱们就到此为止了。你我都不想看见玛蒂受伤害，谈论家里令人不快的往事对她没有任何好处。"

就像为了强调父亲对女儿的关心，埃米特松开了手。马德琳擦掉面颊上被抹开的口红，喃喃说道："爸爸，让他停下。"

我说："是不是爸爸派你跟我上床的？是不是爸爸叫你请我回家吃饭，免得我查验你的不在场证明？你们是不是觉得给点儿小恩小惠再上床搞一搞就能让你们脱身了？你们是不是——"

"爸爸让他停下！"

埃米特再次飞快地抬起手，马德琳把脸埋进他的掌心。苏格兰人按着他的逻辑继续推断下去："咱们谈谈实质问题吧，小伙子，别去理会斯普拉格家的家史了。你想要什么？"

我环顾卧室，按照马德琳对我吹嘘过的价码找到那几样物品。后墙上挂的毕加索油画，12万美元。衣橱上的两个明代花瓶，1万7千美元。床头上方的荷兰大师作品，20万美元朝上；床头柜上前哥伦布时代的丑陋怪兽饰物，1万2千5百美元。埃米特露出了笑容："你对美好的事物有鉴赏力。我很欣赏，这么美好的东西也可以归你所有。告诉我你想要什么就行。"

我首先射击的对象是毕加索。消音器发出"噗"的一声，点四五射出的空心弹头把画布劈成两半。接下来是两个明代花瓶，瓷器碎片炸得满房间都是。对怪兽饰物开的第一枪没能射中目标，安慰奖是一面镶金边的镜子。爸爸和他心爱的女儿蜷缩在床上，我瞄准那幅伦勃朗或提香或天晓得什么大师，扣动扳机，正中目标，在画幅上打出一个漂亮的窟窿，顺便还带走了一块墙面。画框翻下来砸在埃米特的肩上，枪热得烫手，但我紧握不放，枪膛里还剩下一颗能帮我问出答案的子弹。

火药燃烧、硝烟和石膏粉尘让空气几乎无法呼吸。40万美元化为碎片残骸。斯普拉格家的两名成员在床上抱成一团，埃米特先回过神来，他一只手抚摸马德琳，另一只手揉眼睛，然后眯起眼睛看我。

我用消音器顶着他的后脑勺："你、乔吉、贝蒂。说个能让我相信的故事，否则我就拆了你家。"

埃米特咳嗽着轻轻拍打马德琳散落的鬈发。我说："你和你的亲生女儿。"

我那位相识数年的大胆姑娘终于抬起了头，泪水正在干涸，灰尘和口红弄脏了面颊："爸爸不是我真正的父亲，我们也从来没有真的……所以我们没有做错任何事情。"

我说："那么谁是？"

埃米特转过头，轻轻推开我拿枪的手。他看起来既不悲伤也不生气，而是像个正在热身的商人，打算和难缠的对手谈判新合约："梦想家乔吉，他是玛蒂的父亲，母亲是拉蒙娜。想听进一步的细节，还是光这个结果就够了？"

我坐进离床几英尺的丝绸锦缎椅子："全都要说。别撒谎，因为我能听出来。"

埃米特起身整理仪容，用老练的眼神评估损失。马德琳钻进卫生间，几秒钟后，我听见流水的声响。埃米特在床边坐下，双手稳稳地放在膝头，仿佛现在是男人与男人坦诚相待的什么时刻。我知道他以为他能只说他想说的，也知道我会让他吐出所有实情——不惜任何代价。

"20年代中期，拉蒙娜想生小孩，"他说，"但我不想，她成天唠唠叨叨地要我当父亲，最后听得我是又烦又累。一天晚上，我喝醉了，心想，'孩子他妈，你想要小孩，那我就给你一个跟我一模一样的小伙子呗'。我没戴套跟她上床，醒来以后也没多想。我当时不知道她已经跟乔吉搞上了，只是为了完成梦寐以求的生孩子愿望。马德琳随后出生，我以为她就是那次不戴套的结果。我很喜欢她，她是我亲爱的女儿。两年以后，我决定再生一个跟她做伴，于是有了玛莎。

"小伙子，我知道你杀过两个人，这方面我没啥可跟你吹嘘的。我知道你清楚痛苦究竟是什么感觉。玛蒂十一岁，我意识到她和乔吉简直是一个模子里倒出来的。我找到乔吉，用黑人剃刀[1]在他脸上玩井字格。看他快死了，我送他进医院，贿赂院方，在记录中说他是'车祸受伤'。乔吉出院时很可怜，成了个毁容的残疾人。我求他原谅我，给他钱，让他看管我的产业，替市政府收垃圾。"

我回忆起曾经琢磨过马德琳不像父亲也不像母亲的问题；我记得简·钱伯斯提过乔吉在车祸后沦为废人。到现在为止，我相信埃米特都在说实话。"乔吉这个人怎么样？你有没有想过他或许是个疯子，他危险吗？"

埃米特敲敲我的膝头，表达男人与男人的感同身受："乔吉的父亲叫雷德蒙德·蒂尔登，这位医生在苏格兰也算声名显赫。他是解剖学专家。苏格兰教会当时在阿伯丁还有很大的影响力，雷德蒙德医生能合法解剖的尸体仅限于受处决的死刑犯和被村民逮住后处以石刑的猥亵儿童者。小时候我听说过一件事情，我相信是真的。据说雷德蒙德医生从盗尸人手上购买过一具尸体。他打开胸腔，发现心脏还在跳动。乔吉看见了兴奋不已。我之所以认为确有其事，是因为在阿尔贡[2]的时候，乔吉喜欢用刺刀捅死去的

---

1 黑人剃刀（nigger shiv）：指半截酒瓶。

2 阿尔贡（Argonne）：法国东北部的丛林丘陵地区，位于默兹河和埃纳河之间，在第一次世界大战期间是主要战场之一。

德国兵。我不是很确定，但我觉得他在美国也盗挖过坟墓。整件事情都非常恐怖。"

我瞅见一处空当，碰运气打一记刺拳也许能击中目标。简·钱伯斯提到过乔吉和拉蒙娜拍摄过以埃米特的"一战"经历为主题的露天戏剧，两年前吃饭时，拉蒙娜说什么"重演了斯普拉格先生宁愿忘记的某些历史篇章"。我按直觉出拳："你怎么能忍受疯成那样的一个人？"

埃米特说："小伙子，你得势的时候不也受人崇拜吗？你该明白有个弱者需要你照顾的感觉。那种联系很特别，就像是有个不正常的小弟。"

我说："我有过一个不正常的大哥，但我很仰慕他。"

埃米特一阵假笑："我可没体验过这种感觉。"

"真的吗？埃尔德里奇·钱伯斯的说法怎么不一样？他死前给市议会留了份自辩状。照那里的说法，他在30年代亲眼看见了拉蒙娜和乔吉排演露天戏剧。小女孩穿着军服，扛着玩具火枪，乔吉挡住德国佬，你这该死的懦夫却转身就跑。"

埃米特的脸色涨得通红，努力想挤出一丝讪笑，嘴角却扭得痉挛似的抽搐。我喊道："懦夫！"同时用尽全力扇了他一记耳光——臭脾气的苏格兰硬汉啜泣得像个孩子。马德琳走出卫生间，她补过了妆，衣服也弄干净了。她走到床边，抱住她的"爸爸"，就像几分钟前埃米特抱住她那样。

我说："埃米特，说实话。"

他趴在假女儿的肩头哭泣，马德琳爱抚他的温柔劲头胜出她曾给过我的十倍。最后，他终于发出弹震症患者似的低语声："我不能赶走乔吉，因为他救过我的命。我们和各自的连队失散了，单独留在满地尸体的战场上。一队德国巡逻兵正在侦察，见到英国人就捅几刺刀，无论死活。乔吉把德国人的尸体堆在我们身上。尸体都被迫击炮炸成了碎块。乔吉逼我爬到尸块底下，叫我待着别动，等德国人走远了，他帮我清理干净，和我谈论美国，逗我开心。所以你要明白，我没法……"

埃米特的声音小了下去。马德琳抚摸他的肩膀，揉乱他的头发。我说："我知道贝蒂和琳达·马丁的色情片不是在蒂华纳拍摄的。乔吉和这件事有关系吗？"

马德琳说话时有了埃米特有过的那种腔调，当时埃米特还在负责抵挡敌人进攻。"没有。琳达和我在'拉文避难所'聊天。她说需要地方拍摄小电影。我明白她的意思，我也想和贝蒂再碰面，就让她们用了爸爸空置的一所房屋，屋子的客厅里有以前搭设的电影布景。贝蒂、琳达和'公爵'威灵顿拍摄电影，正巧被乔吉看见了。他总是鬼鬼祟祟地在爸爸的空置房屋附近出没，疯狂地迷上了贝蒂。也许是因为她的模样像我……像他的女儿。"

我转过脸去，方便她说完其余的事情："然后呢？"

"然后，感恩节前后，乔吉来找爸爸，说'给我那姑娘'。他说否则就让全世界都知道我不是爸爸亲生的，还会造谣说我们做过那种事，就好像那真是乱伦。我四处寻找贝蒂，但哪儿都找不到她。后来我才知道她当时在圣迭戈。爸爸让乔吉住在车库里，因为乔吉的要求越来越多。爸爸给他钱，免得他乱说话，但他的行为还是很下流，很可怕。

"然后，那个星期天晚上，贝蒂忽然打来电话。她喝了很多酒，叫我玛丽还是什么。她说她在给小黑本上的所有朋友打电话，就想借点儿钱。我让爸爸听电话，他说愿意出钱请贝蒂和他认识的某位好人约会。你必须明白，我们以为乔吉要贝蒂只是为了……性爱。"

我说："既然你们那么了解他，为什么还会相信这种鬼话？"

埃米特叫道："他喜欢摸死的东西！但他生性顺从！我怎么会知道他是该死的杀人狂！"

我尽量安抚他们："你告诉她乔吉有医学背景？"

"因为贝蒂尊敬医生，"马德琳说，"因为我们不想让她觉得自己是妓女。"

我险些笑出声："然后呢？"

"我认为你知道接下来发生了什么。"

"还是说来听听吧。"

马德琳开始叙述，全身上下渗出恨意："贝蒂搭公共汽车来我们家。她和乔吉一起离开。我们以为他们要找个像样的地方办事。"

"比方说红箭汽车旅馆？"

"不是！比方说爸爸托乔吉照看的那些老房子！贝蒂忘了带走手袋，我们以为她会回来取，但她再也没有回来，乔吉也一样，等消息见报，我们才明白发生了什么。"

假如马德琳以为她已经供述完毕，那她可就大错特错了。"告诉我，接下来你们做了什么。你们是如何掩饰事情的。"

马德琳爱抚着埃米特，说："我去找琳达·马丁，在山谷区的一家汽车旅馆找到了她。我给她钱，说要是被警察逮住，问起那部电影，就说电影是在蒂华纳由墨西哥班组拍摄的。你们抓住她以后，她相当信守承诺，会提起电影只是因为她手袋里刚好有份拷贝。我想找'公爵'威灵顿，但哪儿也找不到他。这点让我很担心，但他把不在场证明寄给了《先驱快报》，信里没提电影的拍摄地点。所以我们安全了。可接下来——"

"接下来我出现了。你想从我嘴里套出案情进展，还扔给我一星半点儿关于乔吉的线索，看我咬不咬钩。"

马德琳不再安抚爸爸，转而打量指甲："是的。"

"你给我的不在场证明呢？拉古纳海滩，与仆人对证？"

"我们给了仆人封口费，以防你真的跑去对证。他们的英语说得不好，更何况你还相信了我。"

马德琳露出微笑。我说："是谁把贝蒂的照片和小黑本寄给警方的？这些东西寄来的时候装在信封里，你刚才说贝蒂忘了带手袋。"

马德琳大笑："当然是我的天才妹妹玛莎了。她知道我认识贝蒂，但贝蒂和乔吉碰面那天晚上她不在家。她不知道乔吉在勒索爸爸，也不知道是他杀了贝蒂。她扯掉了本子里记有我们家号码的那一页，刮掉照片中男人的脸时她在说'去找女人'，也就是我。她只想让我牵连进案子，败坏我的名声。她还给警察打电话，留了拉文酒吧的线报。刮掉那些脸完全是天才玛莎的作风，她一生气就像猫似的乱抓。"

我觉得她的说法里有哪儿不对劲，但就是没法确定究竟是哪儿。"这些是玛莎告诉你的？"

马德琳擦亮她鲜红色的指甲："小黑本的事情见报后，我知道肯定是玛莎。我从她嘴里刮出了实话。"

我扭头问埃米特:"乔吉在哪儿?"

老家伙动了动身子:"大概住在我的某幢空屋子里。我给你一份清单。"

"连你们四口人的护照一起给我。"

埃米特走出战场般的卧室。马德琳说:"我真的喜欢过你,板牙,真的喜欢过。"

"说给你爸爸听吧。你们家这会儿你说了算,甜言蜜语留给他好了。"

"你打算怎么处理?"

"先回家,把这些事情全记在纸上,申请令状以本案的关键证人为由拘提你和你爸爸。然后把文件交给另一位警察,免得你爸爸去找他的好朋友米基·科恩,开价买我的人头。接下来,我去找乔吉。"

埃米特回到卧室,把一页纸和四本美国护照连同护套递给我。马德琳说:"你敢提交令状,我们就在法庭上毁了你。你我之间的事情全都会抖搂出来。"

我起身,恶狠狠地亲吻大胆女孩的嘴唇:"咱们一起下地狱吧。"

我没有开车回家写证词,而是在斯普拉格府邸之外几个街区停车,研究清单上的地址。马德琳展现出的气势和她对于眼下僵局糟糕程度的认知都让我战栗不已。

这些屋子位于两个地区,一个是回声公园与银湖,另一个在市区那头的沃茨，而沃茨对于一个五十三岁的白种男人而言不是什么好地方。银湖和回声公园在李山以东几英里的地方，是一片丘陵，有很多弯曲的街道，绿树成荫，与世隔绝，属于能让恋尸狂觅得安宁的地方。我在埃米特的清单上圈出五个地址，开车来到那里。

前三个地址全是彻底废弃的破屋子：没有电，窗户破碎，墨西哥帮派在墙上涂了口号。附近没有牌号为6B119A的39款福特皮卡，除了从好莱坞山方向吹来的圣安娜焚风，只有一片荒芜。12点刚过，前往第四幢房屋的路上，我有了主意，或者说主意找上了我也行。

杀了他。

没有公开的光荣，也不会有公开的耻辱，只有私人正义。放斯普拉格家一马，或者强迫乔吉写下详细供词，然后扣动扳机。留着纸上的证据，有空再慢慢琢磨怎么惩罚斯普拉格一家。

杀了他。

然后带着这段记忆努力活下去。

然后努力过上正常人的生活，虽说米基·科恩的好朋友在盘算对你以牙还牙。

我在一个死胡同的尽头看见了第四幢屋子，它完好无损，外墙干净，草坪修剪得整整齐齐，我把所有那些念头全都推出脑海。我隔着两户人家停车，然后步行悄悄摸近。我没看见福特皮卡，但街边有许多空位可供停车。

我在人行道上端详那幢屋子：20年代的灰泥建筑，狭小，方方正正，乳白色外墙，木屋顶。我绕着屋子走了一圈，从车道走到小小的后院，再沿石板小径回到屋前。不见灯光，遮住窗户的厚实东西像是防空袭窗帘。这地方静得可怕。

我掏出手枪，按响门铃。二十秒过去，没人应门。我用手指沿着门和门框的交界处向下摸，摸到一处木头劈裂的地方，掏出手铐，把一个棘齿环的窄头插进去。棘齿咬住裂缝，我慢慢刮削锁头周围的木板，直到感觉门扇松动。最后我抬腿轻轻一踢，门开了。

我借着外面的光线找到墙上的开关，打开电灯，出现在眼前的空房间蛛网纵横。我走上门廊，把门关紧，发现防空袭窗帘没有让一丝光线透出房间。我回到室内，关上房门，捡起碎木条插进锁眼，卡住锁簧。

前门已被堵死，我走向房屋后部。连接厨房的房间散发出医药品的刺鼻气味。我用脚轻轻推开房门，伸手在内墙上摸开关。我碰到了开关，强光让我一时目盲。我的视觉渐渐恢复，同时也分辨出了那股味道属于什么：福尔马林。

墙边摆了一排架子，上面放着一个个保存器官的罐子；地上有个床垫，被军用毛毯掩住一半，上面放着两个记事簿。我倒吸一口冷气，强迫自己看清所有东西。

我觉得自己就快干呕，赶忙在床垫旁蹲下，免得见到更多的血腥景象。我捡起一本记事簿，逐页翻看，每一张纸都整整齐齐地打满了字，详细描述一桩桩盗墓经过，分栏列出墓地所在、墓主姓名和行动日期。看见母亲长眠的"东洛杉矶路德教公墓"，我扔下记事簿，想找个什么东西用力握住，于是伸手去拿毯子。毯子上满是干结的精液，让我一把将它丢向门口。我打开另一

个活页本，直接翻到中间，整齐而富有阳刚气的字体带我回到
1947年1月14日：

星期二早上她醒来时，我知道她快支撑不住了，也
知道我不能冒险继续留在山上。流浪汉和小情侣迟早要
来这儿。

她还处于恍惚状态，甚至有可能休克了。我把从
周日晚上以来带给我莫大欢乐的路易斯维尔球棒亮给她
看。我用球棒跟她调情。这让她从休克中醒来。我拿球
棒捅她，她险些把塞口器吞下去。我把球棒举在她面
前，然后用小刀折磨她。

捆绑的地方严重感染。绳子勒进脚踝，黏糊糊地全
是脓水……

我放下记事簿，知道我下得了狠手，知道若是有所动摇，多
看几页肯定能让我改变主意。我站起来，视线落在装器官的罐子
上，死去的东西排成一排，排得那么整齐、那么完美。我琢磨乔
吉在此之前有没有杀过其他人，忽然注意到一个孤零零的罐子，
它被单独放在床垫上方的窗台上。

一小块三角形，上面有块文身。图案是一颗心，里面是美国陆
军航空队的纹章，底下是"贝蒂和马特少校"这几个字。

我闭上眼睛，从头到脚都在颤抖。我伸出双臂抱住自己的身
体，拼命想告诉贝蒂，我很抱歉，我见到了你那个特别的部分，
我并不是有意刺探那么多，只是想努力帮忙。就在这时，有什么

东西轻轻碰了我一下，温和得令我感激。

转过身，我见到一个男人，他满脸伤疤，双手抓着小型钩头器物。他用手术刀碰碰他的面颊。我大吃一惊，这才意识到自己到底在哪儿，连忙伸手掏枪。两道寒光朝我袭来，点四五滑出腰带，落在地上。

我向侧面闪避，刀锋勾到我的上衣，削掉我锁骨附近的一块皮肉。我一脚踢中蒂尔登胯下，盗墓犯失去平衡，绊了一下，向前扑来，撞得我退向墙边的架子。

罐子破碎。蒂尔登骑在我身上，用力把手术刀往下压。我抓住他的手腕向上抬，一抬膝盖顶中他双腿之间。他痛哼一声，但没有抽身，他的脸离我越来越近。到了只有几英寸的地方，他龇开牙齿，猛地一咬，我感觉到面颊被撕开了。我又给了他一记膝撞，他的胳膊松了劲。他第二口咬中我下巴，我放开双手。手术刀劈中我背后的木架，我四处乱摸，寻找武器，抓起一大块玻璃。乔吉刚拔出手术刀，我挥手将玻璃插进他的面门。他疼得惨叫，钢刀深深刺进我的肩头。

木架旋即垮塌。乔吉倒在我身上，眼窝里涌出鲜血。我看见点四五就在几英尺外，于是拖着两个人的身体爬过去。我抓起枪，乔吉抬起头，动物般地嘶叫。他咬向我的喉咙，血盆大口就在眼前。我把消音器对准他的眼窝，开枪。

第三十三章

罗斯·米勒德为肖特案件写下了墓志铭。

肾上腺素狂涌，我离开死亡之屋，驾车直奔市政厅。老爹刚从图森带着犯人回来。等他把那家伙安置进了拘留所，我拉着罗斯找了个僻静地方，把我和斯普拉格家的恩怨情仇从头到尾说了一遍——从玛乔丽·格拉汉姆给的线索开始，到乔治·蒂尔登丧命枪下为止。罗斯听得一时间目瞪口呆，等回过神来，他开车送我去中心接收医院。急诊室的医生给我打破伤风疫苗，缝针时他评论道："天哪，伤口真像是人咬的。"手术刀造成一些皮肉轻伤，只需要清洗和包扎。

出了医院，罗斯说："不能结案。你告诉别人发生了什么事情，警局非得开除你不可。咱们去处理掉乔吉吧。"

我们在凌晨3点来到银湖。所见所闻让老爹战栗，但他硬是保持住了镇定。接着，这位我认识的最端正的人令我大吃一惊。

他先吩咐我，"回车边站着"。随后到屋子侧面摆弄了一阵管道，退开二十码，对准刚才摆弄管道的位置打空了警用左轮的弹仓。煤气引燃，屋子烧起大火。我们没开车头灯，飞速逃离现场。罗斯这才抛出一句："这种污秽地方不值得存在下去。"

难以置信的疲惫感随之降临，还有睡眠。罗斯送我到艾尔尼多，我一头栽倒在床上，陷入二十多个钟头漆黑的无意识状态。醒来时，我第一眼看见的是衣橱上斯普拉格一家四人的护照。我的第一个念头：他们必须付出代价。

假如他们因为违反健康与安全法规而受到惩处，那么我希望他们留在国内受苦。我假扮刑警队长，给政府护照办公室打电话，代表警方禁止斯普拉格家的四名成员重新申领护照。这一招感觉起来有气无力，像是轻拍对方手腕而已。我刮胡子，淋浴，特别注意别打湿缠绷带和缝针的部位。我不去想我的生活有多么一塌糊涂，尽量只想案件终于告破。我回忆马德琳那天说过的话，觉得有什么地方不对劲、说不通、前后不一致。穿衣服时我还在思忖这个问题，出门找东西吃的路上，我终于想到了：

马德琳说玛莎打电话上报了"拉文避难所"的线索。然而，我却比任何一个活着的警察都了解肖特案件的档案，其中没有任何地方提到那个场所。紧接着，两件事情跃入脑海。其一，李和我值班接电话的那个上午，也就是我认识马德琳的第二天，李接了一个时间很长的电话；其二，李在色情电影放映时大发雷霆，随后直奔拉文而去。只有"天才"玛莎能解答我的疑问。我开车去广告公司街找她。

我在杨与卢比肯大厦的阴影中找到了埃米特·斯普拉格真正

的女儿，她独自一人坐在长椅上吃午餐。我在她对面坐下，她没有抬头张望。我想起一个街区之外就是发现贝蒂·肖特的小黑本和照片的那个邮筒。

我望着这个介于少女和女人之间的矮胖女性读着报纸，小口吃沙拉。从上次见到她到现在的两年半时间里，她对抗肥胖和糟糕肤质的战役打得还算成功，但模样依然是埃米特的强硬女性翻版。

玛莎放下报纸，注意到了我。我原以为她眼中会燃起怒火，她却带着一抹淡然笑意问候我："你好，布雷切特先生。"我有些吃惊。

我走过去，在她旁边坐下。《时报》翻到都市版："银湖丘陵怪异火灾，现场尸首无法辨认。"

玛莎说："很抱歉，你来吃饭那天我把你画成那样。"

我指着报纸说："见到我你似乎并不吃惊。"

"可怜的乔吉。不，见到你我一点儿也不吃惊。父亲说你知道了。我这辈子一直被人低估，我总觉得玛蒂和父亲也低估了你。"

我没有搭理她的恭维："你知道'可怜的乔吉'做了什么？"

"知道，从一开始就知道。那天夜里，我看见乔吉开皮卡带肖特那姑娘离开我家。玛蒂和父亲不知道我知道，但我确实知道。但母亲一直没搞明白。你杀了他？"

我没有回答。

"你打算想办法伤害我的家人？"

"我的"二字蕴含的骄傲像是捅了我一刀。"我不知道我打算干什么。"

"你想伤害他们，我不怨你。父亲和玛蒂都非常卑劣，为了伤害他们，我把自己也搭进去了。"

"就是你把贝蒂的东西寄给警方的时候？"

玛莎的眼睛终于燃起火焰："是的。我扯掉了有我们家号码的那一页，但我觉得肯定有其他号码能带着警察去找父亲和玛蒂。我没有勇气连我们家的号码一同寄去。真是不应该。我——"

我举起一只手："为什么，玛莎？假如警方弄清楚了乔吉的全部事情，你知道会发生什么吧？从犯指控、上法庭、进监狱。"

"我不在乎。玛蒂有你和父亲，母亲和我什么也没有。我只想让整艘船都沉下去。母亲得了狼疮，只剩下几年可活。她快死了，这实在太不公平。"

"照片上的刮痕，那是什么意思？"

玛莎绞着手指，直到指节发白："那时候我十九岁，只知道画画。我想把玛蒂抹黑成同性恋，最后一张照片就是父亲本人，只是脸被我刮掉了。我以为他会在照片背面留下指纹。我发了疯地想伤害他。"

"因为他像摸马德琳一样摸你？"

"因为他不摸我！"

我硬起心肠，说出最让我胆战心惊的问题："玛莎，你给警方打电话上报过'拉文避难所'的线索吗？"

玛莎垂下视线："是的。"

"你和谁——"

"我告诉那家伙，我姐姐是个同性恋，昨晚在拉文遇见了一个名叫'板牙'布雷切特的条子，今天晚上要跟他约会。玛蒂向

410

全家人炫耀，我嫉妒极了。但我只想伤害她，而不是你。"

李在大学分局刑警队办公室接电话的时候，我就隔着办公桌坐在他对面。大丽花的色情片刺激李发狂以后，他直奔拉文酒吧而去。我说："玛莎，你把剩下的事情说清楚。"

玛莎环顾四周，全身紧绷，她双腿并拢，两臂垂在身侧，手握拳头："李·布兰查德来我们家，告诉父亲他和拉文酒吧的女人们谈过，那些女人能让玛蒂卷入黑色大丽花案件。他说他有事必须离开洛城，给点儿封口费他就不会上报玛蒂的事情。父亲同意了，把保险箱里的所有现金都取给他。"

李，嗑安非他命嗑得发疯，没在市政厅和大学分局露面；波比·德威特即将获得假释，这就是他必须离开洛杉矶的原因。他在墨西哥大肆挥霍的现金来自埃米特。我的声音变得麻木："还有吗？"

玛莎的身体如弹簧般缩紧："布兰查德第二天又回来了，问父亲要更多的钱。父亲拒绝了他，他揍了父亲一顿，问了一大堆伊丽莎白·肖特的问题。玛蒂和我在隔壁听得很清楚。我非常开心，玛蒂却气得发狂。她没法继续听亲爱的爹地摇尾乞怜，后来就跑掉了，但我留下接着听。父亲害怕布兰查德会陷害我们家的人是凶手，于是答应给他10万美元，还把乔吉和伊丽莎白·肖特的事情告诉了他。"

李的指节瘀伤，他的谎言："为了纳什悔过。"马德琳那天在电话上说："别来我家，老爸在办生意场上的社交晚会。"一小时以后，我们在红箭旅馆抵死缠绵。李在墨西哥富得流油。李让乔吉·蒂尔登逍遥他妈的法外。

玛莎擦擦眼睛，发现没有泪水，伸手按住我的胳膊："第二

411

天，有个女人过来取走了钱。这就是全部经过了。"

我掏出钱包里凯伊的快照给她看。玛莎说："没错，就是这个女人。"

我站起来，自从我们三个人聚首以来，我第一次感觉这么孤单。玛莎说："别再伤害我们家的人了。求求你。"

我说："离开他们，玛莎，别让他们毁了你。"

我开车来到西好莱坞小学，坐在车里，留意盯着教职员停车场上凯伊的普利茅斯轿车。等待时，李的鬼魂在我的脑海里盘桓不去，对这近两小时的时间而言，实在谈不上愉快。3点钟，放学铃声准时响起。几分钟后，凯伊夹在蜂拥而出的学生和老师之间走出教学楼。看她独自站在车旁，我走了上去。

她背对我，把一摞书和纸张放进车尾箱。我说："那10万美元，李让你留下了多少？"

凯伊顿时僵住了，双手按着一叠手指画。"那时候李已经把我和马德琳·斯普拉格的事情告诉了你，对吧？所以你一直以来才这么痛恨贝蒂·肖特，是不是这样？"

凯伊的手指拂过孩童的画作，然后转身面对我："你在某些方面实在非常厉害。"

又是一句我不想听见的恭维话。"回答我的问题。"

凯伊摔上后尾箱，直勾勾地瞪着我的眼睛："那笔钱我一分钱也没拿，直到我雇的侦探告诉我她叫什么，我根本不知道你和马德琳·斯普拉格的事情。李无论如何反正要逃跑。我不知道以后还能不能见到他，假如有可能，我希望他能过得尽量舒服。他不相信自己还能和埃米特·斯普拉格打交道，所以我替他取了钱。德怀特，他知道我爱上了你，他希望你和我能在一起。这是他离开的原因之一。"

我觉得自己在沉入由往昔谎言构成的流沙地："他没有离开，而是逃跑了，因为大道-国民银行的劫案，因为陷害了德威特，因为他在警局惹出的麻烦——"

"他爱我们！你不能否认这个！"

我环顾停车场。几位老师站在车边，眼巴巴地看着夫妻吵架。他们离得太远，听不见吵架内容，他们想必会认为起因是孩子、贷款或婚外情。我说："凯伊，李知道杀害伊丽莎白·肖特的凶手是谁。你知道这个吗？"

凯伊盯着地面："知道。"

"他就这么放过了凶手。"

"当时局势很乱。李去墨西哥追杀波比，说等他回来就去抓凶手。但他始终没有回来，我不想让你也去那儿。"

我抓住妻子的双肩，狠狠捏住，逼着她抬头看我。

"你后来怎么不告诉我，怎么不告诉任何人？"

凯伊再次低下头，我用双手猛地抬起她的下巴："你怎么能不告诉任何人？"

凯伊·雷克·布雷切特用她最镇定不过的老师语气说："我几乎就告诉了你。但你在外面乱搞，搜集她的照片。我只想报复那个女人，她毁了我爱的两个男人。"

我抬起手想打她，但乔吉·蒂尔登在我眼前闪过，让我停下了动作。

第三十四章

我打电话请了累积的最后几天病假，在艾尔尼多无所事事地混了一个星期。我读书看报，听爵士乐电台，尽量不去思考未来。尽管知道已经结案，但我还是一遍又一遍地阅读档案。孩提时代的玛莎·斯普拉格和李在梦中折磨我；简·钱伯斯那幅裂嘴小丑画像偶尔也会加入，小丑奚落我，透过脸上伤口形状的黑洞对我说话。

洛杉矶的四份日报我每天都买，从第一页读到最后一页。"好莱坞"标记引发的骚乱已经结束，没有任何地方提到埃米特·斯普拉格、大陪审团对房屋缺陷的调查、那幢被付之一炬的房屋和尸体。我渐渐觉得有什么地方不对劲。

我花了一段时间才醒悟过来——归功于一个又一个钟头盯着四面墙壁啥也不想——不过最后还是找到了到底是哪儿不对劲。

答案是一丝很难站住脚的直觉：埃米特·斯普拉格设局让李和我去杀死乔吉·蒂尔登。他对我明目张胆地说："要我告诉你去哪儿找乔治吗？"这么说非常符合他的性格，他要是遮遮掩掩，我反而会起疑心。李揍了他以后，他马上就说了实话，让李去找乔吉。他会不会希望李见到杀死大丽花的凶手时正在气头上呢？他会不会知道乔吉囤积了盗墓得来的宝物，希望借此让李和我涌起杀意呢？他是否期待乔吉抢先发起冲突，结果是要么除掉他，要么除掉两个惹出那么多麻烦的或贪婪或多管闲事的警察呢？还有，为什么？动机何在？为了保护他自己？

这套理论有个巨大的漏洞，也就是说，埃米特必须胆大包天到了几乎有自杀倾向的地步，而埃米特却不是会自寻短见的那种人。

既然乔吉·蒂尔登已经领受了惩罚——毋庸置疑，杀死黑色大丽花的凶手就是他——我缺少说得通的理由继续查下去。可是，这其中还是有一个微不可查的松脱线头：

1947年我第一次与马德琳睡觉时，她说起曾在几个酒吧给贝蒂·肖特留过字条："和你长得很像的人想见你。"我说这个举动搞不好有朝一日会给她带来麻烦，她说："我会处理好的。"

最有可能替她"处理好"的人是警察，但我拒绝了。另外，从时间顺序上说，马德琳讲这句话前后，正是李·布兰查德初次勒索斯普拉格家的时候。

这条线索非常靠不住，来自间接证据，纯属推测，或许只是又一个谎言或者半真半假的事实，抑或是一丝无用的信息。拆开这个松脱线头的蹩脚警察，他的整个人生就建立在谎言的基础上。要碰碰运气追查下去，我只想得出这么一个合理的理由。离开大丽花案件，我就一无所有了。

416

我借用哈里·西尔斯的无标记警车，一连三天三夜蹲点监视斯普拉格家。玛莎开车上班、回家；拉蒙娜待在家里；埃米特和马德琳外出购物，做白天该做的其他杂事。第一和第二天晚上，四个人都留在屋子里；第三天晚上，马德琳扮成大丽花悄悄出门。

　　我跟踪她来到第八街的酒吧区，看着她走进津巴房间，勾搭一群水兵和飞行员，最后带着一名海军少尉走进第九街和艾洛洛街路口的情人旅馆。这次我没感觉到嫉妒，她对我没有了性吸引力。我在12号房间门外偷听，听见了KMPC电台的音乐声；活动百叶窗放下来，我看不见室内的情形。马德琳的行为模式和先前仅有一个不同之处：凌晨2点，她抛下那男人，开车回家——她进门后没多久，埃米特的卧室就亮起了灯光。

　　第四天的白天我没去盯梢，天黑后不久又回到了缪尔菲尔德路的监视点。两条腿蜷久了很累，我下车准备活动一下，却听见有人叫我："板牙，是你吗？"

　　叫我的是简·钱伯斯，她在遛一条棕白两色的长毛垂耳狗。我觉得自己像是小孩偷饼干被逮个正着："你好，简。"

　　"好什么好。你在干什么？跟踪？爱上马德琳了？"

　　我记起我们关于斯普拉格家的谈话："享受清爽的夜晚空气。听起来怎么样？"

　　"像在撒谎。想不想去我家享受一杯清爽的美酒？"

　　我望向都铎式的堡垒，简说："好小子，你对那家人还真是够执着的。"

　　我哈哈一笑，牵动被咬伤的地方有些发疼。"好小子，你还真是看穿我了。咱们去喝酒吧。"

我们转弯走上琼恩街。简解开狗链，小狗在前面飞奔，沿着人行道跑过去，跳上钱伯斯家殖民地风格大宅的前门台阶。我们隔了几分钟才赶上它。简打开房门。我的噩梦伙伴迎面而来——那个嘴如裂伤的小丑。

我打了个寒战："该死的鬼东西。"

简微微一笑："要不要包起来给你带走？"

"千万别。"

"知道吗？我们上次谈起这幅画以后，我查了查它的历史。我这段时间处理掉了埃尔德里奇的很多东西，正在考虑要不要把这幅画捐给慈善机构。但它太值钱，不能随便放弃。这是弗雷德里克·扬南托诺的真迹，灵感来自维克多·雨果的经典小说《笑面人》。这本书说的是——"

贝蒂·肖特遇害的房间里就有一本《笑面人》。我耳边"嗡"的一声，响得让我几乎听不见简在说什么。

"——一群西班牙人在十五六世纪的故事。他们被称为Comprachicos[1]，专门绑架并折磨孩童，致残后卖给贵族当宫廷弄臣。是不是很可怕？画里的小丑是本书主角格温普兰，小时候被人把嘴巴从左耳伤到右耳。板牙，你没事吧？"

嘴巴从左耳伤到右耳。

我打着哆嗦挤出笑容："我挺好。这本书让我想起了一些事情。都是陈年往事，巧合而已。"

简仔细打量我："你看上去可不怎么好，还想听听另一个巧合

---

1 西班牙语：买小孩的人。

吗？我本来以为埃尔德里奇和那家人连话也不肯说，却找到了一张收据。把画卖给他的正是拉蒙娜·斯普拉格。"

有那么一瞬间，我觉得格温普兰在对我啐血。简抓住我的双臂："板牙，怎么了？"

我好不容易才发出声音："你说你丈夫两年前买了那幅画当生日礼物送你。对不对？"

"是的。怎么——"

"1947年？"

"是的，板牙——"

"你的生日是哪一天？"

"1月15日。"

"让我看一眼收据。"

简有些害怕，在门厅那头的茶几上翻看一沓文件。我盯着格温普兰，把39街和诺顿大道路口的照片叠加在他脸上。隔了一会儿："找到了。能不能告诉我到底是怎么回事。"

我接过那张纸。这是一页紫色的信笺，用不相称的男性印刷字体写着："兹收到埃尔德里奇·钱伯斯给付3千5百美元整，购买弗雷德里克·扬南托诺作品《笑面人》。本收据可证明钱伯斯先生为此画之所有人。拉蒙娜·凯斯卡特·斯普拉格。1947年1月15日。"

我杀死乔吉·蒂尔登前读到的折磨日记也正是这个字体。

拉蒙娜·斯普拉格谋杀了伊丽莎白·肖特。

我紧紧拥抱简，然后转身离去，留下她站在那儿，目瞪口呆。我回到车上，决定这是我一个人的任务，我看着大宅的灯光亮起又熄灭，在这个漫长的夜晚重构事情经过，汗出如浆：拉蒙娜和乔吉一起折磨贝蒂，分头折磨贝蒂，各自处理尸体，两辆车一前一后开往雷莫特公园。我想象各种可能的变化，反复思考事情是怎么开始的。我什么都想到了，但就是没想到单独见到拉蒙娜·斯普拉格时我该做什么。

8点19分，玛莎拎着画夹走出前门，开着克莱斯勒向东而去。

10点37分，马德琳拎着小行李箱坐进帕卡德，沿缪尔菲尔德路向北而去。埃米特在门口与她挥手告别；我决定给他一个钟头离开，否则就连他老婆一起拿下。12点没过多久，我的愿望实现了——他离开住处，车上的收音机哼唱着轻歌剧。

和马德琳过家家的那一个月让我很清楚仆人的作息：今天是星期四，女管家和园丁休息；厨子下午4点30分来准备晚餐。马德琳的小手提箱说明她要离开一段时间；玛莎要到6点以后才下班回家。埃米特是唯一的不确定因素。

我穿过马路，开始侦察。前门上了锁，边窗落了插销。要么按门铃，要么硬闯民宅。

正犹豫不决时，我听见屋里有人轻敲窗户，我看过去，望见一个模糊的白影走向客厅。几秒钟过后，车道上响起前门打开的声音。我绕回屋前，直面那个女人。

拉蒙娜站在门口，身穿没形状的丝绸晨衣，头发乱蓬蓬的，脸上看得出几团红斑，还有点儿浮肿——大概是哭过，而且才睡醒。她深棕色的眼睛——与我眼睛的颜色完全相同——射出吓人的警戒视线。她从晨衣里抽出适合淑女使用的自动手枪对准我。她说：“你唆使玛莎离开我。”

420

我拍掉她手里的枪，枪落在带"斯普拉格家族"字样的草编擦脚垫上。拉蒙娜咬住嘴唇，眼神失焦。我说："玛莎配得上比杀人凶手更像样的母亲。"

拉蒙娜捋平晨衣，拍打头发。我觉得这个反应非常符合一只教养良好的毒虫。她说话则是纯粹冰冷的斯普拉格式腔调："你没告诉她吧？"

我捡起枪，揣进衣袋，然后望着这个女人。她至少受了二十年的处方药毒害，但她眼睛颜色太深，我看不出瞳孔有没有缩小。"你难道要说玛莎不知道你干了什么？"

拉蒙娜让到一旁，请我进门。她说："埃米特说现在没事了。他说你会处置乔吉，如果回来再找我们的麻烦，你会有太多损失。玛莎告诉埃米特，你不会伤害我们，埃米特说你肯定不会。我相信他。他对生意事总是说得很准。"

我走进室内。除了地上打包用的板条箱，客厅看上去和平常一样。"埃米特差遣我去对付乔吉，而玛莎不知道贝蒂·肖特是你杀的？"

拉蒙娜关上门："是的。埃米特就指望你会处理掉乔吉。他相信乔吉不会把我牵扯进案子里，那家伙疯得厉害。埃米特在行动上是个懦夫，明白了吧。他没有勇气自己动手，于是派了个小听差去。还有，天哪，难道你真以为我会让玛莎知道我做得出那种事情？"

这个虐待杀人犯很生气，因为我居然怀疑她能不能扮演好母亲的角色。"她迟早会想通的。我知道那天晚上她在家。她看见乔吉和贝蒂一起离开。"

"过了一小时左右，玛莎就去棕榈泉见朋友了。接下来一周她都不在家。埃米特和玛蒂知道，但玛莎不知道。上帝啊，可千万不能让她知道。"

"斯普拉格太太，你知道你做了——"

"我不是斯普拉格太太，我是拉蒙娜·厄普肖·凯斯卡特！不许你告诉玛莎我做过什么，否则她就会离开我！她说她想有一套自己的公寓，我剩下的时间已经不多了！"

我转身背对她的丑态，绕着客厅走了一圈，思忖到底该怎么办。我看着墙上的照片：身穿苏格兰呢裙的一代代斯普拉格男丁，凯斯卡特为橘树果园和准备开发的建筑空地剪彩。肥胖的小姑娘拉蒙娜，束腹肯定勒得她透不过气。埃米特抱着一个黑发孩童，笑得容光焕发。眼神呆滞的拉蒙娜扯着玛莎拿画笔的手，摆在玩具画架上方。麦克·塞内特和埃米特互相在对方头上比犄角。有一张在阿伯丁拍摄的集体照，我觉得我在后排看见了年轻时代的乔吉·蒂尔登——英俊潇洒，脸上没有伤疤。

我感觉到浑身颤抖的拉蒙娜站在我背后。我说："把事情全告诉我。告诉我原因。"

拉蒙娜坐进长沙发，一连讲了三个钟头，她的语气时而愤怒，时而悲伤，时而无情地游离于所述内容之外。她手边的桌子上摆满了陶瓷小玩偶，她没完没了地把玩它们。我绕着房间兜圈，看着墙上的家族照片，感觉画面融入了她的叙述。

她在1921年遇到了埃米特和乔吉，这两个苏格兰移民青年正在好莱坞拼搏。她痛恨埃米特总把乔吉当跟班使唤，也痛恨自己从未出言阻止。之所以没说话，是因为埃米特想娶她——为了她父亲的钱，她很清楚——而她相貌平常，能嫁人的机会并不多。

埃米特求婚了。她接受求婚，与冷酷的年轻建筑承包商即崭露头角的地产大亨过上了家庭生活。她渐渐开始憎恨这个男人，通过搜集情报展开消极反抗。

他们刚结婚那几年，乔吉住在车库顶上的房间里。拉蒙娜得知乔吉喜欢触摸死东西，而埃米特动不动就为此辱骂乔吉。她开始毒杀践踏花园的流浪猫，把尸体留在乔吉门前的台阶上。埃米特轻蔑地拒绝了她想生孩子的愿望，她就去找乔吉，诱惑他，因为她有能力用活物取悦乔吉而感到快乐，而埃米特总是嘲笑她的肥胖躯体，只肯偶尔粗暴地蹂躏一番。

这段情缘没持续多久，却生了个孩子，也就是马德琳。她成天担惊受怕，唯恐马德琳会越长越像乔吉，就这么开始服用医生开的鸦片酊。两年过后，她为埃米特生下了玛莎。这感觉起来又像是背叛了乔吉——她重新开始为乔吉毒杀流浪猫狗，有一天被埃米特当场抓住，埃米特痛揍她，因为她参与"乔吉的变态行为"。

她把挨揍的事情告诉乔吉，乔吉说出他在打仗时救胆小鬼埃米特的经过，而埃米特所谓他救了乔吉的说法则是谎话。她随即开始策划露天戏剧，用象征性的手段报复埃米特，微妙得让埃米特甚至无法意识到他遭到了攻击。

马德琳整天黏在埃米特身边，她很可爱，埃米特非常宠她。玛莎开始变成母亲的乖孩子，尽管她简直是埃米特的翻版。埃米特和马德琳鄙视肥胖、爱哭的玛莎；拉蒙娜保护玛莎，教她绘画，每晚送她上床时还劝诫她别憎恨父亲和姐姐，尽管她自己打心底里憎恨他们。保护和带着爱教导玛莎成了她的生存理由，让她有力量支撑这场难以忍受的婚姻。

玛蒂十一岁的时候，埃米特注意到她和乔吉长得很像，冲过去把她亲生父亲的脸划得面目全非。拉蒙娜和乔吉坠入爱河，现在乔吉在生理方面变得比拉蒙娜更加凄惨，她感觉到两人之间达成了平等关系。

乔吉断然拒绝她的步步紧逼。她偶然读到雨果的《笑面人》，Comprachicos和被他们弄成残废的受害人都深深地打动了她。她买下扬南托诺的画作，悄悄私藏，一个人有空的时候就拿出来盯着看，将其视为对乔吉的纪念。

玛蒂进入青春期后开始乱搞男女关系，总是缩在埃米特的床上与他共享细节。玛莎把她痛恨的姐姐画得淫秽不堪，拉蒙娜强迫她画田园风景，免得她的愤怒失控。为了报复埃米特，她开始排演策划已久的露天戏剧，故事影射埃米特的贪婪和怯懦。玩具房屋倒塌，代表着埃米特那些在1933年地震中倒塌的劣质小屋；孩童躲在身穿假德国军服的商店人偶底下，描述的正是懦夫埃米特的行径。有几个父母发现她的露天戏剧引人不快，禁止家中孩子与斯普拉格家的两个女孩玩耍。就在那段时间前后，乔吉逐渐离开了他们家的生活，住进埃米特的废弃房屋，修整庭院，替市政府收垃圾。

时间如此过去。她的注意力放在照料玛莎上，督促她提前高中毕业，在奥蒂斯艺术学院设立基金，让玛莎获得特别优待。玛莎在奥蒂斯成长迅速，表现优异；拉蒙娜通过她的成就存活，时断时续地吃镇静剂，经常想起乔吉——思念他，渴望他。

接下来，1946年秋天，乔吉回来了。她偷听到乔吉勒索埃米特："给他"色情电影里的那个姑娘，否则就要让斯普拉格家过去和现在的丑事曝光。

她对"那个姑娘"起了可怕的嫉妒心和恨意，1947年1月12日，伊丽莎白·肖特出现在斯普拉格家，她的愤怒终于爆发了。"那个姑娘"与马德琳无比相似，她觉得老天跟她开了个最最残酷的玩笑。乔吉开着皮卡带伊丽莎白离开，她看见玛莎回房间为去棕榈泉准备行装。她在玛莎门口留了告别字条，说她睡觉了。接着，她佯作随意地向埃米特打听"那个姑娘"和乔吉的去向。

埃米特说他听见乔吉提过他在北比奇伍德大路的一幢空屋。拉蒙娜从后门溜走，开家里备用的帕卡德轿车离开，火速赶到"好莱坞庄园"标记等待。乔吉和那个姑娘在几分钟后到达李山脚下的公园区。她步行跟着他们走向森林中的小屋。他们进屋，她看见灯光亮起。灯光把阴影投在一件亮闪闪的木制物品上，那东西靠在树上，是根棒球棒。听见那个姑娘咯咯笑道："这些伤疤是打仗时弄的吗？"她就提着球棒破门而入了。

伊丽莎白·肖特试图逃跑。拉蒙娜打昏她，逼着乔吉捆住她，塞上她的嘴，把她绑在床垫上。她答应乔吉可以永久保留那个姑娘的部分身体。她从手袋里取出一本《笑面人》大声朗诵，偶尔瞥上一眼被捆成"X"形状的那个姑娘。接着，拉蒙娜用刀折磨她，等那个姑娘疼晕过去，拉蒙娜就把细节记在总是随身携带的记事簿上。乔吉在旁边观看，他们一起念诵Comprachicos的颂词。整整两天以后，她把伊丽莎白·肖特的脸弄成格温普兰那样，这样她在死后就不会憎恨拉蒙娜了。那天深夜，他们开车到39街和诺顿大道的路口，乔吉曾经为市政府照看过那片建筑空地。他们把伊丽莎白·肖特留在那里，让她变成黑色大丽花，拉蒙娜随后开车送乔吉到他停放皮卡的地方，然后回家找到埃米特和马德琳，说他们很快就会发现她这几天去了哪儿，最终都会尊重她的意愿。为了赎罪，她把格温普兰的画像卖给了喜欢占便宜又崇拜艺术的邻居埃尔德里奇·钱伯斯，还从中挣了一笔。随后的一天又一天、一周又一周，她活在恐惧中，害怕玛莎会发现这件事，会因此憎恨她——为了驱走恐惧，她开始服用越来越多的鸦片酊、可待因和安眠药。

　　拉蒙娜停止叙述的时候，我正在看一排带画框的杂志广告画，都是玛莎的获奖作品。寂静分外刺耳，她的故事在我的脑海里按照前后顺序翻腾。房间很凉，但我在出汗。

　　玛莎1948年获得广告协会一等奖的作品是个身穿泡泡纱套装的英俊男人走在沙滩上，色眯眯地看一个在晒日光浴的金发美女。他对周围的其他事物毫不在意，不知道滔天巨浪即将吞没他。画幅顶端的广告词写着："别担心！'哈特、夏夫纳和马科斯轻便西服'很快就能干爽如新——做好准备，今夜在俱乐部追求她！"美女曲线玲珑，五官属于玛莎，但改成了更柔和漂亮的版本。画面背景是被棕榈树环绕的斯普拉格宅邸。

　　拉蒙娜打破沉默："你打算怎么办？"

　　我没法看她："不知道。"

　　"绝不能让玛莎知道。"

　　"你已经说过了。"

426

广告画里的男人越看越像理想化的埃米特——变成好莱坞帅小伙的苏格兰老人。拉蒙娜的叙述让我这个警察想到了一个问题："1946年秋天，有人把猫尸丢进好莱坞的几处墓地。是你干的吗？"

"是的。当时我太嫉妒她了，只是想让乔吉知道我还在乎他。你打算怎么办？"

"我不知道。上楼去，拉蒙娜。让我静一静。"

我听见轻柔的脚步声移出房间，接着是啜泣声，最后什么都没有了。我想着这家人如何联合起来撒谎保护拉蒙娜，而一旦逮捕她，我的警察生涯就完蛋了：我将被指控隐匿证据和妨害司法。斯普拉格家的钱财能让她不进毒气室，她会在阿塔斯卡德罗或女子监狱被生吞活剥，直到最终死于狼疮，玛莎会受到严重打击，埃米特和马德琳却依然拥有彼此——隐匿证据和妨害司法的罪名对他们来说只有间接证据，无法起诉。假如我逮捕拉蒙娜，我这个警察将永远无法翻身；假如放她一马，我这个人就没救了，但无论如何，埃米特和马德琳都会幸免于难，并且是一起活下去。

"板牙"布雷切特标志性的进攻套路就这么陷入两难境地，进退不得，我只能一动不动地坐在这个挂满祖辈画像的豪华大房间里。我的视线扫过地上打包用的板条箱——要是市议会脱出控制，斯普拉格一家就会携产潜逃——落向那几件廉价小礼服和画满女性面容的速写本，毫无疑问，玛莎把自我的另一面画进了推销牙膏、化妆品和脆玉米片的广告画。搞不好她还能策划出一套宣传活动，救拉蒙娜离开特克查皮。

我离开斯普拉格家府邸，在几个老地方兜圈子消磨时间。我去养老院转了转——父亲没有认出我，但看起来充满恶意、精神抖擞。林肯高地到处都是新房子，全是等待租客上门的预制房屋，美国大兵"无须定金"。鹰岩退伍军人协会体育场仍旧挂着宣传周五晚拳赛的标牌，我的中央分局巡逻区域还是满街醉鬼、讨酒喝的穷汉和高喊耶稣的疯子。黄昏时分，我终于屈服了：最后再找大胆女孩一次，然后就逮捕她老妈；最后再问她一次：明知我不可能再碰她了，为什么还要继续扮演大丽花。

　　我开车来到第八街的酒吧区，在艾洛洛街路口停车等待，一只眼睛盯着津巴房间的入口。今天早上看见马德琳的时候，她拎着小行李箱，希望这不是表示她要外出旅行，希望她两天前扮演成大丽花找男人并非一时心血来潮。

　　我坐在车里看行人：军人、平民酒鬼、住在附近的守法好人进进出出隔壁的经济餐馆。我有点儿想放弃马德琳，但想到下一站是拉蒙娜便害怕起来，于是就这么卡住了。刚过12点，马德琳的帕卡德停在路边，她钻出车门——手拎小行李箱，样子像是她自己，而非伊丽莎白·肖特。

　　我惊讶地望着她走进餐馆。十五分钟缓慢地过去。她走出餐馆，步伐轻快，彻底换上了黑色大丽花的装扮。她把小行李箱扔在帕卡德的后座上，转身走进津巴房间。

　　我给了她一分钟缓冲时间，然后上前往门里看。吧台前坐着寥寥数个陆军军官，斑马条纹的卡座都空着。马德琳在独自饮酒。她旁边的高脚凳上，两名士兵正在整理仪容，准备发起进攻。他们展开攻势的时间前后相隔不到半秒钟。店里太空旷，我没法进去监视，只好回到车上。

　　大概半小时后，马德琳和一名穿卡其布夏装的中尉走出酒吧。行为模式一如既往，两人坐进帕卡德车，拐弯驶向第九街和艾洛洛街路口的停车场。我紧随其后。

　　马德琳停好车，走向经理的小屋去拿钥匙，军人在12号房间门口等待。我想到不利因素：大声播放的KMPC电台，一直拉到窗台的百叶窗。马德琳走出经理办公室，招呼那名中尉，指着院子对面的另一个单元。中尉耸耸肩，走了过去；马德琳与他会合，打开房门。屋里的灯光亮起又熄灭。

　　我等了十分钟，走向那幢平房，准备无奈地接受大乐队演奏的标准曲目和一片漆黑。房间里传来呻吟声，但没有音乐作陪。我发现有扇窗户开了两英尺左右，滑轨上凝固的油漆使得它无法关紧。我在爬满葡萄藤的格架旁找到藏身之处，蹲下去开始偷听。

　　呻吟越发沉重，床垫弹簧叽叽嘎嘎，男人在闷哼。马德琳的叫床声攀上狂热高峰——很做作，比和我上床时更高亢。军人使劲呻吟，所有声音渐渐平息，马德琳用装出来的口音开口：

　　"真希望有收音机。家里的所有汽车旅馆都有。固定在那儿，而且还得投角子，可至少有音乐可以听。"

　　军人还在喘息："听说波士顿地方挺好。"

　　我辨认出了马德琳假扮的是什么口音：新英格兰地区蓝领阶层，也就是贝蒂·肖特应有的说话腔调。"麦德福德可不好，一点儿也不好。我的工作一个比一个更差劲。女招待，电影院的糖果女郎，工厂里管档案的。所以我才来加州碰运气。因为麦德福德实在太不好了。"

马德琳的"阿"音发得越来越重,听着像是波士顿的街头游民。男人说:"你在打仗的时候来了洛城?"

"嗯哼。我在库克军营的陆军福利社找了份工作。有个大兵把我一通好揍,然后有个富人,获奖的建筑承包商,他救了我。我认他当干爹。只要我回家陪他,他就允许我喜欢跟谁在一起就跟谁在一起,愿意待多久就待多久。他买了漂亮的白色小车送我,还有这身漂亮的黑色礼服,他帮我擦背,因为他不是我亲爹。"

"你老爹可真不赖。我爸给我买过一辆自行车,还给过我几美元,让我参加木箱小车大奖赛。但有一点我敢肯定,他从没买过帕卡德车送我。贝蒂,你给自己找了好一个烧钱干爹。"

我跪得更低了,隔着窗缝往里看,但只能看见房间中央的床上有两个黑乎乎的人影。马德琳扮演的贝蒂说:"干爹有时候不喜欢我的男朋友,但他从不小题大做,因为他不是我亲爹,我还肯让他帮我擦背。不过有个小伙子,他是警察,干爹说他既浅薄又粗鲁。我没听他的,因为小伙子又高又壮,还有一副好可爱的板牙。但他想伤害我,爹地摆平了他。爹地知道怎么处理软弱的家伙,他们就会四处捞钱,就想伤害好姑娘。他是第一次世界大战的英雄,那个警察却逃服兵役。"

马德琳的调门在改变,换上低沉的喉音。我鼓起勇气,准备迎接更多谩骂。军人说:"逃兵役的都该发配去俄国,要么枪毙。不,枪毙太仁慈了。该用他那玩意儿活活吊死他,这才像话。"

马德琳换上急促的颤音,把墨西哥口音学得惟妙惟肖:"斧头岂不更好,对吧?那警察有个搭档。他帮我处理了一些小纰漏,几张不该留下的字条,是我写给一个不怎么好的姑娘的。他搭档揍了我干爹一顿，然后逃到墨西哥去了。我给自己化了浓妆，买了一身便宜衣服。我雇侦探找到他，然后演了好一场戏。我乔装打扮来到昂塞纳达，穿便宜衣服，假装乞丐敲他的门。'外国佬，外国佬，给些钱吧。'他一转身，我抓起斧头就砍死了他。我拿走他从干爹那儿偷走的钱，带回家7万1千美元。"

那位军人结结巴巴地说："呃，你是在开玩笑吧？"我抽出点三八，扳起撞锤。马德琳化作米尔特·多尔芬口中那位"有钱的墨西哥女人"，用西班牙语又急又快地说起了下流话。我隔着窗缝瞄准，房间里亮起灯光，情夫在飞快地穿衣服，害得我无法击中凶手。我看见采砂场的李，虫子爬出他的眼窝。

军人光着半个身子夺门而去。马德琳开始穿她的紧身黑衣，成了容易射击的靶子。我把枪口对准她，她的裸体在我眼前闪现，使得我对着天空打光了弹仓。我踹开窗户。

马德琳看着我翻过窗台，毫无惧色地面对枪声和四散的玻璃，她用优雅圆滑的柔和语调说："对我来说，只有她是真实的，我必须把她的事情告诉别人。坐在她旁边，我觉得自己真是做作。她天生如此，我却需要模仿。她属于我们，亲爱的。你把她带回给我。正是她让我们在一起时那么快乐。她属于我们。"

我弄乱马德琳的大丽花发型，让她看起来只是又一个穿黑衣的娼妓；我把她的手腕铐在背后，看见自己出现在采砂场里，和搭档一起被虫子噬咬。四面八方都有警笛逼近，手电筒的灯光射进破窗。李·布兰查德的声音从虚无中传来，重复他在祖特装骚乱时说的那句话："Cherchez la femme，板牙。记住这个。"

第三十五章

我们一起完蛋。

枪声引来四辆黑白警车。我向警员解释说我有要事，此刻必须亮警灯、拉警笛直奔威尔夏分局——我必须以一级谋杀的罪名收押这个女人。在威尔夏分局的刑警队办公室，马德琳承认是她杀了李·布兰查德，但凭空捏造出一个精彩纷呈的故事：李、马德琳和板牙是三角恋爱关系，她在1947年冬天与我俩都发生了亲密关系。审讯时我就坐在旁边，马德琳的表演无懈可击。见多识广的凶杀组警探咬了钩，连饵带线照单全收：李和我争风吃醋，马德琳觉得我更适合当丈夫。李去找埃米特，要埃米特把女儿"交给他"，遭到拒绝后把埃米特打得半死。为了复仇，马德琳跟踪李来到墨西哥，在昂塞纳达用斧头砍死他。从头到尾没有提起黑色大丽花案件。

我顺着马德琳的故事扯谎，说我最近才搞清楚李遭到谋杀，带着详尽的犯案经过找马德琳对质，逼着她招认了一部分。马德琳随即被转入洛城女子监狱，我返回艾尔尼多旅馆，脑子里还在琢磨该拿拉蒙娜怎么办。

第二天我回去执勤。交班时，我发现都市组的几个粗胚在牛顿分局的更衣室等我。他们一连审了我三个钟头。我把马德琳挑起头的谎话编了下去。她的故事经得起推敲，我在局里又有狂野不羁的名声，帮助我挨过了这场审讯——谁也没提起大丽花。

接下来的一周，法律机器接管了案件。

墨西哥政府拒绝起诉马德琳谋杀李·布兰查德，找不到尸体和支持性证据，就不可能启动引渡程序。法院召集大陪审团，决定马德琳的命运；埃利斯·洛韦在本案中代表洛杉矶市政府出庭。我告诉他，我只提供书面证词。他对我的难以捉摸早有了解，因此点头同意。我写下足足十页的"三角恋情"狂想曲，贝蒂·肖特编造出的最浪漫的故事也不过如此了。不知道她会不会欣赏其中的反讽。

另一个大陪审团定了埃米特·斯普拉格的罪——违反健康与安全法规，他以各种方式间接拥有大量房产，其中多数都有危险的缺陷。他被判罚款5万多美元，陪审团没有提出刑事诉讼。马德琳从李那儿劫走了7万1千美元，算起来埃米特还净赚近2万美元。

马德琳的案子移交大陪审团的第二天，三角恋情登上报纸。布兰查德与布雷切特的拳赛和南城枪战又被翻了出来，我有一个星期是当地新闻的头面人物。《先驱报》的"贝沃"明斯给我打来电话："当心点儿，板牙。埃米特·斯普拉格要反击了，狗屎笃定满天飞。不多说了。"

把我送上绞架的是《揭秘》杂志。

7月12日的那一期登了一篇关于三角恋情的文章。文章中引用马德琳的话，由埃米特透露给这家丑闻小报。大胆女孩说我值班的时候摸鱼，在红箭汽车旅馆跟她苟合；说我整瓶整瓶地偷她父亲的威士忌，好熬过夜班的无聊时光；说我告诉她洛城警局开交通罚单有定额的内幕，还大肆吹嘘我怎么"痛殴人"。文章暗示我尚有更不堪的违纪行为，但马德琳说的这些也都是实话。

洛杉矶警察局开除了我，理由是道德败坏和行为与警察身份不相称。督察和副局长组成特别委员会全票通过这一决议，我也没有抗辩。我想过要不要告发拉蒙娜，以此一举扭转颓势，但最后还是打消了念头。要是那么做，罗斯·米勒德就会不得不承认他知道内情，因此遭受处分；李的名声将蒙上更多污垢；而玛莎将知道实情。开除我的决定迟到了两年半，《揭秘》杂志爆料使得我让警局再次蒙羞。没有谁比我更清楚这一点。

我交出警用左轮、非法拥有的点四五和1611号警徽，搬回李买下的那幢屋子，向老爹借了500美元，等待我的恶名被人遗忘，然后再上街找工作。贝蒂·肖特和凯伊沉甸甸地压在我心上，我去凯伊任教的学校找她。校长看我的眼神仿佛我是刚爬出木器缝隙的蟑螂，说我上报纸后第二天凯伊就递交了辞职信。信中说她打算开车游遍全国，再也不回洛杉矶了。

大陪审团裁定马德琳犯下三级过失杀人罪——"在心理强迫下蓄意杀人，但有可减轻罪状的情节。"了不起的杰瑞·吉斯勒[1]

---

1 杰瑞·吉斯勒（Jerry Giesler，1886—1962），美国著名刑事辩护律师，从20世纪20到50年代曾打赢过多场全国性大案。

担任她的律师，要她认罪，请求酌情减刑。精神病专家认为马德琳"罹患精神分裂症，有严重的幻觉和幻觉倾向，呈现出多个不同人格"，考虑到他们的意见，法官判决她进阿塔斯卡德罗州立医院"接受治疗，时间长短不定，但不低于本州刑法所规定的最低刑期：十年监禁"。

就这样，大胆女孩替家人担了罪责，我的则全落在了自己头上。我最后一次看见斯普拉格一家是洛城《每日新闻》的头版照片。女看守带着马德琳走出法庭，埃米特在辩护席上哭泣。玛莎搀扶着被病痛折磨得脸颊凹陷的拉蒙娜，玛莎身穿定制正装，模样既坚强又严肃。这幅画面永远锁住了我的沉默。

第三十六章

一个月后，我收到了凯伊的来信。

亲爱的德怀特：

　　不知道你有没有搬回那幢屋子，所以也不知道你会
不会收到这封信。我经常去图书馆读洛杉矶的报纸，我
知道你已经离开警局，因此我不能把信寄到那儿去。不
过我还是寄了这封信，权当碰碰运气吧。

　　我在苏福尔斯，住在平原人饭店。这是城里最好的
旅馆，我从小就想住进这儿。当然了，如今的情况与当
时的想象并不一样。我只想洗掉嘴里洛杉矶的味道，要
是不算上月球，苏福尔斯就是天底下和洛杉矶最不一样
的地方了。

　　我的小学女伴都已结婚生子，有两位因为战争成了
寡妇。听大家谈论的样子，就好像战争还没打完。城外

草原的高地正在平整，准备新建住宅。已经盖好的那些可真难看，颜色鲜艳得简直刺眼。我不由想念咱们的旧屋子。我知道你讨厌那个地方，但它是我人生中九年的避难所。

德怀特，我读了所有的报纸和那份垃圾杂志上的文章。我至少数得出一打谎话。有的隐瞒实情，有的则是彻底胡扯。尽管并不真的想知道，但我一直在琢磨到底发生了什么。我也一直在琢磨，为什么谁也不提起伊丽莎白·肖特呢？我或许该自鸣得意，昨天我在房间里却只数了一夜的谎言。我对你撒了那么多谎，有那么多事情没告诉你，即便在我们快乐相处的时候也是这样。我太羞愧了，不敢告诉你我究竟数出了多少谎话。

我对此非常抱歉。我钦佩你处理马德琳·斯普拉格的手段。我不清楚她对你到底意味着什么，但我知道逮捕她害得你付出了惨重代价。她真的杀死了李？又或者这还是一句谎话？我为什么就是没法相信呢？

李给我留下了一些钱（隐瞒实情的谎话，我知道），明后天我就要往东边去了。我想尽量远离洛杉矶，找个凉爽、美丽而古老的地方居住。也许是新英格兰，也许是五大湖。我只知道等我看见的时候自然会知道。

希望你能收到这封信。

凯伊

南达科他州，苏福尔斯城

1949年8月17日

又及：你还在想伊丽莎白·肖特吗？我老是想起她。

我不恨她，就是总会想起她。真奇怪，都过了这么久。

凯·雷·布

我留着这封信，至少重复读了几百遍。我不知道这封信有何含义，或者对我、对凯伊、对我们两人的未来有何暗示。我只是一遍一遍重读，同时想着贝蒂。

我把艾尔尼多饭店的档案扔进垃圾箱，脑子里在想她。H.J.卡鲁索给了我一份卖车的工作，推销50款新车的时候，我脑子里在想她。开车经过39街和诺顿大道路口，看见那片建筑空地正在盖起房子，我脑子里还在想她。我没有怀疑放过拉蒙娜是否符合道德，也没有琢磨过贝蒂是否会同意。我只是不停想起她。要不是我俩里比较聪明的凯伊提起，我恐怕都没有意识到这一点。

她的第二封信盖着马萨诸塞州剑桥的邮戳，写在哈佛汽车旅馆的信纸上。

亲爱的德怀特：

我还是喜欢说谎，做事拖拉，胆小怯懦。我已经知道了两个月，这才鼓起勇气告诉你。如果这封信还是到不了你手上，那我就必须打电话回那幢屋子或者找罗斯·米勒德帮忙了。不过还是先试试写信吧。

德怀特，我怀孕了。肯定是你搬出去前一个月咱们做得很差劲的那次。我的预产期是圣诞节前后，我想生下这个孩子。

这是凯伊·雷克的招牌后退进攻法。你能打电话或者写信给我吗？就最近？就现在？

大新闻说完了。与我上封信的"又及"有关，发生了一件或者奇怪或者哀伤或者纯粹有趣的事情。

我总会想到伊丽莎白·肖特，想她如何打乱咱们每个人的生活，还有咱们谁也不认识她。我来到剑桥（天哪，我真喜欢这种学院式的社区！），想起她就在附近长大。我开车去了麦德福德，停车吃饭，和隔壁桌的一位盲人聊天。我管不住嘴巴，提起了伊丽莎白·肖特。盲人先是很难过，然后忽然来了精神。他说有个洛城警察三个月前来过麦德福德，想搞清楚到底是谁杀害了"贝丝"。他描述出了你的声音和发"T"音的风格。我觉得非常骄傲，但我没有告诉他，那位警察就是我丈夫，因为我不知道你是否还愿意是。

忐忑不安的，

凯伊

1949年9月11日

我既没打电话也没写信。我把李·布兰查德的屋子交给房产经纪代售，搭飞机赶往波士顿。

440

第三十七章

我在飞机上思考我有多少事情要解释给凯伊听，这证明了我不想让谎言筑起新的地基，从而再次摧毁我们两个人（或者三个人）。

她必须知道我曾是没有徽章的侦探，知道我在1949年的一个月不但智勇双全，而且有作出牺牲的意志力。她必须知道那段时间的煎熬使得我永远脆弱，容易成为黑暗的好奇心的猎物。她必须相信我最强烈的愿望就是不让心中的那个部分伤害她。

她必须知道是伊丽莎白·肖特给了我们第二次机会。

接近波士顿，飞机被云层吞没。恐惧感重压下来，破镜重圆和初为人父像是把我变成了一块垂直坠落的石块。这时，我向贝蒂求助，许愿，近乎祈祷。云层散开，飞机降落，夕阳斜照，底下的城市巨大而灿烂。我请贝蒂保佑我一路平安，以此回报我对她的爱。

读客®
悬疑文库
认准读客读悬疑，本本都是大师级。

专注出版英、美、日、意、法等世界各国各流派的顶尖悬疑作品。

为读者精挑细选，只出版两种作品：
经过时间洗练，经典中的经典；以及口碑爆表、有望成为经典的当代名作。

跟着读客悬疑文库，在大师级的悬疑作品中，
经历惊险反转的脑力激荡，一窥人性的善恶吧。